钟华 著

存在诗学论集

西南大学出版社
国家一级出版社 全国百佳图书出版单位

图书在版编目(CIP)数据

存在诗学论集 / 钟华著. -- 重庆 : 西南大学出版社, 2021.12

ISBN 978-7-5697-1151-6

Ⅰ. ①存… Ⅱ. ①钟… Ⅲ. ①诗歌研究—世界—文集 Ⅳ. ①I106.2-53

中国版本图书馆CIP数据核字(2021)第215358号

存在诗学论集

CUNZAI SHIXUE LUNJI

钟 华 著

责任编辑：张 昊

责任校对：王玉竹

装帧设计：起源设计

排　　版：瞿 勤

出版发行：西南大学出版社（原西南师范大学出版社）

地址:重庆市北碚区天生路2号

市场营销部:023-68868624

邮编:400715

印　　刷：重庆市国丰印务有限责任公司

幅面尺寸：170mm×240mm

印　　张：19.25

字　　数：371千字

版　　次：2021年12月 第1版

印　　次：2021年12月 第1次印刷

书　　号：ISBN 978-7-5697-1151-6

定　　价：78.00元

序

王本朝

前不久，钟华兄来电话告知，他拟将有关“存在诗学”的系列文章结集出版，并嘱我写上几句，我迟疑不决，存有不少担心和顾虑。钟华兄素以学问精深见长，行文缜密、论断审慎，而我的学术兴趣和研究的问题领域则主要集中在中国现当代文学史，偏史不重论，有形而下之弊。让我来饶舌置喙，难免不隔靴搔痒、隔山喊话，说不到点子上，而他却认为我适合。我知道他说话做事都特别认真，他的吩咐可能有他的考虑。钟华兄是我的大学同学，我们曾经有过一段一同求学、共商学术的经历。30多年前，我们同在西南大学的前身之一的西南师范大学中文系读书。那时一个年级分4个小班，他三班我四班，一二班合称甲班，三四班合为乙班，有时甲乙班一起上大课，有时甲乙班分开上，总之，他和我总是在一起听课的。我们学的是师范教育，其格局和内涵或多或少受到目标限制。随着岁月流逝，大学时期的课堂情形在我的记忆里已变得模糊不清，但对一起到图书馆借书和读书，在教室和宿舍里讨论学术，却历历在目，清晰如昨。那时的我们都喜欢美学，喜欢读李泽厚、高尔泰和蒋孔阳，尼采和叔本华的著作，喜欢在一起讨论“西方哲学”“中国美学”和“现代主义”等问题。

后来，我的学术兴趣转移到中国现当代文学，他却依然执着于文艺学和美学研究。大学毕业后，他留校担任专业课老师，我则到武汉攻读硕士学位，待我毕业回到母校，我们还在一起共事了好几年。后来，因解决两地分居问题，他调到了成都的四川师范大学；再后来，他在美学和诗学研究上做得风生水起，课也讲得好，坚持“每一堂课都是神圣的”教学理念，被评为教学名师。一般说来，学科命运或专业设置并不仅仅是大学或学院的事，而有社会性和时代性。1980年代是美学时代，讲或听美学课都是盛宴；但到今天还能把文艺学和美学课上得堂堂满座，还真是不容易。对学术研究，钟华兄如老衲打坐，有他的执念和执拗。围绕“存在诗学”，他发表了系列文章，其中有多篇被转载，或被学界同人广泛引用，在学术界产生了很大反响。还出版了海德格尔诗学研究的大作：《从逍遥游到林中路——海德格尔与庄子诗学思想比较》（中国社会科学出版社、华龄出版社2004年）和《文艺的超越性品格之思——海德格尔诗学新探》（人民出版社2011年）等。

我们虽不在同一个学科，但当我陆续读到他这些著述后，既为其学术成就和志向而快乐，也因知其学术经历和渊源而欣喜。当我再次集中阅读这本《存在诗学论集》之后，我对其学术研究路径和问题深度有了更全面的了解。钟华兄对存在诗学素有思考，尤其关注和讨论文艺学、美学领域中一些根本性和源头性的问题。他在大学毕业不久，即在《文艺评论》上发表了处女作《源于“人生悖论情结”的艺术》，分上下篇，近两万字，洋洋洒洒，讨论文艺与人的生存和存在之关系，认为“人的一切活动都必须以人的产生、生存和存在为前提”，艺术同人类其他一切活动一样，都是因人类生命的自身需要而产生，对人类“人生悖论情结”的超越也就成为艺术存在的内在根据和独特价值之所在。众所周知，一个学科有学术史，一个学术命题或问题也有其发生学，一个学者也有其问题史，其学术理念和研究方法的发生和转变是有轨迹可寻的。钟华兄为人讲性情，有风骨，做学问特执着，不喜腾挪跳跃，始终坚守自己喜欢的某些学说、某些基本问题，以此建立起一套问题框架和学术体系。生存诗学或者说存在诗学就是他长期关注和思考的学术命题。后来他将眼光集中到海德格尔的“存在诗学”，撰写了系列论著，追求思考的深入和见解的独到。钟华兄的学术研究拥有批判立场和反思眼光，喜欢以“假说”立论，带有强烈的主体意识，采用现象学方法，回到问题本身，盯住问题源头，采掘现象背后之真理，不人云亦云，不浅尝辄止，更不炒学术冷饭，发时人所未发，铸成一家之论。他对海德格尔诗学及其与庄子诗学的比较，就具有鲜明的“追问”及反思特征。在他看来，追问艺术本质本属于西方诗学、美学和艺术哲学之思，如今却受到“反本质主义”和“反逻各斯中心主义”的否定，其原因在于其追问方式掉进了将艺术“现成化”和“物化”的陷阱，而迷失在自欺欺人的形而上学世界里。于是他回到海德格尔诗学本身，提出应从存在问题出发，从艺术与人生此在以及艺术与存在意义之间的内在关联上，去讨论艺术本质问题。钟华兄还有一个特点，就是擅长理性思辨，行文如剥笋，层次推进，步步扎营，拾阶而上，直达问题深处和高处。他对西方现代主义思潮崛起的文化历史探源，亦从哲学、宗教、艺术等入手，认为“荒诞”美学来自荒诞体验，“荒诞感”则根于虚无价值观，即上帝之死和人之死，它们又出自“两希”文明的坍塌和资本主义工业社会对人的异化。本来，理性思辨应是文艺学和美学学科最为拿手的技艺，但随着文化研究的兴盛和批评实践的功利，其与理论思辨渐行渐远，这不能不说是身份变异的憾事。钟华兄的研究则彰显了理论思辨的魅力。

在我的眼里，钟华兄是一个有操守和立场的学者，有自己的学术定力。并且，不事张扬，不摇旗呐喊，有时近于端直。尽管成都和重庆相距并不太远，但我们平常各忙各的事，相聚机会并不多，每次见面相谈甚欢，说东说西，最后还是离不了“学问”之事，表明他心心念念的终究是自己的学术和教学。在钟华兄眼里，学问是神圣的。在今天这个利益化的时代，众声喧哗，符号附身，像钟华兄这样的学者确是越来越稀有和珍贵。《存在诗学论集》是其精选文集，其立论的宏富和新颖，我相信读者比我的感受更为精确和深刻。在这里，我只是给大家提供一点学术背景和读后感，算是题外话。

2021年3月6日

目　录

论追问艺术本质的方式之误

——海德格尔艺术本质之思的启示与局限

追问“艺术的本质”原本是西方诗学、美学和艺术哲学中的一个根本问题，如今却遭到了“反本质主义”“反逻各斯中心主义”者的彻底否定。然而，力图穿越现象乃一切理论的天性，因此我看不出追问艺术本质本身有什么错；何况思想的诡异和奇妙之处恰恰在于：颠倒是对被颠倒者思维方式的继续。否定并不能真正解决问题，能解决问题的是寻找恰当的思维方式。黑格尔曾经说过：“手段是一个比外在合目的性的有限目的更高的东西。”① 这就是说，追问的方式往往比追问的结果更加重要。事实上，对艺术本质的追问之所以长期不能令人满意，原因正在于：这些追问始终是以不恰当的方式进行的。因此，当务之急是检讨我们追问艺术本质的方式，走出某些陷阱和误区。

---

①［德］黑格尔著、杨之一译：《逻辑学》下卷，商务印书馆1976年版，第438页。

一、艺术是什么:形而上学方式的陷阱

长期以来,对"艺术本质"的追问,总是以"艺术是什么(Was ist die Kunst)?"这样一个问题开始的。"艺术是什么?"始终被当作诗学、美学或者艺术哲学的基本问题在考量。而事实上,"艺术是什么?"的问题虽然是以往西方诗学史、美学史和艺术哲学史上的一个主导问题,但它是否真正构成诗学、美学或者艺术哲学的基本问题,尚是大可怀疑和有待追问的。

毫无疑问,以"艺术是什么?"的问题开始的对"艺术本质"的追问,其合法性是建立在这样一个基本假定基础之上的:"艺术"是某种现成的具有某种既定本质的"存在者"或"存在之物"。因为,只有对于那些现成的具有既定本质的东西,我们才有正当理由进行这样一种追问。换句话说,一旦以"艺术是什么?"的问题开始对"艺术本质"进行追问,就意味着已经将"艺术"纳入了现成的具有既定本质的存在者之列。

然而事实上,"艺术"既不同于日月星辰、花草树木那样的自发存在的"自然存在者",也不同于由人类社会共同体的特定思想设定的和出自特定风俗习惯的"社会存在者",它甚至还有别于通过手工制作出来的"器具"或者"工件"之类的一般"人造存在者"①。换句话来说,艺术既非某种现成的"存在者"或"存在之物",也不具有某种既定的本质。正如以"人是什么?"的问题开始的对"人的本质"的追问一样,"艺术是什么?"这样一种提问方式本身和以此开始的对"艺术本质"的追问,不仅从一开始就注定了会掉进将艺术"现成化"和"物化"的陷

---

①这里借用了海德格尔在《尼采》第2章第25节中关于"存在者"的划分及其术语。在那里,海德格尔将"存在者"划分成了两类三层次五种,分别是:自发地存在的"自然存在者"和首先由人制造出来的"人造存在者";而"人造存在者"又分为"个人制造出来的存在者"和"通过社会共同体控制和安排而成的存在者";而前者又分为"个人手工制作出来的存在者"和"艺术家艺术创造出来的存在者",后者又分为"由思想设定出来的存在者"和"出自风俗习惯的存在者"。参见 Heidegger, M. *Nietzsche I*, Pfullingen: Günther Neske, 1961. S. 453.

阱[1]，而且由于其提问的方式和追问的起点就与所要追问的目标错位脱节，因而注定了是不可能成功的。

以“艺术是什么？”的问题开始的对“艺术本质”的追问，不仅是一种典型的形而上学追问方式，而且压根儿就是一种自欺欺人的把戏。它不仅因专注于追问艺术的“概念义（是什么/本质）”而遗忘了探讨更为根本和重要的艺术的“运作义（如何生成/存在）”，而且单就对艺术的“概念义”的追问来讲，它无非只有两种方式可以选择：一是从对现有“艺术品”的“特性”的比较分析中去归纳出“艺术”的概念；二是从某些更高级的概念中去演绎出“艺术”的概念。毫无疑问，这两种方式都是形而上学的，因为事实上它们都必须依赖于事先预设的某些“观念”：对“艺术品”“艺术特性”的归纳必须以一定的“艺术观念”作为前提才是可能的；而从更高级的“概念”做概念演绎更是一种赤裸裸的“从观念到观念”的概念运动、逻辑换算。不仅如此，前一种追问必须在尚不知“艺术”为何物的前提下“独断”哪些是、哪些不是“艺术品”，哪些是、哪些不是“艺术特性”，这样的追问要么不可能，要么不过是一种“被倒置了的循环”；后一种方式同样如此，它必须先行持有那样一些规定性，这些规定性必须完全符合并能印证在我们事先已经认定是“艺术品”的那些东西上。这显然同样是一种“非生产性循环”。因此，这两种所谓的“追问”方式实际上都不过是一种自欺欺人的把戏。正如海德格尔所批评的那样，“人们以为，艺术是什么，可以从对现有艺术品的比较考察中得知。但假如我们事先并不知道艺术为何物的话，又怎么能确定我们的这种考察是以艺术品为基础的呢？然而，与借助对现有艺术品的特性的归纳一样，从更高级的概念进行演绎，也同样把握不到艺术的本质，因为这种演绎也已先行持有了所瞥见到的那样一些规定性，这些规定性必然足以把那些我们事先就认定是艺术品的东西端呈给我们。从现有作品中归纳特性和从基本原理中

①以往的西方形而上学惯常以“人是什么（Was ist der Mensch）？”的问题开始对“人的本质”的追问，这不仅一开始就将人当成了某种现成的具有某种既定本质的“存在者”，从而完全违背了“人的本质（人之所是/Sein）”取决于他如何“去—存在（去—是/zu-sein）”这一基本事实；而且如此追问的结果，人注定了最终都将变成“……的动物”，不管这里的“……”是“理性”“信仰”“符号”“能够制造和使用工具”，还是别的什么。当然，也有哲学家将人追问成了“植物”和“机器”的。一句话，以“人是什么？”的问题开始的对“人的本质”的追问，注定了难逃将人“现成化”和“物化”的宿命。

进行演绎，在此处都同样不可能。并且——但凡这样做，便是一种自欺"[①]。不仅如此，一个可以推断到的必然结果是：由于这两种追问方式所得出的结论，归根结底都不过是出自追问者自己预先持有的某种"独断"的艺术观念，因而必然还会出现"群言淆乱，不知折衷谁胜"的混乱局面。

在我看来，西方传统诗学、美学和艺术哲学之所以会采用这样一种提问方式和问题来开始对"艺术本质"的追问，其主要根源在于错认了它们首先应当回答的基本问题。换句话说，尽管"艺术是什么?"的问题的确是以往全部西方诗学史、美学史和艺术哲学史上的一个主导问题，但它并不构成诗学、美学或者艺术哲学首先应当追问的基本问题。

原因何在呢？这牵涉到人类精神创造活动体系的划界与分工的问题。限于篇幅，我们不可能做详细展开，只能通过做这样一种简单的反向追问来提示：在已经有了各种自然科学和社会科学学科之外，人类为什么还需要各种人文学科？人文学科必须存在的合法根据和不可替代的独特价值何在？一个差强人意的回答便是：人文学科有自己独特的价值取向、关注重心和探索方式。如果说自然科学和社会科学更多关心客观存在的"事实"，且"事实"是其"意义"的根据和尺度的话，那么人文学科则重在寻求那作为根据之源的"意义"，从"意义"出发去探寻和创构可能或者应当如此的"事实"。换言之，在人文学科中，"意义"问题相对于"事实"问题具有一种逻辑优先性，追问某物的"存在根据"远比追问某物"是什么"重要和根本(后详)。对于沉思艺术本质的那些人文学科来说尤其如此，因为一个艺术品的全部生命和价值就在于建立一个"意义世界"。

总而言之，与"艺术是什么?"的问题比较起来，"艺术是否以及在何种意义上必须存在?"的问题更为根本；"艺术是什么?"，并不是诗学、美学和艺术哲学首先应当追问的基本问题。我们必须改换提问方式和基本问题，从追问艺术存在的根据入手，重新开始我们对"艺术本质"的追问。

二、现成性思维：知识论美学方式的误区

对"艺术本质"的追问之所以长期不能令人满意，除了形而上学的思维惯

①Heidegger, M. *Holzwege*, Frankfurt: Vittorio Klostermann, 1994. SS.2-3.

性使追问者们错认了首先应当追问的基本问题之外，更直接的原因或许还在于那种源于现成性思维方式并以此为特征的知识论形态的诗学、美学、艺术哲学和与之紧密相关的经验—实证科学观念的影响。

从整个西方艺术思想发展史来看，占支配地位的始终是那种知识论形态的诗学、美学和艺术哲学观念。这种形态的“诗学”“美学”和“艺术哲学”不仅不经审视地将各种经验—实证科学作为自己的思想资源，而且还自觉或不自觉地总是以经验—实证科学作为自己追求的目标和范本。尽管它们也不断地抛出一个个关于“艺术本质”的看法（自然都是以“艺术是……”的样式表述的个人的“意见之道”），但它们无疑都以总结、积累所谓的艺术“规律”“法则”和“技巧”等艺术经验为主要职责。

柏拉图及其以前的艺术理论家多多少少还比较重视艺术创作中据称来自神的“灵感”因素，但从亚里士多德的《诗学》开始，艺术创作越来越被看成一门可以通过传授、学习和训练而获得的特殊“知识”和“手艺”。对艺术有着良好领悟的古希腊人不仅将“自然”之外的一切都视为“艺术”，还曾用同一个词τέχυη来表示技艺和艺术，用同一个词τέχυιτης来称呼工匠和艺术家；古罗马和中世纪时期虽然从ars中分出了“septem artes liberales（七门自由艺术）”即天文学、几何学、算术、音乐、语法学、修辞学和逻辑学，占主导地位的显然依旧是“知识学问”和“实用技艺”；文艺复兴时期的许多伟大艺术家（尤其是画家和雕塑家）都自称“工匠”，并将自己的创作室和授徒传艺之地称为“工场”或“作坊”；17世纪的古典主义者标举的是艺术创作必须遵守的“理性法则”和各种“清规戒律”（如戏剧创作的“三一律”）；18世纪虽然出现了“the fine arts（美的艺术）”这一概念，康德等人也重新强调艺术创作是一种“天才”的特殊创造活动，但“美学”却被它的创始人明确定义成了“感性认识的科学”，而当各种“美的艺术”进入现代大学学科建制以后，在被越来越“体系化”“精细化”的同时显然也被越来越“专业化”和“技术化”了。到19世纪下半叶以后，传统的“艺术”观念虽然先后受到了各种“现代主义”和“后现代主义”思潮的毁灭性冲击，但影响最为深广的黑格尔美学不仅将艺术明确定义成“理念的感性显现”[①]，而且还将世界艺术发展史纳入了他的“绝对理念”按“正—反—合”规律做机械运动的形而上学框架之中；以威廉姆·狄尔泰为代表的诗歌研究变成了“语言学”分析，以雅各布·布克哈特、丹纳为代表的艺术史研究变成了“历史学”清理，结果把对艺术的感知变成了一种纯粹事实的经验和说明，一门越来越专业化的科学知识；各种心理学、美学流派则更是把艺术审美中人的感情状态变成了自行出现的人们可以对之进行实验、观察、测量的事实[②]，一种神经系统的激动、身体的状态[③]。“艺术”和“诗”成了技术分析的对象，统统被纳入了“生理科学”和“心理科学”的计算性知识领域。到了20世纪，马克思主义文艺理论将艺术视为社会存在和社会意识形态的反映，将艺术更多地引向了“社会学”向度的研究；精神分析学派将艺术视为艺术家个体无意识或者人类集体无意识的表现，把艺术研究引向了对艺术家个人生平事迹和内心隐秘的“深层心理学”分析或者各民族神话原型的“历史文化学”研究；俄国形式主义者和英美新批评家们大多原本就是“语言学家”，所以他们始终紧扣“文学作品语言的文学性”这个中心，力图探讨出一套操作性很强的文学创作和阅读的技巧与技法；结构主义者和符号学美学家们虽然不乏“文化人类学者”或者“文化哲学家”，但“语言学”是这两种思潮的共同源头之一；现象学美学家们的祖师爷胡塞尔原本就力图建立“作为严格科学的哲学”，所以他们要么追求对审美经验现象做出科学的描述（如杜夫海纳），要么追求对文学艺术作品结构层次做出科学的划分（如罗曼·英伽登）；阐释学和接受美学家们虽然也探讨“作品”与“文本”的区别、“作品意义的生成”等问题，但关注的重心却是“阅读的期待视野”“理解的合理差异”“视域融合”等有关“艺术接受”方面的问题（我并不否认英伽登、伽达默尔在这方面的工作具有极大的开创性意义）；女性主义、新历史主义、生态批评、文化研究等文艺思潮则一心致力于某些传统思想观念的摧毁与重建。至于分析哲学家和解构主义者，他们干脆宣布“艺术”是一个不可定义的“开放性概念”（如维特根斯坦），追问“艺术的本质”是毫无意义的徒劳之

①黑格尔的原话是“美是理念的感性显现”，但由于他的《美学》一开篇就将“美学”正名为“艺术哲学”甚或“美的艺术的哲学”，而且始终只研究“艺术美”，因此这个对“美”的定义也就是他对“艺术”的本质性定义。

②Heidegger，M. *Nietzsche I*，Pfullingen：Günther Neske，1961. S.107.

③Heidegger，M. *Nietzsche I*，Pfullingen：Günther Neske，1961. S.109.

举，因为在文艺作品中只能看见“能指的游戏”“痕迹”的不断“改写”与“擦拭”、意义的一味“延异”和“撒播”（如德里达）。

综上所述，源于西方形而上学根深蒂固的现成性思维方式，在整个西方艺术思想发展史上占统治地位的，始终是知识论形态的诗学、美学和艺术哲学。在这样一种深受经验—实证科学观念左右的诗学、美学和艺术哲学观念影响下，艺术思想家们要么根本不把探索的重心放在对“艺术本质”的追问上，要么仅仅以“艺术是……”的样式抛出一些个人“独断”的形而上学命题，要么干脆彻底否定对“艺术本质”的追问本身。

简单回避或者粗暴否定对“艺术本质”的追问，既缺乏足够根据也不解决实际问题，这已无须多说。两千多年的历史经验还告诉我们，将“艺术”问题视为一个纯粹的专业技术知识问题，意味着从思想的开端处即已误入歧途；将“艺术本质”置于深受经验—实证科学观念影响的知识论形态的诗学、美学和艺术哲学框架下去追问，原本就是不恰当的方式。这是因为：

艺术作品毕竟不是一般存在者，艺术终究不同于技术，不能成为技术分析和科学知识的对象；更重要的是，知识论形态的诗学、美学和艺术哲学采用的那种现成性思维方式，根本就不适宜于追问“艺术本质”。因为，艺术既非某种现成之物，也无什么既定本质。套用海德格尔的话说，艺术在艺术存在中成其本质。即是说，艺术存在先于艺术本质，艺术本质于艺术存在中生成。试图用现成应对生成，以有限规范无限，自然圆凿方枘，扞格不入。更何况，离开了艺术存在的本质之源，“艺术”必将成为一个偶然伴生且可有可无的空洞概念。（后详）

由此可见，运用一种现成性的思维方式注定会错失生成性的“艺术本质”。我们唯有超越知识论形态的诗学、美学、艺术哲学和与之相关的经验—实证科学观念的束缚，改换一种生成性的思维方式，从分析艺术存在的本质之源开始，踏上一条追问“艺术本质”的崭新道路。

三、符合论真理观：西方艺术思想史的蔽障

综观西方两千多年的艺术思想发展史，艺术问题从来就与真理问题紧紧纠

缠在一起。因此,造成那种对“艺术本质”的追问长期不能令人满意的局面,很可能还与长期以来在对“真理的本质”的认识上的迷误密切相关。

这不难理解。艺术与真理之间有着一种本质性的同源共生关系:它们以相互成就的方式相互归属。[①]一方面,艺术在艺术存在中成其本质,现实的艺术存在是艺术作品的存在,而使一个艺术作品成其为一个艺术作品并区别于其他自然存在物或一般人造存在者之处在于:在艺术作品中,真理之生发起着作用。换句话说,艺术作品之为艺术作品,乃是因为在它之被创作存在中有真理的生成和发生这回事。所以海德格尔说,艺术之为艺术,“一切全在真理的本质中”[②]。另一方面,真理的本质是存在者之无蔽,而艺术作品正好以自己的方式开启存在者的存在,让存在者及其整体走进其“存在之光”里,于是便有了作为存在者之无蔽的真理之生成和发生。此外,在艺术作品中,真理通过澄明与遮蔽之间的原始争执而被赋形现身并得以保存。由于真理必须将自身设立于存在者之中方能成其本质,因此在真理的本质中便包含着与艺术作品的牵连;又由于艺术使真理在艺术作品中得以创建性保存,所以海德格尔说,“艺术在其本质中就是一个本源:是真理进入存在的突出方式”[③]。

真理的本质即“无蔽”。海德格尔《论真理的本质》一文已对此做过系统有力的论证。他指出,流俗的“真理”(Wahrheit)概念通常指“那个使真实成其为真实的东西”。而“真实”(Wahres)要么指事情真实,即现成事物与其合理性的本质概念符合一致;要么指命题真实,即一个陈述与它所陈述的事情符合一致。由于本质概念和命题陈述都无非是人关于事物的某种“知识”,因此,流俗的“真理”概念无非意指“知与物的符合”,其实质是“正确性”(Richtigkeit)。而“知与物的符合”,唯当物“如其所是”地向知呈现自身而知又能“如其所是”地言说物之际,才会发生。“如其所是”的陈述植根于陈述行为的“开放状态”,陈述行为的开放状态植根于“自由”,自由便是“让存在者存在”,让存在者存在便是“让存在者成其所是”,让存在者成其所是便是“让存在者进入敞开状态”而成为“无蔽

---

①海德格尔在《同一与差异》中论及人与存在的关系时曾说,人与存在以一种相互激发的方式相互归属,相互构成着相互居有。这话对于我们准确理解艺术与真理之间的关系很有启发。参见 Heidegger, M. *Identität und Differenz*, Pfullingen: Günther Neske, 1957. SS. 28-29.

②Heidegger, M. *Holzwege*, Frankfurt: Vittorio Klostermann, 1994. S.48.

③Heidegger, M. *Holzwege*, Frankfurt: Vittorio Klostermann, 1994. S.66.

者”(τά άληθέα)。而古希腊那个后来被译为“真理”(άλήθεια)的单词,其本义正是“无蔽”。“无蔽”同时意味着“解蔽”或“敞开”,因此,“真理”的本质就是存在者之“无蔽”“解蔽”或“敞开”状态①。

然而令人遗憾的是,在海德格尔提出“真理—显现”论艺术观之前,在西方艺术思想史上相继占据过主导地位的“现实—再现”论、“主体—表现”论和“符号—象征”论三种艺术观,所持的都是流俗的“符合论真理观”,亦即以“正确性”为实质的“真实”观念。在那里,“真实”成了艺术最本质的规定性和评判尺度。

在西方艺术思想史上产生时间最早、持续时间最长的是“现实—再现”论艺术观。正如车尔尼雪夫斯基所说,它在西方雄霸了两千多年。自柏拉图从责难的角度宣称艺术是“对真理的摹仿之摹仿、影子的影子”“与真理隔了三层”并批评诗人是“说谎者”,到亚里士多德、贺拉斯、卡斯特尔维屈罗、莎士比亚、达·芬奇、布瓦洛、伏尔泰、狄德罗、卢梭、莱辛、马克思、恩格斯、左拉,莫不如此。到了1960年代后期崛起的“超级(照相)现实主义”那里,这种艺术观更被推演到了“准确到每一根毛发”那样的极致。由于“现实—再现”论艺术观认为艺术本质上是对现实的摹仿,艺术的生命和价值在于真实、准确地反映现实对象,因此其所持的艺术真理观是“符合论真理观”,当是不言而喻的。

“主体—表现”论艺术观也可追溯到古希腊罗马中的抒情传统等②,兴盛时又颇有“狂飙突进”之势,但它毕竟迟至18世纪末才正式出场,19世纪30年代即告衰落;同样,“符号—象征”论艺术观虽然亦可追溯到古希腊—希伯来文化中的神秘主义渊源等③,并且兴起后迅速波及整个欧美文学艺术各界,但它更是迟至19世纪中叶才正式登台,20世纪初即告衰落。20世纪的艺术观,则大体是对以上三种艺术观的某种程度的继承、融合、强化或颠覆。与“现实—再现”论艺术观比较起来,“主体—表现”论艺术观和“符号—象征”论艺术观出现时间晚、

①Heidegger, M. *Wegmarken*, Frankfurt: Vittorio Klostermann, 1996. SS.179-202.

②所谓“主体—表现”论艺术观的源头,至少可以追溯到古希腊女诗人萨福的抒情诗、索福克勒斯的悲剧或柏拉图的“迷狂”说等;美国当代学者M.H.艾布拉姆斯则将浪漫文论及其批评传统的源头追溯到了古罗马郎吉弩斯的《论崇高》(参见:*The Mirror and the Lamp: Romantic Theory and the Critical Tradition.* New York : Oxford University Press, 1953)。

③“符号—象征”论艺术观的源头至少可以追溯到古希腊的“信物”“奥尔弗斯神秘教”,和希伯来文化中的《圣经》与“十字架”“诺斯替教派”和“隐修会”等。

持续时间短;更重要的是,它们虽然在描摹对象和表现手段上有了某些变化,但在追求真实、准确地塑造对象这点上却是一脉相承的,只是改换了角度、开掘了新的可能性而已。况且发生这些变化的深层动因,正是为了更全面、更深刻、更真实、更准确地塑造对象;其所持的艺术真理观,同样是“符合论真理观”,以“正确性”为实质的“真实”观念。

可是,若论“符合”论意义上的“真实”,艺术作品远不如“自然存在物”和“一般人造存在者”更来得“真实”。这就说明,真正使艺术成为艺术的是“真理”而不是“真实”;在艺术作品中生成和发生的真理,是存在者及其整体的“无蔽”,而不是正确、符合意义上的“真实”。质言之,在艺术作品中发生的,不是个别存在者得到了“真实”的摹仿、表现或象征,而是存在者及其整体之被“澄明”、被“解蔽”、被“敞开”,进入了其存在的“无蔽”状态。从“真实”而非“真理”的角度把握艺术,是西方艺术思想史上一个关键性失误。

或许,西方艺术真理观上的迷失是与长期以来西方形而上学真理观上的迷失紧密相连的,从某种意义上说,它本身就是后者导致的必然结果。正如海德格尔在《尼采》中所论证的那样,从宣布超感性事物比感性事物更为真实的柏拉图到作为柏拉图主义之颠倒的尼采,西方形而上学对“真理”的本质规定,同时也是唯一规定,就是“真理是表象的正确性”[1]。换句话说,它所持的始终是一种“符合论真理观”。正是这种形而上学真理观上的迷失直接导致了艺术真理观的迷失,并最终形成了西方艺术思想史上一层厚厚的蔽障!

事实证明,从这样一种真理观出发必然错认艺术的本质。因此,一方面我们应当从“真理”而不是“真实”的角度重新思考艺术的本质,从“现实—摹仿”论、“主体—表现”论和“符号—象征”论艺术观转向“真理—显现”论艺术观;另一方面还应当重新审视在艺术作品中生成和发生的真理,从“符合”论真理观转向“无蔽”论真理观,重新开始追问“艺术本质”的征途。

四、从存在问题出发:海德格尔追问艺术本质方式的启示与局限

在那篇著名系列演讲稿的“附录”中,海德格尔总结道:“整篇《艺术作品的

①Heidegger,M. *Nietzsche I*, Pfullingen: Günther Neske, 1961. SS.511-512.

本源》,有意识——尽管未曾明言——地行动在追问存在之本质的道路上。唯从存在问题出发,对于艺术是什么的沉思才得到了完整而坚实的确定。”①

什么是海德格尔所说的“从存在问题出发”追问艺术的本质呢?稍稍熟悉海氏思想的人都知道,从《存在与时间》开始,海德格尔的“存在”就包括两个层次:一是“基础存在”,即“人的存在”,他称之为“此在(Dasein)”,与“真理(Wahrheit)”问题紧密相关;二是“存在(Sein)”,后期海德格尔认为它与“己成(Ereignis)”和“语言(Sprache)”问题紧密相关。因此,据我看来,所谓“从存在问题出发”追问艺术的本质便是:从借助“真理”之中介而发生的“艺术与人类的历史性此在之间的内在关联”,和从借助“己成”及“语言”之中介而发生的“艺术与存在的意义之间的内在关联”入手,开始对“艺术本质”的追问。更明确地说,就是要从沉思我们的历史性此在、民族的历史性此在,乃至人类的历史性此在的角度,从沉思存在的意义的角度来追问艺术的本质。

海德格尔为什么要“从存在问题出发”来追问艺术的本质呢?最直接的客观原因是应对黑格尔来势汹汹的“艺术终结论”。这一点在《艺术作品的本源》(以下简称《本源》)“后记”中有明确昭示②。黑格尔以前所未有的强大的逻辑思辨力量向每一个关心艺术未来前途的人提出了一个异常严峻的问题:“绝对理念”按其本性必将从自身出发历经异化并最终返回自身,因此,作为其“感性显现”而居于这个过程的低级阶段的艺术必将消亡,而为处在更高阶段的哲学和宗教所取代。黑格尔的“艺术终结论”,迫使对伟大诗歌和伟大艺术怀有一种发自内心的狂热喜爱的海德格尔不得不通过追问“艺术的本质”来做出一个决断:“艺术能否是一个本源从而必然是一种优先,或者艺术是否只能必须保持为一

①Heidegger, M. *Holzwege*, Frankfurt: Vittorio Klostermann, 1994. S.73.

②海德格尔从黑格尔《美学》中摘抄了三个段落,它们分别宣称:“艺术不再是真理借以获得其实存的最高样式”;“艺术样式不再是精神的最高需要”;“艺术的最高职能对于现代人已经成为过去的事情”。其实“艺术终结论”并不始自黑格尔,早在艺术大放异彩的古希腊时代,柏拉图就已发其滥觞;之后又不断有人提起,引得不断有人站出来“为诗一辩”。为何针对黑格尔呢?大概是因为他的《美学》成就最高、影响最大、思辨性和说服力最强。在摘抄这些段落之前,海德格尔首先承认黑格尔《美学》基于形而上学对艺术所做的沉思是“西方所拥有的关于艺术之本质的最全面的沉思”;在《尼采》一书中,海德格尔再次肯定了黑格尔美学是“西方最后和最伟大的美学”。分别参见:Heidegger, M. *Holzwege*, Frankfurt: Vittorio Klostermann, 1994. S.68; Heidegger, M. *Nietzsche I*, Pfullingen: Günther Neske, 1961. S.100.

种附庸，从而只能作为一种流行的文化现象而伴生。”[1]至于其主观原因，海德格尔自白道：“我们如此追问，旨在能够更本真地追问，艺术是否在我们的历史性此在中是一个本源，是否以及在何种条件下，它能够是而且必须是一个本源。”[2]

显然，在海德格尔看来，“艺术的本质”问题既不是一个关于名叫“艺术”的存在者的本质的形而上学问题，也不是一个关于“艺术是什么”的知识论形态的美学或艺术哲学问题，而是一个有关人的历史性此在和存在的意义的生存—存在论问题。唯当艺术不单是人类摹仿或象征现实世界或者表现内心情思的工具，而是我们的历史性此在必须赖以筑居、存在的意义赖以澄明的先行的本质之源这一点得到了有力证明之际，艺术“必须存在的根据”才得以彰显，才不至于被视为一种“伴生”的、可有可无的“附庸”。至此，我们也可以更好地理解：为什么“艺术是什么？”的问题并非诗学、美学和艺术哲学首先应当追问的基本问题；为什么与“艺术是什么？”比较起来，“艺术是否以及在何种意义上必须存在？”具有逻辑优先性，更为重要和根本：假如艺术果真只能作为一种流行的“文化现象”或者“精神现象”的“附庸”而“伴生”，从而缺少“必须存在”的内在“根据”的话，那么追问“艺术是什么”的问题便无关紧要、了无价值。从这个意义上说，“艺术必须存在的根据”是决定“艺术是什么”的“本质之源”。然而遗憾的是，此前的西方美学虽然不乏对“艺术本质”的追问，却长期遗忘且从未追问过“艺术的本质之源”。

通过《本源》一文那“山重水复疑无路，柳暗花明又一村”似的层层推进且环环紧扣的追问，再结合其“后记”“附录”所做的补充说明及别处的一些论述，海德格尔确实雄辩地证明了：艺术是“此在”和“存在”的双重本源。

艺术是我们的、民族的、人类的历史性此在的一个本源。海德格尔从追问艺术作品的本源的角度对此加以证明。艺术作品的基本特征是“建立一个世界并制造大地”；在作品之被创作存在中，“世界”与“大地”间的“原始争执”得以“设置入作品”，而被这种“争执”所争得的作为“无蔽”的“真理”遂得以生成和发

---

①海德格尔这段话的行文看上去似乎有些啰唆，但原文就“堆砌”了这么多词语；而且仔细品味之后会发现：它们“一个都不能少”！参见：Heidegger, M. *Holzwege*, Frankfurt: Vittorio Klostermann, 1994. S.66.

②Heidegger, M. *Holzwege*, Frankfurt: Vittorio Klostermann, 1994. S.66.

生、赋形和保存。因此,艺术乃真理之创建、发生和进入存在的突出方式。由于有真理的生成和发生、存在者的敞开与澄明,艺术能让我们"摆脱惯常性"[①],"挪移"进"存在者之由它自身开启出来的敞开域","改变我们与世界和大地的关系",并"把我们移出寻常与平庸"[②],从而成为我们的历史性此在的一个本源;艺术还能"为历史建基",从而成为"一个民族的历史性此在的本源"[③];又由于与真理、与人类存在之间的本质关联,艺术又是人类"本真存在"的本源。总之,"艺术"对于"历史性此在"而言仍然是"决定性的真理的一种根本的和必然的发生方式",它"能够是""应当是",而且"必须是"我们"依本源而居"、创建民族的崭新历史、争得人类"本真存在"的一个逻辑上"优先"的"本源"。

艺术也是"存在"的本源。海德格尔至少从以下三个角度加以论述:"存在的意义"需要"开显"。在《存在与时间》中,海德格尔业已证明,"此在"是唯一的"能存在者",也是唯一能对"存在的意义"发问的"探询者""领会者"和"见证者"。因此,"此在"是"存在的意义"得以开显的唯一"窗口"。其一,既然艺术是"此在"的本源,当然便是"存在"的本源;其二,在《本源》一文的"附录"中,海德格尔又说,"艺术归属于已成(Ereignis),而唯源于已成'存在的意义'(见《存在与时间》)才能得到确定"[④]。既然艺术归属于"已成"且"已成"又是"存在的意义"的源泉,艺术自然也是存在的本源;其三,在《关于人本主义的书信》中,海德格尔论证了"语言是存在之家"这一著名命题[⑤];在《语言的本质》和《词语》两文中,海德格尔又集中阐述了格奥尔格"词语破碎处无物存在"这句名言[⑥]。既然"存在"离不开语言的"道说",而艺术,尤其是诗歌又是最具"源初道说"力量的"本真的语言",那么在这个意义上,艺术也应当是"存在"的"本源"。

通过"从存在问题出发"所展开的匠心独运、别具一格的追问,海德格尔不仅在追问艺术的本质上开显出了许多崭新的境界,而且有力地证明了"Die

①Heidegger, M. *Holzwege*, Frankfurt: Vittorio Klostermann, 1994. S.62.

②Heidegger, M. *Holzwege*, Frankfurt: Vittorio Klostermann, 1994. S.54.

③Heidegger, M. *Holzwege*, Frankfurt: Vittorio Klostermann, 1994. SS.65-66.

④Heidegger, M. *Holzwege*, Frankfurt: Vittorio Klostermann, 1994. S.73.

⑤Heidegger, M. *Wegmarken*, Frankfurt: Vittorio Klostermann, 1996. S.313.

⑥Heidegger, M. *Unterweges zur Sprache*, Stuttgart: Günther Neske, 1997. SS.157-238.

Kunst in ihrem Wesen ein Ursprung ist(艺术在其本质中就是一个本源)"[①]。更重要的是,海德格尔还借此巧妙而成功地超越了以往知识论形态的美学那种根深蒂固的对象性思维方式和现成性思维方式的藩篱[②],为我们继续追问艺术的本质提供了一种方法论意义上的启示。

大家知道,由于受对象性思维方式的影响,19世纪以前的西方美学把艺术作品当作感知的对象,此后又视为体验的对象,并认为人感知或者体验艺术的方式就能说明"艺术的本质"。但事实上,感知或体验的方式非但不能揭示艺术的本质,或许还是"艺术死于其中的因素"[③],因为对象性思维方式决定了它们都只能从"形相""形式""美"或者"静观""非功利"等这些外在的、表层的、短暂的因素中去寻找和说明所谓"艺术的特性",不能挖到"艺术的存在之根"上去,从而致使自柏拉图以来的"艺术终结论"暗流愈演愈烈,到了黑格尔那里更是毫无抗辩地宣判了艺术的"死刑"。但海德格尔却另辟蹊径,选择了"从存在问题出发",以"真理"为中介,分别从"艺术与人的历史性此在"和"艺术与存在的意义"两个方面的"内在关联"入手追问艺术的本质,不仅成功地摆脱了传统西方美学对象性思维方式的束缚,而且睿智、深刻、雄辩地证明了艺术之所以必须而且能够作为一种不朽的价值永恒存在的本质之源。

此外,由于受现成性思维方式的左右,以追求艺术知识为旨归的西方美学遗忘了艺术存在的运作义和艺术本质的生成性,从而将艺术视为一种现成的具有某种既定本质的存在者。以"艺术是什么?"的提问方式开始对艺术本质的追问和以此问题为美学首先应当追问的基本问题的观念,以及诸多以"艺术是……"的样式表达的形而上学命题的出现等,都是这种现成性思维方式的必然结果和具体体现。但海德格尔却改弦更张,通过展示作为"无蔽"的"真理"如何在艺术作品的被创作存在中借"世界"与"大地"之间的"原始争执"而动态生成和发生来开显"艺术本质"如何生成和发生,从而成功地破除了传统西方

---

①Heidegger, M. *Holzwege*, Frankfurt: Vittorio Klostermann, 1994. S.66.

②据我的看法,这两种思维方式的形成大概情形是这样的:主—客体二元对立的知识论框架的西方形而上学,先将"存在"偷换成"在场",再将"在场"偷换成在场的"存在者",最后又将"存在者"偷换成"现实之物",于是慢慢孕育出了根深蒂固的对象性思维方式和现成性思维方式。影响所及,西方美学也惯常采用这两种思维方式。

③Heidegger, M. *Holzwege*, Frankfurt: Vittorio Klostermann, 1994. S.67.

美学现成性思维方式的迷妄；而且与惯常追求一劳永逸的“终极答案”不同，海德格尔多次申明他并没有也不打算为艺术的本质寻找到所谓的唯一正解[①]，从而保证了艺术本质的开放性，将对艺术本质的追问视为一个永无止境的求索过程。

海德格尔的艺术之思和他追问艺术本质的方式自然远比此前的西方艺术哲学家们要高明。然而，我们也必须清醒地意识到，海德格尔也有他自身的局限。据我的初步考虑，至少以下几点值得大家反思和讨论：

其一，正如海德格尔自己在《本源》开篇所展示的那样：追问艺术的本源，原本有“艺术家”“艺术作品”“艺术”三个理由同样充足的可能的入口，因为无论从逻辑上还是实际上来讲，这三者都互为本源。但众所周知，海德格尔最终选择了“艺术作品”这个入口而放弃了另外两个入口。至于为何要、以及何以能做此选择与放弃，海德格尔并没有给出足够充分有力的论证或说明（他提出的理由无非是“艺术在艺术作品中成其本质”和“离开了艺术作品‘艺术’便只是一个抽象概念”之类），因而是显得有些独断的。

其二，海德格尔显然过分依赖被他赋予了特别内涵的“真理”概念，而正如他自己在《本源》《存在与时间》《演讲与论文集》等论著中所揭示的那样，“真理”设立自身或现身运作的方式是很多的：“建立国家”“本质性的牺牲”“思想者的追问”“科学技术”等都是，换句话说，真理的设立和显现并非是艺术（作品）独具的特性。既然如此，又怎么能将追问“艺术本质”的一切指望都系于“真理”一身呢？

其三，海德格尔虽然非常睿智、深刻、雄辩地追问了“艺术的本质之源”，为我们继续追问“艺术的本质”提供了一个新的视角，指示了一条新的道路，开辟了一片新的天地，但他却没有直接追问“艺术的本质”，更没有最终解开“艺术之谜”。而且连他本人也承认，自己所给出的“答案”（如“艺术乃是真理之自行设置入作品”等）中还不乏模棱两可和自相矛盾之处[②]。这真应了他本人的一句名

①如在《艺术作品的本源》“后记”中，海德格尔明白昭示，“前面的深思指向艺术之谜，这个谜就是艺术自身。其意图绝非是要解开这个谜。它的使命确立在：看清这个谜”；在“附录”中他再次重申：“艺术是什么，是本文中没有给出答案的诸多问题之一。”分别参见：Heidegger，M. *Holzwege*，Frankfurt：Vittorio Klostermann，1994. S.67、S.73.

②Heidegger，M. *Holzwege*，Frankfurt：Vittorio Klostermann，1994. S.73.

言："Alles ist Weg(一切皆是道路)"[①]。我想，包括海德格尔的艺术之思及其追问方式本身，也只是"道路"而非"目的地"。

综上所述，追问艺术本质本身并没有错，但迄今为止，西方所有追问艺术本质的方式都还存在这样那样不同程度的迷误或缺陷。当务之急是检讨我们追问艺术本质的方式，走出某些陷阱和误区；同时，将对艺术本质的追问视为一个直接关系人的存在意义的永无止境的求索过程，不断出发和上路，不断开显新境界！

原载《学术月刊》2007年第12期，中国人民大学《复印报刊资料·文艺理论》2008年第3期全文转载

①Heidegger, M. *Unterweges zur Sprache*, Stuttgart: Günther Nesde, 1997. S.198.

也谈什么是“艺术作品的本源”

海德格尔的系列演讲《艺术作品的本源》(Der Ursprung des Kunstwerkes)以“存在者在其存在中成其本质”的存在主义立场，以“回到事情本身”和“直接呈现”的现象学方法考察了“艺术的存在”后认定，“艺术的本质”乃是通过“世界与大地的原始争执”的“裂隙(Riß)”的“构形(Gestalt)”而实现的“真理之自行设置入作品”。艺术是真理之创建、发生和进入存在的突出方式；而“艺术作品之成其为艺术作品”(区别于“自然物”和“器具”)，也是因为它“是真理之生成和发生的一种方式”。据伽达默尔介绍，演讲在当时就“引起了一种哲学的轰动”；如今60余年过去了，仍不时激起人们讨论的兴趣，邓晓芒先生《什么是艺术作品的本源？——海德格尔与马克思美学思想的一个比较》(载《哲学研究》2000年第8期)就是近例。这些讨论中不乏睿智和真理，但也存在苛责甚至误解。陈寅恪先生告诫我们，评析某种前人思想时应抱“理解之同情”去做“同情之理解”。下面，笔者不揣浅陋，谈谈个人对该文的理解和困惑，以就教于方家。

一、文章题旨与写作动机

在评判海德格尔对“艺术作品的本源”的追问之前，我们首先得弄明白：什么是海德格尔所谓的“艺术作品的本源”？他为什么要做这样的追问？前者关涉文章题旨，后者关涉写作动机。

什么是“艺术作品的本源”呢？海德格尔在演讲中开宗明义指出，“本源(Der Ursprung)”一词指的是“一件东西从何而来，通过什么它是其所是并且如其所是”[①]。据我理解，这里的“从何而来(von woher)”乃是指某一存在者得以产生之“所从出”；这里的“是其所是”乃是指“存在者成为其自身所是的那种存在者”，它针对“是什么(was sie ist)”而言；“如其所是”针对“如何是(wie sie ist)”而言，乃是指“存在者本己的如此这般的存在”。再加上海德格尔认为，决定某一存在者“是其所是”并“如其所是”的是该存在者的“本质(Wesen)”。合而言之，海德格尔所谓的“艺术作品的本源”，乃是使艺术作品成其为艺术作品并以艺术作品的方式而存在的艺术作品的本质之源。

按通常理解，“艺术作品”来自“艺术家”的创造活动，因此“艺术家是艺术作品的本源”。可是，是什么使“艺术家成其为艺术家”呢？是“艺术作品”。因此，“艺术作品又是艺术家的本源”。然而，又是什么使“艺术家”和“艺术作品”获得各自的定性，从而成为“艺术家”和“艺术作品”的呢？是“艺术”。因此，“艺术”又同时是“艺术家和艺术作品的本源”。随之而来，追问“艺术作品的本源”问题就势必会成为追问“艺术的本质”的问题，并且这一追问还同时有着三个可能的“入口”：“艺术家(der Künstler)”“艺术作品(das Kunstwerk)”和“艺术(die Kunst)”本身。

海德格尔为什么要追问“艺术作品的本源”呢？在《艺术作品的本源》一文临近结尾处，海德格尔写道：“我们追问艺术的本质。为什么要做这样的追问呢？我们做这样的追问，目的是为了能够更本真地追问，艺术在我们的历史性

①Heidegger，M. *Holzwege*，Frankfurt：Vittorio Klostermann，1994. S.1；《林中路》中译本，第1页。另外，本文所涉中译本分别参考孙周兴译海德格尔《林中路》，上海译文出版社1997年版；《在通向语言的途中》，商务印书馆1997年版；《尼采(上卷)》，商务印书馆2002年版；《路标》，商务印书馆2000年版；以及陈嘉映、王庆节译《存在与时间》，生活·读书·新知三联书店1999年修订版。不一一注明。

此在中是不是一个本源？是否并且在何种条件下，艺术能够是而且必须是一个本源？”海德格尔紧接着解释道，他做此追问的目的是想做出决断：“艺术是否能成为一个本源因而必然是一种领先，或者艺术是否始终是一个附庸从而只能作为一种流行的文化现象而伴生。”① 换句话说，他是为了弄明白，“艺术”究竟是我们“依本源而居”之“先行之必需”的“本源”呢，还是始终“只能作为一种流行文化现象而伴生”之“附庸”？

他在为该文所写的《后记》中，第一句话就指出：“本文的思考关涉到艺术之谜，这个谜就是艺术本身。这里绝没有想要解开这个谜。我们的任务在于认识这个谜。”紧接着，他把这个问题更加清楚地表述为：黑格尔《美学》中“艺术不再是真理由以使自己获得其实存的最高样式”“艺术样式已不再是精神的最高需要”“就艺术的最高职能来说，它对于我们现代人已经是过去的事了”，等等。“判词”是否是“最终的真理”？“艺术对我们的历史性此在来说仍然是决定性的真理的一种基本和必然的发生方式吗？或者，艺术压根儿不再是这种方式了？”②这就是说，面对黑格尔百余年前提出的“艺术消亡论”（其实，这一论调早在柏拉图那里就有了，柏拉图以后又反复出现过，引得不断有人出来写“为诗一辩”），做此追问是为了能更好地决断：艺术对于我们的历史性此在来说是否仍然是“决定性的真理的一种基本的和必然的发生方式”。笔者认为，只有先理解了这一点，才能理解海德格尔为什么要围绕“真理”来界定“艺术”以及应当如何看待这一界定的取向，等等。

海德格尔在文中暗示的结论是：他所说的“本源”一词是从“真理的本质”方面思考的，而“真理”乃是“存在之真理”，是“存在者之进入其存在的无蔽状态”。“艺术”乃是“真理之自行设置入作品”，是真理之创建、发生和进入存在的突出方式③。作为“真理的生成和发生”，作为存在者的敞开与澄明，“艺术（作品）”能使我们“摆脱惯常性”④，“挪移”进“存在者的由它自身开启出来的敞开性”之中，从而“改变我们与世界和大地的关系”，“把我们移出寻常与平庸”⑤。由此可见，

①Heidegger, M. *Holzwege*, Frankfurt: Vittorio Klostermann, 1994. S.66;《林中路》中译本，第62页。
②Heidegger, M. *Holzwege*, Frankfurt: Vittorio Klostermann, 1994. S.68;《林中路》中译本，第64页。
③Heidegger, M. *Holzwege*, Frankfurt: Vittorio Klostermann, 1994. S.69;《林中路》中译本，第65页。
④Heidegger, M. *Holzwege*, Frankfurt: Vittorio Klostermann, 1994. S.62;《林中路》中译本，第58页。
⑤Heidegger, M. *Holzwege*, Frankfurt: Vittorio Klostermann, 1994. S.54;《林中路》中译本，第50页。

对于我们的“历史性此在”而言，“艺术”仍然是“决定性的真理的一种基本的和必然的发生方式”，它“能够是”，而且“必须是”一个我们“依本源而居”的“先行之必需”的“本源”，一条帮助我们步入存在者的“澄明之境”、超越“寻常与平庸”的“道路”。总而言之，海德格尔是想通过对“艺术作品的本源(艺术的本质)”的追问，来追问“艺术”与“人类”之间的“本质(本源)性关联”以及“人类的本真存在”的可能。

二、应当如何看待海德格尔追问“入口”的选择

面对上述三个可能的“入口”，海德格尔是如何做出选择的呢?

在这三个“入口”中，仅从认识论—逻辑的角度说，“艺术”是“艺术作品”和“艺术家”的“本源”这一点最确定无疑。但据海德格尔看来，离开“艺术作品”，“艺术”不过是一个“词”，一个“没有任何现实事物与之对应”的抽象的“集合概念”①，因而直接从“艺术”本身入手追问“艺术的本质”不具有现实可操作性。然而，“艺术”能在现实的“艺术作品”中“成其本质”(die Kunst west im Kunstwerk)②，因此可以通过追问现实的“艺术作品”去追问“艺术的本质”。于是，正如有论者正确责难的那样，海德格尔后面的追问几乎都是围绕“艺术作品”展开的。“艺术作品”具有研究所需的“现实性”，选择它作为“入口”本无可厚非。问题在于，“艺术家”与“艺术作品”一样具有“现实性”，海德格尔凭什么厚此薄彼而将“艺术家”这个“入口”弃置不用呢?

《艺术作品的本源》中透露过这样一种看法：在伟大的艺术中，“艺术家与作品相比无足轻重，为了作品的产生，他就像一条在创作中自我消亡的通道”③。无独有偶，在《在通向语言的途中》(Unterwegs zur Sprache)、《荷尔德林诗的阐释》(Erläuterungen zu Hölderlins Dichtung)等其他著作中，海德格尔也多次表达过类似思想。譬如，在解说特拉克尔《冬夜》一诗时海德格尔写道：“谁是作者并不重要，其他任何一首伟大的诗篇都是这样。甚至可以说，一首诗的伟大正在

①Heidegger, M. *Holzwege*, Frankfurt: Vittorio Klostermann, 1994. S.1;《林中路》中译本，第1页。

②Heidegger, M. *Holzwege*, Frankfurt: Vittorio Klostermann, 1994. S.3;《林中路》中译本，第2页。

③Heidegger, M. *Holzwege*, Frankfurt: Vittorio Klostermann, 1994. S.26;《林中路》中译本，第24页。

于,它能够掩盖诗人这个人和诗人的名字。”①也许,这就是根源所在?

那么,应当如何看待海德格尔对“艺术作品”的如此强调和对“艺术家”的如此“轻忽”呢?

第一,海德格尔并未将“艺术家”这一“入口”完全“置之不顾”。首先,海德格尔并非不知道有“艺术家”这一“入口”,我们只需举出一个事实就足以证明。海德格尔曾花很长一段时间写作和开设尼采哲学的专题讲座,厚厚的两大本《尼采》(Nietzsche)就是其成果,而尼采艺术学说的一个主导命题便是:“必须从创造者和生产者出发,而不是从接受者出发来理解艺术”。海德格尔不仅宣讲过尼采“关于艺术的五个命题”(其中的第二个“根本命题”就是“艺术必须从艺术家角度来把握”),而且还讲过对它们的论证②。

其次,如果认为海德格尔已完全将“艺术家”这一“入口”“置之不顾”,我们就无法完满解释海德格尔何以有《诗人何为?》《荷尔德林与诗的本质》等一系列讲演。即便是在《艺术作品的本源》中,海德格尔也仍然强调,无论怎么追求“艺术作品”的“自立性”,它终究是由“艺术家”创作出来的一个“制成品”。因此,“艺术作品”的“被创作存在”,只有在创作过程中才能为我们所把握;只有深入领会“艺术家”的活动,才能达到“艺术作品”的本源。③

第二,海德格尔对“艺术作品”的强调和对“艺术家”的“轻忽”不能说没有理由。首先,强调“艺术作品”来自“艺术家”和“艺术家是艺术作品的本源”的唯一理由在于:“艺术作品”是一种“被创作存在”,而创作是需要“艺术家”的“手工艺行为”的。然而,无论怎么突出、强调这一点,“艺术家”毕竟不同于“手工技艺家”,不同于“工匠”。二者的区别是由什么决定的呢?是由其“生产活动”之不同决定的。那么,“艺术创作”与“手工制作”的区别又是由什么决定的呢?是由其“产品”之不同决定的。质言之,“艺术家”之所以成其为“艺术家”而区别于“手工技艺家”或“工匠”,归根结底是由“艺术作品”之不同于“器具”来决定的。

①Heidegger, M. *Unterwegs zur Sprache*, Stuttgart: Günther Neske, 1997. S.17;《在通向语言的途中》中译本,第7页。

②Heidegger, M. *Nietzsche I*, Pfullingen: Günther Neske, 1961. S.82、S.162、S.73、S.152;《尼采》中译本上卷,第91、166、82、156页。

③Heidegger, M. *Holzwege*, Frankfurt: Vittorio Klostermann, 1994. S.45;《林中路》中译本,第41–42页。

至于“艺术作品”之所以成其为“艺术作品”而不同于“器具”，那是因为“在作品中真理之生发起着作用”。也就是说，唯在其中“真理之生发起着作用”的“艺术作品”，才是决定一切之关键所在[①]。

其次，从“艺术家”称号的获得来看，是什么使“艺术家”从其他人中脱颖而出成其为“艺术家”？正是他的“作品”。唯有“艺术作品”才使它的创造者以一位“艺术家”的身份出现。从字面义上挪用荣格的话来说便是，“不是歌德创造了《浮士德》，而是《浮士德》创造了歌德”。

再次，“艺术作品”固然是“艺术家”的“本质力量对象化”的产物。但从另一个角度说，当“艺术家”的“本质力量”得以“对象化”之前，这个“艺术家”就还是抽象的、未曾得以证实和确认的。那么，“艺术家”的“本质力量”又是如何得以“对象化”的呢？唯有通过“艺术作品”。

第三，海德格尔为什么要“轻忽”“艺术家”而强调“艺术作品”呢？首先，同“流俗之见”作斗争，或者说，追求与众不同是海德格尔保持了终生的嗜好。尼采等人“艺术必须从艺术家角度来把握”这样的“陈旧教条”和“艺术作品来自艺术家的创造活动”这样的“流俗见解”，自然都会成为喜欢独辟蹊径的海德格尔弃置“艺术家”这个“入口”的巨大动力。

其次，在海德格尔看来，所谓“艺术创作”或“艺术生产”不过是“艺术家”把“艺术作品”“带了出来（Her-vor-bringen）”而已，在这个过程中起根本作用的不是“艺术家”而是“真理之生发”。“作品之成为作品，是真理之生成和发生的一种方式。一切全在于真理的本质中。”[②]“艺术家”未必能保证他所制作的一切都是“艺术作品”，但制作不出“艺术作品”的人却绝对成不了“艺术家”。也许这正是海德格尔认为艺术家与作品相比“无足轻重”，仅仅像一条“为了作品的产生”而在创作中“自我消亡的通道”罢了的根本原因。

再次，笔者认为，海德格尔“轻忽”“艺术家”的隐秘原因，是对以普罗太哥拉为远祖、笛卡尔为宗师一直延续到尼采的近代“主体性哲学”的不满。几乎海德格尔的一切哲学著作中，都充满了对“我思—主体哲学”的批判。促使海德格尔走上“现象学之路”的动力也在于此。

---

①Heidegger, M. *Holzwege*, Frankfurt: Vittorio Klostermann, 1994. SS.46–48；《林中路》中译本，第42–44页。

②Heidegger, M. *Holzwege*, Frankfurt: Vittorio Klostermann, 1994. S.48；《林中路》中译本，第44页。

第四，有论者认为，海德格尔这种“没有艺术家的艺术作品”的观点虽然对后来的“现象学美学”和“解释学美学”影响巨大，但事实上“混淆了两个不同层次上的问题，即对作品的艺术价值的评价问题和这种艺术价值的来源问题”。笔者却认为，“艺术作品”一旦被“艺术家”“带入存在”就有了自己独立的生命与价值，“艺术作品”的价值更多的是在对它的“接受过程中不断生成的”。换句话说，“艺术作品”的价值并非来自（至少并非全部来自）“艺术家”，这就如同“父母”将“孩子”“带到世界上来”却并没有也不可能决定和完成“孩子”的价值塑造一样。因此，笔者认为，海德格尔真正严重的“混淆”倒不是在作品价值的“评价”和“来源”上，而是在他对“本源”概念的“界定”上：事实是，一件东西“从何而来”之“所从出”与决定这件东西之“是什么”和“如何是”的，并非一回事。这是因为，“艺术作品”固然“从艺术家而来”，但使艺术作品成其为艺术作品并以艺术作品的方式而存在的“艺术作品的本质之源”却未必是“艺术家”。“从何而来”表明的是“来源”，是一个发生学问题；“本质决定”才表明“本源”，是一个认识论问题。海德格尔真正严重的“混淆”是将两个不同层面的界定搅在“本源”这一个概念上了。

第五，当然，如果说海德格尔强调从现实的“艺术作品”而不是“艺术家”追问“艺术作品的本源”尚不乏其合理之处，那么当他将“艺术的本质”界定为“真理之自行设置入作品”时则走向了片面与偏狭。其“自行”二字用得甚至可谓“荒谬”。这使得人们有理由将他颇具启发意义的崭新思想同柏拉图的“代神说话”和黑格尔“美（艺术）是理念的感性显现”等理论联系起来，同时还在理论上带来了两重“根本性的模棱两可”：其一，“真理”同时既是设置行为的“主体（das Subjekt）”，又是设置行为的“客体（das Objekt）”。而事实上，就连在海德格尔本人看来，“主体”“客体”两种描述都是“不恰当”的：从“Das Ereignis（己成）”的角度说，“艺术”乃“真理之自行设置入作品（Die Kunst ist das Sich-ins-Werk-Setzen der Wahrheit）”［海德格尔有“Das Ereignis ereignet（己成成己）”的说法］；但从“没有人便无存在（Sein aber ist Zuspruch an den Menschen und nicht ohne diesen）”的角度说，“艺术”乃是人的“创作”与“保存”，乃是“真理之设置入作品”[①]。其二，

①Heidegger，M. Holzwege，Frankfurt：Vittorio Klostermann，1994. SS.73–74；《林中路》中译本，第69–70页。

“创作”与“保存”上的“模棱两可”。在“真理之设置入作品”这一命题中,始终未曾规定谁或者什么以何种方式“设置”入作品(……wer oder was in welcher Weise setzt……)。

这两重“根本性的模棱两可”,海德格尔本人在《艺术作品的本源》结尾处和20年后为其写作的《附录》中都公开承认,毫不隐讳。造成如此结果的根源在于:海德格尔虽然正确地选择了现实的“艺术作品的存在”作为破解“艺术之谜”的“入口”,但他却轻忽了“艺术作品”同时也是一种“被创作存在(Geschaffen-sein)”,并且试图通过将“真理”人格化来把“艺术家”彻底“括出”。这一方面体现了他力求用现象学的观念和方式来表述相关问题,另一方面也体现了他对近代主观主义美学和艺术理论将艺术创作视为“骄横跋扈的主体的天才活动”的强烈不满[①]。殊不知,这却让他在理论上陷入了一偏之见。

三、应当如何看待海德格尔追问“本源”的方式

第一,如何看待追问中出现的“逻辑循环的怪圈”问题。从“艺术作品”去追问“艺术的本质”必然陷入一个逻辑循环的怪圈:什么是“艺术”?只能从“艺术作品”那里寻找答案;什么是“艺术作品”?又只能从对“艺术的本质”的界定那里获知谜底。

面对这个逻辑怪圈,海德格尔采取了两条对策:首先,“安于绕圈子”。海德格尔解释说,这里的“安于”并非消极无为,而是让“思”勇敢地探入并力求看清这“怪圈”。所以“这并非权宜之计,亦非缺憾。走上这条路,乃思之力量;保持在这条道路上,乃思之节日”[②]。事实上,海德格尔在接下来的追寻中,不仅把在充满悖论和循环的“怪圈”中的穿行变成了“思之节日”,而且简直就成了紧张刺激的“思之历险”。这种“思之历险”成就了海德格尔著作的一种特殊魅力:读黑格尔著作往往一看前提就知道结论,三卷四册的《美学》只需看第一卷,甚至第一卷也只需看其“导论”便能知其大要;读海德格尔著作则不同,各种鲜活之思不断“涌现”,充满了“张力”和“奇变”,真的像“路”一般交错往复、无始无终,经

①Heidegger, M. *Holzwege*, Frankfurt: Vittorio Klostermann, 1994. SS.63-64;《林中路》中译本,第59页。

②Heidegger, M. *Holzwege*, Frankfurt: Vittorio Klostermann, 1994. S.3;《林中路》中译本,第2页。

常会产生“山重水复疑无路，柳暗花明又一村”之感。不读到最后，你根本就想象不到“思”将会把我们带向何处。其次，选择恰当的“入思”之处和“思入”方式。既然在“艺术”与“艺术作品”之间出现了必须“思入”的怪圈，那就只好在二者之间“决断”出恰当的一方作为“入思”之处，并选择恰当的立场和方法“思入”那“思之所思”。为此，海德格尔放弃了从对“艺术”的含义入手进行玄想的思考路线，决定以现存的“艺术作品的存在”作为“入思”之处，开始了对“艺术作品的本源”进而是“艺术的本质之源”的追问。因为，“艺术”可以而且只能“在艺术作品的存在中成其本质”。

第二，如何看待追问所采用的“存在主义”立场与“现象学”方法。

海德格尔对“艺术作品的本源”的追问，为什么要采用“存在主义”立场与“现象学”方法呢？大家知道，海德格尔以前，西方哲学、美学追问“艺术的本质”的方式不外乎两种：一是从现存艺术作品的特性中去归纳；二是从更高级的概念中去演绎。这两种追问方式所得出的结论均是“独断”的，都追问不到“艺术的本质”。这是因为，前一种追问必须在不知“艺术”为何物的前提下“独断”哪些是哪些不是“艺术作品”；后一种追问实际上只能将我们事先就已认定是构成“艺术作品”特质的那些东西呈现给我们。正如海德格尔所说：“人们认为，艺术是什么，可以从我们对现有的艺术作品的比较考察中获知。而如果我们事先并不知道艺术是什么，我们又如何确认我们的这种考察是以艺术作品为基础的？但是，与通过对现有艺术作品的特性的收集一样，我们从更高级的概念作推演，也是同样得不到艺术的本质的；因为这种推演事先也已经有了那样一些规定性，这些规定性必然足以把我们事先就认为是艺术作品的东西呈现给我们。可见，从现有作品中收集特性和从基本原理中做出推演，在此同样都是不可能的；在哪里这样做了，也是一种自欺欺人。”①

上述两种方式之所以追问不到“艺术的本质”，据海德格尔看来，其根本原因就在于它们都是与“现象学”的观念和方法背道而驰的：

首先，这里作为追问起点的“特性”和“概念”都是事先设定的“规定性”，而从事先设定的“规定性”或“前提”出发的追问是不能保证其结论的“客观有效

①Heidegger, M. *Holzwege*, Frankfurt: Vittorio Klostermann, 1994. S.26；《林中路》中译本，第24页。

性”的。正因为如此，胡塞尔要将“回到事情本身(Zu den Sachen selbst)”[①]“反对将任何东西预定为前提”和“排除一切超越的假设”等确立为“现象学”的基本原则。海德格尔理解的“现象学”虽然从一开始就与胡塞尔有所不同，但他仍坚持了“远避一切不加展示的规定活动(Fernhaltung alles nichtausweisenden Bestimmens)”[②]等“现象学”的基本哲学精神。

其次，传统哲学的一个根本错误在于，认为事物的“本质”是“既定”的，随之而来，事物的“存在”便成了其“既定本质”简单展现的一个过程。这显然是一种错误的、彻头彻尾的“宿命论”观点。正因为如此，海德格尔才强调一个事物“是什么(本质)”取决于它“如何去是(存在)”，后来萨特还据此提出了“存在先于本质”的著名命题。也正因为如此，在追问“艺术作品的本源”时，海德格尔采用了“存在者在其存在中成其本质”的存在主义立场，主张“艺术的本质”是在“艺术的存在”中“生成”的，它只能到“艺术的存在”中去探寻。他认为，“存在总是某种存在者的存在”(Sein ist jeweils das eines Seienden)[③]，据此，“艺术的存在”便总意味着“艺术作品的存在”；他还认为“艺术在艺术作品中成其本质”(Die Kunst west im Kunst-Werk)[④]，所以对“艺术的本质”的追问必须从对“艺术作品的存在”的追问入手。

再次，如何去探寻“艺术作品的存在”呢？海德格尔在《存在与时间》中说过，“若要使存在者能够不经歪曲地给出它的存在性质，就须如存在者本身所是的那样通达它”[⑤]。如何才能“如存在者本身所是的那样通达它”呢？唯有采取现象学方法。现象学的总纲领就是“面向事情本身”和“本质直观”，它主张“意识的悬搁”“先验还原”[⑥]“一切都必须以直接展示和直接指示的方式加以描述”等等，以便“如存在者就其本身所显现的那样展示存在者(jede Aufweisung von seiendem, so wie es sich an ihm selbst zeigt)”[⑦]。正因为如此，海德格尔在《艺术作

①[德]胡塞尔著、李幼蒸译：《纯粹现象学通论》，商务印书馆1995年版，第89-161页。

②Heidegger, M. *Sein und Zeit*, Tübingen: Max Niemeyer, 1993. S.35；《存在与时间》中译本，第41页。

③Heidegger, M. *Sein und Zeit*, Tübingen: Max Niemeyer, 1993. S.9；《存在与时间》中译本，第11页。

④Heidegger, M. *Holzwege*, Frankfurt: Vittorio Klostermann, 1994. S.2；《林中路》中译本，第2页。

⑤Heidegger, M. *Sein und Zeit*, Tübingen: Max Niemeyer, 1993. S.6；《存在与时间》中译本，第8页。

⑥[德]胡塞尔著、李幼蒸译：《纯粹现象学通论》，商务印书馆1995年版，第89-161页。

⑦Heidegger, M. *Sein und Zeit*, Tübingen: Max Niemeyer, 1993. S.35；《存在与时间》中译本，第41页。

品的本源》中两次采用了“直接呈现”的现象学描述方法：一次是对凡·高《农鞋》一画的欣赏，另一次是对古希腊的一座神庙建筑作品的直接展示。

四、应当如何看待海德格尔对“艺术之谜”的解答

有论者一方面责难海德格尔没能解答“什么是艺术”的问题，另一方面又责怪“他始终没有摆脱西方传统形而上学的一个幻觉，即认为一切哲学问题都可以归结到对唯一的一个哲学概念的澄清上，由此便能够一劳永逸地把握真理，或坐等真理的出现，至少，也能把可说的话说完……”[①]。对此评判，笔者认为有这么一些问题需要重新思考：

第一，海德格尔没有回答“什么是艺术”的问题吗？对于某些论者来说，这个问题似乎已没有再讨论的必要，因为就连海德格尔本人也承认，“艺术是什么的问题，是本文中没有给出答案的诸种问题之一”[②]。但笔者认为，对这个问题不能简单地用“是”或者“否”来作答。大家知道，《艺术作品的本源》的核心部分讨论了三个连环套似的问题：“物与艺术作品”“艺术作品与真理”“真理与艺术本质”。在这些讨论中，虽然海德格尔没有也不可能从终极意义上一劳永逸地把握“艺术的本质”，没有也不可能对“艺术是什么”的问题给出一个最后的“答案”，但他却表达了许许多多关于“艺术”的闪耀着真理的光辉、能启迪新的智慧的深刻思想，给出了许多求索这个问题的“指示”和“道路”。它们至少应当包括：

1.“艺术就是真理之自行设置入作品（Die Kunst ist das Sich-ins-Werk-Setzen der Wahrheit）”。海德格尔认为，作为一种自持现存的存在者，所有艺术作品都具有“物（Ding）”因素，所以艺术创作都离不开艺术家的手工制作。然而，艺术作品远不只是某种“制作物”，它还必须能把某种别的东西“敞开”出来。正是这一点使艺术家有别于工匠而成为艺术家，使艺术作品有别于“器具”而成为一种符号或者象征（Symbol）。在艺术作品中，这个“物”因素仿佛是一个屋基，而那被敞开出来的东西就是筑于其上的宫殿。在并且只有在艺术作品中，存在者才

①邓晓芒：《什么是艺术作品的本源？海德格尔与马克思美思想的一个比较》，《哲学研究》2000年第8期。

②Heidegger, M. *Holzwege*, Frankfurt: Vittorio Klostermann, 1994. S.73；《林中路》中译本，第69页。

能走进它“存在的光亮”里，进入它“存在之无蔽”中，直接显现出它之“何所是”和“如何存在”：Das Kunstwerk eröffnet aus seine Weise das Sein des Seienden. Im Werk geschieht diese Eröffnung, d.h. das Entberrgen, d.h. die Wahrheit des Seienden. Im Kunstwerk hat sich die Wahrheit des Seienden ins Werk gesetzt. Die Kunst ist das Sich-ins-Werk-Setzen der Wahrheit . 这段话的意思是说，艺术作品以自己的方式敞开存在者之存在。在艺术作品中，这种敞开，即解蔽，亦即存在者之真理，得以发生。在艺术作品中，存在者之真理自行设置入作品。艺术就是真理之自行设置入作品①。

2.“艺术作品”乃是对“世界与大地的原始争执”的“裂隙(Riß)”的“构形(Gestalt)”。海德格尔认为，“建立一个世界和制造大地，乃是作品之作品存在的两个本质特征(Das Aufstellen einer Welt und das Herstellen der Erde sind zwei Wesenszüge im Werksein des Werkes)”②。首先，“作品存在就意味着：建立一个世界(Werksein heißt: eine Welt auf-stellen)”③。这里的“建立”既意味着“设置”：“为……设置空间”(einräumen)；更意味着“开启”：“开启世界的敞开领域”(Das Werk hält das Offene der Welt offen)④。艺术作品在自身中突显着开启出一个世界，并在运作中永远守持着它。其次，为了建立一个世界，艺术作品“制造大地”。这里的“大地(Erde)”是一切涌现者的返身隐匿之所和庇护者，是涌现着一庇护着的东西。人类栖居于其中的世界就奠基于大地之上。“大地的本质是自行锁闭。制造大地就是把作为自行锁闭者的大地带入敞开领域之中”⑤。再次，艺术作品之作品存在就在世界与大地的争执的实现过程之中(Das Werksein des Werkes besteht in der Bestreitung des Streites zwischen Welt und Erde)⑥，它是自行敞开、自行澄明与自行锁闭、自行隐匿的矛盾统一体。艺术的魅力就蕴含在显现与遮掩的争执之中。最后，争执(Streit)会带来裂隙(Riß)，也会带来

①Heidegger, M. *Holzwege*, Frankfurt: Vittorio Klostermann, 1994. S.25. 另：本句孙周兴先生译为“艺术就是自行设置入作品的真理”，误。

②Heidegger, M. *Holzwege*, Frankfurt: Vittorio Klostermann, 1994. S.34;《林中路》中译本，第32页。

③Heidegger, M. *Holzwege*, Frankfurt: Vittorio Klostermann, 1994. S.30.

④Heidegger, M. *Holzwege*, Frankfurt: Vittorio Klostermann, 1994. S.31;《林中路》中译本，第29页。

⑤Heidegger, M. *Holzwege*, Frankfurt: Vittorio Klostermann, 1994. SS.32-33;《林中路》中译本，第30-31页。

⑥Heidegger, M. *Holzwege*, Frankfurt: Vittorio Klostermann, 1994. S.36;《林中路》中译本，第33页。

争执者相互归属的亲密性(Innigkeit),并将其对抗带入共同的轮廓之中[①]。所以,争执以及作为争执而发生的真理都能被置入作品中。作品的被创作存在就意味着真理之被固定于某种形态中(Geschaffen sein des Werkes heißt: Festgestelltsein der Wahrheit in die Gestalt)[②]。“艺术作品”乃是对“世界与大地的原始争执”的“裂隙(Riß)”的“构形(Gestalt)”。

3.“艺术”是真理之创建、发生和进入存在的突出方式,“艺术作品之成其为艺术作品”,也是因为它是“真理之生成和发生的一种方式(eine Weise des Werdens und Geschehens der Wahrheit)”。在1930年写成的《论真理的本质》一文中,海德格尔指出,古希腊那个后来被译为“真理”(ἀλθήεια)的单词,其本义正好是“无蔽”。“无蔽”同时又意味着“解蔽”或“敞开”。因此,“真理”的本质就是存在者之“无蔽”“解蔽”或“敞开”状态[③],而并非长期以来流俗理解的“知识与事实的符合一致”。在五年后写作的《艺术作品的本源》中,他进一步认为,作为存在者之无蔽的真理从来不是已然现存的,而是动态发生的,是作为澄明与遮蔽之间的对抗(亦即原始争执)而发生的[④]。“艺术”正是真理得以发生的一种方式。“美”也是“作为无蔽的真理的一种现身方式”(Schönheit ist eine Weise, wie Wahrheit als Unverborgenheit west)[⑤]。一切艺术本质上都是诗(Alle Kunst ist ……im Wesen Dichtung)。诗乃是存在者之无蔽状态的道说(Die Dichtung ist die Sage der Unverborgenheit des Seienden),乃是“真理之创建(die Stiftung der Wahrheit)”[⑥]。艺术是真理之创建、发生和进入存在的突出方式,“作品之成为作品,是真理之生成和发生的一种方式”(Das Werkwerden des Werkes ist eine

①Heidegger, M. *Holzwege*, Frankfurt: Vittorio Klostermann, 1994. S.51;《林中路》中译本,第47页。

②Heidegger, M. *Holzwege*, Frankfurt: Vittorio Klostermann, 1994. SS.51-52;《林中路》中译本,第47-48页。

③Heidegger, M. *Wegmarken*, Frankfurt: Vittorio Klostermann, 1996. SS.188-202;《路标》中译本,第217-233页。

④Heidegger, M. *Holzwege*, Frankfurt: Vittorio Klostermann, 1994. SS.40-42;《林中路》中译本,第38-39页。

⑤Heidegger, M. *Holzwege*, Frankfurt: Vittorio Klostermann, 1994. S.43;《林中路》中译本,第40页。

⑥Heidegger, M. *Holzwege*, Frankfurt: Vittorio Klostermann, 1994. SS.59-66;《林中路》中译本,第54-62页。

Weise des Werdens und Geschehens der Wahrheit)[①]。

4."艺术作品的本源,同时也就是创作者和保存者的本源,也就是一个民族的历史性此在的本源,乃是艺术。之所以如此,是因为艺术在其本质中就是一个本源:艺术是真理进入存在的突出方式,亦即真理历史性的生成的突出方式"[②]。海德格尔认为,"艺术作品"的"创作者"和"保存者"都本质性地属于"艺术作品"的"被创作存在",因为是"艺术作品"使二者的本质成为可能(人是通过其本质力量的对象化来成就其本质的)。所以,"艺术作品的本源,同时也就是创作者和保存者的本源"。在作为"存在者之无蔽状态的道说"的"艺术作品"中,一个民族的历史性此在才得以"开启"乃至"创建"出来,因此,"艺术作品的本源,也就是一个民族的历史性此在的本源"。从逻辑-认识论的角度说,是"艺术"使"艺术作品"和"艺术家"各成其本质,必先有"艺术"然后方有"艺术作品"和"艺术家"。所以,"艺术作品的本源乃是艺术"。是"艺术让真理脱颖而出"(Die Kunst läßt die Wahrheit entspringen)[③],而"艺术作品""艺术创作""艺术家"等之各成其本质而区别于其他,也都因为"在作品中真理之生发起着作用"[④]。"艺术是使存在者之真理在作品中一跃而出的源泉"(Die Kunst erspringt……die Wahrheit des Seienden im Werk)。作为真理之历史性生成和进入历史性存在的突出方式,"艺术在其本质中就是一个本源"[⑤]。

第二,应当如何看待海德格尔未能最后解开"艺术之谜"这个问题呢?让我们再来看看"附录"(Zusatz)中那段答案:"艺术是什么的问题,是本文中没有给出答案的诸种问题之一。其中仿佛给出了这样一个答案,而其实乃是对追问的指示。"这段话应该作何理解呢?

首先,紧接这段话的后面,海德格尔加了一句注释,"参看本文'后记'的第一句话":"本文的思考关涉到艺术之谜,这个谜就是艺术本身。这里绝没有想要解开这个谜。我们的任务在于认识这个谜。"[⑥]这就是说,海德格尔写作此文,

---

①Heidegger, M. *Holzwege*, Frankfurt: Vittorio Klostermann, 1994. S.48;《林中路》中译本,第44页。

②Heidegger, M. Holzwege, Frankfurt: Vittorio Klostermann, 1994. SS.63-66;《林中路》中译本,第58-62页。

③Heidegger, M. *Holzwege*, Frankfurt: Vittorio Klostermann, 1994. S.65;《林中路》中译本,第61页。

④Heidegger, M. Holzwege, Frankfurt: Vittorio Klostermann, 1994. SS.46-48;《林中路》中译本,第42-44页。

⑤Heidegger, M. *Holzwege*, Frankfurt: Vittorio Klostermann, 1994. S.65;《林中路》中译本,第61-62页。

⑥Heidegger, M. *Holzwege*, Frankfurt: Vittorio Klostermann, 1994. S.66;《林中路》中译本,第63页。

原本就不是为了“解开”所谓“艺术是什么”这个“谜”，而是为了“认识”这个“谜”。如前所述，其目的是想追问艺术与人类的“历史性此在”之间的“本质(本源)关联”以及人类的“本真存在”的可能。

其次，也许海德格尔只给“指示”不给“答案”的做法，恰恰是他有别于同时也是高明于其他追寻终极“答案”的艺术哲学家们之处。“艺术”和“艺术作品”原本都是一种“生成之物(Werden)”，而非“现成之物(Sein)”。用维特根斯坦的话来说，各种艺术之间只存在“家族类似”，而不存在“共同本质”，因此，“艺术”乃是一个“开放性概念”。只要追问无限，它的意义就无限，也就永远不可能被“定义”，永远不可能被“一劳永逸地把握”。海德格尔围绕“存在真理之发生”从多侧面“直接呈现和指示”所谓“艺术的本质”，却不给出一个唯一的、最后的“答案”，甚至不惜采用“模棱两可”的语言，完了还又是写《后记》又是写《附录》来加以说明和提醒，也许正是因为担心人们把他的说法当成“最后答案”而不是当作“对追问的指示”！

再次，从“本质”走向“存在”，从“是什么”走向“如何去是”，从“现成”走向“生成”，从“终极唯一”走向“不断涌现”，最后“终结哲学(形而上学)”走向“思”，都体现出了海德格尔与他之前的追求终极绝对真理和永恒普遍本质的西方哲学思想家的绝大区别。即便是他“艺术就是真理之自行设置入作品(Die Kunst ist das Sich-ins-Werk-Setzen der Wahrheit)”的命题，也是想体现出他所理解的“艺术本质”的“动态性”和“开放性”(附带说一句，孙周兴先生将此命题译为“艺术就是自行设置入作品的真理”既与此句原文不符，也有悖于该文其他地方的提法和海德格尔的整个哲学思想)。将此命题与黑格尔“美(艺术)是理念的感性显现”稍作比较，是不难发现这种区别的。

最后，《艺术作品的本源》同海德格尔的其他著作一样，其重要意义就在于把我们“引到思之路上”。后期海德格尔最喜欢的一个概念就是“道路(Weg)”。他的许多著作都以“道路”命名。的确，他热衷的是“思”，而不是“道”；是“追问”，而不是“作答”。让我们记住海德格尔的一句至理名言：“Alles ist Weg(一切皆是道路)。”[1]

原载《四川大学学报》(哲学社会科学版)2003年第5期

①Heidegger, M. *Unterwegs zur Sprache*, Stuttgart: Günther Neske 1997. S.198.

《艺术作品的本源》解读

——海德格尔艺术本质观初探

1935年11月13日，海德格尔在弗莱堡艺术科学协会上做了一个演讲；后应听众要求，次年1月和11月，演讲又在苏黎世和法兰克福多次重做。据伽达默尔在《海德格尔的后期哲学》（该文原为伽达默尔为《艺术作品的本源》所作的“跋”）中描述，“演讲引起了一种哲学的轰动”，使海德格尔很快成为他在《存在与时间》中曾相当刻薄地刻画过的那种“闲谈”的焦点[①]。这些演讲的总题便是《艺术作品的本源》（Der Ursprung des Kunstwerkes）。.

《艺术作品的本源》追问的核心问题是：“艺术是什么（Was ist die Kunst）？”这不能算是一个新问题。至迟从柏拉图、亚里士多德开始，它就一直为人们所思考，并且早已有人对它做出过相当系统深刻的阐释，如黑格尔、尼采等。该演讲的过人之处不在于他提出了什么了不起的新问题，而在于他采用新的立场和方法、新的思入问题的方式，在“老问题”上开启

①［德］伽达默尔著、夏镇平、宋建平译：《哲学解释学》，上海译文出版社1994年版，第212-217页。

出了“新境界”。具体地说，它以存在主义的立场、现象学的方法，围绕“存在之真理（die Wahrheit des Seins）”，对“艺术的本质（das Wesen der Kunst）”问题做了一番启人智慧的追问。

一、题　解

关于“艺术作品的本源”这个题目的含义，海德格尔开宗明义指出：“‘本源’一词在这里指的是，一件东西从何而来，通过什么它是其所是并且如其所是。使某物是什么以及如何是的那个东西，我们称之为某件东西的本质。某种东西的本源乃是这种东西的本质之源。对艺术作品的本源的追问就是追问艺术作品的本质之源。”①

据我理解，这里的“从何而来”乃是指某一存在者之所以成其为此一存在者之“所从出”；“是其所是”乃是指存在者成为其自身，成为它自身所是的那种存在者，它针对“是什么”而言；“如其所是”针对“如何是”而言，乃是指存在者如此这般的本真存在。决定某一存在者“是什么”以及“如何是”的，或者说使某一存在者“是其所是”并“如其所是”的，是该存在者的“本质（Wesen）”。所以，某一存在者的“本源（Ursprung）”便是该存在者的“本质之源（Herkunft seines Wesens）”，亦即成就其本质的那个根源。据此，所谓“艺术作品的本源”，也就是那使艺术作品成其为艺术作品并以艺术作品的方式而存在的“艺术作品的本质之源”；而对“艺术作品的本源”的追问，也就是对“艺术作品的本质之源”的追问。

那么，应当以怎样的方式去追问“艺术作品的本源”，或者说对于“艺术作品的本源”采取怎样的追问方式才是恰当的呢？

二、思入方式

什么是“艺术作品的本源”，或者说“艺术作品”究竟“从何而来”，通过什么而“是其如是”并“如其所是”呢？

---

①Heidegger, M. *Holzwege*, Frankfurt: Vittorio Klostermann, 1994. S.1；［德］海德格尔著、孙周兴译：《林中路》，上海译文出版社1997年版（以下简称《林中路》中译本），第1页。

按照通常理解,“艺术作品”来自“艺术家”的创造,因此“艺术家是艺术作品的本源”。可是,“艺术家”又从何而来,或者说是什么使“艺术家成其为艺术家”呢?是“艺术作品”。借用荣格所说,“不是歌德创造了《浮士德》,而是《浮士德》创造了歌德”(原意是说文艺作品是集体无意识的产物,这里借其字面意思)。因此,“艺术作品又是艺术家的本源”。可是,又是什么使“艺术家”和“艺术作品”获得各自定性,从而成为“艺术家”和“艺术作品”呢?是“艺术”。因此,“艺术同时是艺术家和艺术作品的本源”。

这样一来,“艺术作品的本源”问题势必成为“艺术的本质”问题;并且,追问“艺术的本质”问题还同时出现了三个可能的“入口”:“艺术家(der Künstler)”“艺术作品(das Kunstwerk)”和“艺术(die Kunst)”本身。

那么,究竟应当从哪里以及如何去追问“艺术的本质”呢?

在海德格尔看来,“艺术”只能在现实的“艺术作品”中“成其本质”(die Kunst west im Kunstwerk)。因此,只能通过“艺术作品”去追问“艺术的本质”。只是这样一来,追问必然陷入一个逻辑循环的怪圈中:什么是“艺术”,只能从“艺术作品”那里寻找答案;什么是“艺术作品”,又只能从“艺术的本质”那里获知谜底。

面对这样的逻辑怪圈,还能否坚持对“艺术的本质”的追寻?

海德格尔的回答是,同样能坚持。只是必须注意两点:首先,“安于绕圈子”。但这里的“安于”并非消极无为,而是让“思”勇敢地探入并力求看清这“怪圈”(海德格尔在“后记”中坦承,本文的兴趣在于“认识这个谜”而不必“解开这个谜”),所以他紧接着说,“这并非权宜之计,亦非缺憾。走上这条路,乃思之力量;保持在这条道路上,乃思之节日”[①]。事实上,海德格尔在接下来的追寻中,不仅把在充满悖论和循环的“怪圈”中的穿行变成了“思之节日”,而且简直就成了紧张刺激的“思之历险”(读海氏著作,经常有“山重水复疑无路,柳暗花明又一村”之感。读黑格尔著作一看前提就知道结论,三卷四册的《美学》只需看第一卷,甚至第一卷也只需看其“导论”;读海德格尔著作则不同,各种鲜活之思不断“涌现”,充满了“张力”和“奇变”,真的像“路”一般交错往复、无始无终)。其次,选择恰当的“入思”之处和“思入”方式。既然在“艺术”与“艺术作品”之间出

①Heidegger,M. *Holzwege*,Frankfurt: Vittorio Klostermann, 1994. S.3;《林中路》中译本,第2页。

现了必须“思入”的怪圈,那就只好在二者之间选择恰当的一方作为“入思”之处,并选择恰当的立场和方法“思入”那“思之所思”。为此,海德格尔放弃了从对“艺术”的含义入手进行玄想的思考方法,选择了现存的“艺术作品的存在”作为“入思”之处,并采用存在主义的立场、现象学的方法去追问“艺术作品的本源”,进而追问“艺术的本质之源”。

海德格尔以前,西方哲学、美学追问“艺术的本质”的方式不外乎两种:一是从现存艺术作品的特性中去归纳;二是从更高级的概念中去演绎。这两种途径和方法都不是现象学的,因为这里的“特性”、更高级的“概念”都是事先设定的“规定性”。而且,前一种追问必须在不知“艺术”为何物的前提下“独断”哪些是哪些不是“艺术作品”;后一种追问实际上只能将我们事先就已认定是构成“艺术作品”特质的那些东西呈现给我们。正如海德格尔所说,“人们认为,艺术是什么,可以从我们对现有的艺术作品的比较考察中获知。而如果我们事先并不知道艺术是什么,我们又如何确认我们的这种考察是以艺术作品为基础的?但是,与对现有艺术作品的特性的收集一样,我们从更高级的概念做推演,也是同样得不到艺术的本质的;因为这种推演事先也已经有了那样一些规定性,这些规定性必然足以把我们事先就认为是艺术作品的东西呈现给我们。可见,从现有作品中收集特性和从基本原理中做出推演,在此同样都是不可能的;在哪里这样做了,也是一种自欺欺人。”① 两者对“艺术是什么”的追问所得出的结论均是“独断”的,并且“群言淆乱,不知折衷谁胜?”海德格尔因此明确告诉我们,这样的追问方式是追问不到“艺术的本质”的,因为它们追问“艺术的本质”却不去追问“艺术的存在”,而“艺术的本质”正是在“艺术的存在”中“生成”的,“艺术的本质”只能到“艺术的存在”中去探寻。“存在总是某种存在者的存在”(Sein ist jeweils das eines Seienden)②。据此,“艺术的存在”总意味着“艺术作品的存在”,再加上“艺术在艺术作品中成其本质”(Die Kunst west im Kunst-Werk)③,所以对“艺术的本质”的追问必须从对“艺术作品的存在”的追问入手。这就是海德格

①Heidegger, M. *Holzwege*, Frankfurt: Vittorio Klostermann, 1994. SS.2-3;《林中路》中译本,第2页。

②Heidegger, M. *Sein und Zeit.* Tübingen: Max Niemeyer, 1993. S.9;[德]海德格尔,陈嘉映等译:《存在与时间》,生活·读书·新知三联书店1999年版(以下简称《存在与时间》中译本),第11页。

③Heidegger, M. *Holzwege*, Frankfurt: Vittorio Klostermann, 1994.S.2;《林中路》中译本,第2页。

尔要选择对现实的“艺术作品的存在”的探寻作为追问“艺术的本质”的“入思”之处的原因。如何去探寻“艺术作品的存在”呢？海德格尔在《存在与时间》(Sein und Zeit)中说过，“若要使存在者能够不经歪曲地给出它的存在性质，就须如存在者本身所是的那样通达它”[①]。如何才能“如存在者本身所是的那样通达它”呢？唯有采取现象学方法。现象学的总纲领就是“面向事情本身(Zu den Sachen selbst)！”它主张诸如“意识的悬搁”“先验还原”[②]“一切都必须以直接展示和直接指示的方式加以描述”“远避一切不加展示的规定活动(Fernhaltung alles nichtausweisenden Bestimmens)”等，以便实现“如存在者就其本身所显现的那样展示存在者(jede Aufweisung von Seiendem, so wie es sich an ihm selbst zeigt)”[③]。

那么，究竟应该怎样经由“艺术作品的存在”的追问来通达“艺术的本质”呢？

三、艺术作品的存在与艺术的本质

《艺术作品的本源》的核心部分讨论了三个连环套似的问题：“物与艺术作品”“艺术作品与真理”“真理与艺术本质”。其中有些问题非常晦涩难懂。下面，我试着谈谈我阅读时的一些觉解。

1.物与艺术作品

先来看看海德格尔文本中一段非常精彩的描述：“一幅画挂在墙上，就像一支猎枪或一顶帽子挂在墙上。……人们寄送作品，就像从鲁尔区运出煤炭，从黑森林运出木材一样。战役中的士兵把荷尔德林的赞美诗与清洁用具一起放在背包里，贝多芬的四重奏被存放在出版社的仓库里，就像地窖里的马铃薯一样。”[④] 作为一种自持的现存的存在者，所有艺术作品都具有“物(Ding)”因素：艺术创作中艺术家以他的手工活所完成的部分不就是艺术作品中的物因素吗？

①Heidegger, M. *Sein und Zeit*, Tübingen: Max Niemeyer, 1993. S. 6;《存在与时间》中译本，第8页。

②[德]胡塞尔著、李幼蒸译：《纯粹现象学通论》，商务印书馆1995年版，第89-161页。

③Heidegger, M. *Sein und Zeit*, Tübingen: Max Niemeyer, 1993. S.35;《存在与时间》中译本，第41页。

④Heidegger, M. *Holzwege*, Frankfurt: Vittorio Klostermann, 1994. S.3;《林中路》中译本，第3页。

这也并非什么缺憾,虽然必须把艺术作品看作体验和欣赏的对象,但再高明的审美体验和欣赏也摆脱不了艺术作品中的物因素。然而,艺术作品远不只是某种"制作物"。它还是某种"别的什么":它能把某种别的东西敞开出来。正是这"别的什么"使艺术家成为艺术家,也正是这"别的什么"与"制作物"的结合使艺术作品成为一种符号、一种象征(Symbol)。但在艺术作品中唯一能使这"别的东西"敞开出来的,正是其物因素。在艺术作品中,这物因素仿佛是一个屋基,那别的和本真的东西就是筑于其上的宫殿。

可是,艺术作品是原本就是一物而别的什么东西附着于其上呢,还是根本就不是一物而是那别的什么东西?要对此做出决断,必须首先弄清艺术作品中的"物"因素;而要做到这一点,又必须首先弄清"物之为物"亦即物之"物性(die Dingheit)"。

西方对物之物性的解释大致有三种:"具有诸属性的实体""通过感觉可以感知的东西""具有一定形式的质料"。在前两种解释中,物都消失不见了——无论将物视为其特征和属性的聚集,还是转化为其被主体感知到的东西,都不是物本身。最后一种物的概念对自然物和用具物都很适合,而且还使我们能够回答艺术作品中的物因素的问题(艺术作品中的物因素就是艺术作品的质料,它是艺术家创造活动的基底和领域),因此在西方传统美学中影响深远。正如海德格尔所说,"质料与形式的区分,而且以各种不同的变式,绝对是所有艺术理论和美学的概念图式"。然而,这"并不能证明形式与质料的区分是有充足的根据的,也不能证明这种区分原始地属于艺术和艺术作品的领域。再者,这对概念的适用范围长期以来已经远远地越出了美学领域"[①]。即使就在美学领域,问题是:"质料-形式"结构的本源在哪里?在物之物因素中呢,还是在艺术作品的作品因素之中?而且,即使知道本源在哪里,假定在物之物因素之中,问题同样存在:我们如何能借助这个概念去把握纯然物与别的存在者的区分?譬如,天然的花岗石作为一种质料,具有一种尽管笨拙但却确定的形式;罐、斧、鞋等"器具(Zeug)",同样也是处于某种形式中的质料。这就是说,作为存在者的规定性,质料和形式也寓于器具的本质之中,绝非只是纯然物之物性的原始规定性。

①Heidegger, M. *Holzwege*, Frankfurt: Vittorio Klostermann, 1994. S.12;《林中路》中译本,第11页。

上述“物”的概念和与之相应的思维方式并未建立在对存在者的直接经验基础上，借助它们是追寻不到物之物因素、器具之器具因素和艺术作品之作品因素的。我们必须转变立场和方法，采用新的追寻方式去追寻，这就是：回到存在者那里，从存在者之存在出发，同时又保证如存在者原本所是的那样去思考存在者本身(Wir sollen uns dem Seienden zukehren, an ihm selbst auf desen Sein denken, aber es dadurch zugleich in seinem Wesen auf sich beruhen lassen)[①]。

前面提到“器具”——为了某种有用性而被人工制作出来的东西。作为已完成了的用件，器具也像纯然物那样是自持而现存的；而作为人工制品，器具与同样需要通过人工制作而进入存在的艺术作品有着亲缘关系。所以，器具既是物又不只是物，因为它还具备有用性；器具既是艺术作品又逊色于艺术作品，因为它没有艺术作品的自足性。但海德格尔认为，唯其如此，器具在纯然物与艺术作品之间拥有一种独特的中间地位，通过找寻器具之器具因素，就可以掌握物之物因素和艺术作品之作品因素。

然而，如何通往器具之器具因素呢？海德格尔认为，为了避免传统解释式的武断，最好不借助任何理论而径直去描述一个器具。姑且以一双鞋为例。梵·高就画过一双农鞋。海德格尔描述道：“从鞋具磨损的内部那黑洞洞的敞口中，凝聚着劳动步履的艰辛。这硬邦邦、沉甸甸的破旧农鞋里，聚集着那寒风料峭中迈动在一望无际的永远单调的田陇上的步履的坚韧和滞缓。皮制农鞋上沾着湿润而肥沃的泥土。暮色降临，这双鞋在田野小径上踽踽而行。在这鞋具里，回响着大地无声的召唤，显示着大地对成熟的谷物的宁静的馈赠，表征着大地在冬闲的荒芜田野里蒙胧的冬眠。这器具浸透着对面包的稳靠性的无怨无艾的焦虑，以及那战胜了贫困的无言的喜悦，隐含着分娩阵痛时的哆嗦，死亡逼近时的战栗。这器具属于大地，它在农妇的世界里得到保存。”[②]

一双鞋，只有当它能被穿的有用性得以实现时，才作为鞋而存在。因此，器具之器具存在就在其“有用性”之中。但器具的有用性又植根于更为本质的“可靠性”之中，因为有用性不过是可靠性的本质结果。“凭借可靠性，这鞋具把农妇置入大地无声的召唤之中；凭借可靠性，农妇才把握了她的世界。世界和大地

①Heidegger, M. *Holzwege*, Frankfurt: Vittorio Klostermann, 1994. S.16.

②Heidegger, M. *Holzwege*, Frankfurt: Vittorio Klostermann, 1994. S.19;《林中路》中译本，第17页。

为她而存在,为伴随她的存在方式的一切而存在……”就这样,在“可靠性”之中,我们寻获了器具的真实存在,亦即“器具之器具存在”。如何寻获的呢?不是通过实物描绘和解释,不是通过制作工序的讲述,也不是通过对实际使用器具的观察,而是通过对一幅画的观赏。艺术作品使我们懂得了真正的器具是什么。只有在艺术作品中,存在者才能走进它“存在的光亮”里,进入它“存在之无蔽”中,直接显现出它之“何所是”和“如何存在”。艺术作品以自己的方式敞开存在者之存在。

因此海德格尔说,这种敞开,即解蔽,亦即存在者之真理,是在作品中得以发生的。在艺术作品中,存在者之真理自行设置入作品。艺术就是真理之自行设置入作品。①

2.艺术作品与真理

艺术在艺术作品之作品存在中成其本质。如何通达艺术作品之作品存在呢?海德格尔再一次从对一件具体的艺术作品的描述开始了他的追寻。这次他选择了古希腊的一座神庙建筑作品。

“它单朴地置身于巨岩满布的岩谷中。这个建筑作品包含着神的形象,并在这种遮蔽状态中,通过敞开的圆柱式门厅让神的形象进入神圣的领域。贯通这座神庙,神在神庙中在场。神的这种现身在场是在自身中对一个神圣领域的扩展和勾勒。但神庙及其领域却并非飘浮于不确定性中。正是神庙作品才嵌合那些道路和关联的统一体,同时使这个统一体聚集于自身周围;在这些道路和关联中,诞生和死亡,灾祸和福祉,胜利和耻辱,忍耐和堕落——从人类存在那里获得了人类命运的形态。这些敞开的关联所作用的范围,正是这个历史性民族的世界。出自这个世界并在这个世界中,这种民族才回归到它自身,从而实现它的使命。

这个建筑作品阒然无声地屹立于岩石上。作品的这一屹立道出了岩石那种笨拙而无所逼迫的幽秘。建筑作品阒然无声地承受着席卷而来的猛烈风暴,

①Heidegger,M. *Holzwege*,Frankfurt: Vittorio Klostermann, 1994. S.25;《林中路》中译本,第23页。另外,末句原文为“Die Kunst ist das Sich-ins-Werk-Setzen der Wahrheit”,孙周兴先生译为“艺术就是自行设置入作品的真理”,这既与此句原文不符,也有悖于该文其他地方的提法和海德格尔的整个哲学思想。海德格尔非常强调本质的动态生成性(Werden),因此笔者认为此句宜译作“艺术就是真理之自行设置入作品”。

因此才证明了风暴本身的强力。岩石的璀璨光芒看来只是太阳的恩赐，然而它却使得白昼的光明、天空的辽阔、夜晚的幽暗显露出来。神庙的坚固的耸立使得不可见的大气空间昭然可睹了。作品的坚固性遥遥面对海潮的波涛起伏，由于它的泰然宁静才显出了海潮的凶猛。树木和草地，兀鹰和公牛，蛇和蟋蟀才进入它们突出鲜明的形象中，从而显示它们所是的东西。

神庙作品阒然无声地开启着世界，同时把这世界重又置回到大地之中。如此这般，大地本身才作为家园般的基地而露面。

神庙在其阒然无声的矗立中才赋予物以外貌，才赋予人类以关于他们自身的展望。只要这个作品是作品，只要神还没有从这个作品那里逃逸，那么这种视界就总是敞开的。”①

通过这几段精彩的描述与阐释，海德格尔向我们显示出了关于艺术作品的一个真谛：“建立一个世界和制造大地，乃是作品之作品存在的两个本质特征(Das Aufsellen einer Welt und das Herstellen der Erde sind zwei Wesenszige im Werksein des Werkes)”②。

(1)艺术作品之为作品，就是“建立一个世界”。“作品存在就意味着：建立一个世界(Werksein heißt: eine Welt aufstellen)”③。这里的“建立”既意味着“设置”：“为……设置空间”(einraumen)；更意味着“开启”：“开启世界的敞开领域”(halt das Offene der Welt offen)④。艺术作品在自身中突显着开启出一个世界，并在运作中永远守持着它。在希腊神庙这一作品中，神圣作为神圣(das Heilige als Heiliges)被开启出来，神被召唤入其敞开之域，在尊严和光辉中现身在场。而我们所谓的世界，在神之光辉的反照中也变得光芒四射、通体透亮起来。这里的“世界(die Welt)”是一切存在者“如其所是”地显现自身的澄明之境。海德格尔说，它并非一个个现存之物的纯然聚合，也不是加上了我们对这些物之总和的表象的想象框架。它绝不是立身于我们面前让我们细细打量的对象，而是我们时时刻刻生活于其中，在其中出生与死亡、享福与受难、欢笑与哭泣，展示

①Heidegger, M. *Holzwege*, Frankfurt: Vittorio Klostermann, 1994. SS.27-29;《林中路》中译本，第25-27页。

②Heidegger, M. *Holzwege*, Frankfurt: Vittorio Klostermann, 1994. S.34;《林中路》中译本，第32页。

③Heidegger, M. *Holzwege*, Frankfurt: Vittorio Klostermann, 1994. S.30.

④Heidegger, M. *Holzwege*, Frankfurt: Vittorio Klostermann, 1994. S.31;《林中路》中译本，第29页。

人类历史性命运的地方。唯有人才真正拥有世界。一块石头是没有世界的,它出现在世界中,却没有建立起自己同世界的关系;植物和动物同样没有世界,它们不过是在其赖以生存的环境中被掩蔽了的杂群,它们拥有作为自己生命有机体的延伸扩张的周围环境,却不能拥有作为世界之世界。与此相反,一个农妇却拥有一个世界,因为她居留于存在者之敞开领域中[①]。

(2)为了建立一个世界,艺术作品"制造大地"。艺术作品必须通过艺术家的手工操作而进入存在,因此,艺术作品之作品存在本身就具有制造的特性。在某种程度上,艺术作品是一种人工制作物。正是这一点使得它有别于纯然物,而与同为人工制作物的器具有了一定的亲缘关系。但二者的制造又有着本质的区别:器具为其有用性而制造,这种有用性最终可能消失而使器具不再成其为器具;艺术作品则为建立一世界,使存在者得以敞开、澄明而制造,这种敞开与澄明是永恒不断地涌现的。此外,器具制造为其有用性而使其质料消失于器具之器具存在中,质料愈精良愈是如此;艺术作品制造因其建立了一个敞开的世界,从而使其质料不但不消失,反而更加突出鲜明:雕塑家使用石头但并不消耗石头,反而使石头更像石头;画家使用颜料但并不消耗颜料,反而使颜料更加光辉灿烂;诗人使用词语但并不消耗词语,反而使词语更加能说会道。总而言之,艺术作品之作品存在,本质上是有所制造的。制造什么呢?"制造大地"。这里的"大地(Erde)"既非堆积在那里的质料体,也与地球这个行星的宇宙观念格格不入。它是一切涌现者的返身隐匿之所和庇护者,是涌现着—庇护着的东西。人类栖居于其中的世界就奠基于大地之上。在艺术作品中,石头不等于某个数据的体积或重量,色彩也不等于某个数据的波长……只有当它们尚未被揭示或解释之际,它们才显现自身。这就是说,只有当大地作为本质上不可展开的东西亦即保持锁闭之际,大地才作为大地本身而显现出来。因此,"大地的本质是自行锁闭。制造大地就是把作为自行锁闭者的大地带入敞开领域之中"。这种制造是由艺术作品来完成的,是"作品让大地成为大地"(Das Werk Iasst die

①Heidegger, M. *Holzwege*, Frankfurt: Vittorio Klostermann, 1994. SS.30-31;《林中路》中译本,第28-29页。

Erde eine Erde sein)[①]。

(3)艺术作品之作品存在就在世界与大地的争执的实现过程之中。世界是自行公开的敞开状态,大地是那永远自行锁闭者和如此这般的庇护者的无所迫促的涌现。二者本质上互相争执却又相依为命。由于艺术作品之作品存在的本质特征就在于建立一个世界并制造大地,所以艺术作品本身就是这种争执的诱因。然而,正是在争执的过程中,世界和大地才相互进入其本质的自我确立中并超出自身而包含着对方;也正是在争执的过程中,争执的双方才进入了质朴的恰如其分的亲密性(Innigkeit)之中。又由于这种争执在亲密性之质朴性中达到极致,所以在争执的实现过程中出现了作品的统一体(die Einheit des Werkes)。艺术作品之作品存在就在世界与大地的争执的实现过程之中(Das Werksein des Werkes besteht in der Bestreitung des Streites zwischen Welt und Erde)[②],它是自行敞开、自行澄明与自行锁闭、自行隐匿的矛盾统一体。没有敞开与澄明,艺术作品就会因其缺乏可以审美感知、想象、动情、理解、领悟的对象而不成其为艺术作品;同样,没有锁闭与隐匿,艺术作品又会因其缺乏"言外之意""象外之象""弦外之音"等可供永远体验和把玩的韵味而不成其为艺术作品:艺术的魅力就在显现与遮掩的争执之中。事实上,对于真正的艺术作品,我们既可以欣赏它如何去表现什么,更可以欣赏它如何去不表现什么和如何去掩藏什么。中国传统文艺理论对这一点也深有体证。

那么,在艺术作品之作品存在中,亦即在世界与大地的争执的实现过程中,真理究竟是怎样发生的? 真理又是什么呢?

早在1930年,海德格尔就写成了《论真理的本质》一文,并以此为题在不同大学做过多次公开演讲。该文指出,流俗的"真理"(Wahrheit)概念通常意味着"真实"(Wahres),即"那个使真实成其为真实的东西"(ein Wahres zu einem Wahren macht)[③]。"真实"可以是事情的真实,也可以是命题的真实。前者被海德格尔称为"事情真理",意指现成事物与其合理性的本质概念的符合一致;后

①Heidegger, M. *Holzwege*, Frankfurt: Vittorio Klostermann, 1994. SS.33-34;《林中路》中译本,第30-31页。

②Heidegger, M. *Holzwege*, Frankfurt: Vittorio Klostermann, 1994. S.36;《林中路》中译本,第33页。

③Heidegger, M. *Wegmarken*, Frankfurt: Vittorio Klostermann, 1996. S.179;[德]海德格尔著、孙周兴译:《路标》,商务印书馆2000年版(以下简称《路标》中译本),第207页。

者被称为“命题真理”，意指一个陈述与它所陈述的事情的符合一致。事实上，所谓本质概念与命题陈述都无非是人关于客观事物的某种“知识”，因此，流俗的“真理”概念无非就意味着“知与物的符合”（veritas est adaequatio intellectus ad rem）[①]。可是，“知与物的符合”在什么情况下才是可能的呢？只有当物（存在者）“如其所是（das Seiende so-wie es ist）”地向知（表象性陈述）呈现自身，而知（表象性陈述）又能“如其所是”地言说物（存在者）之际，二者之间的“符合一致”才会发生[②]。“如其所是”的陈述植根于陈述行为的“开放状态”（Offenstandigkeit）[③]，陈述行为的开放状态植根于“自由”（Freiheit）[④]，自由便是“让存在者存在”（das Seinlassen von Seiendem）[⑤]，让存在者存在便是“让存在者成其所是”（das Seiende namlich als das Seiende）[⑥]。“让存在者成其所是”便是让存在者置身于“敞开状态”成为“无蔽者”（τά ἀληθέα）。其实，古希腊那个后来被译为“真理”（ἀλήθεια）的单词，其本义正好是“无蔽”。“无蔽”同时又意味着“解蔽”或“敞开”。因此，“真理”的本质就是存在者之“无蔽”“解蔽”或“敞开”状态[⑦]。

五年后写作《艺术作品的本源》时，海德格尔进一步发挥了以上思想。他写道：在存在者之整体中间有一个敞开的处所，澄明（Lichtung）就在其中。这个光亮的中心围绕着一切存在者而运行。唯当进入或离开这种澄明的光亮领域之际，存在者才能作为存在者而存在。正是由于这种澄明，存在者才在某种程度上是无蔽的。就连存在者的遮蔽，也只有在此光亮的区间才有可能[⑧]。澄明既是存在者现身的条件，又是对存在者的遮蔽。遮蔽有两种方式：一是拒绝——存在者蜂拥而动，彼此遮盖，相互掩藏，拒绝显现；二是伪装——存在者虽然显现出来，但不是显现为自身而是它物。因此，澄明绝非一个永远拉开帷幕、让存在者在上面尽情表演的固定舞台，恰恰相反，唯有作为这双重的遮蔽，澄明才发

①Heidegger, M. *Wegmarken*, Frankfurt: Vittorio Klostermann, 1996. S.180;《路标》中译本，第208页。

②Heidegger, M. *Wegmarken*, Frankfurt: Vittorio Klostermann, 1996. S.184;《路标》中译本，第213页。

③Heidegger, M. *Wegmarken*, Frankfurt: Vittorio Klostermann, 1996. S.185;《路标》中译本，第213页。

④Heidegger, M. *Wegmarken*, Frankfurt: Vittorio Klostermann, 1996. S.186;《路标》中译本，第214页。

⑤Heidegger, M. *Wegmarken*, Frankfurt: Vittorio Klostermann, 1996. S.188;《路标》中译本，第216页。

⑥Heidegger, M. *Wegmarken*, Frankfurt: Vittorio Klostermann, 1996. S.188;《路标》中译本，第217页。

⑦Heidegger, M. *Wegmarken*, Frankfurt: Vittorio Klostermann, 1996. SS.188-202;《路标》中译本，第217-233页。

⑧Heidegger, M. *Holzwege*, Frankfurt: Vittorio Klostermann, 1994. S.40;《林中路》中译本，第37页。

生出来。也正因为如此,作为存在者之无蔽的真理也从来不是纯然现存的,而是动态发生的,是作为澄明与遮蔽之间的对抗(亦即原始争执)而发生的[①]。

艺术作品之作品存在便是真理发生的根本方式之一。艺术作品建立一个世界并制造大地,因此是世界与大地原始争执的实现过程。在这种原始争执中,存在者整体之无蔽亦即真理被争得了。"作品的本质就是真理的发生"(Zum Wesen des Werkes gehört das Geschehen der Wahrheit)[②]。说艺术作品中发生着真理,并不等于说在艺术作品中某种存在者被正确地表现和描绘出来了;而是说,存在者整体,亦即处于争执中的世界和大地,被带入了无蔽状态之中。在艺术作品中发挥作用的是真理(Wahrheit),而不只是一种真实(Wahres);是存在者整体之被澄明,而不只是个别存在者的被显现。在"真理"如此这般发生的同时,"美"也产生了。"美乃是作为无蔽的真理的一种现身方式"(Schönheit ist eine Weise, wie Wahrheit als Unverborgenheit west),美就是存在真理的放光辉[③]。

3. 真理与艺术本质

艺术在现实的艺术作品中成其本质,而现实的艺术作品首先显现为艺术家创作活动的制成品,一种"被创作存在"(Geschaffensein)。艺术作品的创作是一种生产(Hervorbringen),且大多需要技巧娴熟的手工艺行为,因此对艺术作品有良好领悟的希腊人用同一个词τέχνη来表示技艺和艺术,用同一个词τεχυίτης来称呼工匠和艺术家。然而企图通过强调这一点来模糊艺术与技艺的界限则是肤浅而偏颇的,因为τέχνη并非指技艺(Handwerk)或艺术(Kunst),也不指今天所谓的技术(Technik),它甚至从来就不指任何实践活动。τέχνη这个词更确切地说是表示知道(Wissen)的一种方式,是"对在场者之为这样一个在场者的觉知"(vernehmen des Anwesenden als eines solchen)。对希腊思想来说知道的本质在于ἀλήθεια,亦即存在者之蔽(Entbergung des Seienden)。事实上,艺术不等于技艺,艺术家不等于工匠,艺术家的艺术创作也不等于工匠的手工制作。前者生产艺术作品(Kunstwerk),后者则只能生产器具(Zeug),顶多是具有审美

①Heidegger, M. *Holzwege*, Frankfurt: Vittorio Klostermann, 1994. SS.40-42;《林中路》中译本,第38-39页。

②Heidegger, M. *Holzwege*, Frankfurt: Vittorio Klostermann, 1994. S.44;《林中路》中译本,第40页。

③Heidegger, M. *Holzwege*, Frankfurt: Vittorio Klostermann, 1994. S.43;《林中路》中译本,第40页。

价值的器具。二者间的区别是明显的。在艺术作品中,真理之生发起着作用。“作品之成为作品,是真理之生成和发生的一种方式”(Das Werkwerden des Werkes ist eine Weise des Werdens und Geschehens der Wahrheit)①。

可是,什么是必定在艺术作品中发生的真理呢?真理现身于澄明与遮蔽的原始争执之中,争执的结果是争执双方的分道扬镳,从而出现一片敞开领域。敞开领域的敞开性就是真理。这种敞开性开放并维持着它的敞开领域——那个一切存在者以各自方式展开于其中的领地。也只有当真理把自身设立入它的敞开领域之中时,真理才具有这种敞开性(die Offenheit)。

真理将自身置入其敞开领域的方式很多,而其中一种根本方式就是“真理之自行设置入作品”(das Sich-ins-Werk-setzen der Wahrheit)。作品乃是真理发生和存在的一种突出的可能性。“真理进入作品的设立是这样一个存在者的生产,这个存在者先前还不曾在,此后也不再重复。生产过程把这种存在者如此这般地置入敞开领域之中,从而被生产的东西照亮了它出现于其中的敞开领域的敞开性。当生产过程特地带来存在者之敞开性(亦即真理之际),被生产者就是作品。这种生产就是创作。”②

真理是在澄明与遮蔽的争执中发生的。如此发生的真理能自行设置入作品吗?首先是:争执能设置入作品吗?毫无疑问,争执(Streit)会带来裂隙(Riss),但裂隙并不是作为纯然裂缝之撕裂的裂隙,因为争执也带来争执者相互归属的亲密性(Innigkeit)。裂隙并不让对抗者分道扬镳,而是将其对抗带入共同的轮廓中。“这种裂隙把对抗者一道撕扯到它们的出自统一基础的统一体的渊源之中”(Dieser Riß reißt die Gegenwendigen in die Herkunft ihrer Einheit aus dem einigen Grunde zusammen)。③

所以,争执以及作为争执而发生的真理都能被设置入作品中。真理如何自行设置入作品呢?作为世界与大地的争执而设置入作品。在作品中,世界与大地的争执不会被解除或得到安顿,反而会被开启出来。这是因为,只有当争执

①Heidegger, M. *Holzwege*, Frankfurt: Vittorio Klostermann, 1994. SS.46-48;《林中路》中译本,第42-44页。

②Heidegger, M. *Holzwege*, Frankfurt: Vittorio Klostermann, 1994. SS.49-50;《林中路》中译本,第45-46页。

③Heidegger, M. *Holzwege*, Frankfurt: Vittorio Klostermann, 1994. S.51;《林中路》中译本,第47页。

被作为争执在作品中开启出来，亦即作品本身被带入裂隙之中，作为争执而发生的真理才能被设置入这个作品。具体地说，真理要成为可以被觉知的真理必须被赋形，作品的被创作存在就意味着真理之被固定于某种形态中（Geschaffensein des Werkes heißt：Festgestelltsein der Wahrheit in die Gestald）；争执就是作为争执而发生的真理的形态（Gestald），因此真理唯有在争执中才能被赋形；对真理之赋形（将真理固定于某种形态之中）乃是一种构造（Gefüge）①，裂隙作为这个构造而自行嵌合（sich fügt），因此争执必须体现为裂隙才能成为作为真理之形态的争执；而裂隙又必须被置入那自行锁闭者（亦即大地）之中才能被制造。有了大地，筑居于其上的世界才可能被开启。所以，在艺术作品的创作中，为真理赋形最终是通过对大地的生产和使用来完成的，但这种生产和使用并不是把大地当作一种材料来加以消耗，而是把大地解放出来，使之成为大地本身。对大地的使用使作品创作看起来有几分像工匠的手工技艺活动，但实际上则与之迥然不同：它始终是在“为真理赋形”中对大地的一种使用。②

在艺术作品中，被创作存在以独特的方式从如此这般的创作品中突现出来。被创作存在之“存在事实”（factum est）被作品带进了敞开领域之中。也就是说，在这里，存在者之无蔽发生了，而且如此这般的发生是第一次也是最后一次。换言之，这件作品存在了，的的确确地存在了；而且独一无二，空前绝后。作品敞开得越彻底，作品之被创作存在这一事件的真确性和唯一性就越明朗。作品进入敞开领域的冲力越根本，就越让人感到意外，也越孤独；作品越孤独地被固定于形态中而立足于自身，就越显得解脱了与人的所有关联，真确唯一的作品存在就越纯粹地进入敞开领域之中；作品越纯粹地进入它为存在者开启出来的敞开性之中，也就越容易把我们移入这种敞开性之中，并同时把我们移出寻常与平庸。服从这种移挪意味着：改变我们与世界和大地的关系，抑制我们一般的流俗行为和看法，以便盘桓于作品中真理发生之处。唯此盘桓的抑制状态才让被创作之物成为作品。这种“让作品成为作品”乃作品之“保存（Bewah-

---

①中译本第48页此句作“形态就是构造”，对照原文看理解上似有不确。笔者后来曾对此做过讨论，详情请参见拙文《“孙译海德格尔”现象剖析》（《中国图书评论》2009年第12期），或拙著《从逍遥游到林中路——海德格尔与庄子诗学思想比较》（中国社会科学出版社、华龄出版社2004年版）第195页注释。

②Heidegger，M. *Holzwege*，Frankfurt：Vittorio Klostermann，1994. SS.51-52；《林中路》中译本，第47-48页。

rung)”,有了这种保存,作品方能“以作品的方式在场”。没有创作,作品就不可能存在;同样,没有保存,没有保存者应和在作品中发生的真理,作品也不可能存在。作品的保存意味着置身于在作品中发生的存在者的敞开性之中,这种“置身于其中”(Inständigkeit)乃是一种知道(Wissen);真正的知道指向一种意愿(Wollen),而保持着知道的意愿乃是生存着的人类自我超越的冷静的决心,这种自我超越委身于被置入作品中的存在者之敞开性。总而言之,这种作为意愿的知道在作品之真理中找到了自己的家园,同时也变成了一种决心:置身于那已被作品嵌入裂隙的争执中去[①]。

只有当在通过它自身而发生的真理中得到保存之际,一件作品才有了本己的现实性。所以,我们无须再追问保证艺术作品直接现实性的物因素的问题了,因为这种追问事先就把作品当作一个现成存在的对象。这既不是一种从艺术作品出发的追问方式,也没有让艺术作品作为一个作品而存在。然而,在被当作对象的艺术作品中,那个看似“物因素(das Dinghafte)”的东西,实际上就是艺术作品的“大地因素(das Erdhafte)”。在艺术作品中发生并起着作用的真理,正是通过把自身设立同时也是固定于其中才得以现身的。为了正确地看待艺术作品中所谓物因素的问题,我们必须看到“物”对“大地”的归属性,以及艺术作品与大地中的万物的关联、与自然的关联[②]。

总之,艺术既是真理之自行设置入作品,也是对作品中的真理的保存。“艺术就是真理的生成和持留”(Dann ist die Kunst ein Werden und Geschehen der Wahrheit)[③]。作为存在者之澄明和遮蔽,真理乃通过诗意创造(Dichten)而发生。由于艺术的诗意创造本质,艺术就在存在者中间打开了一方敞开之域;在此敞开之域的敞开性中,一切寻常之物都会异彩纷呈;而艺术作品的作用,也就

---

①Heidegger, M. *Holzwege*, Frankfurt: Vittorio Klostermann, 1994. SS.52-56;《林中路》中译本,第49-52页。另外,“Bewahrung”一词,孙译本为“保存”。联系上下文,该词似还有“成全”“保护”“见证”等义。

②Heidegger, M. *Holzwege*, Frankfurt: Vittorio Klostermann, 1994. SS.56-58;《林中路》中译本,第52-54页。

③Heidegger, M. *Holzwege*, Frankfurt: Vittorio Klostermann, 1994. S.59;《林中路》中译本,第54页。另外,该句孙译本为“因此,艺术就是真理的生成和发生”。笔者认为,“生成”与“发生”略显重复,且未包含进“保存”(亦即艺术作品的接受者对在艺术作品中发生的真理的保存)一方,与上下文意亦不吻合。而“Geschehen”一词除有“发生”一义,还有“处置”等义,故宜译为“持留”。

在于造就这种存在者的无蔽状态(亦即存在)之源于作品而发生的转变[①]。

一切艺术本质上都是诗(Alle Kunst ist……im Wesen Dichtung)。作为真理之澄明着的筹划,诗乃是存在者之无蔽的道说(Die Dichtung ist die Sage der Unverborgenheit des Seienden):世界、大地、诸神存在讯息的道说。在这样一种道说中,一个民族在世界历史中的本质演进也被先行赋形了。说一切艺术本质上都是诗(Dichtung),并非要把一切艺术都视为诗歌或诗歌的变种。事实上,诗歌仅仅是广义的诗意创造的一种方式。但作为一种语言艺术,诗歌的确在整个艺术领域中占有突出地位。这是因为,语言不仅是一种传达工具,它还通过命名(Nennen)指派(ernennen)存在者,使之源于其存在而达于其存在:它宣告存在者作为何种存在者进入敞开领域,并取得其"此一"存在。没有语言,便没有任何存在者(包括不存在者和虚空)的敞开性[②]。而且对于人来说,向来是语言首先使存在者得以敞开。所以,在语言中发生的诗歌,才是根本意义上最原始的诗。相反地,像建筑、绘画等其他艺术样式则始终只是发生在道说和命名的敞开领域之中的[③]。

作为真理之自行设置入作品,艺术的本质是诗,而诗的本质乃真理之创建(Das Wesen der Dichtung aber ist die Stifung der Wahrheit)。这里的"创建(Stiftung)"有三重意义:赠予(Schenken)、建基(Gründen)和开端(Anfangen)。具体点说,首先,真理之设置入作品冲开了阴森可怕的东西,同时冲倒了寻常的和人们认为是寻常的东西。艺术所创建的东西,绝不能由现存之物和可供使用之物来抵销和弥补。创建乃是一种充溢、一种赠予。其次,真理之设置入作品绝不是通过进入虚空和不确定的东西,而是通过对历史性的此在已经被抛入其中的大地的开启来实现的。艺术创作是一种引出(Holen)、一种汲取(Schöpfen),而不是现代主观主义所谓的骄横跋扈的主体的天才活动。真理的创建不仅是在自由赠予意义上的创建,同时也是在铺设基础的建基意义上的创建。最后,真正的开端绝不具有原始之物的草创特性,而总是包含着与亲切之物的争执的未

①Heidegger, M. *Holzwege*, Frankfurt: Vittorio Klostermann, 1994. SS.59-60;《林中路》中译本,第55-56页。

②Heidegger, M. *Holzwege*, Frankfurt: Vittorio Klostermann, 1994. SS.60-61;《林中路》中译本,第56-57页。

③Heidegger, M. *Holzwege*, Frankfurt: Vittorio Klostermann, 1994. S.62;《林中路》中译本,第58页。

曾展开的全部丰富性。作为诗的艺术的正是这作为开端的创建,即真理之争执的引发意义上的创建。它在艺术作品中建立了存在者的敞开性。艺术让真理脱颖而出,它是使存在者之真理在作品中一跃而出的源泉①。

最后,海德格尔总结道:"艺术作品的本源,同时也就是创作者和保持者的本源,也就是一个民族的历史性此在的本源,乃是艺术。之所以如此,是因为艺术在其本质中就是一个本源:是真理进入存在的突出方式,亦即真理历史性的生成的突出方式。"②

四、《艺术作品的本源》留下的问题

海德格尔的智慧哲思给了我们许多启迪,也带给了我们一些疑惑。这些问题,有的海德格尔后来做出了回答,有的则没有。

1.海德格尔为什么要追问艺术的本质呢?这个问题,海德格尔在文末做出了明确回答:"做这样的追问,目的是能够更本真地追问:艺术在我们的历史此在中是不是一个本源?是否并且在何种条件下,艺术能够是而且必须是一个本源?"③海德格尔在文中暗示的答案是:艺术作为真理的生成和持留,作为存在者的敞开和澄明,可以改变我们与世界和大地的关系,抑制我们的一般的流行的行为和评价、认识和观看,以便盘桓于作品中发生的真理处,把我们移出寻常与平庸。可见他是想通过对艺术本源的探讨来探寻人的本真存在的可能,以及作为历史性此在的我们与艺术之间的本源性关联。

2.本文回答了"艺术是什么"的问题吗?回答了,又没有回答。说回答了,是因为海德格尔用"艺术是……"的句式表达了许许多多闪耀着智慧光芒的深刻的有关艺术的思想;说没有回答,是因为"艺术是什么"的问题不可能一劳永逸地被把握。如前所述,艺术和艺术作品都是一种生成之物,而非已经完成的现成之物。用维特根斯坦的话来说,各种艺术之间只存在"家族类似",而不存

①Heidegger, M. *Holzwege*, Frankfurt: Vittorio Klostermann, 1994. SS.63-65;《林中路》中译本,第58-61页。

②Heidegger, M. *Holzwege*, Frankfurt: Vittorio Klostermann, 1994. S.66;《林中路》中译本,第61-62页。

③Heidegger, M. *Holzwege*, Frankfurt: Vittorio Klostermann, 1994. S.66;《林中路》中译本,第62页。

在“共同本质”，因此，“艺术”乃是一个“开放性概念”。只要追问无限，它的意义也就无限，它就永远不可能被定义。海德格尔本人在后来写的“后记”中也说，“本文的思考关涉到艺术之谜，这个迷就是艺术本身。这里绝没有想要解开这个谜。我们的任务在于认识这个谜”①。在本文写作的20年后所作的《附录》中，海德格尔也说：“艺术是什么的问题，是本文中没有给出答案的诸种问题之一。其中仿佛给出了这样一个答案，而其实乃是对追问的指示。”② 海德格尔的重要意义就在于把我们引到思之路上。后期海德格尔最喜欢一个概念：“道路（Weg）”。的确，他热衷的是“思”，而不是“道”；是“提问”，而不是“作答”。

3.用语的“模棱两可”。本文中的“世界”和“大地”是两个非常基本、也非常重要的概念，但海德格尔同时在本义和比喻义（或象征义）等不同层面上使用它们。此外，在《附录》中，海德格尔本人也指出了“真理之自行设置入作品”在用语上的两处“模棱两可”：当它被用来规定艺术的本质时，真理一会儿是“主体”（强调“自行设置入”），一会儿又是“客体”（艺术为人所创作和保存）；当它被用来理解人类与艺术的关系时，一方面强调艺术作品和艺术家“同时”基于艺术的现实本质中。另一方面又强调艺术是在人的创作和保存中存在的③。

4.本文中一个非常关键之处，是对凡·高《农鞋》一画的分析。海德格尔那段充满诗人般激情和想象的精彩描述和阐释，都是建立在一个不太可靠的假定基础上的：凡·高所画是一双“农鞋”，而且是一双“农妇鞋”。萨弗兰斯基在《海德格尔传——来自德国的大师》一书中也对此提出了质疑④。的确，为什么就能断定是一双“农妇鞋”，而不可以是一双别的什么鞋呢？换句话说，那段漂亮的描述和阐释是“存在者之真理”的呈现呢，还是想当然的“自由联想”？

原载《四川师范大学学报》（社会科学版）2003年第4期

①Heidegger, M. *Holzwege*, Frankfurt: Vittorio Klostermann, 1994. S.66;《林中路》中译本，第63页。

②Heidegger, M. *Holzwege*, Frankfurt: Vittorio Klostermann, 1994. S.73;《林中路》中译本，第69页。

③Heidegger, M. *Holzwege*, Frankfurt: Vittorio Klostermann, 1994. SS.73-74;《林中路》中译本，第69-70页。

④[德]吕迪格尔·萨弗兰斯基著、靳希平译：《海德格尔传——来自德国的大师》，商务印书馆1999年版，第400页。

源于“人生悖论情结”的艺术

几乎人人都承认艺术对于人类有着无法抗拒的魅力，可是，我们不禁要问：是什么把人类同艺术紧紧地拴在了一起？人为什么需要艺术？为什么离不开艺术？换句话说，艺术为什么必然会产生？艺术存在的内在根据是什么呢？

这不能算是一个新问题。古今中外的艺术理论家们早已做过许多卓有成效的探索，他们先后提出了“摹仿说”“游戏说”“劳动说”“巫术说”“表现说”（包括“原欲说”）“季节变换符号说”等各种理论。

毫无疑问，前人探索的价值是不容低估的。然而，正如别林斯基正确地指出的那样，前人的探讨主要是从发生学角度出发的，而我认为，艺术的产生及存在的内在根据的问题主要是一个美学心理学的问题。正是在这里，前人的探索显现出了它的局限性，同时，也为我们的思考提供了一个广阔的领域。

在这里，我想提出另一种假说。当然，我丝毫没有自诩要超越前人和为这个异常困难的问题做出最后答案的野心，因为我深信，与自然科学那种直线推进式发展不同，人文学科的发展所呈现出的往往是一种怪圈图式，不同时代的人们的探索往往留下的只是一条范畴和命题的嬗变史。尽管如此，对这个问题，我们却应该做出自己的新的阐释。

我认为：人的一切活动都必须以人的产生、生存和存在为前提，因此，我们探索人的一切活动都必须以探索人的基本生存境遇为立足点和出发点。而在马克思所理想的共产主义社会实现之前的"人类社会的史前史"阶段，人，从他出生的那一天开始就陷入了不可避免却又无法摆脱的至少有三大"二律背反"的境地之中。以这三大"二律背反"为核心构成的生存境遇，决定了人类必然产生根深蒂固的生命的悲剧意识和人生的苦恋意识，进而构成我所说的"人生悖论情结"（后详）。作为激荡于人类生命有机体中一股顽固而强大的破坏性（当然同时也可以转化为一种创建性）力量，它必须得到宣泄与释放，否则，人类便无法抵御这股巨大的"熵流"的侵扰，无法生存和存在下去。为此，人类进行了一系列自我保存的活动，其中一种就是我们常常谈论的——艺术。由于艺术同人类其他一切活动一样，是作为使人赖以生存和存在下去的因素（即人类生命的自身需要）而产生的，所以，只要人类的生命还在延续，只要人类生命的悲剧意识和人生的苦恋意识尚未根除——一句话，只要人类的"人生悖论情结"尚未得到现实的（而不是虚幻的）超越，人类就永远需要艺术，永远离不开艺术。换句话说，艺术就永远具有它存在的内在根据和独特价值。

上篇：夹缝中挣扎着的人

（美学研究的出发点）

以人为出发点和归宿，以人为中心和价值尺度，关心人的现实境遇和未来前途，可以说是现当代西方哲学几乎所有流派的共同倾向。在现当代西方哲学的两大主潮中，人本主义思潮不用说了，科学主义思潮的最大代表卡尔·波普尔也宣称："当我们周围正在遭到毁灭性灾难（主要指两次世界大战——笔者注）的时候，哲学家们还在喋喋不休地争论世界是否存在的问题，这是最大的哲学丑闻。"其对人的重视可见一斑。至于"法兰克福学派"和"罗马俱乐部"对科学的反思和对人的关注，那更是有口皆碑的。

这毫不足怪并且理当如此。因为，是"人为自然立法"，是人的存在才使得这个世界具有了意义，世界的一切秩序和意义都是为人所赋予并且只为人而显现的。所以，研究人的一切活动，都必须以研究人的生存境遇为前提。研究美和艺术，不应该也不可能例外。只有这样，我们才有希望找到美和艺术产生及存在的内在根据和独特价值。

然而，不幸的是，当人——这“宇宙之精华，万物之灵长”直立走出孕育了他并给他以生命的自然界的那一瞬间，既写下了一首永无休止的高亢激越的英雄乐章的第一个音符，同时也拉开了一场没完没了的凄婉苍凉的命运悲剧的序幕。一方面，它标志着人不再只是世界的一个微不足道的组成部分或点缀，而成为世界的主体、思考者、设计者和创造者，标志着社会历史的车轮开始运行，灿烂辉煌的文明和文化即将在这个世界诞生。另一方面，它也标志着人与自然母体的分离和疏远，并为人与自然以及在此基础上的人与社会、人与人自身的对立冲突埋下了祸根，也预示了随着人的反思和体验能力的不断提高，人类将越来越深地陷入生命的悲剧意识和人生的荒诞意识的深渊之中。因为人越来越清醒地意识到，自己已身不由己地“被抛入”了无数不可避免却又无法摆脱的“二律背反”境遇之中，这就注定了人只能在漫长而黑暗狭窄的夹缝中苦苦挣扎，直到理想的共产主义社会的实现，人类“史前”社会的结束。

我认为，在人类被抛入的无数“二律背反”境遇之中，有三个是根源和核心：人性的二律背反、人生的二律背反和人类社会的二律背反。毫无疑问，这三大二律背反所构成的生存境遇过去是、现在是、将来很长一段时期内仍会是艺术表现的母题。我们甚至可以说，古今中外的几乎所有艺术杰作都以不同方式、在不同程度上表现了这些万古常新的主题。

1. 人性的“二律背反”

感性欲望——→人←——理性精神

（雅典娜的警诫）　（阿佛洛狄忒的诱惑）

不知造物主是出于善良的恩赐还是恶意的残害，或者仅仅只是为了好玩儿，人，被安排到了“天”与“地”之间——头顶青天，脚踏实地。这，也许就注定了人一部分属于“天”，一部分属于“地”，却必须同时忍受“天”与“地”的双重熬煎了。

关于人性的“二律背反”，不同时代的人们以不同的术语和方式阐述着。

希腊神话中有一位感性代表神——阿佛洛狄忒，专门司掌爱与美。据丹纳《艺术哲学》中记述，她生于爱琴海的浪花之中，一跨出波涛，就使凡人和神明都为之心荡神摇。正如刘东先生《西方的丑学》中所描绘的那样，“她既纵欲狂欢于床笫之间，又亭亭玉立于大理石座，既放荡撩人，又冰清玉洁，既妩媚多情，又一头娇羞”，因而成了人们性欲冲动和审美观照的对象，成了人类感性生活的象征；与她相应的是另一位女神雅典娜，她从自己的母亲美娣丝那里得到了量度和智慧而成了智慧女神兼雅典城的守护神，从而成了人类理性生活的象征。如果说在希腊神话中人的感性欲望与理性精神的冲突还没有明显体现的话，那么到了奥尔弗斯神秘教，古希腊人就已明确感觉到了人的这种与自我交战的状态，并从中体验到了难以排解的痛苦：一方面人被理智所驱遣，另一方面又为热情所左右；既能想象天堂的美丽幸福，又能想象地狱的恐怖熬煎；似乎“什么都不过分”，但事实上却什么都是过分的。因此，他们在神话上的原型不是为所欲为、富足而多福的宙斯，而是遭受永恒苦难的普罗米修斯。

在黑暗漫长的中世纪里，一种体现了与追求爱和美的希腊精神有很大差别的希伯来精神的基督教神学，统治了西方人的思想。以人自身的一切尊严、权利和价值为代价，人创造了一个高高凌驾于自己头上的至尊至上、全知全能、尽善尽美的造物主与救世主——“上帝”。于是人一出生就有了“原罪”，因此人生就只是为了“赎罪”，人的唯一权利就是禁欲和忍受苦难，就是赞美上帝和向上帝做无穷无尽的忏悔与祈祷。然而，人的感性欲望与理性精神之间的冲突真的解决了吗？没有。信徒们越是禁欲，越是贬斥和摧残肉体，越是赞美理性与灵魂，越是证明了他们对战胜感性欲望的信心不足，从而越是证明了阿佛洛狄忒的诱惑之不可抗拒。与其说他们是向往天堂和上帝，不如说他们是害怕地狱和魔鬼。其中最典型的例子莫过于被马克思、恩格斯称为“中世纪的最后一位诗人”的但丁。他曾大声宣称女人是“祸水、毒蛇和猛兽”，而有意思的是，推动他去创作流芳百世的《神曲》的恰恰是使他年轻时大害相思病的一位还不能算十分美丽的姑娘。在《神曲》中，这位姑娘居然还被他情不自禁地奉为了拯救他的灵魂、引领他进入“天堂”之门的天使——贝雅特丽齐。

到了文艺复兴时期，作为对中世纪神学将人彻底灵性化、理性化的一种反抗，一时间，刚刚从上帝的牢笼中逃跑出来的人类贪婪地吮吸着感性欲望的甘泉和乳汁。彼特拉克的《歌集》、薄伽丘的《十日谈》、拉伯雷的《巨人传》、莎士比亚的“十四行诗”……几乎要使人惊呼为人欲横流、泛滥成灾。

到了十七世纪，笛卡尔以一声“我思，故我在”舞动了理性精神卷土重来的大旗。十八世纪英国经验派、大陆理性派和法国启蒙主义思想家们更进一步擂响了反攻的鼓点，人再度逐渐沦为了理性精神的奴隶。这时，在艺术理论和艺术创作上都体现着追求“秩序”“规范”的新古典主义精神。“宫廷味”“学院风”“庙堂色彩”又成了流行的审美时尚。

然而，到了十八世纪末十九世纪初，费尔巴哈的另一种与笛卡尔针锋相对的声音响彻云霄，那就是，并非“我思，故我在”，而是“我欲，故我在”。人的感性欲望再一次获得了合法地位，并被重新高扬起来。热情、奔放、瑰丽的浪漫主义精神成为时代最强有力的脉搏，对秩序和清规戒律的反叛又成为时代最强有力的呼声。可是好景不长，狂热的诗情很快碰碎在冷峻的现实的大地上。“精神的人”和“兽性的人”又一次剧烈地搏斗起来，理性批判精神重新成为艺术家们对抗残酷的社会现实的有力武器。这时，世界文学史上的三大丰碑产生了，那就是：福楼拜的包法利夫人、司汤达的德·瑞那夫人、托尔斯泰的安娜·卡列尼娜。她们的内心充满着激情（欲望），但这种激情又充满了“灵”与“肉”的尖锐矛盾，并因此而催生着无法解脱的痛苦。她们的自杀不是偶然的。

从叔本华的“唯意志论”、尼采的对酒神狄奥尼索斯的放纵，到狄尔泰、柏格森等人的“生命哲学”，弗洛伊德等人的“泛欲主义”，感性欲望、本能冲动、生存意志，又被奉为了另一个上帝加以崇拜，似乎与其相信上帝创世倒不如相信魔鬼开天。现代西方人的这种观念的产生有着异常深刻复杂的社会历史原因，理论方面是对黑格尔为顶点的源远流长的“理性崇拜”传统的反叛，社会现实方面是资本主义社会对人性的异化和两次世界大战对欧洲文明的精神支柱的严重动摇。然而，正如耶和华无力拯救人类一样，撒旦同样不能拯救人类。即使在尼采那里，“日神”与“酒神”也尚未终止争斗；在弗洛伊德那里，“本我”与“超我”仍在剧烈对抗。事实上，人性的二律背反还以本能与道德、情感与理智、自由与科学等对立冲突的面貌充斥在关涉人的所有领域之中，而且，这些对立冲突还会在相当长的时期里延续下去。

是啊，一方面，人是从大自然中直立走出来了；然而另一方面，人却缺少飞向他所向往的天堂的翅膀。换句话说，人就是人，既非动物也非天神；人性就是人性，既非兽性也非神性（多么朴素的真理！）。因此，中世纪靠阉割人的兽性而把人神化，和现代西方靠阉割人的神性而把人兽化，都同样使人窒息，就是不难理解的了。其次，造物主既在人的头脑中安插进了理性，却又把人体的其他部分交给本能冲动去驱使，换句话说，造物主既然把人做成了富于理性的感性实体，这就注定了人的存在与本质之间会产生在相当长一段时期内无法消除的对立冲突，注定了人必须忍受感性欲望与理性精神的双重熬煎！

总之，人性的二律背反既是人的本质，即人之为人的内在根据，又是人不可避免和无法解脱的永恒苦难的一大根源，那就是：

我们真正的生活在天上，而我们的双脚却被紧紧地束缚于大地。

2. 人生的"二律背反"

对永恒无限和幸福生活的追求——→人←——生命之大限与现实人生的苦难

（理想的瑰丽）　　　　　　　　　　（现实的冷峻）

从混沌太一的无机界中居然产生了有机物，这已是大自然进化过程中出现的一个奇迹；而从低级的有机物中居然有一种演变成了人，则更是生命创造的一件了不起的杰作！仅为此，我们就得虔敬地跪在冥冥的苍穹下，永远感激造物主的恩惠，感激我们被赐给生命，感激我们被赋予意识。然而也正因为如此，上帝不得不接受我们永恒的诅咒——有了生命，就有了生命之大限与现实人生的苦难；而有了意识，人就清楚地知道了这一切从而深刻地体验到生命的悲剧意识和人生的苦恋意识，并且产生对永恒无限和幸福生活的无法抗拒的强烈而执着的追求。而在"史前"社会里这种追求之不可能实现（至少不可能完全实现），反过来又加深加重了人类生命的悲剧意识和人生的苦恋意识。人，就这样被注定了必须忍受理想的诱惑与现实的冷峻的双重熬煎！

作为世界上唯一一种能够清楚地知道自己为"有限存在"的生物，人类很早就体验到了生命之大限和现实人生的苦难。下面我们主要围绕"死亡""命运"

和“现在的虚无”等几方面来谈谈这个问题。

歌德曾经说过这样一句话:“在所有的民族中,希腊人的生活之梦是做得最好的一个。”然而,即便是做着天真烂漫的孩提之梦的古希腊人,也对“死亡”有着痛苦的体验。古希腊有神、人“同形同性”观念,但人与神之间仍然有一条无法逾越的鸿沟,那就是死亡——“人是有死的神,神是不死的人。”对死亡的恐惧以及由此而来的对人生的失望,反映到哲学思辨里,就是赫拉克利特那句惊人之语——“死亡就是我们醒时所看到的一切!”尼采在《悲剧的诞生》里还讲过这样一个故事:当聪明的西列诺斯回答米达斯王提问的“对于人最绝妙的是什么”时,他说“那就是不要降生,不要存在,成为乌有。但是,对于你次好的是——早死”。到了海德格尔那里,“终有一死者”成了人的代名词。

此外,人类也很早就体验到了“现在的虚无”。至迟赫拉克利特已明确表达了这种思想,他说,“万物都在流变着”“太阳每天都是新的”。我完全同意认为这些话闪耀着辩证法思想的光辉的见解,但我不得不补充说,它们同时也体现了古希腊人对永恒变化的信仰,是时间意识的萌芽,并从中折射出了“现在的虚无感”。柏拉图就把话说得更明白了:“没有什么东西是存在着的,一切东西都在变化着。”中世纪著名神学家奥古斯丁也认为,上帝在创世时就创造了时间,但实际的时间却总是“从尚未存在的将来出现,通过没有体积的现在,进入不再存在的过去”。也就是说,在他看来,真正存在的时间乃是“现在”,而“现在”却是“没有体积”的,因而是“虚无”的瞬间。

死亡的必然、个体生命的短暂感和现在的虚无感,更增强了人类的时间意识和对永恒——永生与不朽——的追求。

同样,空间意识也是人类很早就产生的强烈意识之一。限于篇幅,我们不再进行烦琐考证。需要说明的是,人类的空间包括所有生存空间和存在空间(即文明与文化空间)。人类很早就体验到了现实生存空间的有限和整个绝对空间的无限,从而不可避免地产生了个体生命在绝对空间中的渺小感和对无限的追求。这种追求和渺小感永远不会消失,因为随着人类把握和创构空间的能力的增强,人类的绝对空间不但不会缩小,反而会被大大地拓宽。

个体生命的渺小感和绝对空间的无限感,更增强了人类的空间意识和对无限——无限本质与自由创造——的追求。

二者合而为一，又形成了人类根深蒂固、难以排解的生命之大限感和时空无法超越的悲壮(乃至悲凉)感。

此外，人类也很早就体验到了现实人生的苦难感。这反映到希腊神话中，就是那个宙斯用来报复普罗米修斯的著名的"潘多拉盒子"——把疾病、仇恨、罪恶、妒忌等祸患播满了人间，而希望却被关进了黑牢。反映到思辨哲学中，就是罗素所指出的：在古希腊思想中，一种最深刻的信仰，还是对于"命运""劫数""必然"的信念。就连那声称可以为所欲为地一把将众神连同海洋和大地拉起来拴在奥林匹斯山顶的主神宙斯也会在众神面前感慨："命运女神对于我正如对你们一样毫不容情！"反映到希腊悲剧中，就是索福克勒斯借俄狄浦斯王之口所发出的喟叹："凡人的子孙呵，我把你们的生命当作一场空！谁的幸福不是表面现象，一会儿就消灭了？不幸的俄狄浦斯王，你的命运，你的命运警告我不要说凡人是幸福的！"

现实人生的苦难感更加强了人类对幸福美好生活强烈而执着的追求。

由于艺术家大多具有强烈的时空意识和反叛现实的天性(从根本上说，艺术家是生活在过去或将来中的人，追逐理想、追逐希望是他们唯一的生命之根)，所以，时空无法超越的悲壮感和现实人生的苦难感既是艺术永远咏叹的主题，也构成了艺术倔强的宗教精神：基督的"救世"精神和佛道的"逍遥"精神。夏洛蒂·勃朗特《简·爱》中那句惊人之语："人活着就是为了含辛茹苦！"狄更斯、哈代的文学作品及印度、巴基斯坦等国的电影作品中的"宿命"观念；托尔斯泰以《复活》为代表的灵魂"自赎"；曹雪芹《红楼梦》的"色空"观念；王立平、侯德健、齐秦等人歌曲中的时空意识等，都可以在这里找到根源。

总之，人生的二律背反既是人生的本质(即人生之为人生)的内在根据，又是人不可避免和无法解脱的永恒苦难的一大根源，那就是：

我们真正的生活在未来和外面的世界，而我们的个体生命却是如此的短暂，我们的现实空间却是如此的狭窄。

3. 人类社会的"二律背反"

人的自由个性——→人←——人的社会性

(人的个性生命形式)　　　(人的族类本质)

人的存在与本质的矛盾包括紧密相连的三个方面：一是人的感性存在与理性本质的矛盾；二是人的有限存在与无限本质的矛盾；三是人的个体存在与社会本质的矛盾。前二者业已讨论，下面我们着手对第三对矛盾的研究。

正如前文所言，人的产生是以人的直立走出自然界为标志的。这一方面意味着人不再只是自然界的一个微不足道的组成部分或点缀，而成了世界的主体；但另一方面又意味着人与自然母体的分离，预示着人与自然的疏远和对立。作为生活于大自然中的生物之一种，人类不得不同大自然作斗争以求得生存，使自己的生命得以延续；作为具有强烈主体意识和非凡实践创造能力的存在物，人类还有征服自然、控制自然、冲破自然必然性的束缚而获得解放的强烈愿望和执着追求。然而，组成个体生命的生物物质极易分解，再强大的个人也无法超越时空之大限，他的能量都不足以与强大的自然力相抗衡。这种情况下，在大自然残酷的生存竞争中求得生存尚不可能，还奢谈什么冲破自然必然性的束缚而获得解放？为此，人类别无选择，唯有结成强有力的社会群体组织，通过自己的族类功能和社会聚合力量与自然力抗争。像许多厌烦尘世喧嚣的人放纵自己罗曼蒂克的幻想那样，"鲁滨孙"曾去了一个荒岛上生活，但他毕竟迫不及待地回到了人类社会中来。而且，他之所以能够在荒岛上不致丧生，还得感激社会所赋予他的力量——枪支、火药和"星期五"。

此外，作为既是生存者又是存在者的人类，在大自然中寻求生存仅仅是他最基本的要求，他还需要建设灿烂辉煌的文明和文化，还需要结束世界单纯进化的过程而推动社会历史的向前发展。如果说自然力的存在是人结成社会群体的外部强制力量，那么，建设文明和文化、推动历史的发展，则是人类结成社会群体的强大的内在动因。

这两方面的原因就决定了单个人无法摆脱对社会群体的依赖性，从而形成了人类的族类本质，或称社会群体本质。它作为人的先天族类记忆而积淀于来到这个世界上的每一个体的人脑的神经组织中而成为人的一种倔强的天性，使人在脱离社会群体或与他人无法沟通时就会体验到一种无法忍受的痛苦的孤独感、寂寞感。费尔巴哈认为，人是一种"类存在物"。马克思也曾天才地指出："人的本质并不是单个人所固有的抽象物。在其现实性上，它是一切社会关系的总和。"毫无疑问，每一个人，当他从呱呱落地的那一刻开始，就已经身不由己地被抛入了方方面面、层层次次、纵横交错的纷繁复杂的社会关系的巨网之中。离开它,单个人就无法生存,他存在的自我价值也无从实现和得以确认。而且,有无严密而稳固的社会群体组织和强烈而自觉的社会群体意识,正是人与动物、人类社会与动物世界的根本区别。

人的这种强大的社会本质力量迫使他渴望而且必须把自我从狭窄的小天地中解放出来,走向他人,走向社会。

然而,另一方面,人又是以单一的个体形式存在于社会之中,用黑格尔的话来说就是;每个人都是一个独一无二的“这个”。只有当他表现出了独特的、区别于他人的自我时,他的存在和存在价值才有可能实现和得以确认。因此,与追求他的族类本质、社会本质一样,追求他自己独立的人格和自由的个性,又成为人的另一种同样倔强的天性。它使人竭力避免在社会的“大同”中消亡“小异”,在族类的“大我”中丧失“自我”。否则,与他在感觉到被社会、被他人所遗忘、所抛弃时就会产生无法忍受的孤独感、寂寞感一样,他就会感觉到另一种被社会、被他人所异化、所束缚而产生的无法忍受的失落感和不自由感。而且,有无完满而自由的个性和强大而独特的个体存在价值,也正是人与动物、人类社会与动物世界的根本区别。也正因为人有完满而自由的个性和强大而独特的个体存在价值,社会历史的巨轮才得以推向前进。

这种强大的个体存在力量迫使人类渴望而且必须同使人异化的“史前”社会现实做斗争,逃避他人,逃避社会。

马克思曾经天才地把共产主义社会实现以前的社会历史称为人类社会的“史前史”,他说:“只要私人利益和公共利益之间还有分裂,也就是说,只要分工还不是出于自愿,而是自发的,那么人本身的活动对人来说就成为一种异己的、与他对立的力量,这种力量驱使着人,而不是人驾驭着这种力量。”

“史前史”社会对人的异化是不可避免和无法摆脱的。它表现在两个方面:首先是使个人与自己的族类本质、社会本质相疏远、相悖离。为了同自然界的熵流做斗争,人类不得不而且也有效地创建了社会,而社会作为人的自觉创造物,却反过来使得统一的人类分裂为互相对立的社会集团(国家、阶级等)和各自孤立的个人,从而导致了人类文明与社会进步之间奇怪的二律背反和个体与族类之间深刻的矛盾。由于每个人在社会结构中所处的位置不同,生活内容和生活方式各异，每个人在思想、情趣、行为方式等方面都存在很大的差别，整个人类社会便分裂为难以沟通的单个人的捏合体，每个人都好像汪洋大海中的一个孤岛。其次是使人同自身完满而自由的个性本质相疏远、相悖离。以私有制和强制性社会分工为标志的“史前史”社会，总要把人最大限度地置于无数强大的强制性的社会结构之中，最大限度地把人变为纷繁复杂的社会关系巨网中的一个“纽结”，把人变成完全由社会必然性控制的巨大的社会机器中的一个“零件”。

尽管有人拼命美化西方资本主义社会，然而，如果我们不对血淋淋的现实熟视无睹的话，我们就不得不承认，现当代西方资本主义社会对人的异化发展到了极点。在那里，世界仿佛是一个阴森、肮脏、冷寂、孤独的巨大的“荒原”；人与人之间可以隔膜到夫妻仿佛路人；可以对立到人人都是“犀牛”，“他人就是地狱”！有西方思想家指出，如果说十九世纪最震撼人心的声音是“上帝死了”，那么，二十世纪最凄厉骇人的呼叫则是“人死了”。单调而严酷的生存条件消灭了人的一切“人的”需要而被异化为“单向度的人”；人的活生生的血肉之躯完全降为了资本、权力、劳动工具的“木乃伊”“甲壳虫”；人之为人的主动性、创造性、思想性、情感性等丰富复杂的内容完全在社会关系的巨网和社会大机器中丧失殆尽，人成了实实在在、完完全全的“毛猿”“机器人”“稻草人”和自己的“局外人”。在那里，人就这样在苦不自胜却又无力摆脱的枯燥、无聊、空虚中走向生命的另一端。使西方人大为沮丧的是，大机器工业和富足的物质文化生活并没有给他们带来真正的自由和幸福，相反，由于人丰富的个性内容被社会剥夺，自由个性被他们加以绝对的抽象和病态的强调，而益愈如此，他们就益愈陷入无力自拔的精神危机的痛苦的深渊之中。枯燥、空虚、无聊按其成因可分为两大类：一类是由于“匮乏”，缺少自身所必需的东西；另一类是由于“过实”，被自身所必需的东西之外的不想要的东西塞得太满。毫无疑问，后一种精神危机更为深刻、更为强烈、更难以忍受和消解。

总之，人的社会性和人的自由个性都是人的本质不可分割的两个组成部分，任何一方面的丧失都是对人的本质的异化。然而，“史前史”社会却不可避免地拼命加剧二者之间的矛盾冲突；社会群体拼命要以牺牲人的自由个性为代价来加强自身存在的根据，而作为个体存在的人却又要拼命地从社会群体的束缚中挣脱出来以求得“自我”的存在和个性的自由。就这样，人被注定了要陷入另一痛苦、荒谬的“二律背反”境地：一方面，人的生存、存在和存在价值的实现必须借助社会这一中介；另一方面，社会作为人的自觉创造物，却又反过来拼命割裂和剥夺人的本质，使人成为非人。换句话说，人类刚刚打破了自然必然性的桎梏而获得了自由，却又很快身不由己地戴上了自己打造的更为坚固的社会必然性的镣铐而失去了她。就这样，“史前史”社会的“二律背反”又成了人类不可避免和无法解脱的永恒苦难的一大根源，那就是：

我们向往自由自在的幸福生活，而我们的身心却被“史前史”社会的巨网紧紧笼罩着。

这，就是“史前史”社会中人的基本生存境遇！

下篇：艺术存在的内在根源初探

（美学起源的心理学探讨）

叔本华的哲学曾被加尔台隆概括为“人之大孽，在其有生”，所以要求我们“弃生”。我们不能赞同叔本华的高论。首先，“弃生”之说无异于恐吓和欺骗人的谎话。其次，我们生命的获得与放弃并非我们自己自由自觉选择的结果。其实，真正的问题出现在：笛卡尔曾大肆宣称“我思，故我在”，可一旦有了思，有了反思自身的自我意识，人就清楚地知道了自己随时处于以三大“二律背反”为根源和核心的荒谬的生存—存在境遇之中；而一旦清楚地知道了自己处于荒谬的生存—存在境遇，自己的一生注定了要“在夹缝中苦苦挣扎”，人就会被推进不可避免又无法解脱的永恒苦难的深渊，从而形成强烈的根深蒂固的生命的悲剧意识和人生的苦恋意识，进而形成存在于人类心灵深处的“人生悖论情结”。

所谓“人生悖论情结”，就是人类由于清楚地意识到了自己的存在与本质之间存在着难以调和的内在固有的矛盾，自己的一生注定了要在荒谬的生存—存在境遇中度日、在夹缝中苦苦挣扎，从而产生了一定程度的生命的悲剧意识和人生的苦恋意识；又由于作为根源和核心的三大“二律背反”可以衍生出无数的人生悖论，因而生命的悲剧意识和人生的苦恋意识便会作为一种“基调”或“底色”伴随我们整个人生过程，同时也催生出以此为“基调”或“底色”的各种情感及情绪体验；这些情感及情绪体验复杂多样并且相互纠缠，甚至显得有些茫然无绪，剪不断、理还乱，最终便在人类心灵深处形成了一种心理凝结物。由于这种心理凝结物是进退维谷的尴尬的生存—存在困境带来的，所以我借用了弗洛伊德精神分析学中的“情结”概念，将其命名为“人生悖论情结”。

然而，人，作为“宇宙之精华，万物之灵长”，具有能动性和创造性的世界的主体的“顶天立地”的人，决不会因此而结束生命、终止人生！相反，他会为寻求对这种生命的悲剧意识和人生的苦恋意识的解脱与超越而自觉地进行坚持不懈的斗争！他会自觉地通过进行一系列活动而让“人生悖论情结”这股激荡于自己生命有机体中的顽固而强大的破坏性力量得到最大限度的宣泄与释放！

大多数人类学家、历史学家、心理学家、文化学家都同意这样一种见解，即人类曾经经历了一个以为巫术法力无边、无所不能的孩提时代。他们深信，通过图腾崇拜、自然崇拜等巫术礼仪，人类完全足以控制自然必然性，从而为所欲为，无拘无束。原始初民在这孩提之梦中自我陶醉了很久。但是，梦虽美，却终究会破灭；然而即使会破灭，人类还愿意做梦，尤其是美梦。于是，人类编织了许多令自己心醉神迷的神话传说和英雄故事。通过赋予“神”和“英雄”以超凡的智慧、勇敢和强大力量，以超越时空大限和消解现实人生苦难。然而，随着人类反思自身和体验自身的能力的提高，“神”和“英雄”的往事又显得那样遥远和不可企及。美梦再一次破灭了。可是，人还得活下去，生命的悲剧意识和人生的苦恋意识还得寻找途径得以宣泄与释放，于是，宗教、哲学、科学、艺术等活动应运而生了。并且，在社会中还出现了一部分专门以这些活动为谋生手段的人，如希腊的“智者”、希伯来的“先知”、四处流浪的“艺人”等。

通过哲学，“智者”们宣布了他们冥思苦想的结果：我们每时每刻、实实在在地生活于其中的其实只是一个现象世界，它变幻莫测、转瞬即逝，因而难免是不真实、不完美、令人痛苦和不自由的世界；唯有那远离凡嚣尘世的本体世界才是万古不变、永恒存在，因而必然是真实、完美、幸福和自由的世界，只有那里才是人类灵魂的理想的栖居之所，真正快乐的精神家园。啊，原来“智者”们要告诉我们的是，之所以我们会感觉到现实人生的痛苦，只是因为我们错投了世界！这乍看上去难免显得有些滑稽，然而，它毕竟是人类对自身现实人生痛苦根源的一种解释，毕竟是对“人生悖论情结”的某种程度的宣泄与释放。所以，从古希腊开始，无数先哲们一直以强大的激情，殚思尽智、苦苦经营着这“另一世界”（或称“超验世界”），以严密系统的理论形式继续着人类童年时的酣梦。正是假借理性重温旧梦，人类痛楚的心灵才在某种程度上得到了慰藉。

对于现实人生苦难的解释与超脱，佛教认为现实人生的苦难缘于尘世的祸福无常所引起的烦恼，其根本原因是人对尘世所具有的无穷无尽的欲望和眷念。而要实现对现实人生苦难的超脱就只有灭绝人对尘世的一切欲望和眷念，对人世间的一切悲喜祸福“逆来顺受”，达到“一切皆空”的“涅槃”状态；基督教则认为现实人生的苦难纯属“咎由自取”，因为每一个人一来到这个世界上就带着原罪，所以现实人生的苦难只是为了使人明白自己的罪恶是多么的深重，人的一生只有祈祷上帝的“启示”和“宽恕”，从而悔赎自己的罪过、拯救自己的灵魂免遭地狱“黑暗、枷锁和烈火”的永恒苦难；在世界三大宗教中，无论是从产生的历史背景还是产生后的历史效能来看，伊斯兰教的政治色彩都要浓烈得多。关于伊斯兰教中所体现的现实人生的苦难意识，我们掌握的材料较为有限。但有一点却是可以肯定的，伊斯兰教要求人们坚信世间的一切都是按照“真主的旨意”而“前定”的，人们唯一能做的事就是“顺从”。“伊斯兰”(Islām)的本意就是“顺从”。此外，对苦苦修行的虔敬的信徒们，宗教家们借神之口许下了极大的嘉奖，他们的灵魂将得以“超度”和“拯救”，得以“永生不死”，因而他们超越了生死时空之大限；获得了永久温馨的自由和幸福；人人都平等而博爱。嗬！现实人生的一切苦难几乎都可以在灵魂得救升天的那一瞬间烟消云散！怪不得宗教对人有如此强大的诱惑力！怪不得德尔图良要说：“正因为是荒谬的，所以我才相信！”怪不得叔本华在发现了人的本质是邪恶的、“彻头彻尾是欲望和需求的化身”从而感到有可能被上帝抛弃时是那样的痛不欲生！怪不得西方人在尼采宣布“上帝死了”之后就陷入了前所未有的精神恐慌！

尽管如此，我们却还是无法奢望人人都成为虔敬的宗教徒，正如我们无法奢望人人都成为高深莫测的哲学家一样。因为哲学需要皓首穷经的坚韧和高智力的思辨，这可不是一般的凡夫俗子“有福消受”的差事；而宗教则需要绝对顺从的虔敬和苦不自胜的修行，外加拒斥异教徒和无神论者的“蛊惑”的定力，更何况上界的“极乐”天知道是不是一张空头支票！于是，人类不得不又将期待的目光转向源于生命本然和人生体验，追求实现对“人生悖论情结”的抗争与超越的另一种活动——艺术。

正如前文所提及的那样，作为世界上唯一一种能够反思自身(即通常所说的具有"自我意识")的生物,人类终于清楚明白地知道了自己所处的荒谬的生存—存在境遇。人生的三大"二律背反"以及以其为根源和核心的无数人生悖论,像一群巨蟒紧紧地缠绕和冷血地撕咬着人类本已十分孱弱的心灵。而这三大"二律背反"之不可避免性和无法解脱性,则形成了牢牢攫住人类心灵根底的生命的悲剧意识和人生的苦恋意识,最终形成了人类无法忍受却又难以消解的异常顽固的"人生悖论情结"。作为一种强大的破坏性力量,它总是在残酷地打破人类本已很难维系的心理平衡。这,无疑是人类难以承受的人生重负。对此,人类别无选择,唯有寻找一切可能的方式来消解这股巨大的熵流,使"人生悖论情结"得以最大限度的消解与超越。为此,人类不得不进行了一系列活动。而在这一系列活动之中,宗教、哲学和艺术又是最典型的表现形式。我个人认为,宗教常常以其极易被人误解的"非理性"形式表述着高度理性化的内容。"基督"作为"唯一者"和他自觉接受"十字架上的苦难",难道不正是人作为"孤独的存在者"和人类所处的"生存困境"的绝妙的象征吗?然而,不容否认,宗教更主要的还是借助于一定神秘的礼仪以唤起人们的信仰激情来聊以慰藉痛楚的灵魂,而哲学则以其特有的理性化的反思与激情化的憧憬相结合的方式来达到其消解与超越的目的,这也许也正好是哲学家们总要以其严密的逻辑形式构筑其"理想国""乌托邦"之梦的深刻根源。

如果说哲学和宗教对人的生命的悲剧意识和人生的苦恋意识的体验和超越还仅仅是某种偏重于思辨或信仰的表述方式的话,那么,作为感性与理性的完美统一的艺术,就不仅仅只是一种完美的表述方式而已——它赤裸裸就是对生命的悲剧意识和人生的苦恋意识的体验和超越本身!正因为如此,它才有可能使对"人生悖论情结"及其所催生的人生负面情感情绪的宣泄与释放得以最大限度的实现;也只有从这一点出发,我们才能够真正领会到荷尔德林所昭示的一个思想——"拯救的力量把人诗意地置于大地之上"——的深刻含义。质言之,"人是一种美学性存在的类",他永远需要艺术,永远离不开艺术。

尽管"艺术"为何物,甚至"艺术"能否被定义,至今还是争论不休的问题,但至少有一点是可以肯定的,那就是:艺术作为人的一种创造物(不管是物质的,精神的,抑或物质与精神统一的),是人赋予了它的一切禀性与意义。也正由于此,艺术的存在及其价值的实现对于人来说才是可能的。尽管有的艺术理论家常常把“艺术”划分为“再现性艺术”“表现性艺术”和“再现性与表现性相结合的艺术”等，但实际上，这样的划分是基于一种迷误的。道理并不深奥，纯粹再现性艺术的存在是可能的吗？主张有纯粹再现性艺术的人认为：“艺术是客观现实社会生活的反映。”诚然，这种看法至少有它的两点合理性：第一；强调了艺术与客观现实社会生活的联系；第二，强调了艺术的认识价值。然而，历史、政治、经济、哲学和其他人文学科，乃至数学、物理、化学等自然科学又是不是客观现实社会生活的反映呢？如果是(当然是！)，那么艺术区别于其他学科的内在依据和独特价值是什么呢？于是有人补充说：“艺术是客观现实社会生活的形象反映。”这样的界定对艺术本质的揭示无疑是大大前进了一步，但是，形象性就是艺术的内在规定性了吗？那么，我们如何把画家的杰作同生物书上的标本图案区别开来呢？几乎所有对艺术发表见解的人都认同艺术具有生命形式的看法，那么，艺术形象的生命、灵魂和神韵等究竟来自何处？换句话说，究竟是什么东西使得艺术形象变得鲜明活泼、“生气贯注”呢？这自然就回到中国古典美学史中讨论得很多的“意”与“象”的关系问题了。早在《易传》中就提出了“观物以取象”而“立象以尽意”的思想，《庄子·外物》篇中又加进了“言”与“意”的关系问题，得出了所谓“言者所以在意，得意而忘言”的见解。三国哲学家王弼把二者加以综合而阐发为：

> 夫象者，出意者也。言者，明象者也……意以象尽，象以言著。故言者所以明象，得象而忘言；象者所以存意，得意而忘象……故立象以尽意，而象可忘也；重画以尽情，而画可忘也。——《周易略例·明象》

可见，艺术不是“象”本身，更关键、更重要的是从“象”中所传达出来的“意”。而意来自艺术家的主体性创造，是完美地贯注到艺术形象之中去的情感、意绪和思想等。形式主义艺术论者的迷误就在于见“象”而失“意”，得“形”而忘“神”。这就是说，艺术在根本上只能是表现性的，是人类思想、情感和意绪的某种形式或某种程度的表现。当然，在具体的艺术作品中，“意”与“象”、“形”与“神”总是完美地统一在一起，是血肉相连、不容分割的。

人的思想、情感和意绪是多方面、多层次、多形式的。正是人的思想、情感和意绪的丰富性、复杂性和深刻性，构成了人与动物之间的本质区别的一个极为重要的方面。

接下来，我们引进一个新命题：唯有艺术才能使人对“人生悖论情结”获得从“体验”到“超越”的自然而然的升华。

宗教、哲学里也有对“人生悖论情结”及生命的悲剧意识和人生的苦恋意识的某种程度的体验，同时也是对它们的某种方式的超越。然而，在宗教中，宗教作为人类的信仰对象，它是“命令式”的、“无条件”的，不讲也用不着讲理由的。对于宗教信徒来说，追问“是什么”或者“为什么”本身就是对神主的一种怀疑与蔑视，就是一种不可饶恕的大逆不道的渎神行为，因而是绝对禁止的。为此，它没必要知道，更用不着深刻地体验“人生悖论情结”究竟为何物。在哲学中，哲学作为人类的认识对象及成果，它主要借助于形式逻辑、辩证逻辑等人的理性力量去追寻因果理由。对于哲学家来说，分析、解释“人生悖论情结”为何物是他的本分，然而体验它仍然不是其主要任务。由于缺乏对“人生悖论情结”深刻而精微的体验，宗教的、哲学的所谓超越就不可能是自然而然的升华。唯有艺术，它不但起源于对“人生悖论情结”的深刻而精微的体验，而且，这种体验及表现本身就是它的全部内容。说穿了，艺术不过是人类灵魂自我慰藉的一种方式。正因为这样，艺术作品才如此具有撼人心魄的力量，富于强烈而持久的魅力，从而成为人类生活中必不可少的重要组成部分。也正因为有这种对生命的悲剧意识和人生的苦恋意识的深刻体验作为深厚的基础，所以艺术的超越才是自然而然、水到渠成的升华（深刻体验及其表现本身就是一种超越）。

不管你讴歌也好，诅咒也罢，反正人类被赋予了一种连他自己也弄不明白的禀性：譬如，他明明是一种感性实体，可他却偏偏被赋予了强大的理性精神；他明明是一种个体存在，可他却偏偏被赋予了强大的社会本性；他明明是一种有限的生物，可他却偏偏要渴求无限与永恒；他明明需要理性来满足自己探寻因果的癖好，可他却偏偏要去反思理性从而使理性连同他自己必须忍受咎由自取的孤独与困扰；他明明热爱生命、眷念生活，可他有时却偏偏必须以选择死亡、放弃生活来作为最好的生活方式，以便赋予自己的生命与生活以价值和意义……这一切的一切，无不透露出人的生命和生活本身的无限神秘性。人，就这样成为一个连他自己也永远无法解开的“斯芬克斯之谜”。

反思自身并对自己的生存—存在历程有所筹划、有所作为，是人的一种根深蒂固的禀性。他绝不会容忍上述“人生悖论”就这样像谜一般永久存在，他无论如何也要试图去揭示自身生命和生活的这种神秘性，努力破解这些难以解开的“斯芬克斯之谜”。实际上，艺术正是在以解谜的方式不断展示自己对各种各样“人生悖论”及其所形成的“情结”的体验与超越，确证着自己对自由完满理想的追求与实现。正是在这里，我们找到了艺术存在的必然根据和独特价值。

信仰、理性由于自身的局限性，决定了宗教、哲学等无法深入到人的生命和生活的深层的隐秘本体，无法展示出人的生命和生活中的不可言说、不可理喻的真正的精微层次。而这种深层的、隐秘的生命和生活的本体及其精微层次，正是艺术体验的最终本原。洞彻并表现它，正是艺术超出宗教、哲学以及其他活动的极限之外所具备的特殊禀性与才能，正是艺术之为艺术的根本依据和意义源泉。也正因为如此，艺术实现了对人类生命的悲剧意识和人生的苦恋意识的最深刻的体验和最充分的展示，从而成为人类确证自身对自由理想的追求和实现的最大可能性的活动领域，使“人生悖论情结”得到了最大限度的宣泄与释放。

毫无疑问，艺术之所以具有如许效能，还在于艺术自身所特有的活动形态。艺术作为人类一种自由创造的活动及产物，在它所创建的“第二世界”里，暂时地、象征性地实现了主体与客体、感性与理性、个体与社会、有限与无限、存在与本质、偶然与必然、现实与可能、规律与目的、内容与形式等等诸多矛盾冲突的和谐统一。换句话说，艺术作为人类一种自由创造的活动及产物，其本身就成为人类自由理想的象征，成为人类象征性地超越“人生悖论情结”最理想的场所，成为人类确证自身对自由完满理想的体验与实现的最完美的形式。尽管艺术对“人生悖论情结”的超越和对自由完满理想的实现只能是暂时的、象征性的（否则艺术同样会失去其自身存在的根基与价值），但是，这种对“人生悖论情结”的超越和自由完满理想的实现的体验，却是为人所必需，而且也是真实的。这是因为，艺术，无论是艺术创作还是艺术欣赏，都是一种自由创造性的活动，在其中，它既不只是展示，也不只是解说，而是把它需要解说的内容通过展示，自然而然地明确地流露出来。借海德格尔的话来说，就是通过展示，使存在之真理失去其“隐匿性”而显现于“光亮处”。一旦你进入了艺术所创建的世界，只需要自由的直觉、感悟就能够愉快地欣赏到世界的大和谐、大统一。这时，你就会感觉到自己同神一样富足、一样自由。你根本无须强迫自己无条件地接受那些命令式的、超验的观念和价值——一如宗教徒所必需的那样；你也根本不会陷入理性自身的孤独与困扰——一如哲学家所常常摆脱不了的那种境遇。这时，你就会真实地享受到自由体验和体验自由的那种巨大而强烈的幸福与快乐。

当然，我这里所说的是真正的艺术。我认为，是否有着对人的生命和生活的强烈而深刻的体验，能否展示出深层的、隐秘的生命和生活的本体及其精微层次，可否使人真实地体验到对“人生悖论情结”的超越和对自由完满理想的完美实现，这是区分艺术与伪艺术的根本标准。不具备这个条件压根儿就不能称为艺术，也没有资格进入神圣的艺术殿堂。

这里有一个问题需要补充说明：“伪艺术”的存在就意味着“伪艺术家”的存在，而我们在前文却肯定了人是一种“美学性存在的类”，“人诗意地栖居在这片大地上”，人类社会的理想前景就是马克思、恩格斯所召唤的“人人都成为艺术家”，这前后是否存在着矛盾呢？回答是否定的。我们可以从两方面来加以理解。首先，体验着就必定是在生活着，而生活着却并不一定是在体验着。虽然从根本上说，人人都“诗意地栖居在这片大地上”，然而却并非人人都能体验到这种栖居的“诗意”性。因为体察这种“诗意”需要具备某种特殊的禀性与才能，正是这种特殊的禀性与才能方使艺术家成为艺术家。其次，正如马克思、恩格斯所理想的共产主义社会尚是人类不断努力的一个远大目标一样，“人人都成为艺术家”也尚是人类努力追求的一个宏伟理想。只有当人类社会已经从“必然王国”走向“自由王国”，人类已现实地而不是象征性地实现了对“人生悖论情结”的超越，现实地而不是象征性地实现了艺术即人生、人生即艺术，换句话说，既定的艺术已丧失其存在的内在根据和独特价值，人生的艺术化已实现对既定艺术自身的否定时，“人人都成为艺术家”就将成为现实了。

热爱生命，享受生活吧！

一九八八年三月初稿

一九八九年十月修改

该文原发表时，因期刊篇幅所限，“上篇”和“下篇”分别刊载于《文艺评论》1990年第4期和第5期，为还原文章原貌，现将其重新合并。

西方现代主义思潮崛起的文化历史探源

歌德曾以“浮士德”与“海伦”的“愉快而和谐”的结合，表达了关于西方文化走向的这样一种美好的理想：希腊文明与希伯来文明联姻[①]，理性精神与信仰精神统一，美与崇高结合。然而对这个理想之能否实现，实现后能否长期维继，似乎连他本人都预感到希望渺茫。所以，他苦心经营出来的“欧福良”——浮士德与海伦所生之子——最终不可挽回地夭折了。紧接着，海伦飘然而逝，浮士德到头来也在“靡菲斯特”的使者们的掘墓声中倒地身亡了。这是一个意味深长的寓言，是歌德关于西方文化历史走向的一个沉重的预言。

事实确实如此，浪漫主义的“狂飙”刚刚吹过，一股更为强劲的飓风——否定希腊文明和希伯来文明、反叛理性精神和信仰精神、摧毁美与崇高的形形色色的“现代主义”思潮——接踵而至，给西方传统

①叶朗主编：《现代美学体系》，北京大学出版社1988年版，第53页。本文的基本思路来自该书第53—56页中的相关论断。另外，本文中的“现代主义”与“后现代主义”界限不清，为存其真，仍因其旧。

文化艺术带来了灭顶之灾。从此,一场前所未有的巨大“劫难”与痛苦“涅槃”,在整个现代西方世界中铺天盖地席卷而来……

那么,为什么现代主义思潮必然会在西方崛起并骤成汪洋恣肆,其文化历史根源何在?对此,我拟提出这样一种假说,它主要包括这样几层意思;以“荒诞”为中心范畴的现代主义思潮崛起的直接根源,是对世界、历史、人生的普遍而强烈的“荒诞感”的体验;这种“荒诞感”的产生又根源于对世界、历史、人生的价值意义的“虚无感”的认识。而这种“虚无感”的产生又根源于作为价值意义的最后根据的“上帝”和作为价值意义的直接载体的“人”之不可挽回的“死”,而“上帝之死”的根源在于以希腊文明为源头的理性精神的蒙难和以希伯来文明为源头的信仰精神的坍塌,而“人之死”的根源则在于近现代资本主义工业文明社会中的人的普遍失落与异化。

下面,让我们来逐层剥解这个异常复杂而又兴味盎然的问题吧。

一、上帝之死

万能的上帝创造了一切,最终却死在了自己的造物手中。这,也许也是一种宿命。

(一)理性的蒙难

上帝首先是全知全能的理性的化身,上帝之死首先在于理性的蒙难。

理性的蒙难,是在劫难逃的宿命。因为,理性蒙难的根源不在别的,正在于理性自身。正是西方两千多年“理性崇拜”的历史,最终导致了对理性的普遍失望、普遍怀疑和普遍反叛。

1.悠久的“理性崇拜”传统

大家知道,从古希腊开始,西方人手中始终高举着一面鲜艳的旗帜:崇尚理性。从米利都学派的泰勒斯开始,前苏格拉底哲学家们就已经开始了凭借理性探寻世界万物的“始基”或者形而上的“逻各斯”“存在”的本体论哲学。而柏拉图探寻现象世界背后的永恒本体的“理式论”和亚里士多德《形而上学》《工具论》中对逻辑的研究,则从认识论和方法论两方面开创了雄霸西方两千多年的理性主义哲学传统。

在中世纪“黑暗的千年王国”中,虽然曾经产生过像德尔图良那样的“信仰骑士”,但厄里根纳、阿伯拉尔等为代表的异端神学家们却都强调理性独立于神启之外并且高于神启。而以托马斯·阿奎那为代表的经院神学家们,更是企图以理性的方式去“证明”上帝的存在,以此编织自己严密系统的神学体系。

而文艺复兴时期所谓“回到古希腊”的呼声,众所周知,其实质乃是要重新扛起古希腊“崇尚理性”的大旗,号召以人反对神,以理性反对迷信,以实用科学反对宗教神学。文艺复兴运动为伟大的十七世纪的“理性主义”和十八世纪的“启蒙主义”准备了条件。

理性主义不用说了。“启蒙”的前提乃是理性的觉醒,“启蒙主义”的目的就是要从哲学上确立理性的无上权威。诚然,在十七世纪上半叶至十九世纪上半叶期间,以培根、贝克莱、博克、休谟为代表的注重归纳逻辑的“英国经验派”,与以笛卡尔、斯宾诺莎、莱布尼兹、沃尔夫为代表的注重演绎逻辑的“大陆唯理派”之间,曾经发生过一场声势浩大的跨世纪论争,但他们论争的焦点只不过是知识究竟是来源于“感觉经验”还是来源于“天赋观念”,在崇拜理性这一点上却异常一致。

当历史的车轮运行到十八世纪末十九世纪初,西方哲学进入了一个总结阶段。以康德、费希特、谢林、黑格尔为代表的德国古典思辨哲学家们,把西方传统的理性主义哲学推向了顶峰。尤其是黑格尔那包罗万象而又精致堂皇的哲学大厦,在这一点上更是到了无以复加的地步!

毋庸赘言,我们已经可以清楚地看到,西方的“理性崇拜”曾经拥有一段多么灿烂辉煌的历史!

然而,“反者道之动”,中国道家学派创始人早就警告过这一点。理性的无限膨胀终于为自己掘下了坟墓,过分悠久和过分辉煌的理性崇拜的历史,终于导致了对理性的普遍怀疑和反叛。

2.对理性的怀疑与反叛

早在古希腊,皮浪等人就开启了一股源远流长的“怀疑主义”潜流,但它始终未曾动摇理性的无上权威。正如比利时著名文化哲学史家胡尔夫(Maurice De Wulf)所说,直到十三世纪,西方人都还“毫不怀疑理性的力量可以把捉外界的实在，可以在相当限度内认识一切事物”[1]。

可是，从十七世纪上半叶延续到十九世纪上半叶的那场跨世纪的“同室操戈”，毕竟还是使理性主义哲学大伤了元气。交战双方相互揭短、相互攻讦的结果是两败俱伤：英国经验派以休谟为代表，陷入了不可自拔的“怀疑论”和“不可知论”；而大陆唯理派以莱布尼兹为代表，则陷入了同样不可自拔的“独断论”和“机械的形而上学”。

就在这时候，“哲学巨人”——康德出现了。在《〈纯粹理性批判〉第一版序言》的注释中，康德明确宣布：“我们这个时代可以称为批判的时代。没有什么东西能逃避这批判……因为只有经得起理性的自由、公开的检讨的东西才能博得理性的真诚的尊敬。”

康德不但把这种“批判”“审视”的目光指向了躲在神圣背后的宗教和躲在尊严背后的法律，而且还把它转向了理性自身。在这本认识论巨著中，康德首先追问的不是“何为先天综合判断”，而是“先天综合判断如何可能”。这里的“先天综合判断”，按李泽厚先生的理解，就是“具有普遍必然的客观有效性的真理”[2]。这就是说，在康德看来，在追问真理为何物之前，我们首先应该追问的问题是：我们的理性是否具备，以及在何种范围与何种程度上具备认识真理的能力？接下去，康德一刀把世界劈为两半儿：“现象界”和“物自体”；并把理性牢牢限定在“现象界”，禁止它越入不可知的“物自体”。在此基础上，康德提出了他深刻的“二律背反”思想，并把经不起“纯粹理性”检验的“上帝”“自由意志”“灵魂不朽”等，统统逐出了他的认识论领域。

康德之后，费希特以他的“自我”、谢林以他的“同一”、黑格尔以他的“绝对理念”，都企图“吃掉”康德这种竟然不能被人的理性所认识因而让人无法忍受的“物自体”。尤其是黑格尔，不但把全部精神世界，而且把全部物质世界、人和历史等，统统硬塞进了他那“绝对理念”的思辨运转的奇妙的哲学圆圈之中。正当西方人全都陶醉在黑格尔体系的富丽堂皇和精巧完美的时候，有个年轻人却跳出来阴沉沉地说：别高兴得太早了！世界的本质绝不是表征人的理性的“绝对理念”，而是一种永不满足的“生命意志”。这种永不满足的“生命意志”把我

①［比］胡尔夫著、庆泽彭译：《中古哲学与文明》，台湾商务印书馆1972年版，第78页。

②李泽厚：《批判哲学的批判——康德述评》（修订本），人民出版社1984年版，第63—67页。

们每个人都推上了伊克西翁服刑的旋转火轮上忍受永恒的熬煎！他，就是黑格尔在柏林大学的同事，自称是康德哲学的忠实传人的叔本华。叔本华的一生是充满了悲剧和喜剧色彩的。当他年少轻狂，迫切需要名誉和地位的时候，《作为意志和表象的世界》却被当作痴人呓语而备受讥讽；时间仅过了数十载，当他不再年轻、不再需要理解与崇拜而只对世界和人类充满绝望和仇恨的时候，西方人却开始狂热地崇拜起叔本华来，叔本华思想以及他所代表的哲学方向——怀疑理性、限制理性和反叛理性的方向——竟在西方现代世界中大获全胜！这股非理性主义思潮是如此强烈，以至于美国当代著名哲学家怀特在《分析的时代》中指出："几乎二十世纪的每一种重要的哲学运动都是以攻击那位思想复杂而声名赫赫的十九世纪德国教授（指黑格尔——笔者注）的观点开始的。"①

3.理性蒙难的必然性

非理性思潮的崛起和理性的蒙难并非偶然，它乃是过分悠久和过分辉煌的"理性崇拜"历史的必然结果。事实上，西方理性主义哲学是建立在这样两个基本假设基础之上的：第一，纷繁复杂、变化莫测的现象世界背后有一个简单纯粹、按人的理性法则运动变化的"终极本质"；第二，人的理性力量是无限的，它最终能彻底认识这个"终极本质"，抵达"绝对真理"的境域。很显然，这两个基本假设背后真真实实地掩藏着人类狂妄自大的"理性崇拜"意识。

人类的理性力量是否真的像人类所期望的那样无边无际、全知全能呢？看来有些令人沮丧。第一，世界并非万物在空间中的总和，而是一切事实在时间中变化的过程②。换句话说，现象世界背后并不存在一个简单纯粹、万古不变的绝对的"终极本质"（Being），而是一个不断变化、永远开放的"生成过程"（Becoming）。这无异于说，用人类的理性去追赶世界的本质，永远只能是重复"夸父追日"的悲剧神话。第二，即使这世界背后真有一个所谓的"终极本质"，是否人类的理性力量就能认识它、抵达"绝对真理"的彼岸呢？太难说！首先，人的理性凭借的是逻辑的力量，认识的可能建立于逻辑的普遍必然的客观有效性。可是，世界万物的发展变化是否有义务必然遵循人类设定的逻辑规律呢？谁也

①[美]M.怀特编著、杜任之主译：《分析的时代》，商务印书馆1984年版，第7页。

②[奥]维特根斯坦《名理论》开篇便是"世界是一切发生的事情。世界是事实的总和，而非事物的总和"。

不知道。当然,人们尽可以像康德那样为世界"普遍立法",可是,这个该死的世界是否知道,或者知道了是否就愿意无条件地服从我们为它所立之"法"呢?谁也无法保证。其次,人类理性所凭借的认识工具归根结底不外乎两种:归纳逻辑与演绎逻辑。可它们能否保证认识的"普遍必然的客观有效性"呢?也不能。大家知道,归纳逻辑要受其归纳对象的代表性和数量多少的限制,归纳推理是一种"或然推理",因此,它不能保证认识的"普遍必然性";演绎逻辑虽然具有"普遍必然性",但它最终必须依赖于所谓大前提的"自明性",这些经常被冠以"公理""天赋观念"的"自明的"大前提,看上去是不证自明的,而事实上却是逻辑自身无法证明的(即使在号称"科学之母"的数学中,这种"公理"也比比皆是,如平面几何学中"两点之间以直线距离为最短"之类)。我们之所以能够接受它,并不是因为我们能够确证它是正确的,而是因为我们确信它是正确的。换句话说,演绎逻辑最终是建立在人的某种信仰基础上的,因此,它无法保证认识的"客观有效性"。也正因为如此,休谟最终必然会陷入不可自拔的"怀疑论"和"不可知论",而莱布尼兹、黑格尔必然会陷入"独断论"和"机械的形而上学"。最后,人类永远无法直接面对客观世界,而必须借助一定的认识工具。因此,人类借以认识客观世界的工具的局限性,最终必然会成为人类认识本身的局限性。

因此,所谓的"终极本质""绝对真理"之类,都不过是美丽的空中楼阁,统统应该像胡塞尔所说的那样被高高地"悬搁"起来,"存而不论";或者像维特根斯坦所说的那样对它们免开尊口,"保持缄默"。到了波普尔那里,我们唯一能做的就只有去不断地"证伪"了。

于是,作为全知全能的无限理性的化身的上帝之死,便是不可挽回的了。

(二)信仰的坍塌

上帝既是全知全能的无限理性的化身,更是至爱至善的绝对信仰的本体,上帝之死的直接根源在于信仰的坍塌。

信仰的坍塌,是另一种无法抗拒的劫数。因为,信仰坍塌的根源也不在别的,而在于信仰本身:正是过分悠久漫长的"信仰至上"的历史,最终导致了对上帝的普遍怀疑和反叛。

1.漫长的“信仰至上”历史

众所周知，公元一世纪由迦南地区的希伯来民族创立起来反抗罗马侵略者的基督教，三百年后竟戏剧性地成为了罗马帝国人人必奉且唯一能奉的“国教”。加之罗马帝国地跨欧、亚、非三洲，幅员辽阔，威震四方，基督教借了政治的强力迅速而普遍地传播开来，并逐步成为整个西方人赖以安身立命的精神支柱。

早在公元二、三世纪，西方就开始出现像德尔图良那样的“信仰骑士”。他宣称，基督教虽是神圣的愚蠢，却比人类最高深的哲学理智更加聪明：“上帝之子死了，虽然是不合理的，但却是可信的；埋葬后又复活了，虽然是不可能的，但却是肯定的。”基督教教义是“对上帝的认识”，因而是真理，但这种真理却不可能被理解，只可能被信仰。这简直就是蛮不讲理的“撒野”！但它却被公元325年的第一次基督教全体会议确立为正统教义[①]。

与德尔图良相比，奥古斯丁似乎更像一个循循善诱的牧师。他更看重的是激励的力量。他推出的是一个美丽的承诺：每一个“尘世之城”的子民只要虔心向善，最终都会被上帝“拣选”到“上帝之城”享受永乐。

此后，从安瑟伦率先开始的“上帝存在的本体论证明”，到托马斯·阿奎那堂皇精致的《神学大全》(尤其“上帝存在的五种证明/通往上帝的五条道路”)的编织，基督教教义渐趋完备并迅速取得了至高无上的神圣权威性。

到了公元十一、十二世纪，罗马教廷慢慢成为凌驾于欧洲所有封建帝国之上的国际中枢神经，尽管开初时期双方发生过拉锯战。有个例子非常著名：德国国王亨利四世因授职权得罪了教皇格里高利七世而被开除出教时，骄横的亨利不得不暂时放下国王的尊严，穿上罪人的衣衫，轻装翻越阿尔卑斯山前往卡诺沙请求教皇宽恕。他一连三天赤裸双足站在城堡门外的雪地里，请求教皇接见；可后来情况发生了戏剧性逆转。[②]不过这种情形只出现在开初，不久，“君权神授”——各封建帝国皇帝登基前须去罗马教廷接受教皇的加冕便成为天经地义的普遍定例。

在那时，“教会教条同时就是政治信条，圣经词句在各法庭中都有法律效

①全增嘏主编：《西方哲学史》，上海人民出版社1984年版，第278-279页。

②[美]G.F.穆尔著、郭舜平等译：《基督教简史》，商务印书馆1981年版，第170页。

力”;经济上,教会“拥有天主教世界地产的整整三分之一”,除利用土地和各种迷信活动对农民进行残酷盘剥外,还向所有居民征收“什一税”;而一切思想文化领域都不过是基督教神学的旁系分支,任何“异端邪说”都会受到“宗教裁判所”严厉的禁止和残酷的迫害。[①] 而基督教教义则是神圣的、不容置疑的,人人都必须无条件地服从。正如黑格尔所说:“它们所以对我们说来是真理,乃因为它们是被当作戒律由一种权威吩咐给我们了,而我们又不能不使我们的信仰听从于这种权威……它们不管我们承认其为真或不真,总得视之为真理,它们即使从来没被人认识过,即使从来没有人承认它们是真的,也仍然是真理。”[②]

这是一种多么蛮不讲理的宗教信仰主义和蒙昧主义!它的过分悠久和过分辉煌的历史,终于导致了对它的普遍怀疑与反叛。

2.对基督教信仰的怀疑与反叛

至迟到了公元九世纪,当西方“经院神学家”们企图把神学理性化、系统化的时候,对基督教义无条件的信仰已开始遭到怀疑与动摇。厄里根纳从关于“四种自然的划分”中,推出了世界即上帝的彰显、上帝即上帝的创造与造物的“泛神论”思想;又从上帝是全知全能全善和绝对自由无限的神的正统神学思想中,推出了上帝乃是一种超本质、超存在、超善恶、超真理的“虚无”的异端邪说。他甚至公然宣称,理性是与神启同等甚至更高的获得真理的手段;理性不来自权威,但真正的权威却只能来自真正的理性所发现的真理;万一理性与神启出现了类似矛盾的时候,我们应当选择理性。[③]

跨十一、十二世纪的著名唯名论神学家阿伯拉尔,不但针对安瑟伦“信仰后才能理解”的谬论,提出了“理解后再来信仰”,而且还提倡一种大胆的“怀疑精神”,反对任何未经理性审视的盲目信仰。此外,他还对“三位一体”“原罪说”等正统教义进行了猛烈的抨击和全新的阐释。[④]

如果说厄里根纳和阿伯拉尔的思想带有明显的“异端”倾向的话,那么,从安瑟伦到托马斯·阿奎那的“正统”经院神学家们又怎样呢?我们知道,这二位

①全增嘏主编:《西方哲学史》,上海人民出版社1984年版,第274-275页。

②[匈]卢卡奇著、王玖兴译:《青年黑格尔》,商务印书馆1963年版,第49页。

③全增嘏主编:《西方哲学史》,上海人民出版社1984年版,第293-295页。

④全增嘏主编:《西方哲学史》,上海人民出版社1984年版,第308-309页。

大神学家都以殚思竭虑"证明上帝的存在"而著称。可实际上,如果上帝的绝对存在和对上帝的绝对信仰真的如他们所说是超理性、至高无上和不容置疑的,那么它们为什么还需要借助人的有限理性去进行蹩脚的论证呢?这一论证本身不就是对上帝的绝对存在和无上权威的一种怀疑和动摇吗?

接下去,三百年的人文主义思潮不用说了,十八世纪的启蒙主义思想家们更是给予了基督教以毁灭性的冲击。伏尔泰宣称,天主教是建立在"最下流的无赖编造出来的最卑鄙的谎言"基础上的,而那些宣扬神学教义的教皇、主教们则是"文明的恶棍""两足禽兽""反复无常的小人""卑鄙的流氓""社会的败类";[①]狄德罗认为,"上帝是没有的""奇迹是违反自然和最可疑的""一切宗教都三倍地被证明是假的""宗教是人类相互仇恨和残杀的罪恶的根源"[②];霍尔巴赫则更进一步指出,"崇拜上帝无异于崇拜人的想象创造的虚构物,或者简直就是崇拜乌有的东西"。不仅如此,上帝和宗教还真真确确给人类带来了深重灾难,因此,"上帝"不过是"一个独夫、一个民贼、一个什么都干得出来的暴君",而宗教则不过是"一口潘多拉的箱子"[③]。

到了十九世纪德国思想家们那里,对基督教的批判就更为系统,也更为深刻了。费尔巴哈的《基督教的本质》《宗教的本质》,是大家比较熟知的。他明确指出,上帝(神)的本质不过是人的本质异化的产物,不是上帝创造了人,恰恰相反,而是人创造了上帝。这就是说,上帝并非我们的什么"神圣天父",而是从我们这里逃到天国去的一个不孝子孙!尼采为了建立以"强力意志"为基础的"超人哲学",从而认定基督教以及建基于其上的道德和哲学等都是人的"颓废形式"。现代社会里,不但个人颓废了,而且整个现代文明都患上了颓废症。而上帝,正是现代社会和现代文明颓废的总祸根!因此,尼采在其《查拉图斯特拉如是说》一书中借一个疯子之口终于喊出了那句惊人之语:"上帝死了!"就这样,尼采的呼声伴着两次世界大战的冲天大火,终于使雄踞西方两千年的基督教大厦轰然土崩瓦解了。

---

①全增嘏主编:《西方哲学史》,上海人民出版社1984年版,第673-674页。

②全增嘏主编:《西方哲学史》,上海人民出版社1984年版,第733-735页。

③全增嘏主编:《西方哲学史》,上海人民出版社1984年版,第753-755页。

3.信仰坍塌的必然性

基督教信仰的坍塌不是偶然的。首先,宗教信仰的根基在于超越于人的认识和实践能力之外的超自然力量的存在,随着理性的觉醒和科学的进步,它必然遭到猛烈的震撼和冲击。而正如大家所知道的,近代批判理性和自然科学确也取得了突飞猛进的发展。

当然,基督教信仰坍塌的最内在、最深刻的根源,还在于它自身存在的无数二律背反:譬如,如果说基督教义是关于经验世界中的事,那它凭什么要凌驾于经验世界其他事物之上?如果说它说的是超验世界中的事,那它有什么权利干涉经验世界?如果说上帝是感性的,那它为什么总是藏头盖脸不出现?如果说上帝是一种理性存在,那它为什么无法容忍也经不起理性的检验?如果说它是超理性的,那为什么它的神圣存在还需借助人的有限理性去证明?如果上帝是全知的,那它就应该知道它所创造的世界和人类将会堕入深重的罪孽之中。如果上帝明明知道这一点仍坚持要创造世界和人类,那么应该忏悔和赎罪的就不是人类而是上帝自己!当然,如果上帝连自己的造物的未来命运都不知道,又怎能说它是全知的呢?如果说上帝是博爱的,那它为什么会挑起无数残害生灵的宗教战争?如果说一切都是上帝的造物且上帝是至善的,那它为什么要在人世间创造那么多罪过和邪恶?如果说上帝是至正至公的,那它为什么要让那些昏庸无道的暴君、阴险狡诈的官吏、心如蛇蝎的盘剥者福如东海、寿比南山?而那些善良、无辜、驯服、克己的平民百姓却劳顿惨怛、苦海无边……

既然如此,作为全知全能、至爱至善的信仰本体的上帝,岂不是死有余辜?

二、人将不人

做完上帝的葬礼之后,等待人类自身的命运又是什么呢?

(一)人的失落:“人是什么?他何以存在?”

早在古希腊,苏格拉底就曾郑重地警示人类:“认识你自己!”但这在当时似乎并未引起人们足够的认同,因为向人追问“人之谜”的斯芬克斯,反而被塑造成了人面狮身的怪兽和恶魔。在漫长的历史长河中,“人是什么”似乎是不言自明的，是一个不值得回答的十分幼稚乃至愚蠢的问题，甚至根本就不构成一个问题。但是到了二十世纪哲学家海德格尔那里，“日常此在是谁？此在何以本真地存在？”[①]却被作为最严肃、最根本的哲学问题摆到了每一个人的面前。

“人是什么？”当它被作为一个严重的哲学问题提出来时，这一事实本身就意味着人“失落”了、“异化”了，人的意义晦暗不明了。

二十世纪以前，西方人有两根强大的精神支柱：希腊文明为源头的理性精神，希伯来文明为源头的信仰精神。不幸的是，由于近现代资本主义工业文明的恶性发展，尤其是两次世界大战的强烈震撼，它们都无可挽回地崩溃了。

1.“理性英雄”梦的幻灭

从古希腊一直到黑格尔，西方人从来都以“理性的动物”而自居，并以自己拥有高贵的理性而感到分外自豪和自信。他们坚信，人之所以为人，之所以别于且高于其他万物，之所以理应成为宇宙的主宰，就因为人拥有高贵的理性。对于这一点，即使是中世纪最虔敬的神学家也深信不疑，因为他们也认同人乃是由于拥有神圣的理性而肖似于上帝。文艺复兴自不必说；在理性主义和启蒙思想家们那里，理性甚至成为了人的存在及其存在意义的前提与基础。正如恩格斯所说：“一切都必须在理性的法庭面前为自己的存在作辩护或放弃存在的权利。思维着的悟性成了衡量一切的唯一尺度。”[②]

然而，建立在高贵的理性基础之上的人的自尊心和自信心，却总是随着理性的沉浮而受到严重的冲击。其中最厉害的至少有三次：其一，哥白尼“日心说”的提出，迫使狂妄自大的人类不得不接受这样一个残酷的现实：我们虔敬信仰的万能而仁慈的“天父”居然忘了把拥有高贵理性的人类安排到宇宙的中心！其二，达尔文“进化论”的产生，迫使人类不得不承认另一更为严酷的事实：拥有高贵理性的人类居然与卑污野蛮的禽兽同宗！其三，弗洛伊德“本能说”的建立，更是无情地扒光了人类身上的一切神圣而华丽的外衣：一向以高贵的理性自我标榜的人类，居然无时无地不受到无意识的本能冲动的驱使！

---

①海德格尔的《存在与时间》建立了关于此在的存在的“基础存在论”，这两个问题是其追问的核心问题。

②恩格斯《社会主义从空想到科学的发展》，参见：《马克思恩格斯选集》第三卷，人民出版社1973年版，第404页。

随着二十世纪非理性主义思潮的崛起，理性的太阳坠落了，人类“理性英雄”的美梦破灭了。

2.“信仰骑士”梦的破产

自中世纪到十九世纪下半叶，西方人始终沐浴在上帝的恩宠与福泽之中，感到人生的意义完满而充实。他们坚信，只要人人都皈依上帝，向往天国，追求灵魂的永恒与不朽，得到上帝的宽恕和恩典，再丑恶的世界，再黑暗的历史，再苦难的人生，最终都能获救。

可是，几近两千年过去了，人们惊恐地发现：上帝的承诺似乎只是一张永无兑期的空头支票，因为人世间的一切邪恶与罪过依然如故，现实人生的苦海依然无边。而上帝的惩罚似乎也只对虔敬的信徒构成威慑，对所有恶人的孽迹却鞭长莫及、束手无策。不仅如此，而且恶人往往比善者多福多寿，好人却一生坎坷多难！爱总是恨的牺牲品，善却成了恶的墓志铭……

“上帝死了！”尼采终于再也按捺不住，宣布了上帝的死讯，“信仰骑士”的美梦也破碎了。

就这样，阿波罗的光辉消失了，耶和华的神殿坍塌了，人，双重地失落了。

（二）人的异化：“你是谁？谁又是我？”

如果说我们前面的分析还主要停留在思辨层次上，那么，近现代资本主义工业文明对人的异化则是令人触目惊心的血淋淋的现实。

马克思·韦伯曾经指出，西方近代史的主要过程，就是将人类生活不断地理性化的过程。资本主义本身就是社会高度理性化的产物。它一方面提供了科学的生产秩序、畅通的流通渠道和合理的消费体系，造就了人类空前优裕的物质文化生活；另一方面又残酷地摧毁着人类丰富的内心世界，吞噬着人类一切属人的本质属性，使人异化成为非人。这主要体现在以下两方面：

一是使单个人与社会、与他人产生了内在的深刻的矛盾，从而背离了自己的社会群体本质，成为一种孤立的、毫无意义的存在物。资本主义社会造成了大量相互敌对的社会利益集团和各自孤立的个人，在严酷的生存竞争中，他们彼此剑拔弩张、弱肉强食。世界犹如一个阴森、死寂的巨大的“荒原”[①]；每个人

①英国象征主义诗人T.S.艾略特的著名长诗《荒原》，便构成了现代人的生活世界的隐喻。

都仿佛是汪洋大海中的一个孤岛；人与人之间可以隔膜到夫妻形同陌路①；可以对立到"他人，就是地狱！"②人人都只能像既具有坚硬的保护层又富于强大的进攻力的"犀牛"③一般生活在这个严酷而冷漠的世界中。

二是使人的生活完全机器化、外在化，从而背离了自己的自由个性本质，"物化"成"物"。高度理性化的资本主义社会总是最大限度地把人置于一种强制性的社会结构和无数社会规范之中，把人变成庞大的社会大机器中一个完全合格的、可有可无的"零件"。每个人都只能以一种"社会功能"而存在，作为自己的影子而存在。人和人的生活不再是充满生命灵光的诗，而成了干瘪枯燥的应用文。同时，过分繁荣的物质文明和过分优裕的物质生活使人的生活完全外在化，他们竞相追逐一切可能追逐的东西，而宁愿让自己的心灵世界成为一片荒漠。"权力""股票""别墅""小汽车"……充斥了人们的整个头脑，吞没了他们内在精神中一切人之为人的需要，使他们的眼光死死盯着外在的"物"，而忘却了"人"本身，成为了不再有心的"稻草人""机器人"，甚至自己的"局外人"④。

"人死了！"米歇尔·福柯终于凄厉地惊呼道。

三、虚无的胜利与荒诞的产生

"上帝死了""人死了"，这两句话说起来是那样的轻松，可我们认真掂量过它们真正的分量吗？

（一）虚无的胜利："我们从哪里来？又要到何处去？"

上帝不能拯救我们，我们当然有权宣判他的死刑。然而，上帝的死讯是否就等于我们获救的福音？上帝死了，但苦难的深渊依旧，我们又如何能将苦海之水吸干？上帝死了，世界的第一支点和推动力没有了，我们生存的星球会不

①法国荒诞派剧作家尤金·尤奈斯库《秃头歌女》中老夫妻"马丁夫妇"，便是现代社会冷漠人际关系的隐喻。

②法国哲学家萨特的剧本《禁闭》中的一句著名台词，后来成为频繁被征引的存在主义的标志性主张。

③法国荒诞派剧作家尤金·尤奈斯库《犀牛》中的情节，也成了现代社会紧张人际关系的隐喻。

④法国哲学家加缪的荒诞派小说《局外人》中的主人公"莫尔索"便成了自己的生活及世界的"局外人"。

会坠落？上帝死了，前方的地平线和航标被抹去了，我们生命的小舟又将驶向何处？上帝死了，照耀我们旅途的星辰已经隐去，当我们穿过无边的黑暗时，我们的灵魂会不会迷路？……这一切的一切真是太可怕了！因此，在《快乐的知识》中还很快乐的尼采，在《权力意志》中却沉重地预言："虚无主义的胜利"将构成"未来两个世纪的历史！"

是的，上帝死了，人也死了，价值意义的最后根据和直接载体都已不复存在，剩下的除了无边的"虚无"还能有什么呢？上帝死了，理性和与理性相关的一切都成了虚无，原来如此熟悉的世界如今是那样地陌生：它不再明朗、不再可知、不再具有井井有条的法则秩序，它是那样地动荡不安、神秘莫测、不可理喻：上帝死了，信仰和与信仰有关的一切也都成了虚无，原来如此神圣的历史和人生如今却变得那样地渺小卑微，毫无意义……上帝死了，一切都失去了判断的依据，一切都不再泾渭分明，一切都无可而无不可。这种无根的自由使所有现代西方人惶惑不安、无所适从。理性的蒙难，使他们在现实社会中失去了温馨的家园；信仰的坍塌，使他们在彼岸世界里失去了灵魂的归依。他们只好撑起一叶孤舟，在无边的虚无的深渊中四处漂泊……

尼采在《查拉图斯特拉如是说》中写道：

我处处找不到家，我漂流于所有城市，我走过所有城门，现代人于我是陌生人……我从父母之邦被放逐。

何处是我的家？我叩问，我寻觅，寻觅而不得。啊，永恒的苍茫！啊，永恒的空漠！啊，永恒——虚无！

（二）荒诞的产生

自信的西方人忙乎了两千多年后得到的却是过于严酷的嘲弄：他们殚思竭虑去追求理性的社会，到头来却被这太过理性的社会一个个抛了出去，成了真正无家可归的精神流浪汉。他们绞尽脑汁去创造物质文明，到头来这太过丰裕的物质文明却反过来使他们成了物的奴隶；他们以可知的信念辛辛苦苦地去为世界立法，到头来却发现这个世界原来是如此变幻无端、不可理喻；他们以神圣的责任感和使命感去对待世界、历史和人生，到头来却发现自己的一切努力都毫无意义，甚至滑稽可笑。上帝生前，他们认定上帝是万恶之源因而咬牙切齿要杀死他；上帝死后，他们又惧怕虚无的深渊因而重新迫不及待地涌入教堂高唱“我主耶和华，您为至大！”他们抓破头皮要求自由，但当他们接过自由后却又感到无根的自由令人无所适从因而又避之唯恐不及……这一切的一切简直都令人啼笑皆非，哭笑不得。多么荒诞的生存境遇！荒诞的生存境遇终于使现代西方人产生了一种强烈的荒诞感体验。

“荒诞”是什么？荒诞派戏剧大师尤金·尤奈斯库说：“荒诞是指缺乏意义。……和宗教的、形而上学的、先验论的根源隔绝之后，人就不知所措，他的一切行为就变得没有意义，荒诞而无用。”① 简单地说，“荒诞”有两个最基本、也最核心的内蕴：“悖谬”和“虚无”。所谓“悖谬”，就是“非其所是”或者“是其所非”；所谓“虚无”就是“空乏”或者“阙如”。理性的蒙难、信仰的坍塌、人的失落和异化，使人与人的世界、人与人的历史、人与人的生活等一切方面的关系，和宗教的、哲学的、道德的等一切性质的关系，都发生了背离，基至根本就失去了关系；而与此相应地，世界、历史、人生及人自身的存在对于人类来说也就不再具有什么价值或意义。我们前面所说的“悖谬”，就是指这种关系上的悖谬；所说的“虚无”，就是指这种价值意义上的虚无。

关于这种关系的悖谬，当代德国哲学家施太格缪勒曾经写道：人在现代社会里“受到威胁的不只是人的一个方面或对世界的一定关系，而是人的整个存在连同他对世界的全部关系都从根本上成为可疑的了。人失去了一切支撑点，一切理性的知识和信仰都崩溃了，所熟悉的亲近之物也移向缥缈的远方，留下的只是陷于绝对的孤独和绝望之中的自我”②。

那么，为什么理性蒙难和信仰坍塌后，就必然会产生价值的虚无感和生存的荒诞感呢？加缪《西绪福斯神话》中曾指出：“一个能用歪理解释的世界，仍然是人们熟悉的世界。但是在一个突然被剥夺了幻想和光明的宇宙里，人感到自己是陌生人。他的境遇就像一种无可挽回的终身流放，因为他忘却了关于失去了的家乡的全部记忆，也没有乐园即将来临的那种希望。这样一种人与生活的

---

①伍蠡甫主编：《现代西方文论选》，上海译文出版社1983年版，第358页。

②[德]施太格缪勒著、王炳文等译：《当代哲学主流》上卷，商务印书馆1986年版，第182页。

分离、演员与舞台的分离,真实地构成了荒诞的感觉。”①

“荒诞”是西方现代主义思潮的整体文化大风格和中心范畴,“荒诞感”作为一种生存体验一旦产生,现代主义思潮的崛起就是不可避免的了。

原载《四川师范大学学报》(社会科学版)1994年第4期,中国人民大学《复印报刊资料·世界史》1995年第2期全文转载,《外国文学评论》1995年第3期收目

①萨特曾经指出,加缪的小说《局外人》正是这种“荒诞的证明”“一本关于荒诞和反抗荒诞的书”。

荒诞:西方现代主义艺术的审美大风格[①]

"欧福良"不可挽回的夭折,带走了歌德那个过于美好的梦想:希腊文明与希伯来文明联姻,理性精神与信仰精神统一,美与崇高结合。而接下去的"海伦"在丧子之痛中飘然而逝,"浮士德"在虚幻幸福中倒地身亡,则成了关于西方文化艺术历史走向的一个沉重的预言:美与崇高逊位,荒诞粗暴君临[②]。

一、荒诞的产生:不管你愿意不愿意,该来的终究会来!

尽管西方现代主义艺术"主义"繁多、"流派"纷纭、"运动"迭起,又由"现代"而"后现代"而"后后现代",但由于它们生长于大体相同的现实生存境遇和文化心理形态之中,最终都殊途同归聚集在了"荒诞"

①本文的基本观点和思路主要来自叶朗先生主编的《现代美学体系》(北京大学出版社1988年版)第54-58页中的相关论断。另外,本文中的"现代主义"与"后现代主义"界限不清,为存其真,仍因其旧。

②这是对歌德的诗剧《浮士德》中"美的悲剧"部分的主要情节的文化寓意的一种解读。

这种审美大风格之下。“荒诞”,无可争辩地成为了西方现代文化艺术最典型的审美形态和最核心的审美范畴。正如英国著名戏剧理论家马丁·埃斯林(Martin Esslin)所说:“这个时代的每种文化类型都找到了它的独特的艺术表现形式,但是最真实地代表我们自己时代的贡献的,看来还是荒诞派戏剧所反映的观念。”①

为什么“荒诞”必然会异军突起并获此殊荣呢?我认为,以“荒诞”为核心范畴的西方“现代主义”思潮崛起的直接根源,是现代西方人对人的基本生存境遇的普遍而强烈的“荒诞感”的体验;而这种“荒诞感”的产生,又根源于他们对世界、历史、人生的价值意义的“虚无感”的认识;而这种“虚无感”的产生,又根源于作为价值意义的最后根据的“上帝”和作为价值意义的创造者与承担者的“人”之不可挽回的“死”;而“上帝之死”的根源就在于以希腊文明为源头的理性精神的蒙难,和以希伯来文明为源头的信仰精神的坍塌;“人之死”的根源则又在于近现代以来资本主义工业文明社会中人的普遍失落与异化。关于这个问题的具体论述,敬请参阅我的另一篇论文——《西方现代主义思潮崛起的文化历史探源》②。

何为“荒诞”呢?法国荒诞派剧作家尤金·尤奈斯库说:“荒诞是指缺乏意义,……和宗教的、形而上学的、先验论的根源隔绝之后,人就不知所措,他的一切行为就变得没有意义,荒诞而无用。”③作为现代西方人对人的基本生存境遇的一种普遍而强烈的精神焦虑的产物,荒诞最基本的哲学意蕴是“悖谬”和“虚无”。这里的“悖谬”是指关系的悖谬,所谓的“虚无”是指价值意义的虚无。现代西方社会中,由于理性的蒙难、信仰的坍塌、人的失落和异化,人同人的世界、人的历史、人的生活等一切方面的和宗教的、哲学的、伦理的等一切性质的关系,都发生了悖谬甚至根本就失去了关系。于是,人的一切行为乃至人的存在本身都变得荒谬可笑,毫无价值和意义。对此,当代德国哲学家施太格缪勒写道:人在现代社会里“受到威胁的不只是人的一个方面或对世界的一定关系,而是人的整个存在连同他对世界的全部关系都从根本上成为可疑的了,人失去了

①伍蠡甫主编:《现代西方文论选》,上海译文出版社1983年版,第357页。

②载《四川师范大学学报》1994年第4期,及中国人民大学《复印报刊资料·世界史》1995年第2期。

③伍蠡甫主编:《现代西方文论选》,上海译文出版社1983年版,第357页

一切支撑点,……留下的只是处于绝对的孤独和绝望之中的自我”①。人在这样一种与自己毫无不相干的世界中生存,就必然会像加缪在他的小说和哲理散文集中所描写的那样,感到自己是一个“局外人”“异乡客”,“他的境遇就像一种无可挽回的终身流放,因为他忘却了关于失去了的家乡的全部记忆,也没有乐园即将来临的那种希望。这样一种人与生活的分离、演员与舞台的分离,真实地构成了荒诞的感觉”②。荒诞最突出的品格就是反叛传统,对既定的文化艺术采取一种虚无主义的大拒绝、大摧毁。它无情地践踏“美”、嘲弄“崇高”,并用自己造就的审美形态的“滑稽丑怪”、荒诞不经来体现一种矫矫不群的独立意识。

“荒诞”之所以成为西方现代主义艺术的审美大风格,成为西方现代文学艺术最典型的审美形态和最核心的审美观念,这与现代西方非理性主义哲学思潮的崛起紧密相关。在我看来,其中最重要、影响最直接也最深刻的有以下五种:

一是以叔本华、尼采为代表的“唯意志主义”。它从根本上和总体上影响着现代主义艺术的发展,奠定了现代西方艺术挖掘人的内心世界,表现主体非理性、反逻辑的生命意志与冲动,反抗现实人生的苦难,成为人类基本生存与自我拯救的一种方式的哲学基础。二是以柏格森、克罗齐、科林伍德为代表的“直觉主义”。它强调艺术只能去捕捉和表现一种个人的、当下的、创造性的主观感觉与想象,一种未经理性思维和道德伦常染指的瞬间的、纯粹的表象,反对传统艺术将艺术与社会理性内容直接联系起来,反对那种程式化的逻辑推演式的艺术结构形式。它对现代西方艺术的非理性化、非道德化和形式主义化倾向影响至深。三是以弗洛伊德、荣格、拉康、弗洛姆、马尔库塞等为代表的“精神分析学”。它通过对意识和人格的“三层结构”的分析,揭示了现实的人在社会理性结构与自然本能冲动的双重压抑下苦苦挣扎的尴尬生存境遇,和注定要陷入“被阉”的“焦虑”“苦闷”与“困惑”之中的悲剧宿命。它还试图表明,希望通过理性文明来改造这一点的任何努力都必将归于徒劳,因为理性文明本身就是对人的自然生命力量进行压抑的产物。唯有通过为社会理性结构所允许的“化装表演”形式,

①[德]施太格缪勒著、王炳文等译:《当代哲学主流》上卷,商务印书馆1986年版,第182页。

②[法]加缪《西绪福斯神话》。生活·读书·新知三联书店1987年出版的杜小真所译《西西弗的神话》第6页上有与这段文字意思大同小异的话,但该神话故事的主人公Sisyphus杜译为“西西弗”,现通译为“西绪福斯”;其核心概念absurde杜译为“荒谬”,现通译为“荒诞”。

人类受到压抑的生命能量才可望得以消解或宣泄出来。艺术就是其中之一种(弗洛伊德视艺术为艺术家被压抑到深层无意识中去的“原欲”得以象征性满足的“白日梦”;荣格认定艺术源于人类“集体无意识”中生长起来的一种原始体验,这种体验显现为一种神秘的“原始意象”、永恒的“神话原型”;弗洛姆、马尔库塞则主张通过艺术建立起以“爱欲”为根本的“审美之维”,去反抗强制性的理性文明,并塑造出未来社会的“新感性”)。现代主义艺术强调挖掘隐藏于人类深层心理结构中的原欲、潜意识、本能冲动,挖掘梦境和原始意象的隐喻意义、象征意义等,其中精神分析学的影响是不言而喻的。四是以狄尔泰、詹姆斯为代表的“体验主义”。它认为,体验是人的一种基本生存方式,也是哲学、宗教、艺术生长的唯一正当的根基。因此,艺术主要乃至全部的意义就在于去捕捉和表现人的内心体验,一种未经理性分析肢解的、连续混沌而又真实深刻的“意识流”“思想流”或称“主观生活之流”。这一思潮对西方现代艺术强调“生命体验”和打破传统表现方式等的影响是显而易见的。五是以克尔凯郭尔、陀思妥耶夫斯基、海德格尔、雅斯贝尔斯、萨特、加缪等为代表的“存在主义”。它宣称,理解世界的本质必须以理解人自身的存在为前提,而人的存在又只能理解为一种时时受到他人宰制的孤独的、个体的存在,一种没有任何既定本质也没有任何必然理由的荒谬的存在。作为一种时间性的存在,人偶然地生、孤独地死,贯穿其中的只是对过去的“沉沦”、现在的“被抛”、将来的“晦暗不明”和“必死”的“焦虑”“烦忧”与“畏惧”。人的一生不过是服一场没完没了、单调重复而又毫无意义的“西绪福斯之刑”。很显然,存在主义与西方现代艺术的哲理化倾向和浓郁的悲观主义气息的形成,有着直接的渊源关系。

二、荒诞:一个败坏祖业的孽种?

无论是从荒诞产生的文化历史根源还是它的哲学意蕴来说,都注定了它必然成为西方传统文化艺术的不肖子孙。现代主义艺术最突出的品格就是反叛传统,对既定的文化艺术进行大胆怀疑、全面否定和彻底反叛。

现代主义艺术对传统的反叛涉及方方面面、层层次次的问题,但主要有以下三种方式。

1. 对古典作品的直接篡改和执意亵渎

在现代艺术家们看来，既然古典作品掩盖了世界、历史、人生的真实面目，掩盖了人与人的存在之间的悖谬关系，他们当然可以而且应当对它们进行必要的“修正”，通过对古典作品的直接篡改和执意亵渎来体现他们的讽刺与幽默，发泄他们心中积压已久的受骗的愤怒与不满，以一种荒诞的方式去反抗荒诞。于是，高贵静穆的“阿佛洛狄忒”穿上了时髦的比基尼游泳衣；妩媚迷人的“蒙娜丽莎”长出了浓黑的山羊胡[①]；大卫笔下死于浴缸中办公的“马拉”，在蒙克的画布中躺在了淫乱的温床上[②]；科隆大教堂中还自觉为人类承担永恒苦难的“耶稣”，在奥罗兹科《现代精神的裂变》中不但打倒了十字架，而且还杀气腾腾地提着复仇的板斧[③]；米勒画中还在拾麦穗的农妇在现代艺术大展里开始拾垃圾；大卫手中美丽丰腴的“莱卡米尔夫人”，在马格里特笔下已成为一具阴森恐怖的骨灰盒[④]；在严肃的古典戏剧中，现代艺术家甚至可以让人物穿上最时新的现代西装提着最先进的冲锋枪登场；也可以用粗野不文的动作去表现柴可夫斯基《天鹅湖》般优美典雅的“现代芭蕾”；或者用电声、打击和故意塞进橡皮钉子的钢琴等乐器，以迪斯科、摇滚乐的节奏去演绎拉索、巴赫、贝多芬、施特劳斯、舒伯特等人的经典作品……诸如此类，举不胜举。

2. 对美与崇高的粗暴践踏和无情嘲弄

在古典艺术家们看来，艺术是人特有的一种自觉的、高尚的精神活动，因此，艺术从表现对象到作品本身所体现的审美大风格，非“美”即“崇高”，所谓“滑稽、丑、怪”是没有立锥之地的。古希腊忒拜城甚至还出现过一条美丽而荒唐的“法律”：“不准表现丑！”[⑤] 然而，作为一股潜在的涓涓细流，滑稽丑怪却早已艰涩地流淌着；文艺复兴的巨人们已在基督教里找到根据，“人一半是天使，

---

①法国画家杜桑油画《L.H.O.O.Q.》。

②[美]阿纳森著、邹德侬等译：《西方现代艺术史：绘画·雕塑·建筑》，天津人民美术出版社，1994年版。

③[美]阿纳森著、邹德侬等译：《西方现代艺术史：绘画·雕塑·建筑》，天津人民美术出版社，1994年版。

④[美]阿纳森著、邹德侬等译：《西方现代艺术史：绘画·雕塑·建筑》，天津人民美术出版社，1994年版。

⑤德国启蒙主义美学家、文艺理论家莱辛《拉奥孔》一书第二章标题即为“美就是古代艺术家的法律：他们在表现痛苦中避免丑”，而且举例说古希腊忒拜城的法律中就有一条——“不准表现丑！”。

一半是野兽”；在《浮士德》中魔鬼已敢于公开向上帝挑战打赌争夺人的灵魂；雨果更是宣称：“丑就在美的旁边，畸形靠近着优美，粗俗藏在崇高的背后，恶与善并存，黑暗与光明相共。”[①] 甚至还预言，滑稽丑怪比之优美崇高已经而且越来越“占优势”[②]。但事实上，在现代艺术崛起之前，滑稽丑怪始终是小娘养的，大家知道，靡菲斯特与上帝的打赌最终以失败告终，而宣称滑稽丑怪已“占优势”的《克伦威尔》甚至未与观众见面就告夭折。三年后，《欧拉尼》虽然勉强上演，却招来一句口头禅：“到法兰西剧院嘲笑《欧拉尼》去！”

然而，当历史的车轮驶进十九世纪中叶以后，滑稽丑怪却以野兽般强劲的生命力闯入了昔日神圣高洁的艺术殿堂并且大施淫威，竭力把优美崇高从艺术王国中赶将出去。这不难理解，既然理性被证明彻头彻尾是“虚伪”，信仰完完全全是“欺骗”，既然世界原本是被颠倒了的世界，历史原本是被误解了的历史，人生原本是被粉饰了的人生，那么，现代艺术家们当然有权将过去理性和信仰幻化出来的一切迷人的光环统统砸个粉碎！还复它们本来面目以“真实”，一种未经任何雕饰的、赤裸裸的“真实”，一种真实得让人“恶心”、让人“愤怒”、让人“嚎叫”、让人“黑色幽默”的残酷的“真实”！

于是，阿佛洛狄忒那“高贵的单纯与静穆的伟大”、那动人心魄的“优美”，在达利的画布上不过是些芜芜杂杂而又空空洞洞的“抽屉”[③]；而作为“崇高”最原初、最纯粹的意象的上帝，在萨特的戏剧中不过是个除了降布灾难与罪恶之外什么也不做的“恶魔”。从此，在古希腊还湛蓝明净的“天空”，在狄兰·托马斯的笔下已成了惨灰色的“裹尸布”；而奥林匹斯诸神都忍不住要溜下山来偷乐的“大地”，在艾略特的诗中已成了一个孤独死寂的“荒原”；在古典主义者那里还是“所有可能中的最好的那个”的“世界”，在启蒙主义者那里还遍地是鲜花宝石的“黄金国”，在波德莱尔眼中已到处是腐尸、蛆虫、喋血、卖淫和性变态[④]，在萨特眼中更是一个一切都被置于“他人”的监视之下、令“自我”无处藏身的地下

①[法]雨果：《〈克伦威尔〉序言》，伍蠡甫主编《西方文论选》下卷，上海译文出版社 1979 年版，第 183 页。

②[法]雨果：《〈克伦威尔〉序言》，伍蠡甫主编《西方文论选》下卷，上海译文出版社 1979 年版，第 188 页。

③[美]阿纳森著、邹德侬等译：《西方现代艺术史：绘画·雕塑·建筑》，天津人民美术出版社，1994 年版。

④法国象征主义诗人波德莱尔《恶之花》中随处可见这样的意象。

"禁闭室",在尤奈斯库那里则成了"犀牛"们横冲直撞的野兽场;在文艺复兴时还是"做你想做的事"的"德廉美修道院"[①],在海勒那里已成了令人哭笑不得却又始终无法逾越的"第二十二条军规"。从此,"历史"的车轮终于在"马孔多村"停下来忍受"百年孤独"[②]。从此,浮士德还在永不止息、执着追求的"人生意义",对卡夫卡来说不过是一座永远可望而不可及的神秘"城堡";古典主义者还在追求建功立业的伟绩的"人生",在表现主义者那里已成为一场没有任何理由、永远不可捉摸的"审判",在加缪那里已成为没完没了、单词重复而又毫无意义的"西绪福斯之刑",在贝克特那里则成了对谁也不认识、也从未露过面的"戈多"的充满绝望和希望双重熬煎的苦苦"等待"!

而"人"呢?传统艺术的主人公不是王公大臣,就是贵族骑士,至少是个不平凡的人,所以在英语世界里,"主人公"与"英雄"是同一个单词——Hero。在现代艺术中,这些"英雄"们早已堕落为日常生活中随处可见、卑微琐屑的"侏儒"。于是,盛赞人的理性肖似于"天神"的"哈姆雷特王子"在奥尼尔笔下已堕落为自称"唯一地道的毛猿"的"杨克";《荷马史诗》中对丈夫忠贞不渝的节女"珀涅罗珀",在《尤利希斯》中已堕落为随便哪个男人一勾就上床的现代荡妇"莫莉";而智勇双全的胜利豪杰"俄底修斯",也已堕落为明知自己妻子在自己家里与人偷情,却坐在酒馆里心安理得地想象妻子正如何与人寻欢作乐、晚上回家倒头便睡的窝囊废"布鲁姆";古罗马还权力无边、威震寰宇的独裁者"恺撒",在现代社会中已"变形"为可怜的甲壳虫"格里高尔·萨姆沙";中世纪还是崇高圣徒的"圣彼得"和"圣保罗",在现代社会里已堕落为两个浑噩无聊的流浪汉"弗拉季米尔"与"爱斯特拉岗"[③];文艺复兴时还是感天动地的殉情者的"罗密欧"与"朱丽叶",在《秃头歌女》中已变成了互不相识的老夫妻"马丁夫妇"[④]。不仅如此,"生?还是死?"对于哈姆雷特尚是一个把人搅得坐立不安的严肃的哲学问题,到了"局外人"莫尔索嘴里,只留下一声"那天太阳很热"[⑤]的冷漠的回答……

①出自法国文艺复兴时期小说家拉伯雷《巨人传》。

②出自哥伦比亚魔幻现实主义代表作家加西亚·马尔克斯的小说《百年孤独》。

③[爱尔兰]萨缪尔·贝克特《等待戈多》。

④[法]尤金·尤奈斯库《秃头歌女》。

⑤[法]加缪《局外人》。

3.彻底摧毁艺术的艺术

早在十九世纪初,黑格尔就曾经哀叹道:“就它的最高的职能来说,艺术对于我们现代人已是过去的事了。”[①] 但直到现代主义艺术崛起以前,黑格尔的警告不仅未能引起关注,反而被简单地当作他为了完成哲学大圆圈导致的荒唐结论而大加嘲讽。时过境迁,人们却惊恐地发现,西方现代艺术正朝着黑格尔所警示的方向迅速地滑去!对古典作品肆无忌惮的篡改和亵渎、对美与崇高粗野狂暴的践踏和嘲弄,似乎远远未能满足现代艺术家们的胃口,于是,他们开始大批量制造所谓“自动艺术”“偶然艺术”“垃圾箱艺术”等等。

从此,查拉、布勒东、阿拉贡用纯粹无意识“自动创作”的诗歌和小说产生了;尤奈斯库将《英语会话手册》中最简易的部分译成法语而创作的戏剧产生了,而且八年之后还成了保留节目,连演了二十多年[②]!从此,韦勒恩、麦西安用数学演算方法创作的“序列主义”音乐,歇弗尔、亨利、布列兹将自然界中各种声响加以录音合成创作的“具体音乐”,凯奇在演奏时可以随心所欲地加以想象和发挥的“偶然音乐”也产生了(他的钢琴曲《34分46.776秒》,演奏时不但需要随时往琴弦中塞橡皮、铁钉等,而且好些地方的音高、时值、力度或配器,由看地图、星座图、废纸、占卜、掷骰子或丢硬币等方式来决定)。从此,达达派画家开始用蘸满色彩的笔信手涂鸦,甚至让模特儿涂上颜料在画布上打滚的方式作画;巴黎那座鹤立鸡群的现代建筑——蓬皮杜文化中心,则故意把传统建筑当作五脏六腑藏之唯恐不及的各种管道统统贴在脸上,让人看了绝对想不到这个像散发着毒气的化工厂的地方竟是一个举世闻名的“文化中心”;波普艺术家们竟然从垃圾箱里拾些破罐、破布、破铁屑乃至动物死尸来组合他们的雕塑杰作或装置艺术;而杜桑干脆将自己的一件小便器命名为《泉》,并企图搬进纽约“独立艺术家协会”的展览大厅……

难怪格尔德·沃兰德会愤然质问道:“从艺术的观点看,难道现代艺术不是魔鬼的作品吗?难道舞台上各种精神错乱和歪扭鄙俗的动作都是艺术吗?各种艺术趣味的感受的否定,所有过去被看作丑的和令人厌恶的东西——那些垃

①[德]黑格尔著、朱光潜译:《美学》第一卷,商务印书馆1986年版,第15页。

②指[法]尤金·尤奈斯库的荒诞剧《秃头歌女》。

圾癖和裸体癖——难道都是艺术吗?"[①]

可遗憾的是,现代艺术家们似乎对于宣布他们的艺术不是艺术并不介意,因为在他们看来,"艺术"与"非艺术"之间本来就没有也不应该有什么不可逾越的鸿沟。纳尔逊·古德曼甚至宣称,当我们追问"什么是艺术"或"什么东西是艺术品"时,我们从一开始就错了。我们真正应当追问的问题是:"什么时候是艺术?"或"什么时候一件东西是艺术品?"他解释说,正如一个事物可以在特定时间特定环境中成为一种象征一样,一件非艺术品也可以在特定时间特定环境中成为一件艺术品。例如一块石头,当它在路上出现时也许只是一块石头,但当它被送进美术展览馆展出时就成了一件艺术品[②],也就是说,"艺术"或"艺术品"的意义完全是人赋予它们的,它们本身并无什么特别的地方。在这一点上,达达艺术家们走得更远。查拉在为自己开创的诗派命名时从词典中信手拈来了原本是幼儿语言的拟音词——"达达",以此来表示艺术活动本身的"无所谓"及"无意义"。在1920年的群体宣言中,他们宣布:"不要画家、文学家、雕刻家,不要宗教、共和党、保皇党……总之,什么也不要,不要,不要!"最后,他们干脆宣称:"真正的达达主义者对达达本身也是反对的!"[③]底牌终于亮出来了:他们通过打破艺术与非艺术的界线,最终是为了彻底摧毁艺术本身!

这,就是现代艺术的极端归宿。

当然,事实上,现代艺术家们所能摧毁的不过是"既定的"艺术观念或作品,却无法阻挡艺术的发展变革本身。更何况,大多数现代艺术家并不像达达主义者那样甘认自己的艺术"无所谓"或者"无意义",相反,他们倒更乐于标榜自己的艺术是一种"严肃的"、真正"为人生的"艺术。

三、荒诞:一个重开天地的英雄?

现代主义艺术有两大特征:一是前已论及的"反叛性",它体现为对传统艺术及其美学观念的一种历史虚无主义的"大拒绝";二是我们接下来将要讨论的

①[德]G.沃兰德著、朱狄译:《德国的哲学美学和经验研究》,《国外社会科学》1978年第4期。

②[美]纳尔逊·古德曼《构造世界的多种方式》第四章题为"何时是艺术",Hackett出版公司1978年版。

③转引自林骧华:《西方现代派文学评述》,上海人民出版社1987年版,第162页。

“先锋性”,它体现为对新的艺术样态及其表达技巧和方式的一种乐此不疲永无休止的“大实验”,刻意追求新奇、怪诞、时髦和与众不同。

西方现代主义艺术中旨在破旧立新的“实验”也是从多方面多层次展开的。限于篇幅,我们只能从下面三个角度简单谈谈这个问题:

1.感领诗人天命的哲学寓言:对人类荒诞的生存境遇的揭示

几乎所有对西方现代艺术影响较大的哲学流派都把关注的中心转向了人自身及其人的存在,都把研究的方法转向了内省和体验。因此,西方现代艺术已经不再只是外在于人的某种精神活动,而直接成为人的一种生存方式,成为人类破解世界、历史、人生的奥秘,反抗荒谬苦难的现实,寻求本真的自我、本真的存在,重返久已忘怀的故园的唯一正当的途径。所以,西方现代艺术有一种强烈的形而上倾向,总有某种哲学寓言蕴含于其中。

这不是偶然的。早在古希腊,亚里士多德就明确指出,“诗比历史更富于哲学意味”[①]。海德格尔用他特有的语言解释道:诗人乃是“半神(Halbgott)”,他被置于“诸神”与“终有一死者”之间,他的天命就是向“终有一死者”传达“诸神之暗示”及“民族之声音”[②]。事实也理应如此,一方面,现代哲学家如果不想使自己的哲学流于与人生毫不相干的空洞无谓的纯粹思辨,就必须求助于艺术来表达他的哲学思想;另一方面,现代艺术家倘若不愿让自己的艺术仅仅停留于对人生世相的肤浅描述,也不得不感领自己的天命,自觉承担起破解世界、历史、人生之谜的哲学任务。正因为如此,思想深刻的现代大哲学家都喜欢用艺术形式来表达他们的哲学主张,而具有长久魅力的大艺术家也无不在其作品中揭示某种哲理意蕴,体现某种形而上的追求。哲学家与艺术家交换位置或合二为一,构成了现代西方哲学史和艺术史上的一大奇观。我们随便就能举出一长串闪光的名字:尼采、陀思妥耶夫斯基、海德格尔、萨特、加缪、卡夫卡、凡·高、蒙克、基里科、昆德拉……

在西方现代艺术长廊中,深含哲学意蕴和形上追求的杰作比比皆是,仅就文学方面,无论是以斯特林堡《鬼魂奏鸣曲》、恰佩克《万能机器人》、卡夫卡《审判》《城堡》《变形记》为代表的“表现主义”,还是以贝克特《等待戈多》《啊,美好的日子》、尤奈斯库《椅子》《犀牛》《秃头歌女》为代表的“荒诞戏剧”;无论是以萨特

①[古希腊]亚里士多德著、罗念生译:《诗学》,人民文学出版社1962年版,第29页。

②海德格尔在《荷尔德林诗的阐释》《在通向语言的途中》等著作中多次表达这一思想。

《恶心》《禁闭》《自由之路》《死无葬身之地》、加缪《局外人》《鼠疫》、贝娄《奥吉·玛奇历险记》为代表的"存在主义",还是以海勒《第二十二条军规》、品钦《V》、小库尔特·伏尼格特《猫的摇篮》为代表的"黑色幽默",等等,都已不再热衷于塑造典型鲜明的人物形象或编织优美曲折的故事情节,而是力图在自己的作品中揭示人类荒诞的生存境遇和在荒诞的世界、荒诞的历史中的荒诞的人生。

2. 诊治人性痼疾的心理报告:对人类荒诞的深层欲求的曝光

现代非理性主义思潮彻底撕碎了披在人类身上的高贵优雅的理性外衣,这反倒使得现代艺术家们能够以极其坦然的态度去挖掘和表现那些过去讳莫如深而又确实存在,而且还无时无地不在左右我们的心理和行为的"内心隐秘":永不餍足的性欲、粗野不文的本能、狂浪放肆的臆想与梦幻、全无道德的心理变态或乱伦……并以此为由理直气壮地控诉和反抗伦理、道德、法律等理性文明结构对鲜活的生命和人性的"压抑",以及这种"压抑"给人带来的"被阉"的"焦虑""困扰"和"恐惧"。在这个问题上,现代主义艺术的先驱、法国象征派诗人波德莱尔较早开了先河。他力图在色情狂、性变态、淫尸等"恶"的粪土中去寻找美丽的"花"。而弗洛伊德精神分析学的兴起与泛滥,更在理论上和实践中都起到了推波助澜的作用。

从此,西方现代艺术家们自觉承担起了宣泄和疏导人类荒诞的深层欲求、诊治人性与生俱来的痼疾的神圣职责。D. H. 劳伦斯在《虹落浑尘》中展示了男人女人骨子里毁灭性的"性欲泛滥",在《儿子与情人》中大肆宣泄了女人畸形的爱和男人的"恋母情结",《查特莱夫人的情人》中则花了大部分的篇幅去描绘美丽的性爱和人回归大自然后生命力的勃发与快适;乔伊斯的《芬内根的苏醒》《尤利希斯》又通过内心独白等意识流手法,大书特书人的各种潜意识和乱伦等非分之想;奥尼尔的《悲悼》索性让整个家庭的所有成员都因为无法抗拒的情欲和乱伦而互相仇杀;福克纳的《喧哗与骚动》则借白痴、疯子、性变态者的思维和言行来挖掘人的内心隐秘;奥康纳不但给自己的小说取名《我的俄狄浦斯情结》,甚至干脆让"我"当着父亲的面挑战似地对母亲说:"妈妈,我要和你结婚,生好多好多孩子!"……通过表现人类违背文明理性而又无法抗拒的荒诞的内心欲求,西方现代主义艺术向人们昭示出一个严肃的哲学命题:

人,是一种荒谬的存在。

3.砸碎存在牢笼的能指游戏:荒诞艺术的荒诞表达

现代艺术注定了要成为人类灵魂突围的一种方式。

本来,如海德格尔所说:“语言乃存在之家。”然而,由于工具理性的残暴败坏,“语言生病了”,堕落成了“存在的牢笼”。于是,为了砸碎这牢笼,通过拯救语言以拯救存在,西方现代艺术家们做开了各种能指的游戏。在他们看来,既然世界、历史、人生和人自身的理性和秩序都纯属虚构,它们的意义原本就模糊混乱、不可理喻,根本无法用明晰的方式表达出来,那么,现代艺术如果要试图“如其所是”地揭示“存在之真理”,那它唯一正当的选择就只能是:放弃传统艺术沿用已久却已经生病的“语言”,重造一套崭新的艺术符号来表现它们的这种非理性、模糊性与歧义性。为此,现代艺术家们创造了一系列独特的表达方式和技巧。

A.隐喻与象征

西方现代主义艺术的哲理化倾向和形而上追求,使得它们的作品中总蕴含着自然、社会、人、历史、人生的某种隐喻或某种象征。例如,弗洛伊德主义作品中出现的许多意象不是阳具的象征就是女阴的象征,不是“恋母”的隐喻就是“恋父”或“自恋”的隐喻;充斥于表现主义、存在主义作品中的“甲壳虫”“犀牛”“毛猿”“局外人”等,无疑是近代工业文明对人的惨烈异化的隐喻;而那永远可望而不可及的“城堡”、那从未露面却让人苦苦等待的“戈多”,则恰好是理想、未来和人生意义的象征;“第二十二条军规”,显然是黑色幽默派对人类永远挣扎于其中却又永远无法最后逾越的各种社会关系的巨网或伦理道德规范的隐喻;蒙克的油画《惊呼》和几乎所有荒诞派戏剧,不又正好是荒诞的世界、荒诞的历史中荒诞可畏的人生的绝妙的象征吗?至于象征主义、意象主义作品中的隐喻与象征,更是俯拾即是,自不待说。

B.夸张、变形和抽象

在现代艺术家们看来,既然传统艺术从根本上掩盖甚至歪曲了存在的本质与真实,他们当然有权利将过去被颠倒了的一切重新颠倒过来。于是,他们开始大肆运用夸张、变形和抽象等手段,将传统艺术中整一有序的表现对象加以据说是“创造性”的分解、加工与组合,来表达他们重新“发现”的“真实”。仅以绘画、雕塑为例。传统美术强调要严格地按照几何原理和光学透视等手段准确而优美地表现对象，而现代美术却拼命打破这一成规，几乎无一流派不采用夸张、变形或抽象：无论是塞尚、高更、夏加尔，还是米罗、达利、波洛克；无论是“野兽派”“动作派”，还是“未来派”“立体派”；无论是凡·高的《星夜》《向日葵》，还是毕加索的《亚威农少女》《梳头的裸妇》；无论是表现主义雕塑家巴特勒的《少女》，还是超现实主义大师莫尔的《母与子》、马格里特的《壮观的妄想》；无论是达达派泰斗杜桑的《新娘，甚至被光棍儿们扒光了衣服》，还是抽象派鼻祖康定斯基的《浪漫的风景》、蒙德里安的《灰色的树》①。

C.意识流

自普鲁斯特《追忆逝水年华》首开先河以来，“意识流”已成为西方现代艺术创作中一种非常普遍、非常重要的艺术思维和表达方式。它以所谓“心理时间”打破了一维的自然时间，时序可以自由颠倒或融合，行文不再要求明晰完整连贯，可以任意穿插和跳跃；作家艺术家只需要把人物或自己内心体验的意识流动过程真实地描摹出来就行了。为了保证“意识流”的“真实”，作品中出现的许多事物、现象的内涵及其联系可以被允许显得模糊含混、变化莫测。此外，艺术家们还在语言文体上做了诸多离奇的“实验”：如数段乃至通篇不加标点；故意违反规范语言的语法逻辑；任意拆词组词；甚至将不同方言或多国语言自由组合，或把多种文体揉捏在一起等。在《尤利希斯》《芬内根的苏醒》中，乔伊斯自由组合的语言文字达18种之多。为了模仿轰隆隆的雷声，他竟然把一百个字母连成了一个单词！他还创造了模仿人吃饭时肠胃蠕动的节奏的文体。在《喧哗与骚动》中，为了模仿白痴的“意识流”，福克纳还特意采用了狂乱无章的文体。而这样真实摹写“意识流”的结果，乔伊斯不无得意地说，可以使他的小说足以让那些评论家瞎忙三百年！

D.反讽与黑色幽默

“反讽”本源于古希腊戏剧中一种角色典型。直到十六世纪以前，反讽都只是修辞中一种极为次要的修辞格。德国浪漫主义者开始对它的内涵加以改造，如F.史勒格尔指出，反讽意味着这样一个事实，世界在本质上是诡辩论式的，只有一种模棱两可的态度才能抓住世界的矛盾整体性。英美新批评家瑞恰兹、布鲁克斯等人将它界定为：使通常互相对立、冲突、不协调乃至矛盾的东西强制性

①这一段提到的画作均见阿纳森的《西方现代艺术史：绘画·雕塑·建筑》，天津人民美术出版社，1994年版。

地紧合在一起的观念和方法。并将反讽强调到了无以复加的地步①。这不难理解,因为反讽与现代主义艺术的核心范畴"荒诞"有一个共同的底蕴一悖谬。现代艺术之所以一反传统艺术崇尚的有机整一的和谐而强调作品内在冲突的张力,对反讽的青睐是一大直接根源。如今,反讽不仅已成为一切艺术语言的基本法则,而且已经成为现代艺术创作的基本思维方式和哲学态度。

来源于现代西方一个文学流派的"黑色幽默",是一种"痛苦里有笑声,残酷中有温存"的艺术观念、艺术手法和艺术风格。它是一种"绞刑架下的舞蹈",一种绝望到极点之后产生的荒唐的"幽默",一种令人啼笑皆非、哭笑不得的"幽默",一种无可奈何、只好撒娇耍酷的"幽默"。现在,它早已不再只是某个艺术派别的专利,而成了荒诞派、存在主义、表现主义等众多流派广泛运用的一种观念和表达方式,一种以荒诞的方式去控诉和反抗现实世界、历史、人生的荒诞的有力战术与武器。想必大家还记得荒诞派戏剧《啊,美好的日子》中那位女主人公"维妮"吧,明明泥土都已埋到了脖子只剩下两只浑浊的眼睛能够转动,可她依然随时像个吃饱了奶的婴儿般地微笑,每天清晨还要情不自禁地大赞一声:"啊,美好的日子!"

荒诞,一个败坏祖业的孽种?一个重开天地的英雄?不管你喜欢不喜欢,它已经到来!它既像一头凶猛残暴的"野兽",给西方传统文化艺术带来了毁灭性的灾难;又像一个"卡西莫多"式的天使,对人类本真的自我本真的存在发出了热情的召唤!作为最能体现现代西方社会时代精神风貌的审美形态,现代主义艺术与它之前的古典主义、文艺复兴、新古典主义、启蒙主义、浪漫主义、现实主义艺术一样,具有自己充分的存在依据和独特的存在价值。盲目拒斥或盲目崇拜它都是不明智也不现实的。摆在我们面前的问题不是是否承认它,而是如何分析、批判和吸收它有价值的成分以繁荣我们的文化艺术,同时又对它的历史虚无主义和一些新奇但缺乏生命力的东西抱有足够清醒的认识。

原载《四川师范大学学报》(社会科学版)1995年第2期,中国人民大学《复印报刊资料·美学》1995年第7期全文转载;《中国语言文学资料信息》1995年第3期摘要

①赵毅衡编选:《"新批评"文集》,中国社会科学出版社1988年版,第333-350页。

超越此在之非本己本真存在

——理解海德格尔诗学思想的枢机

根据这些年对海氏著作的系统研读，我的一个基本判断是：海德格尔的全部诗学思想始终都围绕着一个核心问题，那就是：如何超越“此在”之首先和通常所处的“非本己本真存在”状态？也正因为如此，海德格尔终生都在诉求和坚守“文艺的超越性品格”；[①] 并且可以说，关于“文艺的超越性品格”之思，构成了他的整个诗学系统的核心和灵魂。[②] 我个人认为，不抓住这一点，就会错失理解海德格尔诗学思想的关键或枢机。

与其他一般文艺理论家、美学家不同，海德格尔从不试图去对一般文艺进行普适性的思考，他只关注和思考“伟大艺术”及其在近代以后的“沉沦”；他也从不去批评阐释碰巧遇到的一般文艺作品，而是

①具体论证请参阅拙著《文艺的超越性品格之思——海德格尔诗学新探》第二章“‘文艺的超越性品格’：海德格尔的终生诉求”，人民出版社2011年版，第26–134页。

②拙著第三章的第一节题为“‘文艺的超越性品格’：海德格尔沉思一切文艺的元问题和总动因”，第二至第七节论述了其“‘文艺的超越性品格’之思的内在系统”，第135–213页。

只与伟大的诗、伟大的艺术作品进行“思与诗的对话”。在我看来,海德格尔所说的“伟大艺术”就是作为“真理”赖以“发生和进入存在的突出方式”的艺术,他所说的“伟大的诗”“伟大的艺术作品”就是具有“超越性品格”的诗和艺术作品。

一、“此在之存在”的生存论-存在论分析:海德格尔关于“文艺超越性品格”之思的“根源”

1.此在的“非本己本真存在”及其超越:海德格尔“独一的问题”

海德格尔在评论特拉克尔著作第一卷《诗歌集》(Die Gedichtungen)时曾说,“每个伟大的诗人都出于一首‘独一的诗(das einzige Gedicht)’来作诗。”[①] 事实上,岂止是伟大的诗人,每个伟大的思者又何尝不是“都出于一个‘独一的思(das einzige Denken)’来运思”呢?[②] 海德格尔本人之所以成为了二十世纪最伟大的思想家之一,不也正是因为他全部的思都源出于一个“独一的思”吗?这个“独一的思”,就是“存在之思”。准确地说,就是“源出于存在而又通达存在之真理”[③]的“存在之思”。当然,由于在海德格尔看来,唯有“此在”才会并且有能力去对“存在”发问,“存在的意义”又是“此在”通过并且就在“自身的存在”中去追问、去领会、去揭示、去开显和去阐释出来的,因此追问“存在”必须首先追问“此在的存在”。后者乃是前者的“基础”。所以,他的“存在之思”又始于“‘此在的存在’之思”。实际只完成了“第一部”的《存在与时间》除了那个简短的“导论”外,其余部分全都是“‘此在的存在’之思”。因此,“‘此在的存在’之思”才真正是海德格尔一生的全部思想之所从出并向之归的“独一的思”的“根源”与“开端”。

毫无疑问,“独一的思”源于“独一的问题”。从《存在与时间》开始,海德格尔那个“独一的问题”便是:此在的“非本己本真存在”,以及它如何向“本己本真存在”超越?正是它从整体上规定了海德格尔所有的艺术之思,都归根于“文艺

①Heidegger, M. *Unterwegs zur Sprache*, Stuttgart: Neske, 1997, S.37.

②在《尼采》上卷中,海德格尔说,“所有伟大的思者都思同一个东西”。参见:Heidegger, M. *Nietzsche* I, Pfullingen: Günther Neske, 1961, S.46.

③Heidegger, M. *Aus der Erfahrung des Denkens*, Frankfurt: Vittorio Klostermann, 1983, S.85.

的超越性品格"之思。

十多年前,我在阅读萨弗兰斯基《海德格尔传——来自德国的大师》时曾经批注过这样一段话:"要理解一个人的思想,首先必须了解他的生活;而要理解一个人的生活,又必须理解他的思想。因为,真正的思想总是从生活中生长出来的,而思想一旦真正形成,又必然会参与构造他的生活。"[①] 的确,真正的思想必须是浸透着思者个人的血液与灵犀、从思者本己的生命体验中自然生长出来的思想。海德格尔本人也说过:"没有任何本质性的精神作品不是扎根于源初的原生性的。"[②] 而在我看来,体现海德格尔最源初、最根本、最深刻、最强烈的生命体验的,便是他在《存在与时间》中着力表达的主题:"此在的非本己本真存在。"据萨弗兰斯基研究,这一体验从海德格尔14岁刚上中学的少年时代便开始产生了[③]。正是这一源初而深刻的生命体验自然而然地将他引向了"如何向本己本真存在超越"的运思,从而构成了他思想的"独一的问题",进而导出了他全部思想之所从出并向之归的"存在之思"这"独一的思"。

2. 此在"如何向本己本真存在超越":海德格尔关于"文艺超越性品格"之思的动力之源

我个人认为,此在"如何向本己本真存在超越"的问题之所以成为了海德格尔关于"文艺超越性品格"之思的动力之源,其间的理路大体如下:

关于此在如何从"非本己本真存在"状态向"本己本真存在"状态超越的运思,推动了海德格尔关于"此在之本己本真存在"与生存论-存在论意义上的"真理"之关系的进一步思考(因为前者必须把后者"设定为前提"),这一思考直接促成了他1930年的"真理"观念的转变(这是一个非常重要和关键的转变,并因

①参见:拙著《从逍遥游到林中路——海德格尔与庄子诗学思想比较》,中国社会科学出版社、华龄出版社2004年版,第14页。

②参见:海尔曼·海德格尔编《演说与生活之路的其他见证》(*Reden und andere Zeugnisse eines Lebensweges*),收入《海德格尔全集》第十六卷,法兰克福:克罗斯特曼出版社,2000年版,第551页。

③[德]吕迪格尔·萨弗兰斯基著、靳希平译:《海德格尔传——来自德国的大师》,商务印书馆,1999年版,第19-25页。

此而被许多研究者公认为海氏前后期思想的分界线[①]);而“真理”观念的转变,又直接推动了海德格尔1935前后对“艺术作品的本源”问题的思索,得出了“艺术是真理之自行设置入作品”“艺术是真理发生的突出方式”“艺术是历史性此在进入存在真理的本质之源”等影响深远的著名结论,进而又引发了海德格尔对于“伟大风格的艺术”的探讨和对荷尔德林、特拉克尔、里尔克等“伟大诗人”和凡·高、克利等“伟大艺术家”及其“伟大作品”的终生喜爱及坚持不懈的阐释;而这又直接推动了海德格尔对于“人的诗意栖居”“世界黑夜(贫困)时代里诗人应当担负起怎样的天职与天命”等问题的思考,并在1946年得出了“语言是存在之家,而诗人和思者是这个家的守护者”的结论;而对于“语言与存在之关系”问题的关注又直接引发了海氏在整个1950年代“走向语言之途”中对这一问题的进一步深化,于是便有了对于“诗性语言的道说力量”“在语言之说中栖居”“思与诗的对话”“世界的四元游戏”等一系列问题的执着追问或诉求。很显然,所有这一切的“动力之源”都来自“此在如何向‘本己本真存在’状态超越”这个源初的“独一的问题”。

①在1927年出版的《存在与时间》一书中,海德格尔已经开始了对传统知识论中的“符合论真理观”(认为“主观认识与客观事实相符合”,或者“概念与它所指称的事物相符合”即“真理”,其核心是“真实”或“正确性”)的改造,并且提出了现代存在论的“揭示论真理观”[海氏称之为“此在的展开状态”,以及“包含于其中”的“世内存在者的被揭示状态”,其核心是“去蔽(ἀλήθεια/aletheia)”]。但在该书中,海氏明确主张两点:第一,“真理属于此在的基本建构”,它根源于“此在的揭示活动这种存在方式”;第二,“唯当此在存在,才‘有’真理。唯当此在存在,存在者才是被揭示和被敞开的。……此在根本不在之前,任何真理都不曾在;此在根本不在之后,任何真理都将不在”(参见Heidegger, M. *Sein und Zeit*. Tubingen: Max Niemeyer, 1993. SS.219-227.)。这不仅错误地确立了“此在”对于“真理”的优先性,而且也与其“此在之本己本真存在”的实现“必须把真理设定为前提”的思想自相矛盾。在1930年发表的《论真理的本质》的演讲中,海德格尔不仅继续展开了对流俗的“符合论真理观”的批判,而且还通过对“真理”与“自由”之内在关联的探讨,对自己在《存在与时间》中所表达的“揭示论真理观”做了重要修正,提出了“让……自由成己-无蔽存在论真理观”。具体地说就是,“真理”之根源乃在于“自由”,而非所谓“此在的揭示行为活动”;“真理”之本性即“自由”,其实质乃是“让存在者(如其所是地)存在”,或者说“让存在者成其所是”,更准确地说就是“让存在者进入无蔽状态”,或者说“让存在者成为无蔽者”。质言之,“真理”的本质就是“无蔽”(参见Heidegger, M. *Wegmarken*, Frankfurt: Vittorio Klostermann, 1996, SS.179-202)。

前面已经提及，在《存在与时间》中，海德格尔对“此在”之“非本己本真的生存状态”有非常精彩的“现象学描述”和极具逻辑力量的“生存论-存在论分析”，而对于“此在如何向本己本真的存在状态超越”的论述则显得相对逊色了一些，无非就是围绕“畏”“向死而生”“对良知的召唤的聆听”“先行于自身的筹划与决心”等之类展开的分析和论述。尽管如此，这个“独一的问题”的发现，却为他后来的坚持不懈的探索开启了极大的空间。可以说，他后来的许多思想，尤其是1930年代中期转向对艺术、诗歌、语言等诗学（艺术哲学）问题的关注之后的思想，都是直接或间接地针对并回应“此在如何向‘本己本真存在’超越”这个“独一的问题”的。

二、“此在之存在”的生存论-存在论分析：海德格尔关于“文艺超越性品格”之思的“始点”

《存在与时间》中对“此在之存在”的生存论-存在论分析，既是海德格尔关于“文艺的超越性品格”之思的“根源”，同时也是他关于“文艺的超越性品格”之思的“始点”。这方面的证据很多，为了避免重复，兹略举数例以作提示：

譬如，1927年《存在与时间》中对“此在的超越性”问题的思考，在次年写作《现象学的基本问题》时就得到了进一步深化[①]；而《存在与时间》中对“真理”问题的思考（尤其是其中基于“揭示-去蔽”的“存在论真理”观的提出和有关“此在之本己本真存在必须把真理设为前提”的论述），既为1930年《论真理的本质》这一标志前后期分界线时期的思想奠定了基础，更为1935年《艺术作品的本源》这一诗学-艺术哲学的经典文本中将“真理”作为一个关键性核心观念准备了前提（“艺术作品”与“物”、与“器具”的根本区别就在于：唯在“艺术作品”中“有真理的发生这回事”，“作品之成为作品，……一切全然在于真理的本质中”）。再譬如《存在与时间》中对现代人的“无家可归状态”的思考，在1946年写作的《关于人本主义的书信》中得到了深化，而海德格尔之所以反复阐释和宣

①相关论述可参阅陈立胜先生《从胡塞尔的“意向性”到海德格尔的“超越性”》一文，参见《中国现象学与哲学评论》第二辑，上海译文出版社1998年版，第199-211页。

讲荷尔德林的《还乡》《追忆》《漫游者》和特拉克尔的《冬夜》《灵魂之春》等诗歌，也正是基于为解决这一问题寻找路径。又譬如《存在与时间》中对“语言本质”问题的思考[①]，不仅在《关于人本主义的书信》中有所深化，且借后者直接为1950年代《在通向语言的途中》一书的写作开辟了道路。最重要的是，《存在与时间》中对此在之“非本真存在”如何向“本真存在”超越的思考，直接为1930—1960年代的对荷尔德林诗的阐释中“人诗意地栖居”、1950年代《在通向语言的途中》里“人在语言之说中栖居”，以及在后者和与后者差不多同时写作的《演讲与论文集》中关于“世界的四元游戏”“筑造·栖居·思想”“现代技术的救赎之途”等方面的思想奠定了基础。

正因为如此，大卫·F.克勒尔不无夸张地宣称：“《存在与时间》……为海德格尔后来所有的研究提供了主要动力。无一例外。”[②] 认真梳理过海德格尔思想发展的脉络后会发现，克勒尔的话实际上是有充分的事实根据的。

三、结论

海德格尔不仅终生关注“文艺的超越性品格”问题，对其有过独特系统的理论言述，并且因此而对具有超越性品格的“伟大艺术”及其在近代以后的“沉沦”做过卓越的探索和深刻的反思，还对荷尔德林、里尔克、特拉克尔、格奥尔格等人的具有超越性品格的“伟大诗歌”和对包括古希腊神庙建筑、凡·高和克利等人的绘画作品在内的具有超越性品格的“伟大艺术作品”做过杰出的阐释。之所以会如此，乃是因为海德格尔的全部诗学思想都源出于《存在与时间》中通过对“此在之存在”的生存论-存在论分析所揭示出的那个核心问题：首先和通常处于“非本己本真存在”状态的“日常此在”如何实现向“本己本真存在”状态的

①《存在与时间》中关于“语言本质”问题的思考有许多，譬如：第七节中关于“逻各斯”概念的讨论，第三十三节关于“命题”的讨论，第三十四节关于“话语”和“语言”的讨论，第三十五至三十八节中有关“闲言”的讨论，第四十四节中关于“真理”概念的讨论等。并且明确提出：“归根到底，哲学的事业就是保护此在借以道出自身的那些**最基本的词汇的力量**免遭平庸理解之害。因为平庸理解会将这些词汇敉平到不可理解，进而作为伪问题的源泉而发生作用。”分别参见：Heidegger，M. *Sein und Zeit*，Tübingen：Max Niemeyer，1993，SS.32-34.；SS.153-160.；SS.160-167.；SS.167-180.；SS.212-226.；S.220.

②Heidegger，M. *Basic Writings*，ed. by David F. Krell，New York：Harper，1977，P.26.

超越？可以说，这是海德格尔整个诗学系统的元问题和总动因，他的全部诗学思想都植根于此。明白了这一点，便把握住了理解海德格尔诗学思想的关键或枢机。

原载钟仕伦、李天道主编《人生美学研究》，中国社会科学出版社2012年版第134–140页

论海德格尔关于文艺的神性维度之思

众所周知，中国的文艺思想中关于神性维度的沉思向来比较薄弱，这是“未能事人，焉能事鬼？”“未知生，焉知死？”（《论语·先进》）和“六合之外，圣人存而不论”（《庄子·齐物论》）的“实用理性”文化基因轻视超验世界之思的逻辑结果。西方传统文艺思想中关于神性维度的沉思原本十分深厚，但随着十九世纪末以后作为理性源泉和信仰本体的“上帝”之“双重死亡”，以及“现代派”“后现代派”文艺的相继崛起，西方文艺及文艺思想也进入了“渎神的日子”。

在这样一种文化历史语境中，海德格尔通过哲学沉思和阐释-批评实践所开启出的关于文艺的神性维度之思，就显得弥足珍贵。深入系统地研究它，就成为一个极具理论价值和现实意义的课题。

一、海德格尔关于文艺的神性维度之思

根据我的理解，海德格尔所开显出来的文艺的

“神性维度”，是指蕴含于文艺作品中的那个超越于尘俗世界之上、指示着终极期待与救渡意蕴的维度。它以“解蔽-遮蔽之圆舞”的诗性显现方式，引领人们自觉地从兽性向着灵性、从有限向着无限努力挣扎并向着超越的神圣者皈依，以便为期待中的上帝或诸神的“重返”所需的“栖留之所”以及人类对待“神圣者”的态度和方式的自觉“转变”做好“期备”。

源初的文艺就是在祭奠和供奉神灵的宗教仪式中产生的，甚或它本身就被作为一种祭奉神灵的方式。[①] 因此，一切文艺或者说一切让文艺成其本质的文艺作品中都不同程度地、源初地蕴含着“神性维度”的基因。由于海德格尔只沉思“伟大的文艺”并且只阐释-批评“伟大的文艺作品”（另文论述），而在伟大的文艺和伟大的文艺作品中这个维度又体现得尤为根本和突出，因此，在海德格尔的艺术哲学思想中产生大量深刻的关于文艺的神性维度之思，并成为其中最为耀眼的部分，就是理所当然、不足为奇的了。

在《〈什么是形而上学〉后记》的结尾部分，海德格尔写道：“思者道说存在。诗人命名神圣者。”[②] 在《科学与沉思》中，他宣称：“艺术在本质上是一种供奉和一个圣殿。”[③] 或许正是基于对文艺本质的这样一种哲学沉思，海德格尔所钟爱的诗人如特拉克尔、里尔克，尤其是荷尔德林，都十分热衷于歌唱“神圣者”，表达“期待上帝或诸神重返”之意。在他们的作品中，“神性维度”都显得特别根本和突出。

海德格尔关于文艺的“神性维度”之思，集中体现在他对伟大的文艺作品的阐释-批评实践中，准确地说，主要是通过对里尔克、特拉克尔，尤其是荷尔德林诗歌的阐释-批评来表达的。海德格尔之所以对这几个诗人情有独钟，喜爱程度大大超过对本民族其他大名鼎鼎的大诗人如歌德、席勒、海涅等人，根本原因大概就在于他们的诗特别突出地传达了那个“神性维度”。

先说对荷尔德林诗歌阐释中的“神性维度”。早在1934—1935年冬季学期

①譬如在古希腊，诸神的雕像、神庙建筑自不必说，悲剧源于“酒神颂”，《荷马史诗》中连诸神亦分为两大阵营参战；在中国，《尚书·舜典》中夔“击石拊石，百兽率舞”更是对把文艺（中国古代诗、乐、舞三为一体）作为一种祭奉神灵的仪式的生动描绘。此外，《诗经》中的“颂”、屈原的“九歌”和《招魂》等，这样的作品不胜枚举。

②Heidegger, M. *Wegmarken*, Frankfurt: Klostermann, 1996, S.312.

③Heidegger, M. *Vorträge und Aufsätze*, Stuttgart: Günther Neske, 1997, S.41.

《荷尔德林的赞美诗〈日耳曼人〉和〈莱茵河〉》的讲座中,海德格尔在第一部分第八节中就谈到了"依照古老诸神的召唤放弃""基本情绪与神圣者""在悲伤的放弃中保藏古老诸神之神圣性"等。[①]1936年在罗马举行的《荷尔德林与诗的本质》的演讲中,海德格尔又明确提出:"使一切天神持存,乃是'托付给诗人的忧心与天职'";"诗人命名诸神和一切在其所是之中的事物";"作诗是诸神的源初性命名。然而,唯当诸神自身将我们带向语言之际,诗意的词语才获得其命名力量";诗的本质被"嵌入"在"诸神的暗示"与"民族的声音"之相互追求的法则中,因此,"诗人自身立于诸神与民族之间";荷尔德林的诗规定了一个新时代,"它是逃遁了的诸神与正来着的神的时代。这就是贫困的时代,因为它处在一种双重的空缺和双重的不之中:在逃遁了的诸神之不再和在正来着的神之尚未之中"。[②] 在1939—1940年关于《如当节日的时候……》的多次演讲中,海德格尔又指出:"'神圣性'绝非是从某个固定的神那里移植来的特性。神圣者并非因为它是神性的而成其为神圣的,相反,那神性的东西倒是因其处于'神圣的'方式中而成其为神性的";那"……神圣者在其到来中为另一种历史、另一个开端建基。神圣者源初地先行裁决人类和诸神:它们是否存在,它们是谁,它们如何存在以及何时存在";还说:虽然同时也必然被嵌入和被囚禁于现实中,但"按其本质,诗人们归属于神圣者";因此,"诗人的本质位置并不建基于神的授胎(Empfängnis),而是建基于借助神圣者而实现的拥抱(Umfängnis durch das Heilige)";"神圣者惠赠词语并自己来到这种词语中。词语乃是神圣者之己成(Ereignis)。于是,荷尔德林的诗乃是源初的召唤,它被正来着者自身所召唤,它道说这个正来着者而且只道说这个作为神圣者的正来着者";"荷尔德林的词语道说神圣者,并因此而命名源初决断的唯一时-空,而这种源初决断乃是对于诸神和人类的未来历史之本质性构造的决断"。[③]在1968年所作的题为《诗歌》的演讲中,海德格尔在结尾处总结道:"诗歌,荷尔德林的诗歌,它把作诗活动作为受

---

①Heidegger, M. *Hölderlins Hymnen《Germanien》und《Der Rhein》*, Frankfurt: Klostermann, 1980, SS.81-83;SS.83-87;SS.93-97.

②Heidegger, M. *Erläuterungen zu Hölderlins Dichtung*, Frankfurt: Klostermann, 1996, S.41;S.45;S.46;S.47.

③Heidegger, M. *Erläuterungen zu Hölderlins Dichtung*, Frankfurt: Klostermann, 1996, S.59;S.76;S.64;S.69;SS.76-77;S.77.

神圣驱使的、为天神所需要的对当前诸神的命名。”[①] 在1963年出版的《〈荷尔德林诗歌朗诵唱片〉前言》中，海德格尔总结说：“荷尔德林的诗道说了什么呢？他的诗的词语是：神圣者。这个词语道说着诸神的逃遁。它道出，隐遁了的诸神护佑着我们。直到我们打算并且能够在诸神之切近处居住。切近之位置乃是家乡的特性”；唯有“倾听”并且“响应”荷尔德林之诗所是的“天命”，我们才能“由此进入到‘诸神之神’或许会在其中显现的那个地方的郊区”。[②]

概括起来，我们从中可以看出如下几点：第一，自1934年开始到1968年结束，海德格尔对荷尔德林诗歌的阐释，自始至终都在凸显其诗歌中的“神性维度”。第二，在海德格尔看来，“道说神圣者”乃是荷尔德林诗歌的全部主题，“神圣者”奠定了荷尔德林诗歌的“基本情绪”。事实上，“神圣者”乃是一切“神性之物”的根基，它超越于“人类”和“诸神”，“源初地先行裁决”着“人类”和“诸神”的身份、存在方式以及“未来历史之本质性构造”，并以此而“为另一种历史、另一个开端建基”。第三，诗人“命名诸神和一切在其所是之中的事物”；“使一切天神持存”乃是“诗人之天职”，即便是诗人对生活世界中的某些东西的“放弃”，也是听从“古老诸神的召唤”，以便“保藏古老诸神之神圣性”；诗人“本质上归属于神圣者”，但诗人自身被“嵌入”在了“诸神与民族之间”，是二者联系的“中介”和“纽带”。第四，就荷尔德林来说，作诗活动乃是“受神圣驱使的、为天神所需的对当前诸神的命名”，一种“对诸神的源初性命名”；由于“唯当诸神自身将我们带向语言之际，诗意的词语才获得其命名力量”，因此作诗实为“神圣者之惠赠”“神圣者之已成”；就“诗的本质”而言，它“被嵌入”在了“诸神的暗示”与“民族的声音”相互追求的法则中。第五，荷尔德林诗歌的特出意义在于：它道出了一个“新时代”，一个“古老诸神已经逃遁”而“期待中的神又尚未到来”的“处在双重的空缺和双重的不之中”的“贫困时代”；他的诗“道说”并且“只道说正来着的神圣者”，是“被正来着的神圣者所召唤”的“源初的召唤”，唯有“倾听”并且“响应”荷尔德林之诗所传达的“天命”，我们才能重返“‘诸神之神’或许会在其中显现”的“存在家园”。

再说对里尔克诗阐释中的“神性维度”。海德格尔指出，里尔克与格奥尔格

①Heidegger, M. *Erläuterungen zu Hölderlins Dichtung*, Frankfurt: Klostermann, 1996, S.192.

②Heidegger, M. *Erläuterungen zu Hölderlins Dichtung*, Frankfurt: Klostermann, 1996, S.195.

一样，都从荷尔德林的“品达诗译稿”和后期“赞美诗”中汲取过“决定性的灵感”。[①] 所以，《诗人何为？》这篇纪念里尔克的演讲乃是以引述荷尔德林的诗歌《面包与葡萄酒》中的一句入题并大肆阐发“诸神之逃遁”“上帝之缺席”和“基督之殉道”作为开始的；接着又提出“在贫困时代里作为诗人便意味着：吟唱着去摸索已经远逝了的诸神之踪迹。因此诗人能在世界黑夜的时代里道说神圣”。[②] 而“单纯技术的白昼的世界黑夜”之所以对全体存在者都造成了空前的“威胁”，是因为在这样一个时代里“不仅作为通往神性的踪迹的神圣处于遮蔽之中，而且就连那通往神圣者的踪迹——美妙之物——看上去也全然绝迹了”。[③] 里尔克的意义正在于他冒险“在不妙中吟唱美妙”，并借此让“神圣者显现出来”；作为“冒险更甚者”，他“在走向神圣者之踪迹的途中”，体会着“不妙”之为“不妙”；他在大地上歌唱着“神圣者”，赞美着“存在之球”的完好无损，以便为“终有一死者”带来早已消逝在世界黑夜之黑暗中的“诸神之踪迹”。[④]

很显然，在对里尔克诗歌的阐释中，海德格尔在以下两个方面进一步深化了强调文艺的“神性维度”这一主题：第一，从单纯的“古老诸神的逃遁”延展到了“上帝的缺席”和“基督的殉道”，从“处在双重的空缺和双重的不之中”的“贫困时代”延展到了“单纯技术的白昼的世界黑夜时代”，使我们对强调文艺的“神性维度”的背景有了更加全面和深刻的理解；第二，与文艺相关的一切问题最终都要落实在作家、艺术家的“历史担当”上，因此海德格尔在此将文艺的“神性维度”集中在对“在贫困时代（世界黑夜时代）里诗人何为？”——诗人应该担当起怎样的“天职与天命”这一问题的沉思上。

至于特拉克尔诗阐释中的“神性维度”，海德格尔除了在《语言》篇中从“天、地、诸神、终有一死者”的“世界四元游戏”的角度做出了阐释-批评外，[⑤] 在《诗歌中的语言》中还从“灵魂”作为“大地上的异乡客”“尘世中无家可归的漫游者”“孤寂者”“早逝者”“温柔的癫狂者”“未出生者”“痛苦者”“精灵”“火焰”“歌唱

①Heidegger, M. *Unterwegs zur Sprache*, Stuttgart: Günther Neske, 1997, SS.182-183.

②Heidegger, M. *Holzwege*, Frankfurt: Vittorio Klostermann, 1994, S.272.

③Heidegger, M. *Holzwege*, Frankfurt: Vittorio Klostermann, 1994, S.295.

④Heidegger, M. *Holzwege*, Frankfurt: Vittorio Klostermann, 1994, S.319.

⑤Heidegger, M. *Unterwegs zur Sprache*, Stuttgart: Günther Neske, 1997, SS.21-30.

者”“守护者”“还乡者”等各个角度加以阐释-批评，[①] 充分展示了“人类灵魂对于神圣者的归属”之必然性与急迫性。

这样的例子还有许多，为了节约篇幅，不再一一列举。不过，这已经足以表明“神性维度”在海德格尔文艺之思中的重要地位了。那么，海德格尔为何如此强调文艺的“神性维度”呢？

二、海德格尔的文艺之思通向神性维度的道路

首先，在海德格尔看来，一切真正的思都应当像他在自己那首长诗——《出自思的经验》中所唱到的那样：“源出于存在而通达存在之真理。”[②] 因此与任何其他的思一样，他的文艺之思归根结底源出于其关于此在之存在的“存在之思”。而此在之“无根性”、此在之“无家可归状态”或者说此在存在“深渊”的存在等这些在《存在与时间》《形而上学导论》《关于人本主义的书信》等纯粹的哲学著述中反复表达的思想，都构成了其文艺之思通向“神性维度”的生存论-存在论基础。关于这一点，国内外学者已有大量论述，在此不再赘述。

其次，“世界黑夜时代”尤其是技术白昼这“夜到夜半的最黑暗时代”也促进了他对文艺的“神性维度”的沉思。除《诗人何为？》有比较集中的论述之外，在《关于人本主义的书信》中海德格尔写道：“……这种历史性的居住之家乡即通向存在之切近处。倘若确实如此，那么在此切近处即需完成这样一种决断：上帝和诸神是否以及如何不起作用，黑夜是否以及如何持留，神圣者之白昼是否以及如何破晓，在神圣者之升起中上帝和诸神之显现是否以及如何能够重新开始。但唯有神圣者才是神性之本质空间，而神性本身又才允诺诸神和上帝之维度；唯当存在本身首先而且在长期之准备中业已自行澄明，并且在其真理中被经验了之时，神圣者才得以显露出来。唯其如此，才能从存在而来开始对无家可归状态之克服，而在无家可归状态里，不仅人，连人的本质都流离失所了。”[③]

再次，海德格尔之所以凸显文艺的神性维度，还与他的“人的诗意地栖居”

---

①Heidegger, M. *Unterwegs zur Sprache*, Stuttgart: Günther Neske, 1997, SS.40-82.

②Heidegger, M. *Aus der Erfahrung des Denkens*, Frankfurt: Vittorio Klostermann, 1983, S.85.

③Heidegger, M. *Wegmarken*, Frankfurt: Vittorio Klostermann, 1996, S.339.

这一最终目标分不开;甚至可以说,“人的诗意地栖居”是海德格尔通向文艺的神性维度的最直接、最重要的动因。下面我们仅以他曾经六次公开演讲的《……人诗意地栖居……》为例来作些分析:在该演讲中,海德格尔开篇即指出,从我们的现实生活来看,“栖居”与“诗意”原本是“格格不入”的,它的真实含义不过是说:“从本质上说,栖居应当是以诗意为根基的。”可是,人如何才能达到“诗意地栖居”呢?海德格尔接着分析说,单靠“劳绩”是不成的。虽然人在“栖居”时充满了各种“劳绩”,然而,这众多的“劳绩”不仅没有充满“栖居的本质”,相反,“一旦种种劳绩仅只为自身之故而被追逐和赢获,它们甚至还禁阻着栖居的本质”。因此,“诗意地栖居”事实上是向我们提出了“双重要求”:在要求把“栖居”的本质思为应当是“诗意的”的同时,还要把“作诗”(包括一切“文艺创作”——笔者注)的本质思为“让栖居”。然而问题在于:“诗意地栖居”也绝非仅凭想象力的非现实的“游戏”即可通达的,因为每个人都知道“人在大地上居留”“自己是委身于大地的”。换句话说,人不可能“幻想般地飞翔于现实的上空”,而只能“栖居在这片大地上”。于是一个更尖锐的矛盾出现了:一方面,人渴望“诗意地栖居”;另一方面,人只能“栖居在这片大地上”,而现实生活又告诉我们,“这片大地上的栖居”与“诗意地栖居”乃是“格格不入”的。如何是好呢?海德格尔引用荷尔德林的诗句来表明:“善良”“纯真”的人们都喜欢“以神性来度量自身”,信奉“神如苍天昭然显明”“神本是人的尺度”“人是神性的形象”“大地上可有尺度?绝无”。尽管海德格尔对荷尔德林完全否定“大地尺度”或者说“人的尺度”而只承认“天空的尺度”或者说“神的尺度”这样的态度有所保留①,但他毕竟很自然地引出了“神性维度”;而且还发挥道:“作诗即度量”,或许还是“一种别具一格的度量”,甚至意味着“在其本质之基础中的一切度量都在作诗中发生”。因此,我们必须审慎为之。“作诗”乃是“采取尺度”,即为自己择取本质之幅度可接受的尺度。尽管人是作为终有一死者成其本质,但他的栖居却基于诗意。荷尔德林也正是在人的本质之测度借以实现的“采取尺度”中看到了“诗意”的本质;而“神性”正是“诗人测度自身所采取的尺度”,“神”恰恰是“诗人

①海德格尔认为,“大地之上、天空之下”那个“之间”的“维度”才是“被分配给人,构成人的栖居之所”的,“神性”只是人借以测度他在大地之上、天空之下的栖居的“尺度”,“人的栖居建基于对天空与大地所共属的那个维度的仰望着的测度”,等等。

的尺度”。[①] 总之，海德格尔认为，为了“人的诗意地栖居”，作为精神家园“筑造”和“让栖居”的一种方式，文艺必须体现“神性维度”。

三、如何理解海德格尔的“叛教”与文艺的“神性维度”之思之间的矛盾

由于海德格尔在1919年曾公开宣布脱离天主教会，死后在墓前也未立十字架，于是有人认为他是一个没有宗教信仰的人，甚至还有大哲学家称其为“无神论者”。[②] 事实上，这是一个很大的误解。

实际情况是，海德格尔之所以脱离天主教会，根本原因仅仅在于天主教会所宣扬的“上帝（神）”不是他所理解和期待的那个“上帝（神）”而已。再说，与教会决裂并不意味着与宗教信仰决裂，[③] 更不意味着成为了一个“无神论者”。众所周知，海德格尔不仅受过系统、严格的神学训练（海氏自己就说过，他的哲学之路是由神学引入的[④]），也从未真正停止过神学思考，而且他的神学之思还对当时及其以后的神学发展产生了/着深远的影响。对此，我们只要看看海德格尔自己所做的神学论文《现象学与神学》（1927年）、《尼采的话“上帝死了”》（1943年）、《形而上学的存在-圣神-逻辑学机制》（1957年），以及德国的莱曼、弗兰茨、约纳斯，瑞士的奥特、法国的皮罗、比利时的魏尔亨斯等人的研究论文便可窥其堂奥；[⑤] 此外，中国学者如刘小枫、张志扬等人的研究亦可佐证。由于奥特的观点比较有代表性，下面我重点述评一下他对相关问题的看法。

---

①Heidegger, M. *Vorträge und Aufsätze*, Stuttgart: Günther Neske, 1997, SS.181—198.

②萨特曾说：“……有两种存在主义。一方面是基督教的存在主义，这些人里面可以举雅斯贝尔斯和加布里埃尔·马塞尔，两个人都自称是天主教徒；另一方面是存在主义的无神论者，这些人里面得包括海德格尔以及法国的那些存在主义者和我。我们的共同点只是认为存在先于本质——或者不妨说，哲学必须从主观开始。”见萨特《存在主义是一种人道主义》，周煦良、汤永宽译，上海译文出版社1988年版，第6页。在《关于人本主义的书信》中，海德格尔对此误解进行了多处驳斥。

③就连14世纪初以来公认的正统神学大师、死后被追封为“天使博士”和“圣师”的托马斯·阿奎那，在生前和死后一段时间里都曾多次遭到教会的指控和斥责。

④海德格尔写过一篇《我进入现象学的道路》（Mein Weg in die Phänomenologie），介绍自己如何在布伦塔诺和胡塞尔的影响下，从正统的天主教经院神学进入现象学的存在论哲学的经历。参见Heidegger, M. *Zur Sache des Denkens*, Tübingen: Max Niemeyer, 1988, SS. 81-90.

⑤参见刘小枫选编，孙周兴等译：《海德格尔与有限性思想》，华夏出版社2002年版。

奥特(H. Ott)在《思与在:海德格尔之路与神学之路》(Denken und Sein. Der Weg Martin Heideggers und der Weg der Theologie. Zollikon, 1959)一书的"导论"部分中,引述海尔曼·迪姆《上帝与形而上学》(Gott und die Metaphysik)的结论说:恰恰就在海德格尔的哲学中,一度以"哲学家的上帝"的名义告别了"启示之上帝"的形而上学的思想道路,已经彻底地被思考过了。现在,就连这个"哲学家的上帝"也从哲学思想中被清除出去了。在海德格尔的哲学追问中,"上帝,作为最高存在者,因而也作为人类此在的主要基础,已经被哲学追问的彻底性超过了。哲学的追问在这里变得如此彻底,以致它不再在任何一个存在者面前停留,不能把任何一个存在者设定为主要基础,设定为此在之超越者……这样,就不再剩下任何一个存在者可作为此在的超越者了。不再剩下什么东西适合于这种作用。换言之,此在的唯一的超越者,还适合于彻底的哲学追问的此在的唯一超越者,就是虚无(das Nichts)"。在海德格尔那里,虚无作为真正的此在之超越者,取代了先前由上帝占据的位置。经院哲学中关于一个最高存在者的上帝概念,被判定为主体主义的世界关系的突出产物。[①] 不过,奥特也发人深省地强调说:"始终还有待考查的或许是:是否恰恰通过他对上帝概念的清除,海德格尔对神学做出了一种不可估量的贡献——因为他反对一个不合实情的上帝概念,思考了这个概念的完结,因此为一种更为原始、更为本质性的(神学的而且其实也许也是哲学的)对活生生的上帝的思想创造了空间。因此,在我们看来,尽管海德格尔哲学具有一种'准无神论的'特征,或者也许恰恰是由于具有这种特征(这是迪姆提醒我们注意的),这种哲学却可望为一种与神学的卓有成效的对照提供特别多的东西。"他并且说,"恰恰因为在海德格尔思想表面上的无神论中,显示出形而上学道路的终结和一条全新的道路的可能开端,……海德格尔就成为神学的一个卓越的哲学上的对话伙伴"。[②]

我之所以选择不厌其烦地转述奥特的论断,一是因为他受迪姆影响,把海德格尔的所谓"准无神论"特征推到了极致,而且对其根源做了深刻、透辟的分

①刘小枫选编,孙周兴、李哲汇、阳仁生等译:《海德格尔式的现代神学》,华夏出版社2008年版,第73-75页。

②刘小枫选编,孙周兴、李哲汇、阳仁生等译:《海德格尔式的现代神学》,华夏出版社2008年版,第76页。

析;二是因为他准确地把握到了海德格尔对神学的"不可估量的贡献":反对并终结了一个不合实情的"上帝"概念,并因此而为一种"更为源初、更为本质性的对活生生的上帝的思想"创造了空间。我个人认为,在反对不合实情的天主教"上帝"信仰上,海德格尔比起只是要求将躲在神圣权威背后的"上帝"置于理性批判视野的康德和只是宣布"上帝死了"的尼采,路走得更远,思想也更深刻。但正因为如此,海德格尔在坍塌的旧圣殿的废墟上清扫出了新的更加坚实的地基,从而为新的"上帝"和"诸神"的降临开辟了道路。因为在他看来,唯当作为历史性此在的我们已经为其"做好了期备"和"转变",期待中的新的"上帝"和"诸神"的降临才有可能。那些误认为他是一个"无神论者"的人只看到了他的"清除"工作,却忽视了他的"清除"旨在重新"奠基"和"开路"。

在《关于人本主义的书信》中,海德格尔引用了赫拉克利特《〈残篇〉第一百一十九》"人的特性就是他的守护神"之后解释道,"赫氏箴言是说:只要人是人的话,人就栖居在神的近处";① 又写道,"只有从存在之真理出发,神圣者的本质才会使自身为人所思。只有从神圣者的本质出发,神性的本质才会被思索。而只有按照神性的本质,'上帝'这一词语所命名的东西才会为人所思"。② 海德格尔前一句箴言的引证和阐释无非是要告诉我们,人之为人的本性中原本就有趋近于神圣者的神性维度之可能;后一段话则至少有这么三层含义:第一,绝不是先有了"上帝"或"诸神"而后才有"神性",有了"神性"而后才有"神圣者";恰恰相反,是先有"神圣者"而后才有"神性",有了"神性"而后才有"上帝"或"诸神"。正如他在该信的另一处所说,"唯有神圣者才是神性之本质空间,而神性本身又才允诺诸神和上帝之维度"。③ 因此,第二,思"上帝"必先思"神性的本质",即"神性之为神性";而思"神性的本质"又必先思"神圣的本质",即"神圣之为神圣",亦即"神圣者"之"神圣"所在。因此,第三,作为一种历史性此在所思之思,全部"神学之思"都必须从根本上归属于"存在之思",亦即"源出于存在而通达存在之真理"。因为,正如他在该信的另一处所说,"唯当存在本身首先而且在长期之准备中业已自行澄明,并且在其真理中被经验了之时,神圣者才得

①Heidegger, M. *Wegmarken*, Frankfurt: Vittorio Klostermann, 1996, SS.354-355.

②Heidegger, M. *Wegmarken*, Frankfurt: Vittorio Klostermann, 1996, S.351.

③Heidegger, M. *Wegmarken*, Frankfurt: Vittorio Klostermann, 1996, S.339.

以显露出来”。[①] 根据我的理解，海德格尔说的意思是：期待中的新的“上帝”或“诸神”必须作为“神圣者”才有可能降临，而且必须“以一种合乎神的方式居留”；[②] 而其前提则是：必须首先从历史性此在的“存在之澄明”（亦即“存在之真理”）的视角和高度，彰显出“神圣者”存在的必要性和意义。因为只有这样，才能为这期待中的新的“上帝”或“诸神”的降临提前准备好“居留之所”；而准备“居留之所”的关键在于我们的“转变”：一种源自对“世界黑夜时代”之“黑暗”、之“贫困”、之“深渊”、之“无庇护”、之“不妙”等的体认而来的对新的“神圣者”之“期待”、之“虔诚”、之“敬畏”。

在1966年所作的那次访谈录（经海德格尔本人亲自审定、10年之后他去世时才发表、被视为“哲学家的哲学遗嘱”），标题就是：“只还有一个上帝能救渡我们”。根据《海德格尔传——来自德国的大师》一书中记载，马克斯·米勒曾讲述，晚年海德格尔上教堂时上圣水、画十字，向祭坛行跪拜礼。有一次他问海德格尔：你既已同教会脱离关系，这样行教会礼不是自相矛盾吗？海德格尔回答说：“人必须历史地思考问题。在人们如此多地祷告过的地方，一定以特殊的方式接近着神圣之事。”[③] 1976年1月，即将在4个月后离开人世的海德格尔请求他的同乡、弗莱堡大学神学教授贝恩哈德·韦尔特同他谈了一次话并告诉后者，如果他“到时”了，希望能被葬于他们共同的故土麦氏教堂镇的墓地中。他请求按教会的仪式入葬，并请韦尔特为他作墓前祷告。[④] 在海德格尔的葬礼上，韦尔特作了题为《寻求与发现》(Suchen und Finden)的悼词，其中说道：“什么是众神？如海德格尔在这里所说，众神就是‘提示神性的信使’。出自消逝的、死的、无的和存在的境域，这众神提示着，并且海德格尔的思想道路就迎着这提示而延伸过去，需要的是去倾听这提示并且通过这众神的提示等待着那位神圣之神的显示。这位伟大思想者的全部思想都在这条道路上。”他又说：“将马丁·海德格尔按基督教的方式安葬是合宜的吗？这符合基督教的《福音书》吗？适合于

①Heidegger, M. *Wegmarken*, Frankfurt: Vittorio Klostermann, 1996, S.339.

②Heidegger, M. *Holzwege*, Frankfurt: Vittorio Klostermann, 1994, SS.270-271.

③[德]吕迪格尔·萨弗兰斯基著、靳希平译：《海德格尔传——来自德国的大师》，商务印书馆2007年版，第540-541页。

④[德]吕迪格尔·萨弗兰斯基著、靳希平译：《海德格尔——来自德国的大师》，商务印书馆2007年版，第540页。

海德格尔的思想道路吗？不管怎样，这是他本人的意愿。他也从未断绝过与信仰者共同体的联系。当然，他走的是他自己的道路，他一定要依从内在的召唤将它走完。人们不能不带着犹豫称之为通常意义上的基督教道路，但它可能是本世纪最伟大的寻求者的道路。他以期待着和倾听"福音"消息的方式寻求着这神圣之神及其光辉，同时也在基督的讲道中寻求着神。"[①] 韦尔特的评述真可谓是深知根底的公允的当之论，准确地把握了海德格尔神性之思的心路历程，以及海氏与教会组织之间复杂微妙的关系。

总之，海德格尔并不反对神性之思，只不过他反对用一种苍白无力的思辨或者未经审视的教条将神性之思置于至高无上的地位，反对将"上帝"或"诸神"作为一种绝对信仰强加给人；而主张让人在存在之真理的照耀下主动"转变"，为期待中的新的"上帝"的降临做好"期备"。在他看来，无论是"神学之思""艺术之思"还是别的任何一种思，都应当源出于"存在之思"。海德格尔关于文艺的"神性维度"之思，应作如是观。系统清理和深入研究这些思想资源，不仅是全面把握和准确理解海德格尔本人的艺术哲学思想的关键，而且对于疗治消费主义时代文艺创作的某些疾病症候具有很强的现实针对性，同时对于构建具有当代特色的中国文艺理论和美学思想体系也具有重要的借鉴意义。

原载《学术月刊》2010年第9期

①原出《海德格尔纪念文集》(Zum Gedenken an Martin Heidegger)，转引自：张祥龙《海德格尔传》，商务印书馆2007年版，第370-371页。

论海德格尔关于文艺的源初道德维度之思

一、研究的缘起和意义

去年春天在重庆召开的中国作协会议上讨论了这样一个核心问题:“伟大时代为何难觅伟大作品?”[①] 如果说由于思想观念的不同,对这个时代是否伟大尚有可能看法不一的话,那么,这个时代殊难见到伟大作品,则是大家有目共睹的不争的事实。要改善这一局面,固然牵涉到方方面面的诸多问题,但我个人认为,其中有一个基础性的理论问题无论如何也绕不开,那就是,我们必须先行追问:究竟怎样的作品方可堪称伟大的作品?或者换一种问法,伟大的作品必须具备怎样的特征?

对古今中外众多伟大的文艺作品的审美经验告诉我们,如果说“审美性品格”是一切文艺作品之为文艺作品的基本品格,那么“超越性品格”则是伟大

①参见韩小蕙:《伟大时代为何难觅伟大作品?》,《光明日报》2010年4月14日第5版。

的文艺作品之为伟大的文艺作品必须具备的根本特征。在我看来,“超越性品格”是在“审美性品格”基础上向更高层次的升华,没有它,一部文艺作品就无法超越平庸而臻于伟大。当然,正如海德格尔在其《艺术作品的本源》中所论明的那样,一切真正的伟大的文艺同时也应当而且必须是“本源性”的[①]。其实,对文艺的“超越性品格”的诉求,正源出于对文艺的“本源性品格”的追求。更具体、明确地说便是,文艺的“超越性品格”之所从出和向之归的“本源”,归根结底乃在于此在由日常所处的“非本己非本真存在”状态向可能的“本己本真存在”状态超越这一“本源性”的追求。文艺的“超越性品格”,就我个人目前探究的结果,主要体现于这样三个基本维度,即:文艺的“形上之维”“神性之维”和“源初道德之维”。一部文艺作品,至少应当对其中的某一方面有所揭示和体现,方才有可能超越平庸成为真正的伟大的文艺作品。

海德格尔在《尼采》第一卷中曾经指出:西方“美学史上的六个基本事实”之一,乃是“伟大艺术在现代的沉沦”。[②] 在我看来,这一“沉沦”发生的一个重要根源和表征,便是文艺的“超越性品格”的逐渐丧失。尤其是随着波德里亚所说的“丰盛社会”和“物体系时代”的来临,“消费主义思潮”四处蔓延、无孔不入,以往高居神圣殿堂的文艺如今被迫甚至主动与商业资本合谋,从而深深地打上了“消费主义文化”的烙印,其“超越性品格”的丧失已空前严峻:它们往往陶醉于“感觉盛宴”,热衷于“解构神圣”,痴迷于“狂欢诗学”,几乎完全遗忘了文艺的“形上维度”“神性维度”和“源初道德维度”,并因此而步入了许多误区,极大地阻碍了伟大的文艺作品的产生。

而我在近年来的研读中发现,关于文艺的“超越性品格”之思,正是海德格尔诗学-艺术哲学思想系统的核心和枢机,并且正好在上述三个基本维度都分别有所沉思和系统言述。换句话说,文艺的“源初道德维度”之思,正是其关于文艺的“超越性品格”之思的三大重要组成部分之一。毫无疑问,在当今“消费主义文化”甚嚣尘上这样一种时代语境中,认真研究海德格尔关于文艺的“源初道德维度”之思并在其基础上有所推进,对于诊治现时代文艺理论建构中的某些缺失,帮助现时代文艺创作走出某些误区,创造出无愧于时代的伟大作品,进

①Heidegger, M. *Holzwege*, Frankfurt: Vittorio Klostermann, 1994. S.66.

②Heidegger, M. *Nietzsche* I, Pfullingen: Günther Neske, 1961. S.100.

而对我们当下的整个历史性此在“有所作为”，或当具有重大的现实意义和理论价值。

然而遗憾的是，海德格尔这方面的思想资源至今尚未引起中国文艺理论界和美学思想界足够充分的重视。本人不揣浅陋，拟就此问题谈谈个人的看法，错误或不当之处，敬请方家批评指正。

二、何为“源初性道德”？

根据我个人的理解，海德格尔思想系统中的道德内蕴，乃基于其关于“此在之存在”的“生存论-存在论分析”，它并非一般意义上的那种以某些宗教神学的或形而上学的教条为根基的衍生性的观念形态的道德，而是一种“源出于存在而通达于存在之真理”的“生存论的-存在论的道德”。在海德格尔看来，那种基于某些现成的、僵死的既定教条的道德不过是伴生性的道德，唯有那自冷峻而鲜活的存在而来、向着存在的无蔽之境而去的道德才是“源初性”的道德。从根本上说，关于这样一种“源初性道德”之思，乃是“为一种历史性此在的伟大的自我沉思服务”[①]的。

以《存在与时间》中的“良知”概念为例。海德格尔强调：“存在论良知分析先于心理学上对良知体验的描述和分类，同样也不同于生理学上的解释，那种‘解释’意味着把良知现象抹灭。它同良知的神学解释也一样不沾边，更别说把这种现象用来作为对上帝的证明或对上帝的‘直接’意识。”[②] 所以，严格地来讲，存在论的“良知”概念不属于通常意义上的“伦理学”的范畴，而属于“存在之思”的范畴。这是值得特别注意的。

也许有人会问：海德格尔的“存在论”允许有“道德维度”吗？在《关于人本主义的书信》中，他不是曾以揶揄的口吻提到《存在与时间》出版后不久一位青年朋友问他“何时写一部存在论伦理学著作”这样一件事情吗？不错，海德格尔

①Heidegger, M. *Nietzsche* I, Pfullingen: Günther Neske, 1961. S.107.

②Heidegger, M. *Sein und Zeit*, Tübingen: Max Niemeyer, 1993. S.269. 另外，本文中所涉及的海德格尔文献的中文译文，大多引用或参考了陈嘉映、王庆节先生所译《存在与时间》，孙周兴先生所译《林中路》《尼采》《路标》《荷尔德林诗的阐释》，特此说明并致谢；凡因改译所致错误，概由笔者承担责任。

的确认为,他的“存在论”不必需要有“伦理学”来“补充”[1];而且他还认为,“伦理学”“物理学”“逻辑学”之类的名称,都是在“源初的思想终结”之时才出现的[2],它们的出现本身就属于“戕害思想”的“学院派”的迂腐之举[3]。尽管如此,我个人认为,如果据此认为海德格尔的存在论思想中没有伦理学意蕴或者无涉于道德问题,进而误认为海德格尔的文艺之思中没有“道德之维”,那就完全错了。为什么呢?

在我看来,第一,海德格尔上述言行的本意无非是要让人们注意到“源初性”的伦理道德现象,而不要迷失在现成的、僵死的观念性伦理道德的教条之中;第二,关于存在之为存在的“存在论”固然不必需要“伦理学”来“补充”,但“基础存在论”,亦即“关于此在的生存论-存在论”,却必须要由一种特殊的“伦理学”来“补充”。这种特殊的伦理学,便是关于“源初性道德”的“伦理学”。正因为如此,所以在《存在与时间》中,海德格尔花了许多篇幅来展示:此在对“警告”和“斥责”自己可能“有罪责”的“良知的呼唤”的“聆听”,是如何将“日常此在”从浑浑噩噩、庸庸碌碌、沉沦消散于“在-世界-中-存在”的“非本己本真存在状态”“召唤”至“本己本真的能自己存在状态”的。因为在他看来:“良知的呼唤具有把此在向其最本己的能自己存在**召唤**的性质,并且这样的**召唤**是在召唤此在迈向最本己的有罪责感的存在的方式中完成的。”[4]

在这里,海德格尔展现的是怎样一种理路呢?首先,什么叫“有罪责”,它体现了怎样一种观念呢?海德格尔说,“‘有罪责’的观念中有着**不**(Nicht)的性质”,亦即生存论上的“不之**不-性**(Nicht-Charakter)”;而“有罪责”的生存论观念的形式上的规定是:“为了一种通过**不**来规定的存在之根据性存在(Grundsein für ein durch ein Nicht bestimmtes Sein)”,或者说一种“**不性的根据性存在**(Grundsein einer Nichtigkeit)。”[5]质言之,“有罪责”观念中所展露出的是一种“不”、一种“不之不-性”。至此,关键落在“不”或者说“不之不-性”上面。其次,什么

①Heidegger, M. *Wegmarken*, Frankfurt: Vittorio Klostermann, 1996. SS.352-353.

②Heidegger, M. *Wegmarken*, Frankfurt: Vittorio Klostermann, 1996. S.316.

③Heidegger, M. *Wegmarken*, Frankfurt: Vittorio Klostermann, 1996. S.354.

④Heidegger, M. *Sein und Zeit*, Tübingen: Max Niemeyer, 1993. S.269. 另外,这段引文中的黑体字是源自海德格尔德文原著中表示强调的斜体而来,本文全篇皆然,不一一说明。

⑤Heidegger, M. *Sein und Zeit*, Tübingen: Max Niemeyer, 1993. S.283.

又是“不”？这个“不之不-性”有何意义呢？海德格尔说，“这个**不**属于被抛状态的生存论的意义，此在作为这种根据-存在者，自己就是自己的一种不性”①。至此，我们非常清楚地明白了两点：第一，由“有罪责”观念所唤起的“不”或者说“不之不-性”乃是一种生存论-存在论上的拒绝、否弃，它是对此在因“在-世界-中-存在”必然遭遇到的“与他人共在”所带来的“被抛状态”的一种拒绝、一种否弃；第二，作为一种“根据-存在者”，无论此在之“被抛”源于何种原因，要从中“超越”出来，此在自己才是自己的“根据”，质言之，此在自己必须成为自己的“不”或者说“不之不-性”。再次，此在有无可能和能力担当起这一重任呢？海德格尔说，虽然“此在向来就以能存在的方式处于这种或那种可能性之中”，但“它始终不是另一种可能性，在生存的筹划中它已放弃了那另一种可能性。筹划不仅作为向来被抛的筹划是由根据性存在的不性规定的，而且筹划**作为筹划自身**，本质上就是**具有不性**的”②；此在“不仅能背负实际的罪责，而且它在其存在的根基处就是有罪责的。……这种本质性的有罪责存在也同样源初地是‘道德上的’善恶之所以可能的生存论条件”③；而且必须先有被唤起的“有罪责存在”的意识，才会产生“良知”上的“不安”“愧疚”“清白”“谴责”和“警告”等流俗意义上的“良知现象的诸种基本形式”及其“批评”作用和“否定”性质④。这又清楚地揭示了如下四点：第一，“此在”作为一种“能存在”，在对自己的生存-存在的筹划中，无论如何它必须对自己的各种“可能性”做出“决断”：选择某种可能性而放弃其他的可能性。也就是说，“筹划”不仅作为“被抛的筹划”，而且即便作为“筹划自身”也受到“不性”的规定，它“本质上就具有不性”。第二，此在不仅有能力担当“实际的罪责”，而且基于该书中所论及的“向本己本真存在超越”“愿有良知”“对在-世界-中-存在的本真的畏”等，此在能明白“在其存在的根基处就是有罪责的”。第三，“道德上的”所谓“善”与“恶”其实是派生的，它们的根基乃是“这种本质性的有罪责存在”；后者才是“源初的”，才是前者产生和“之所以可能的生存论条件”。第四，必须先有被唤起的“有罪责存在”的意识，然后才

①Heidegger, M. *Sein und Zeit*, Tübingen: Max Niemeyer, 1993. S.284.

②Heidegger, M. *Sein und Zeit*, Tübingen: Max Niemeyer, 1993. S.285.

③Heidegger, M. *Sein und Zeit*, Tübingen: Max Niemeyer, 1993. S.286.

④Heidegger, M. *Sein und Zeit*, Tübingen: Max Niemeyer, 1993. SS.290-295.

会产生诸如“良知”上的“不安”“愧疚”“清白”“谴责”等这些流俗意义上的“良知现象的诸种基本形式”及其“批评”作用和“否定”性质，从而成就“道德上的”所谓“善”“恶”观念，进而对此在之生存-存在“有所作为”。

很显然，海德格尔在《存在与时间》里集中阐述的这些伦理学思想，乃是归属于他的“存在之思”，亦即“源出于存在而通达于存在之真理”的。在《关于人本主义的书信》中，海德格尔给了它一个明确的命名——“源初意义上的伦理学”。他说：“如果现在根据ηθος这个词的基本含义——伦理学这个名称说的是它深思人的居留，那么，那种把存在之真理思为作为一种绽出-生存者的人的开端性要素的思想，本身就已经是源初意义上的伦理学。”[①] 我个人认为，也只有从“深思人的居留”并“把存在之真理思为人的开端性要素”这个角度，才能准确、深刻地理解海德格尔的如下看法：“索福克勒斯的悲剧在其言说中比亚里士多德关于‘伦理学’的讲座更源初地保留了ηθος。”[②]关于这种“源初意义上的伦理学”，海德格尔在弗莱堡大学的教席的继任者维尔纳·马克斯在其研究海德格尔伦理学思想的著作——《大地上可有尺度》[③]中称之为“非形而上学的伦理学”。近年来，中国大陆已有个别学者开始研究海德格尔的“源初伦理学”思想并取得了一些成果，但相对于这个问题自身的重要性而言，我个人认为尚是远远不够的。

三、海德格尔关于“文艺的源初道德维度”之思

海德格尔的“源初伦理学”思想也贯穿到了他的诗学-艺术哲学之中，这便形成了他关于“文艺的源初道德维度”之思，而后者还成为了他关于“文艺的超越性品格”之思中的三大组成部分之一。根据我个人的初步清理和理解，它主要体现在以下几个方面。

第一，与以往的诗学家、美学(艺术哲学)家不同，海德格尔反对把“艺术”作为外在于我们人的某种认识对象或者活动形式去追问“艺术的本质(艺术是什

①Heidegger, M. *Wegmarken*, Frankfurt: Vittorio Klostermann, 1996. S.356.

②Heidegger, M. *Wegmarken*, Frankfurt: Vittorio Klostermann, 1996. S.354.

③Werner Marx. *Is there a measure on earth*, Chicago: the University of Chicago Press, 1987.

么)”,而要求首先从艺术与历史性此在的存在之间的内在关联出发去弄清“艺术的本质之源”,然后再去沉思“艺术的本质”。这就从根本上规定了他的诗学-艺术哲学之思,必然要思及“文艺的源初道德维度”。明白点说,它要求文艺必须成为一种“本源”、一种“绝对需要”,而不应只是一种“伴生”的“文化现象”或人的一种可有可无的外在的“活动形式”;它要求艺术必须担当起“为真理赋形”和催生我们“自我超越的冷静的决心”的新的“最高使命”;它要求文艺必须成为“历史性此在依本源而居”所必须依据的一个“本源”。最为集中地体现他这方面思想成果的文本,是《艺术作品的本源》及其“附录”和“后记”。

在《艺术作品的本源》的末尾部分,海德格尔坦承:他写作该文的真正的和主要的目的乃是想澄清:“艺术能否是一个本源从而必然是一种优先,或者艺术是否只能必须保持为一种附庸从而只能作为一种流行的文化现象而伴生。”他解释说:“我们如此追问,旨在能够更本真地追问:艺术是否在我们的历史性此在中是一个本源,是否以及在何种条件下,它能够是而且必须是一个本源。”[①]质言之,它真正想要追问的并非艺术的“本质(das Wesen)”,而是艺术的“本质之源(die Herkunft seines Wesens / Wesensherkunft)”,亦即“艺术与我们的历史性此在之间的内在关联”。那么,这两者间究竟存在着怎样一种“内在关联”呢?在该文中,他明确指出:“真正说来,艺术为历史建基;艺术乃是根本意义上的历史。”[②]意思很清楚:海德格尔要求文艺必须为新的历史奠定基础,甚至直接成为“根本意义上的历史”本身。在他看来,由于我们的历史性此在欲迈向“本真存在”必须把“真理”设定为前提,而艺术正好是“真理”发生、保存和进入存在的一种“突出方式”,因此,艺术乃是与我们乃至一个民族的历史性此在性命攸关的根本性的东西。又由于艺术能为一切世内存在者和我们“打开”并且“带进”一方“敞开之域”,从而“改变我们与世界和大地的关联”,让我们走出“寻常与平庸”,离弃“一般流行的行为和评价、认识和观看”,摆脱“我们的惯常性”,进而为我们的“自我超越”乃至一个民族的历史性此在以及整个根本意义上的历史“建基”[③]。所以,艺术应当、必须而且能够成为我们乃至一个民族的历史性此在中

①Heidegger, M. *Holzwege*, Frankfurt: Vittorio Klostermann, 1994. S.66.

②Heidegger, M. *Holzwege*, Frankfurt: Vittorio Klostermann, 1994. S.65.

③Heidegger, M. *Holzwege*, Frankfurt: Vittorio Klostermann, 1994. SS.54-65.

一个“必须先行”的“本质之源”。为此,海德格尔除了在正文中明确反对单纯从“现实-再现”或“主体-表现”的视角去思考艺术外,在“后记”中又明确反对从当时最流行的“体验”论和“美”论的角度去理解艺术的本质问题。他主张:“我们绝不能根据被看作自为的美来理解艺术,同样也不能从体验出发来理解艺术。”[①] 因为在他看来,这两种流俗之见都远未触及问题的根本。

在“附录”中海德格尔做了这样的总结:“整篇《艺术作品的本源》,有意识——尽管未曾明言——地行动在追问存在之本质的道路上。唯从**存在**问题出发,对于**艺术**是什么的沉思才得到了完整而坚实的确定。”[②] 很显然,在海德格尔看来,“艺术的本质”问题既非一个关于名叫“艺术”的存在者的本质的形而上学问题,也不是一个关于“艺术是什么”的知识论形态的美学或艺术哲学的问题,而是一个有关人的历史性此在及存在意义的生存论-存在论问题[③]。为此,艺术必须成为人类精神家园的“叩问者”“开辟者”和“守护者”,以及此在重返本真存在的“允诺者”“召唤者”和“引领者”,艺术必须重新成为一种“绝对需要”。倘若艺术只是人类摹仿或象征现实世界或者表现内心情思的一种工具或活动形式,而不能成为我们的历史性此在赖以筑居、存在意义赖以澄明的先行的本质之源,那么艺术就缺乏“必须存在的根据”,就必然会沦为一种没有自身独立性的可有可无的“附庸”。

以上就是海德格尔从“文艺的本质”(准确地说是“文艺的本质之源”)的角度,**准确**地说是借助“真理的发生”这一中介所呈现出的“文艺与历史性此在之本己本真存在间的内在关联”,对文艺的“源初道德维度”所做的沉思和揭示。

第二,海德格尔对“贫困时代里诗人何为”,亦即“诗人的天职与天命”的沉思,以及要求“诗人”要像“思者”一样成为“存在之家的守护者”等相关思想中,也体现了他关于“文艺的源初道德维度”之思。明白点说,它要求诗人和艺术家必须要有高度的,而且是源初的社会责任感和历史使命感来对待他的文艺创作活动;要求他们歌唱神圣,“冒险先行入于深渊”去探问和追寻早已远逝的诸神

①Heidegger, M. *Holzwege*, Frankfurt: Vittorio Klostermann, 1994. SS.66-70.

②Heidegger, M. *Holzwege*, Frankfurt: Vittorio Klostermann, 1994. S.73.

③对海德格尔追问艺术本质的方式及其成就的详细述评,请参见笔者《论追问艺术本质的方式之误——海德格尔艺术本质之思的启示及局限》一文,《学术月刊》2007年第12期。

和近亦缺席的上帝的痕迹，唤醒人的“有罪责感”，将人从“沉沦”与“被抛”中引向对“良知的召唤”的“聆听”，向着高于“人性尺度”（“大地尺度”）的更高境界努力提升；要求他们歌唱美妙，将人的目光引向对“完满无损的存在之球”的渴盼和期待。最为集中地体现他这方面思想成果的文本是《诗人何为?》《关于人本主义的书信》《荷尔德林诗的阐释》。此外，海德格尔对荷尔德林的系列长篇“赞美诗”或“哀歌”的阐释，以及在《在通向语言的途中》一书里对特拉克尔、格奥尔格等人的诗歌作品的阐释之中，也有相关思想的材料。限于篇幅，下面我重点论述前三个文本中的有关思想。

在《诗人何为?》一文中，根据我的理解，海德格尔围绕这一问题主要讲了三层意思：第一，要在贫困时代里做一个真正的诗人，他就必须比他的同胞更早地并且与众不同地深入深渊，找寻早已逝去的诸神的依稀踪迹；第二，要在贫困时代里做一个真正的诗人，他就必须道说神圣，向他的同样作为终有一死者的同胞传达诸神的“踪迹”和“暗示”，从而使他们踏上“转变”之路，以便为诸神和上帝的“返回”并以合乎神圣的方式“栖留”做好“准备”。第三，要在贫困时代里做一个真正的诗人，他除了必须“诗意地道说神圣”外，还必须自觉地领受自己的天命和天职：率先成为“诗意追问”本身，成为敢于“深入存在根基之破碎处”（亦即“存在之深渊”）的“冒险更甚者”。海德格尔解释说，首先，世界时代的转变并非可以依赖什么时候某个“新上帝”突然降临或者“老上帝”从埋伏着的某个地方重新杀将出来。唯在“适当时代”里，“曾经在此”的诸神和上帝才会“返回”。这个“适当时代”就是：世界已经借助于人在正确的地点以正确的方式发生了“转变”的时代。但人的转变唯在他们“探入本己的本质”之际才会发生。而“探入本己的本质”便意味着：“终有一死者比天神们更早地抵达深渊。……在终有一死者当中，谁能比其他人更早并且与众不同地入于深渊，谁便能经验到那深渊所做的标记。”而在“终有一死者”当中，究竟谁能比其他人更早并且与众不同地入于深渊，并能经验到那深渊所做的标记呢？海德格尔举荷尔德林为例暗示：唯有能自觉地领受并担承自己的“天职”的诗人，才是这样的人①。其次，“在贫困时代里作为诗人便意味着：吟唱着去摸索已经远逝了的诸神之踪迹”。在诸神已经远逝、上帝已经退隐——神及神性完全缺失的“贫困时代”里，“诗人的

①Heidegger, M. *Holzwege*, Frankfurt: Vittorio Klostermann, 1994. SS.270-271.

天职”便是“能在世界黑夜的时代里道说神圣”。为此，在这样一个时代里，“真正的诗人的本质还在于，诗人之全体及诗人之天职出于时代的贫困而率先成为诗意的追问。因此，‘贫困时代里的诗人’必须特别地诗化诗的本质”①。再次，在“贫困时代”里，诗人必须成为敢于深入存在根基之破碎处——存在之深渊的“冒险更甚者（Wagenderen）”②。他们应当勇于进行一系列相互关联的“冒险”活动：“存在区域之冒险”“语言之冒险”“道说之冒险”和“在不妙中吟唱美妙的冒险”③。作为“冒险更甚者”，诗人应当能体会到“不妙”之为“不妙”，赞美“存在之球”的完好无损，并在大地上歌唱“神圣者”。这是因为：“不妙”之为“不妙”引导追踪“美妙之物”，“美妙之物”召唤“神圣”，“神圣”联结着“神性”，“神性”将“神”引近。此外，作为“冒险更甚者”，诗人还应当能在“不妙之物”中体会到存在之“无庇护性”；作为“美妙之物的歌唱者”，诗人还应当能为“终有一死者”带来早已消逝在世界黑夜之黑暗中的“诸神之踪迹”。因此，对于“贫困时代的诗人”来说，“诗的本质是理应受到追问的，因为他们诗意地追踪他们的有待道说者”。而里尔克所触及到的“诗人的问题”便是：“何时才有本质性的歌唱？”④

在《关于人本主义的书信》一文中，海德格尔几乎是开门见山地提出了那个广为传布的著名观点：“存在在思想中来到语言。语言是存在之家。人居住在语言之家中。思者和诗人是这个家的守护者。”⑤根据我的理解，海德格尔在该信中体现了这样的总体理路：现代人普遍的无家可归状态→语言必须被思为人的本质存在之居所→思者和诗人必须担当起守护这一存在家园的使命。关于前者，他写道：在关于荷尔德林哀歌《还乡》的演讲中，“‘家乡’一词在这里是在一种根本的意义上被思的，……是在存在历史的意义上被思的。……其意图乃是要出于存在之历史的本质来思现代人的无家可归状态”⑥；“这种无家可归状态是存在之被遗忘状态的标志”⑦；如今：“无家可归状态已变成了一种世界命

---

①Heidegger, M. *Holzwege*, Frankfurt: Vittorio Klostermann, 1994. S.272.

②Heidegger, M. *Holzwege*, Frankfurt: Vittorio Klostermann, 1994. SS.296-297.

③Heidegger, M. *Holzwege*, Frankfurt: Vittorio Klostermann, 1994. SS.297-319.

④Heidegger, M. *Holzwege*, Frankfurt: Vittorio Klostermann, 1994. S.319.

⑤Heidegger, M. *Wegmarken*, Frankfurt: Vittorio Klostermann, 1996. S.313.

⑥Heidegger, M. *Wegmarken*, Frankfurt: Vittorio Klostermann, 1996. S.338.

⑦Heidegger, M. *Wegmarken*, Frankfurt: Vittorio Klostermann, 1996. S.339.

运。因此,从存在历史上来思这种天命就是必需的。马克思在某种根本的和重要的意义上把从黑格尔出发当作人的异化来认识的东西,与其根源一道都可以追溯到现代人的无家可归状态①。这种状态的形成,乃是自存在之天命而来在形而上学之形态中引起的,它通过形而上学而得以加强,同时又被形而上学作为无家可归状态掩盖了起来。"②关于次者,他写道:"根据语言的存在历史之本质来看,语言即存在之家,语言就是因存在而成其自身,并且由存在来贯通和安排的存在之家。所以,需要从对存在的回应来思语言之本质,准确地说是要把语言之本质思为这样一种回应,思为人之本质的居所"③;"语言是存在之家,人就在其中居住着绽出-生存,以其守护并归属于存在之真理的方式"④。关于后者,我个人认为,这实际上是要求"诗人"必须像"思者"一样,成为双重意义上的"守护者":一是必须成为"存在的守护者",即自觉地"根据存在之天命,作为绽出-生存者守护存在之真理"⑤;二是必须成为"语言的守护者",即自觉地禁绝"到处迅速漫延着"的"语言之荒芜"和"语言之沉沦",尤其是禁绝"语言反倒委身于我们的单纯意愿和驱动而成为主宰存在者的工具"⑥。至于"诗人"如何才能成为这个"家"的"守护者",海德格尔先是通过比较荷尔德林《思念》一诗所表达的"世界历史性"与歌德的"世界公民"来向人们暗示:诗人必须让自己的作诗更加具有"开端性"和"未来性"⑦;然后在该信即将结束的地方又通过引用亚里士多德在《诗学》中的一句话"作诗比对存在者的探查更真"向人们暗示:诗人必须让自己的作诗成为对"存在者"的"澄明",将它们带入"存在之无蔽状态"⑧。

---

①此句原文为"……, reicht mit seinen Wurzeln in die Heimatlosigkeit des neuzeitlichen Menschen zurück."(见 *Wegmarken*, Frankfurt: Vittorio Klostermann, 1996, S.339.)孙译本作"与其根源一起又复归为现代人的无家可归状态了"(见《路标》,商务印书馆2000年版,第400页)。这样翻译容易给人造成这样一种误解:马克思提出"人的异化"问题后,这个问题似乎就暂时消失或解决了,如今又以"现代人的无家可归状态"重新"复归"了,而且马克思的相关思想不属于"现代"思想范畴。事实上,在德语中,"etw. reicht in etw. zurück"是一个固定的惯用语,意思是"……起源于……""……可以追溯到……"的意思。

②Heidegger, M. *Wegmarken*, Frankfurt: Vittorio Klostermann, 1996. SS.339-340.

③Heidegger, M. *Wegmarken*, Frankfurt: Vittorio Klostermann, 1996. S.333.

④Heidegger, M. *Wegmarken*, Frankfurt: Vittorio Klostermann, 1996. S.333.

⑤Heidegger, M. *Wegmarken*, Frankfurt: Vittorio Klostermann, 1996. SS.330-331.

⑥Heidegger, M. *Wegmarken*, Frankfurt: Vittorio Klostermann, 1996. S.318.

⑦Heidegger, M. *Wegmarken*, Frankfurt: Vittorio Klostermann, 1996. S.339.

⑧Heidegger, M. *Wegmarken*, Frankfurt: Vittorio Klostermann, 1996. SS.362-363.

借《艺术作品的本源》中的话来说就是，诗人必须让自己的作诗成为“真理发生和进入存在的一种突出方式”，以便能够成为我们的历史性此在中一个“必须先行”的“本源”；借《存在与时间》中的话来说就是，诗人必须让自己的作诗成为“此在”摆脱“沉沦”与“被抛”，从日常的“非本己本真存在”状态向“本己本真存在”状态超越的一种强大力量；而借《关于人本主义的书信》中的话来说就是，诗人必须让自己的作诗成为对已经长期处于“无家可归状态”的现代人之“存在家园”的一种“叩问”、一种“守护”。

此外，在《荷尔德林诗的阐释》一书中，几乎篇篇文章都涉及“诗人的天职与天命”这一问题。其一，在《荷尔德林与诗的本质》中海德格尔指出，诗人必须“创建持存”，让现存的那些混乱而短暂的东西“被带向恒定”[①]。诗人作诗，应当让那混沌未开或杂乱无章者变得清晰有序，让变动不居且转瞬即逝者进入永恒。其二，由于诗人被抛到了“诸神”与“人类”之间，所以诗人的天职就在于居此中间截获诸神之暗示并传诸民众[②]。正是在这个意义上，海德格尔称诗人为“半神（Halbgott）”。其三，在讲解荷尔德林的赞美诗《追忆》时，海德格尔围绕“人诗意地栖居”指出，由于唯有诗人能思诗的本质和显示诗意本身，并把它建立为栖居之基。“为此建基之故，诗人自身必须先行诗意地栖居”[③]；又说，“诗人的诗意栖居先行于人的诗意栖居。诗意创作的灵魂作为这样一个灵魂原本就在家里”[④]；“倘若庆典是某种人类历史的本质来源而诗人又来源于庆典的话，那么，诗人就成了某种人类历史的奠基者。他造就诗意，以便作为历史性的人类的栖居之基”[⑤]，据此，“诗人的天职就是让美的东西在美的筹划之中显现出来”[⑥]。在该文的结尾处海德格尔写道：“作诗就是追忆。追忆就是创建。诗人创建着的栖居为大地之子的诗意栖居指引和奉献基础。”[⑦]一句话，诗人必须自觉地担负起为人类诗意地栖居这一新的存在历史建基的使命。所以，在讲解

①Heidegger，M. *Erläuterungen zu Hölderlins Dichtung*，Frankfurt：Vittorio Klostermann，1996. S.41.

②Heidegger，M. *Erläuterungen zu Hölderlins Dichtung*，Frankfurt：Vittorio Klostermann，1996. SS.46-48.

③Heidegger，M. *Erläuterungen zu Hölderlins Dichtung*，Frankfurt：Vittorio Klostermann，1996. S.89.

④Heidegger，M. *Erläuterungen zu Hölderlins Dichtung*，Frankfurt：Vittorio Klostermann，1996. S.91.

⑤Heidegger，M. *Erläuterungen zu Hölderlins Dichtung*，Frankfurt：Vittorio Klostermann，1996. S.106.

⑥Heidegger，M. *Erläuterungen zu Hölderlins Dichtung*，Frankfurt：Vittorio Klostermann，1996. S.135.

⑦Heidegger，M. *Erläuterungen zu Hölderlins Dichtung*，Frankfurt：Vittorio Klostermann，1996. S.151.

《如当节日的时候……》中他说："荷尔德林的时代无非是由他的诗句表达出基调的时代"；但随后又补充说，所谓"荷尔德林的时代"只不过是"仅仅与荷尔德林同时而恰恰不属于他的时代"[①]。据我个人理解，这句话的真实含义乃是：所有诗人的作诗不仅应当发出能够代表他所属的那个时代特有的声音，而且应当像荷尔德林的诗歌那样先行于他自己所属的那个时代。其四，在讲解《还乡——致亲人》时，海德格尔说："诗人的天职是还乡，唯通过还乡，故乡才作为切近本源的国度而得到期备。"[②]这句话的意思也很清楚，真正的诗人，他的作诗应当而且必须成为引领人们思念并重返那失落了的精神故园的热切召唤。其五，在《荷尔德林与诗的本质》和《荷尔德林的大地与天空》等多篇讲辞中，海德格尔还暗示，在一个诸神已经逃遁(隐匿)而新的神又尚未到来的"贫困时代"里，诗人的天命乃是"命名"和"召唤"神[③]，并把他的同胞带向那"与诸神共舞"的"婚礼"庆典中去[④]。总而言之，在对荷尔德林诗的阐释中，海德格尔以荷尔德林为典范，反复强调了诗人的"半神"本质和"为新的存在历史建基"的使命。

以上就是海德格尔从我们当下仍处于其中的"贫困时代"里诗人应该担当起怎样的"天命与天职"的角度，对文艺的"源初道德维度"所做的沉思和阐释。

第三，"神性的"自然也就是"道德的"，并且，由于海德格尔的"神性之思"并非像几乎所有的正统神学家或许多西方哲学家那样是基于某些既定的、僵死的宗教信条的[⑤]，而依然归属于他的"存在之思"。因此，海德格尔对"文艺的神性维度"的发掘，同时也在某种程度上体现了他关于"文艺的源初道德维度"方面的思考；而关于"文艺的神性维度"的揭示，在海德格尔对荷尔德林、里尔克、特拉克尔等人诗歌的阐释中可谓俯拾即是。关于这方面的内容，我已发表了专文进行过论述[⑥]，在此略过。

---

①Heidegger, M. *Erläuterungen zu Hölderlins Dichtung*, Frankfurt: Vittorio Klostermann, 1996. SS.75-76.

②Heidegger, M. *Erläuterungen zu Hölderlins Dichtung*, Frankfurt: Vittorio Klostermann, 1996. S.28.

③Heidegger, M. *Erläuterungen zu Hölderlins Dichtung*, Frankfurt: Vittorio Klostermann, 1996. SS.38-48.

④Heidegger, M. *Erläuterungen zu Hölderlins Dichtung*, Frankfurt: Vittorio Klostermann, 1996. SS.152-181.

⑤神学家自然不必说了，哲学家中最突出的例子是康德，他一方面在《纯粹理性批判》中宣称要将一切对象包括躲在神圣背后的宗教进行理性批判，并将"上帝存在""灵魂不朽"等赶出了认识论；但另一方面在《实践理性批判》中却又将那些宗教信条统统"请"了回去，并作为其伦理-道德哲学的基础。

⑥请参见拙文《论海德格尔关于文艺的神性维度之思》，《学术月刊》2010年第9期。

四、结论

总之,海德格尔所说的“源初道德”并非是以某些宗教神学的或形而上学的原则、教条为根基的伴生性的观念形态的道德,而是一种“深思人的居留”并“把存在之真理思为作为一种绽出-生存者的人的开端性要素”的“道德”,一种自冷峻而鲜活的存在而来,并向着存在的无蔽之境而去的“道德”。从根本上说,它乃是“为一种历史性此在的伟大的自我沉思服务”,并力图对我们的历史性此在“有所作为”的“道德”。严格来讲,它不属于“伦理学”的领域,而属于“存在之思”的范畴。因此,海德格尔对文艺的“源初道德维度”的强调,绝不是要我们的文艺创作和批评成为对受众进行任何从某些既定的、现成的、僵死的法则和教条而来的伴生性的观念形态的道德之教化的工具。在关于文艺的本质之源和诗人的天职与天命的哲学沉思以及对伟大的文艺作品的阐释评论中,海德格尔提供了丰富的关于“文艺的源初道德维度”方面的思想资源。出自一种“源于存在而通达存在之真理”的深刻性,这些思想至今仍具有极强的理论穿透力和现实有效性。研究它们,不仅是全面把握和准确理解海德格尔本人的艺术哲学思想系统的关键,而且对于疗治目前消费主义时代文艺创作的某些疾病症候具有很强的现实针对性,同时对于我们构建具有当代特色的中国文艺理论和美学思想体系也具有十分重要的借鉴意义。

原载《社会科学研究》2011年第3期,中国人民大学《复印报刊资料·文艺理论》2011年第7期全文转载

海德格尔“思与诗的对话”思想研究

作为一个“诗人思者”，海德格尔一生都在寻求“思与诗的对话”。除撰写《林中路》《尼采》《演讲与论文集》《哲学导论：思与诗》《在通向语言的途中》等论述性文字外，他还亲自提笔作诗，在年近六旬时创作了长达120余行的组诗《出自思的经验》，81岁高龄时又写下了组诗《所思——致吾友勒内·夏尔》。更让人感喟的是，他的临终遗嘱竟是令儿子在他的葬礼上朗诵荷尔德林的诗篇、墓标要用“星星”取代“十字架”。他还留下了大量阐释别人诗歌的文字，如《荷尔德林诗的阐释》《荷尔德林的赞美诗〈日耳曼人〉和〈莱茵河〉》《荷尔德林的赞美诗〈追忆〉》《荷尔德林的赞美诗〈伊斯特河〉》《走向荷尔德林——〈希腊行〉》等[①]。但国内外海德格尔研究向来重哲学而轻诗学。本文拟对其“思与诗的对话”思想做个简单清理，以就教于方家。

①文中出自《林中路》《在通向语言的途中》《荷尔德林诗的阐释》《路标》《演讲与论文集》的译文多取孙周兴先生的中译本，个别字句有改动。不一一注明。

一、"思"与"诗":作为人类"应和着道说而说"的两种本真方式

天地存大道而不言,而人类天生能说会道。按海德格尔的说法,"人之说(die Sprache des Menschen)"乃是"应和着语言之说而说",而"语言之说(die Sprechen der Sprache)"本质上又是对"存在"的"呈现""显示"意义上的作为"道示"的"道说(das Sagen)"①,因此,"人之说"乃是"应和着道说而说"。而在"人之说"中,"思"与"诗"是两种本真的或者说"突出"的方式②,它们本质上都是"应和着道说而道说",只不过一个是"思性的道说",一个是"诗意的道说"。

先说"思(das Denken)"。

作为"人之说"的一种本真方式,"思"首先是一种"倾听",一种"让……自行显现"和"让……自行道说",而非"追问";它所提供的不是"知",更不是"知识与事实的符合一致"意义上的所谓"真理",而是"道路"。"思"之实质,乃是一种"道路建设"。

"思"常常被视为"求知"的工具。但据笔者看来,自1927年出版《存在与时间》(Sein und Zeit)开始,强调"让……自行显现"和"让……自行道说",反对把"思"当作"求知"工具的"对象性"(或者毋宁说"主体性")思维方式,便是海德格尔"存在之思"的一贯特色。何以如此呢?其一,对于海德格尔来说,"思不是任何知的工具。思在存在之野上开犁沟垄(Das Denken zieht Furchen in den Acker des Seins)③,而"存在之野"乃是只"可思"而"不可知"的领域。也许"存在者"是"可知"的,但对"存在者"的"求知"乃是"经验科学"的任务;"哲学"必须"不顾存在者而思存在(Sein ohne das Seiende zu denken)"④,以"让存在本身达乎显现"⑤。其二,那种不可知也不可说的"神秘之境"是存在的。企图知道一切和说明一切

①据海德格尔考证,古希腊哲学家赫拉克利特提出的"逻各斯"概念原本就兼有"存在"和"语言"二义:既是"存在之名",又是"道说之名"。也就是说,它既表示作为"在场者之在场"的"存在",又表示"让存在者如其所是地显现出来"的"道说"。因此有关"存在"的"呈现"或"显示",即作为"道示"的本真的"说",便可谓之"道说(Sagen)"。

②Heidegger, M. *Unterwegs zur Sprache.* Stuttgart: Günther Neske, 1997. S.202.

③Heidegger, M. *Unterwegs zur Sprache.* Stuttgart: Günther Neske, 1997. S.173.

④Heidegger, M. *Zur Sache des Denkens.* Tübingen: Max Niemeyer, 1988. S.2.

⑤Heidegger, M. *Unterwegs zur Sprache.* Stuttgart: Günther Neske, 1997. S.122.

的"求知欲"与"解释欲",实质上是人类自我意识的"僭越要求"[①]。这种暗中将自己视同上帝一样"全知"的"僭越要求"既非来自"对追问所及的东西的允诺的倾听",同时也缺乏"思之虔诚"[②],而是肆意将主体"凌驾于期备显现的东西之上"的狂傲之举。

按照通常理解,"思"便是不停地"追问"。笔者认为,当"思"发生时,"追问"确实是非常重要的。"思"的结果,亦即"追问"将会获得的答案,就包含在"追问"的问题和方式之中。譬如,当你以"人是什么"而不是以"人如何存在"的"追问"开始你的"人之思"时,就已经注定了你必然会将"人""思"为某种具有既定本质的现成存在者:不管是"两脚无毛动物""理性的动物",还是别的什么"动物"。质言之,"追问"的问题和方式错了,"思想"就不可能正确。那么,什么样的"追问"才可能是正确的呢?很简单,使"追问"的问题和方式"都在被追问的东西的允诺中发生",换句话说,"追问"什么和如何"追问"都必须征得"被追问者"的"允诺",而这只能通过"倾听"——"倾听被追问者的允诺"来实现。所以海德格尔强调,"思的本真姿态并不是追问,而是对那个将要进入问题之中的东西的允诺的倾听"[③]。在演讲稿《技术的追问》(Die Frage nach der Technik)的结尾处,海德格尔说道,"追问乃是思之虔诚(Das Fragen ist die Frömmigkeit des Denkens)"。据他本人的解释,"虔诚"就是"顺应",即"顺应于思之所思",亦即通过"倾听"使一切问题的提出都"在被追问的东西的允诺中发生"[④]。

维特根斯坦主张"对于不可说者应保持缄默"[⑤],但事实上,真正的思想恰恰总是在"说不可说之神秘"。这是因为:首先,"思"总想去"道说"事物的"本源"。"道说"的前提是"切近"。而"与本源的切近",正如海德格尔所说,"乃是一种神秘",一种决不能通过揭露和分析去得知,而只能被当作神秘来守护的神秘[⑥]。其次,"思想之路"本身就隐含着"神秘莫测的东西":"我们能够向前也能向后踏

①Heidegger, M. *Unterwegs zur Sprache*. Stuttgart: Günther Neske, 1997. S.100.

②Heidegger, M. *Unterwegs zur Sprache*. Stuttgart: Günther Neske, 1997. SS.175-176.

③Heidegger, M. *Unterwegs zur Sprache*. Stuttgart: Günther Neske, 1997.S.175.

④Heidegger, M. *Unterwegs zur Sprache*. Stuttgart: Günther Neske, 1997.S.175.

⑤[奥]维特根斯坦著、张申府译:《名理论》,北京大学出版社1988年版,第88页。亦可参见:Ludwig Wittgenstein: proposition7, in *Tractatus Logico-Philosophicus/Logisch-Philosophische Abhandlung*.

⑥Heidegger, M. *Erläuterungen zu Hölderlins Dichtung*. Frankfurt: Vittorrio Klostermann, 1996. S.24.

上思想之路”，有时“甚至返回的路才引我们向前”[①]。最后，任何思想都得借助一定的语言来表达，而语言既是“存在之家园”，又可能成为“存在之牢笼”：“无论在何种语言中，达乎言辞之所说，终非所道说本身”[②]。上述诸因素的必然结果是：“思想中(所)持存者乃是道路(Das Bleibende im Denken ist der Weg)。”[③]这就是说，真正的思想所提供的并非“目的地”本身，而只是通达目的地的“道路”；语言之“所说”也并非其“所道说”的思想本身，而是对这种思想的某种“指示”或“暗示”。总之，“思”无非是一种“道路建设”[④]。海德格尔终生都在致力于这样的“道路建设”，他的许多著作都以“路(Weg)”来命名：“林中路(Holzwege)”“田野之路(Der Feldweg)”“路标(Wegmarken)”“在通向语言的途中(Unterwegs zur Sprache)”等。

再说“诗(das Dichten)”。

作为“人之说”的另一种本真方式，“诗”同样源于“倾听”，同样是“应和着道说而说”[⑤]，而非康德、黑格尔等近代哲学家们所极力鼓吹的骄横跋扈的“主体的天才活动”。从语言角度看，“诗”乃是对万物及其存在的一种“创建性命名”；而从本质上说，“诗”乃是“真理历史性地生成和进入存在的一种突出方式”(后详)。

在海德格尔看来，“诗”乃是每个历史性民族的“原语言(Ursprache)”[⑥]。作为一种本真的“语言之说”，“诗”是对存在和万物的“创建性命名”，并借此建立起一个“诗意的世界”。“命名”同时又是一种“召唤”。通过“命名”的“召唤”，它将“被召唤者”的“在场”从“远处”带到“近旁”，带入一种“不在场的在场”；它“吁请”被命名召唤之“物”，并将“天”“地”“诸神”和“终有一死者”作为一种“源始统一”的“四重整体(das Geviert)”[⑦]——“世界(die Welt)”——聚集栖留于“物(das

---

①Heidegger, M. *Unterwegs zur Sprache.* Stuttgart: Günther Neske, 1997. S.99.

②Heidegger, M. *Aus der Erfahrung des Denkens.* Frankfurt: Vittorrio Klostermann, 1983. S.83.

③Heidegger, M. *Unterwegs zur Sprache.* Stuttgart: Günther Neske, 1997. S.99.

④Heidegger, M. *Unterwegs zur Sprache.* Stuttgart: Günther Neske, 1997. S.110.

⑤Heidegger, M. *Unterwegs zur Sprache.* Stuttgart: Günther Neske, 1997. S.70.

⑥Heidegger, M. *Erläuterungen zu Hölderlins Dichtung.* Frankfurt: Vittorrio Klostermann, 1996. S.43.

⑦这里的“das Geviert”也是一个典型的“海德格尔式”概念。倪梁康先生译为“四重形”或“四重体”，陈嘉映先生译为“四大”，彭富春先生译为“四元”，还有日本学者译为“四方”。“Geviert”的重点在前缀“ge”，在德文中乃是“聚合为一”的意思，故此处采用孙周兴先生“四重整体”的译名。

Ding)”[①]。“世界”与“物”之间既有着相互贯通的“亲密性”，又有一种“亲密的区分”，从而使二者入于“区分之裂隙（Riβ）”；而“区分之裂隙”让清澄光华照映，“世界”因此而入于其本己的“澄明之境”，而“物”也在“世界”之光辉照耀下光芒闪烁[②]。简而言之，诗通过“语言”的“创建性命名”对“物”的“召唤”，最终将那“终有一死者”置于与“天”“地”“诸神”“源始统一”的“四重整体”之中，从而为作为“历史性此在”的我们建立起一个“诗意栖居的世界”。

在成为表达意义上的“道说”之前，在最漫长的时间里，作诗只不过是一种“倾听”[③]。有此“倾听”，作诗便是“应和着道说而道说”了。确实，柏拉图早就指出过，诗人作诗不过是“代神说话”，并非诗人自己在“说”，而是“应和”着“神的诏语”在“说”[④]。只是在海德格尔看来，诗人作诗乃是“应和着”两种东西在“说”：一是“应和”着语言的“寂静之音”[⑤]而“说”[⑥]，诗人似乎只需把使他迷惑的奇迹和令他陶醉的梦想带到“语言之源泉”旁，并从中汲取相应的词语即可；二是“应和”着诗人的一切诗意道说之所从出的那首“独一的诗（einzigen Gedicht）”而“说”，因为每个伟大的诗人都“只出于一首独一的诗来作诗”，愈伟大的诗人愈是如此[⑦]。譬如，特拉克尔诗作的一切道说都聚集在“漫游的异乡人”上，他的一切诗作都是“孤寂者之歌”，“孤寂（die Abgeschiedenheit）”便是他一切诗作之所从出的那首“独一的诗”[⑧]；而荷尔德林的全部诗歌都是“返乡的诗歌”，他的一切诗意道说都是“诸神的逃遁”，“神圣者（das Heilige）”便是他那首“独一的

①Heidegger，M. *Unterwegs zur Sprache.* Stuttgart：Günther Neske，1997. S.22.

②Heidegger，M. *Unterwegs zur Sprache.* Stuttgart：Günther Neske，1997. SS.24-28.

③Heidegger，M. *Unterwegs zur Sprache.* Stuttgart：Günther Neske，1997. S.70.

④［古希腊］柏拉图、朱光潜译：《柏拉图文艺对话集》，人民文学出版社1983年版，第5-20页，第118页。

⑤这里的“寂静之音”原文为“das Geläut der Stille”，本文取的是孙周兴先生的译名。彭富春先生译为“宁静的排钟”。彭译不太像一个严格的哲学概念（故不取），但却颇为传神，因为在海德格尔看来，“寂静”绝不只是“无声”，也非“不动”，“不动”本身还以“宁静”为基础，“宁静”的本质在于“静默”，而作为“寂静”之“静默”，“宁静”总是“比一切运动更动荡，比任何活动更活跃”。所以孙同兴先生在“译者注”中又称之为“无声的大音”。

⑥Heidegger，M. *Unterwegs zur Sprache.* Stuttgart：Günther Neske，1997. SS.29-32.

⑦Heidegger，M. *Unterwegs zur Sprache.* Stuttgart：Günther Neske，1997. S.37.

⑧Heidegger，M. *Unterwegs zur Sprache.* Stuttgart：Günther Neske，1997. S.52.

诗”[①]。正因为诗人作诗是“应和”着那首“独一的诗”而“说”，所以从这个意义上讲，与其说是诗人拥有诗，倒不如说是诗人为诗所拥有。

“诗乃是存在者之无蔽的道说（Die Dichtung ist die Sage der Unverborgenheit des Seienden）”[②]，由于“存在者之无蔽”乃是“真理的本质”[③]，所以“诗”本质上是“真理之创建（die Stiftung der Wahrheit）”的一种方式。这里的“创建”有三重含义：其一，诗中所创建的真理冲倒了寻常和我们习以为常之物，它决非现存之物和可用之物所能取代，诗中“真理之创建”乃是一种“赠予”；其二，诗的创作是一种“引出（Holen）”或“汲取（Schöpfen）”，而不是近现代主观主义艺术理论所视为的骄横跋扈的“主体的天才活动”，诗中“真理之创建”乃是一种铺设基础意义上的“建基”；其三，真理乃是澄明与遮蔽的争执，诗中“真理之创建”便是由于“真理之争执的引发”，其中包含着与习见之物争执的“未曾展开的全部丰富性”，诗中“真理之创建”乃是一种“开端”。但无论从哪层意义上讲，诗都是“真理历史性地生成和进入存在的突出方式”[④]。

以上表明，“思”与“诗”都源于对“存在”和“语言”的“倾听”，本质上都是“应和着道说而道说”，但一是“思性的道说”，一是“诗意的道说”。正如海德格尔在《什么是哲学？》中所说，它们既有“隐蔽的亲缘关系”，又有“很深的鸿沟”，在“遥遥相隔”的两座山上“比邻而居”[⑤]。在我看来，这正好决定了它们“对话”的必要，也提供了它们“对话”的可能。

二、思与诗对话的必要性和可能性

海德格尔一生都在寻求“思与诗的对话（das Gespräch des Denkens mit dem Dichten）”。作为一个“思者”，他花了大量精力去阐释荷尔德林、特拉克尔、里尔

---

① Heidegger, M. *Erläuterungen zu Hölderlins Dichtung*. Frankfurt: Vittorrio Klostermann, 1996. SS. 193-197.

②Heidegger, M. *Holzwege*. Frankfurt: Vittorrio Klostermann, 1994. S.61。

③Heidegger, M. *Wegmarken*. Frankfurt: Vittorrio Klostermann, 1996. SS.177-202.

④Heidegger, M. *Holzwege*. Frankfurt: Vittorrio Klostermann, 1994. SS.63-66.

⑤海德格尔著、孙周兴选编：《海德格尔选集》（上），生活·读书·新知上海三联书店 1996 年版，第 606 页。

克、格奥尔格等人的诗歌,而这种阐释正是“思与诗对话”的一种方式。

先说思与诗对话的必要性。

首先,“思与诗的对话”是人类本真存在的基础。

即便是中世纪的思想家们也没有怀疑过,“人类因其拥有理性而肖似于上帝”。但正如米兰·昆德拉所说:“人类一思考,上帝就发笑。”人类那点儿可怜的“理性”怎么能同上帝全知全能的“无限理性”相提并论?“泰初有言”,上帝创世凭借的是语言。*Holy Bible* 中“巴别塔”的故事告诉我们,人类使上帝感到威胁和恐慌的也是拥有相同的语言。故事的结局是上帝“变乱(巴别)”了人类的语言。被变乱了的语言自然会出现沟通的困难,沟通的困难决定了对话的必要;对话的必要又反过来加剧了人类对语言的依赖,使语言成为人类存在的基础。正如海德格尔所说,“人类的存在建基于语言”[①],“自从诸神把我们带入对话,自从时间成为它所是的时间,我们此在的基础就是一种对话”[②]。由于人类“道说”最本真和最突出的方式就是“思”与“诗”,所以真正构成人类本真存在基础的,便是“思”与“诗”各自彼此之间或两者相互之间的“对话”。

其次,“思”与“诗”的分离,导致了人类原初的“诗意栖居”的失落。

按海德格尔的意思,“思”与“诗”原本是相互归属、合而为一的,但后来却相互背离、相互分裂了。这种“背离”和“分裂”始于何时呢?海德格尔没有回答。笔者认为,当“人”变成了“终有一死者”而失落、而被抛出“与神共在的世界”时,这种“背离”和“分裂”就会产生。可是,“人”又是如何变成“终有一死者”的呢?在《筑·居·思》中海德格尔说:“人之所以被叫作终有一死者,是因为人能够赴死。赴死意味着能够承受作为死亡的死亡。唯有人赴死,而且只要人在大地上,在天空下,在诸神面前持留,人就不断地赴死。”[③] 据我的理解,这是说,虽然存在“生命完结”现象的生物很多,但“唯有人”能在自己的“死亡”降临之前就对此有所意识因而能“先行到死”——能“赴死”和“承受作为死亡的死亡”,并且只要人还是“人”,他就还会不断地“去死”。可是,倘若“生命完结”被作为一种“本然”或者“应然”现象接受下来,“死亡”意识同样不会产生。也就是说,只有当人

①Heidegger, M. *Erläuterungen zu Hölderlins Dichtung.* Frankfurt: Vittorrio Klostermann, 1996. S.43.

②Heidegger, M. *Erläuterungen zu Hölderlins Dichtung.* Frankfurt: Vittorrio Klostermann, 1996. S.40.

③Heidegger, M. *Vorträge und Aufsätze.* Stuttgart: Günther Neske, 1997. S.144.

意识到"肉体易朽"却又认定"灵魂永生"的时候,"终有一死者"才会产生。而认定躯体不过是灵魂的囚牢,现象界不过是理念界的幻影,始自柏拉图学说的产生。柏拉图学说的要害及其最严重的后果,就是"思与诗的分离":它既导致了"语言本质"的失落,也导致了"在语言中栖居"的失落。而"灵魂"一旦与"肉体"分离便不再属于"大地",于是,"灵魂,大地上的异乡者"(特拉克尔诗句)的生命体验也就开始了;"在大地上栖居"与"诗意地栖居"的原初统一也随之崩解和分离。从柏拉图到黑格尔、尼采的整个形而上学时代,"思"与"诗"始终是分离的,人类的"诗意栖居"也随之而失落。那么,如何解决这个问题呢?解铃还须系铃人。人类要重返"诗意栖居"之途,当然必须从"思与诗的对话"开始。

再次,"思"与"诗"的"相互归属"也要求二者展开对话和协作。

在海德格尔看来,一方面,"思"越深入"存在",就越接近于"诗"。这是因为,对本真"生存"和"存在"的"运思",只能是虔诚地"倾听"与"应和""存在之召唤"的"追忆之思",这种"追忆之思"不是科学的"逻辑算计之思",而只能是一种"诗意之思";尤其当"思"言说那"不可说之神秘"时,其"理路"和"语言"就更加"诗化"。此外,"思"还必须借助"语言"来"道说",而最"本质的语言"、最"纯粹的道说"便是"诗"。唯有"诗"的"诗性言说"是一种"开端性"而不是"终结性"的"说":它能开启"说者"与"听者"的"对话"。唯有这充满"开启性"和"对话性"的"诗",方能表达"思"之深刻、精微处。另一方面,"诗"本身也需要与"思"展开"对话"。海德格尔说,"诗的历史唯一性"只能通过"运思的对话"来通达[①],"必须首先有思想者存在,作诗者的话语方成为可听闻的"[②]。这就是说,对"诗人"的诗意词语的领悟,有赖于"思者"的帮助——阐释,而这阐释便是与"诗"展开"运思的对话"。唯有真正伟大的"思者"最能理解真正伟大的"诗人"。所以"思者越稀少,诗人越寂寞"[③]。此外,每个伟大的诗人都只出于一首"独一的诗"来作诗,但"这首独一的诗始终未被说出",对它的探讨只能"以已经被说出的诗作为出发点"。如此一来,对这首"独一的诗"的探讨便可能甚至必须是"与诗的运思的对话"——一种名副其实的"思与诗的对话"。当然,这种"对话"应该是"诗

①Heidegger, M. *Erläuterungen zu Hölderlins Dichtung.* Frankfurt: Vittorrio Klostermann, 1996. S.7.

②Heidegger, M. *Erläuterungen zu Hölderlins Dichtung.* Frankfurt: Vittorrio Klostermann, 1996. S.30.

③Heidegger, M. *Aus der Erfahrung des Denkens.* Frankfurt: Vittorrio Klostermann, 1983. S.222.

意的”:一种“诗人之间的诗意对话”。同时,对这首“独一的诗”的探讨决不能取代甚至也不能指导对诗歌的“倾听”和“诗意的感受”[①]。

再说思与诗对话的可能性。

首先,从产生的根源上说,“思”与“诗”均源于人对“存在”的领悟,其核心就是我们通常所说的对生命的沉思和对生存的体验。它们均是对“存在(生存)之召唤”的虔诚的“倾听”与“应和”,均是人类“应和着道说而道说”的突出方式。它们原本就是一而二、二而一的东西。所以,海德格尔在长诗《出自思的经验》中写道:“歌唱和运思同源/皆系诗之近邻。//源出于存在而通达存在之真理。”[②]在《阿拉克西曼德箴言》中又说:“思即是诗,且诗不只是诗歌和歌唱意义上的诗。存在之思乃是诗的原始方式……思乃原诗;……一切作诗在其根本处都是运思。思的诗性本质保存着存在之真理的运作。”[③]

其次,从西方文化史上看,“思”与“诗”在“语言”上早已开始并一直保持着相互协作。海德格尔说:“从早期西方思想到格奥尔格的后期诗作,思深入地思了语言,而诗诗化地表达了语言中令人激动的东西。”[④]对语言本质的沉思告诉我们:诗与思当有着“近邻关系”,无论这种“近邻关系”在“诗”与“思”哪个区域中有其领地,其结果都是“诗与思处于同一领地中”[⑤]。事实上,我们已不需要去发现或寻找这种近邻关系,“我们已经栖身于这种近邻关系中了。我们就在这种近邻关系中活动”。为什么呢?道理很简单:诗人的诗向我们说话,而我们面对诗亦有所思[⑥]。

最后,从二者共同的质素上说,“思”是“让自行显示”意义上的“让自行道说”,“诗”是“运思着的道说”。引领我们切近诗与思的本质的是“大道(Ereig-

①Heidegger, M. *Unterwegs zur Sprache.* Stuttgart: Günther Neske, 1997. SS.37-39.

②Heidegger, M. *Aus der Erfahrung des Denkens.* Frankfurt: Vittorrio Klostermann, 1983. S.85.

③Heidegger, M. *Holzwege.* Frankfurt: Vittorrio Klostermann, 1994. SS.328-329.

④Heidegger, M. *Unterwegs zur Sprache.* Stuttgart: Günther Neske, 1997. S.185.

⑤Heidegger, M. *Unterwegs zur Sprache.* Stuttgart: Günther Neske, 1997. S.173.

⑥Heidegger, M. *Unterwegs zur Sprache.* Stuttgart: Günther Neske, 1997. S.187.

nis)”，将诗与思共同带入近邻关系中的是“道说(Sagen)”[①]，而这“道说乃是诗与思的共同要素……道说不光‘承荷’着诗与思，并且提供出诗与思横贯其中的领域”[②]。所以，在海德格尔看来，“一切凝神之思都是诗，而一切诗都是思，两者从那道说而来相互归属”[③]。“道说”作为二者的共同质素，为思与诗的对话提供了最坚实的基础。正因如此，海德格尔才花了那么多精力去阐释荷尔德林的诗，并且声称他这样做乃是出自“思的必然性”[④]，因为他的“思”与荷尔德林的“诗”处于一种“非此不可的关系”之中[⑤]。除了荷尔德林之外，海德格尔还阐释了特拉克尔、里尔克、格奥尔格等人的“诗”。

总之，正是“思”与“诗”之间“隐蔽的亲缘关系”，提供了双方“对话”的可能。

不仅在理论上是如此，事实上在西方思想的源头处，即作为“存在历史”的“第一个开端”的“前苏格拉底时期”，已经发生过“思与诗的对话”。代表双方的分别是“思者”阿那克西曼德、赫拉克利特、巴门尼德等，“诗人”荷马、品达、索福克勒斯等。只是到了自柏拉图以降的“形而上学时代”，由于“存在之被遗忘”，这段思与诗对话的历史才被中断了。如今，“存在历史”又步入了“另一个开端”：作为形而上学的“哲学”正在走向“终结”，而“源于存在”的“存在之思”与“存在之诗”正在兴起(荷尔德林、特拉克尔、里尔克等人正是其“先行者”)，另一个“思与诗对话”的时代正在到来。

---

①Heidegger, M. *Unterwegs zur Sprache*. Stuttgart: Günther Neske, 1997. SS.196–200. 另："Ereignis"是后期海德格尔思想中一个非常核心的概念；日本学者多译为“性起”，倪梁康先生译为“本成”，张祥龙先生译为“自身的缘构发生”，孙周兴先生译为“大道”。“Ereignis”一词的词根是“eig”，指“本己”或“本原”中的“本”。从忠实原文上说倪译为胜；但从强调存在先于本质、一切本质皆“缘起”上说张译亦有其特殊魅力，只是佛学色彩较浓。孙译为意译，但就《在通向语言的途中》一书而言最为妥帖：一是海德格尔曾将它与“逻各斯”和“Tao(道)”并列；二是能体现它与“Sagen(道说)”之间的紧密关系；三是海德格尔认为它有“Be-wegung(开辟道路)”之义。

②Heidegger, M. *Unterwegs zur Sprache*. Stuttgart: Günther Neske, 1997. S.189.

③Heidegger, M. *Unterwegs zur Sprache*. Stuttgart: Günther Neske, 1997. S.267.

④Heidegger, M. *Erläuterungen zu Hölderlins Dichtung*. Frankfurt: Vittorrio Klostermann, 1996. S.7.

⑤{德}海德格尔著、孙周兴选编：《海德格尔选集》(下)，生活·读书·新知上海三联书店1996年版，第1312页。

三、思与诗对话的目的

从内容上说,诗乃是诗人向"终有一死者"传达的有关"诸神"存在和重返"家园"的讯息;从目的上讲,"思与诗对话"乃在于为人类追忆"精神故园"、重返"诗意栖居"和"本真存在"寻找道路。

可是,海德格尔不是明明白白地说"思与诗的对话旨在把语言之本质召唤出来,以便终有一死的人能重新学会在语言中栖居"[①]吗?何为"在语言中栖居"?为何要以及何以能"在语言中栖居"呢?若直接从这里"入思",我们很难找到"思入"的"入口"。让我们往前回溯一步,先追问这样两个问题:"谁"将"在语言中栖居"?为何要"重新学会"?对于前一问题,海德格尔的回答是"终有一死的人"。为何要"重新学会"呢?"重新"二字意味着"曾经会过"或者"原本就是"而后来又"不会"或者"不是"了。莫非人类曾经"在语言中栖居"过而后来才改变了?人类不是一直"在大地上栖居"吗?为何还要转为"在语言中栖居"呢?尤其是为何在"栖居"的主体——"人"前面还要加上修饰语"终有一死的"?难道"在语言中栖居"是对"在大地上栖居"的超越?"在语言中栖居"必须"脱离大地而居"吗?海德格尔曾经花费了很大的力气去阐释荷尔德林的这句诗:"充满劳绩,然而人/诗意地栖居在这片大地上(Voll Verdienst, doch dichterisch wohnet / Der Mensch auf dieser Erde)"。在我看来,这句诗为解决以上诸多问题提供了关键性答案:所谓"在语言中栖居",其实就是通过"语言"而实现的"诗意地栖居",它是"在大地上栖居"的应然方式。而"重新学会"则意味着:原初的"在大地上栖居"原本就是一种"诗意地栖居",它是人类原初的同时也是本真的生存方式。人类此在在其根基上就是"诗意的",而"诗人"与"思者"的职责和使命就是先行于并建立起"大地之子的诗意地栖居"。所以海德格尔说:"语言是存在之家。人居住在语言之家中。思者和诗人就是这个家的看护人。"[②]这就是说,"诗意地栖居"是"思者"和"诗人"通过"语言"的"诗化活动(Dichten)"实现的。正是凭借"语言",本真的"思"和"诗"合力"创建"并"守护"着人类的"存在之家"。

---

①Heidegger, M. *Unterwegs zur Sprache*. Stuttgart: Günther Neske, 1997. S.38.

②Heidegger, M. *Wegmarken*. Frankfurt: Vittorrio Klostermann, 1996. S.313.

由于形而上学时代对人类"诗意栖居"历史的中断，所以"重新学会在语言中栖居"乃是一种"精神返乡"。

其实，一切真正的"诗"在本质上都是"返乡"的。"返乡"指向"家园"，"家园"赋予人一个处所，人唯有在其中才能有"在家"的感觉，才能在其命运的本己要素中存在。"家园"乃由完好无损的"大地"所"赠予"。"大地"和"光明"朗照着"家园"，作为"家园天使"和"年岁天使"呵护着"家园"，时时传达着"明朗者的问候"。这样的"家园"只存在于"诗意境界"中。所以海德格尔说，唯当"诗意创作者(Dichtende)"存在之际，才有"天使"(即"明朗者的使者")显现出来。"明朗者"乃在光明之上的更高处，澄明自身为"纯粹的朗照"。作为"纯粹朗照"，它使一切事物沐浴在光明澄澈之中而纯净剔透；作为"至高之物"，"明朗者"就是"神圣者(das Heilige)"。对于诗人来说，"明朗者"即为"拯救"，其本质就是"朗照"："照亮"和"开启"。它把事物开启出来，使它们进入当前的令人欢乐者之中；它还照亮人类心灵，使它们对田野、城镇、家园的真谛开放；最首要的，它让幽暗的深渊张开而得以澄明。"朗照者"乃是"祝福"，亦即"天使般的东西"的本质根据。而"诸神(Götter)"就是"朗照者"，同时也是"祝福者"：它们在朗照过程中宣告那朗照者送来的祝福[①]。作为"神灵的使者"，诗人被抛入"诸神"与"人类"之间，向"人类"传达"诸神"的讯息。诗人的天职乃是截获"诸神"的"暗示"，将它们带给他的"民众"[②]。他代表着"诗意创作的灵魂"。作为"诗意创作的灵魂"，诗人是某种"人类(存在)历史的奠基者"，因为"诗人造成诗意的东西，历史性的人类以这种诗意为基础，就栖居于这种诗意之上"[③]。自然，重新达乎这种曾经有过继而又失落了的"诗意地栖居"便是一种"返乡"。

"返回"的前提乃是"重新知道"。诗人的天职就是通过自己的歌唱向别人发出"神秘的召唤"，使他们成为"倾听者"，并在倾听中首先学会知道"故乡的本

① Heidegger, M. *Erläuterungen zu Hölderlins Dichtung.* Frankfurt: Vittorrio Klostermann, 1996. SS.16–20.

② Heidegger, M. *Erläuterungen zu Hölderlins Dichtung.* Frankfurt: Vittorrio Klostermann, 1996. SS.44–47.

③Heidegger, M. *Erläuterungen zu Hölderlins Dichtung.* Frankfurt: Vittorrio Klostermann, 1996. S.106.

质"①。然而,随着"基督"的出现和殉道,"诸神"逃遁,"上帝"退场。神性的光辉消失了,世界时代跌入"黑夜";万物赖以建立的基础失去了,世界时代正悬于"深渊"(失本)之上②。那么,在这"诸神"远遁、"上帝"隐匿的"贫困时代"里"诗人何为"?诗人应当自觉领受并勇敢承担起自己的天命与天职,先行置身于"黑夜",深入到"深渊",诗意地表达"当前诸神的到来"的讯息——虽然这决不意味着"古老诸神的重返";他应当像酒神的神圣祭司,在"黑夜"里四处寻觅,为他的民族摸索"返乡"归途的依稀踪迹③。

原载《西南师范大学学报》(人文社会科学版)2004年第2期

① Heidegger, M. *Erläuterungen zu Hölderlins Dichtung.* Frankfurt: Vittorrio Klostermann, 1996. SS.28-29.

②Heidegger, M. *Holzwege.* Frankfurt: Vittorrio Klostermann, 1994. SS.248-249.

③这是海德格尔在《诗人何为?》中表达的主要思想,也是他之所以要在特别艰困的非常时期纪念"贫困时代的诗人的代表"里尔克、几十年坚持不懈地阐释"贫困时代的诗人的先驱"荷尔德林的诗歌的原因。

“词语破碎处无物存在”及其诗学意义

“词语破碎处无物存在”是海德格尔在《在通向语言的途中》(Unterwegs zur Sprache)一书中重点阐释的一个诗学命题。同时,理解这一命题所蕴含的诗学意义,也是理解海德格尔《林中路》(Holzwege)、《荷尔德林诗的阐释》(Erläuterungen zu Hölderlins Dichtung)等其他诗学著作相关问题的基础。本文拟从八个不同的角度对此命题做出解释,以就教于方家。

一、此命题中的两个关键性概念

1. 存在(Sein)

可以说,海德格尔一生都在“追问存在”。他认为这是哲学家唯一正当的工作。但海德格尔的“存在”与他之前的任何一个哲学家的“存在”都有所不同:

第一,他的“存在”不是任何一种“存在者”或“存在者的整体”。在《在通向语言的途中》一书中,海德格尔甚至还明确区分了“存在者的存在”与“作为存在的存在”。海德格尔所说的“存在”通常是指后者。“作为存在的存在”是就“存在所固有的意义”,亦即从“存在之真理(澄明)的意义”上来说的[①]。不明确这一点,单单抓住“词语破碎处无物存在”或“语言是存在之家”,很容易把海德格尔误视为是一个极端的主观唯心主义者。

第二,他所说的“存在”是通过追问“存在者”的方式所追问不到的。在《存在与时间》(Sein und Zeit)中,海德格尔明确地指出了这一点[②],而且认为追问“存在者”原本就是经验科学而不是哲学的任务[③]。在《面向思的实情》(Zur Sache des Denkens)中,海德格尔提出,哲学必须“不顾存在者而思存在”(Sein ohne das Seiende zu denken)[④]。因此,他所说的“存在”必须通过“让存在自身达乎显现”的方式而不是经验科学或形而上学的方式来获得。

第三,他所说的“存在”的意义是每时每刻都如此这般地存在着,并且领悟着自己的这种存在的“Dasein”(通译为“此在”)在对自身生存的自我领悟中生成的。因此,它不是现成的、静止不变的,而是鲜活的、开放的、人言人殊的。“Dasein”追问无限,“存在”的意义也就无限。

有日本学者(如东京帝国大学教授手冢富雄)认为,海德格尔的“存在(Sein)”相当于东方哲学中的“空(Leere)”。但与之对话的海德格尔却宁愿把它说成是“无(Nichts)”。不过,在海德格尔看来,“空”与“无”原本就是“同一个东西”[⑤]。笔者认为,其实传统西方哲学中的“无”与古代东方哲学中的“空”是有着本质区别的,而且二者之间的区别正好体现了东西方哲学根本观念上的差异:东方哲学中的“空”讲的是“诸行无常”“诸法无我”,讲的是一切皆“因缘而生”“因缘而起”,并无永恒不变的实体存在。“缘起”之物非“有”非“无”,且非“非有”非“非无”。因此,在东方哲学中,“有”非“真有”,“无”非“真无”,“空”亦非“真空

---

①Heidegger, M. *Unterwegs zur Sprache*. Stuttgart: Günther Neske, 1997. S.110. 译文基本采用孙周兴先生的译本,偶有改动。下同,不一一说明。

②Heidegger, M. *Sein und Zeit*. Tübingen: Max Niemeyer, 1993. SS.3-4. 译文基本采用陈嘉映、王庆节先生的译本。下同,不一一说明。

③Heidegger, M. *Sein und Zeit*. Tübingen: Max Niemeyer, 1993. SS.10-11.

④Heidegger, M. *Zur Sache des Denkens*. Tübingen: Max Niemeyer, 1988. S.25

⑤Heidegger, M. *Unterwegs zur Sprache*. Stuttgart: Günther Neske, 1997. S.108

(空无一物)”。众所周知,僧肇的“不真空论(不真有/不真在即是空)”便以此立义,而龙树所主张的“八不”“三是”教义的“中道宗”的精髓也在于此。如果从“存在不是任何存在者”的角度,加之考虑到海德格尔受东方哲学影响很深(读过禅宗著作、多次引用《老子》和《庄子》、与中国学者萧师毅合译过《道德经》等),如果从“缘起性空”而不是“空无一物”的意义上去理解海德格尔的“无”,那么海德格尔的“存在”和他的“Dasein(此在)”一样,本质上倒真是“空”或者“无”了。难怪海德格尔在《形而上学导论》(Einführung in die Metaphysik)中要以这样一句话开篇并不断地反复追问:“究竟为什么‘在者’在而‘无’反倒不在?”[①]难怪后期海德格尔要经常谈到“无之无化(Das Nichts nichtet)”的问题。然而问题是,如果“存在”真是所谓“无”的话,它究竟是何意谓?又能否以及如何被“语言”道说?

2. 道说(Sage)

谈“道说”就等于谈“语言”,因为在海德格尔看来,语言的本质就在于“道说”,它在“道说”中“成就其本质”。

“道说(Sagen)”不等于“说(Sprechen)”,有人滔滔不绝地“说”,但可能什么也没有“道说”。相反,有人沉默,什么也不“说”,却可能在沉默中“道说”了许多[②]。“道说(die Sage)”意味着三个东西:“道说(das Sagen)”“所道说者(das Gesagte)”“有待道说者(das zu-Sagende)”。它们分别对应“道说”的行为、内容方式和对象三个要素。

究竟什么是“道说”呢?海德格尔在《出自一次关于语言的对话》(Aus einem Gespräch von der Sprache)中说,“道说”就是“让显现和让闪亮意义上的显示”,而且这种“让显现”和“让闪亮”乃是“以暗示方式进行”的[③];《在通向语言的途中》中又说,“‘道说’意味着:显示,让显现、让看和让听(《Sagen》heißt:zeigen, erscheinen-, sehen-und hören-lassen)”[④];在《语言的本质》(Das Wesen der Sprache)一文中海德格尔还说,“对世界之澄明着和掩蔽着的端呈,乃是道说的本质所在

①Heidegger, M. *Einführung in die Metaphysik*. Tübingen: Max Niemeyer, 1976. S.1 译文采用熊伟、王庆节先生译本。

②Heidegger, M. *Unterwegs zur Sprache*. Stuttgart: Günther Neske, 1997. S.252.

③Heidegger, M. *Unterwegs zur Sprache*. Stuttgart: Günther Neske, 1997. S.145.

④Heidegger, M. *Unterwegs zur Sprache*. Stuttgart: Günther Neske, 1997. S.252.

(Das lichtend-verhüllende, schleiernde Reichen von Welt ist das Wesende im Sagen)”[①]。总之,“道说”本质上是这样一种活动,它借助“语言”以“暗示”的方式、以“澄明与掩蔽的争执”的方式“让存在”自身“显现”,“让存在者”如其所是地“存在”起来或者说“在场”起来。

厘清了“存在”和“道说”两个概念还是不够充分的,让我们再来看看能帮助我们理解此命题的另一个命题。

二、语言是存在之家

“语言是存在之家(Die Sprache ist das Haus des Seins)”,是海德格尔1946年在《关于人本主义的书信》(Brief über den Humanismus)和《诗人何为?》(Wozu Dichter?)中率先提出的命题[②]。提出该命题的目的是“想要启示语言的本质”,但海德格尔本人也承认,它显然只是一种“暗示”,而“没有提供出关于语言之本质的任何概念”[③]。但“语言是存在之家”这一说法本身,却清楚地表明海德格尔对于“存在与语言之关系”这一问题的基本看法,并且早已成为海德格尔哲学、诗学中一个影响深广的重要思想。

为什么说“语言是存在之家”呢?在《语言的本质》(Das Wesen der Sprache)一文中,海德格尔写道:“任何存在者的存在都居住于词语之中(Das Sein von jeglichem, was ist, wohnt im Wort)”[④];在《词语》(Das Wort)一文中,海德格尔又申

①Heidegger, M. *Unterwegs zur Sprache*. Stuttgart: Günther Neske, 1997. S.200.

② Heidegger, M. *Wegmarken*. Frankfurt: Vittorio Klostermann, 1996. S. 313. / *Holzwege*. Vittorio Klostermann, 1994. S.310.根据两书对各自所收文章的“说明”可知,《关于人本主义的书信》初稿作于1946年秋,原为给法国巴黎哲学教师让·波弗勒的一封信,在做了若干处充实后最初与《柏拉图的真理学说》一文一道于1947年首次在瑞士伯尔尼一家出版公司出版;《诗人何为?》作于1946年12月29日(诗人里尔克逝世20周年纪念日)当日或其前后,原为在一个很小的圈子里所作的一次演讲的演讲词。需要说明的是,后一文在这一页(第310页)中有两处表达这样的意思,均与前一文简洁明了的表达形式略略不同:一处为“Die Sprache ist der Bezirk(templum), d.h. das Haus des Seins”;另一处为“Weil die Sprache das Haus des Seins ist, ……”。前一处在“语言是存在之家”中只是插入了一个意思相近的说法和一个比喻性的说明;后一处的说法则与前一文的说法完全一样,只是因为句首有一个关联词做引导,根据语法的需要而改变了系动词的位置而已。

③Heidegger, M. *Unterwegs zur Sprache*. Stuttgart: Günther Neske, 1997. S.112.

④Heidegger, M. *Unterwegs zur Sprache*. Stuttgart: Günther Neske, 1997. S166.

述道:“唯词语才赋予在场,亦即存在,在其中某物才作为存在者而显现”(Dem entgegen verleiht das Wort erst Anwesen, d.h. Sein, worin etwas als Seiendes erscheint)[①];在《在通向语言的途中》(Der Weg zur Sprache)一文中,海德格尔在其结语部分再次写道:“语言是在场的庇护,因为在场的显露已经托付给道说之成己的显示了。存在之家乃是语言,因为作为道说的语言乃是已成的方式。”[②]

应当如何理解“语言是存在之家”的具体含义呢?在前引《对话》一文中,手冢富雄教授指出:不能把“存在之家”当作一个可以让人任意想象的粗浅比喻,譬如把“家”想象为一座先前在某地建造好的房子,“存在”就如同一个可以搬动的物件被安置于其中。海德格尔表示赞同后补充道:“在我的‘存在之家’这个说法中,我所意指的并不是在形而上学上被表象的存在者之存在,而是存在之本质,更确切地说,是存在与存在者之二重性(Zwiefalt)的本质——但这里的二重性是就其特殊意义而言的。”[③]由于“存在”显现为“在场者之在场”,因此海德格尔又把这种“二重性”说成是“在场者之在场,亦即从两者之纯一性而来的二重性(Anwesen des Anwesenden, d.h. die Zwiefalt beider aus ihrer Einfalt)”[④]。

值得注意的是,这里的“存在之本质”乃有海德格尔独特的命意,应当作动词意义上的理解,意思是“让存在本身达乎显现”或曰“让在场者在场”。“存在”如何“达乎显现”?借助“语言”。因为,“语言”的本质即“道说”,“道说”的本质即“让……显现和让……闪亮意义上的显示”。正是通过“语言”,“存在本身”才得以“显现”。在这个意义上说,“语言”不正是“存在之家”吗?

---

①Heidegger, M. *Unterwegs zur Sprache.* Stuttgart: Günther Neske, 1997. S.227.

②Heidegger, M. *Unterwegs zur Sprache.* Stuttgart: Günther Neske, 1997. S.267. 另:我主张将“Ereignis”译为“己成”,将其动词形式译为“成己”(后期海德格尔常用的说法“Das Ereignis ereignet”则译为“己成成己”)。尽管海德格尔关于“Ereignis”的思想与《庄子·齐物论》中对“天籁”的解释是否存在关系、存在怎样的关系等尚待进一步考证,但二者之间有着本质的相通性似可肯定:《庄子》那段原文是“夫吹万不同,而使其自己也,咸其自取,怒者其谁邪!”郭象注中突出“物各自生”“物各自化”,亦即“自己而然”,成玄英疏中亦突出物“独化”“天然”等意。

③Heidegger, M. *Unterwegs zur Sprache.* Stuttgart: Günther Neske, 1997. S.118.

④Heidegger, M. *Unterwegs zur Sprache.* Stuttgart: Günther Neske, 1997. S.122.

三、词语破碎处无物存在

“词语破碎处无物存在”(Kein ding sei wo das wort gebricht),是德国诗人斯特凡·格奥尔格(Stefan George)《词语》(Das Wort)一诗的最末一行。仅《在通向语言的途中》一书里,海德格尔便写了《语言的本质》和《词语》两篇长文专门为它作注。作为该书中表达的一个核心思想,可以说它与书中收录的全部文章都具有某种程度的相关性。

这句话显然与“语言是存在之家”有着内在本质上的相通性:既然“存在本身”是在“语言”中才得以“显现”的,那么“存在者之存在”自然也得通过并且就在“语言”中“显现”,因为“存在总是某种存在者的存在”[①]。这就是说,“语言”作为“存在之家”,也理所当然是“存在者之家”。这正是理解“词语破碎处无物存在”的枢机之所在。

这句诗究竟包含了些什么含义呢?我们至少可以从以下八个不同的角度做出解释:

第一,“破碎”就是“缺失”,因此,这句话等于是说“在词语缺失处,亦即在每每命名着物的词语缺失处,无物存在”(Kein Dingist, wo das Wort fehlt, nämlich das Wort, das jeweils das Ding nennt)[②]。为什么呢?这需要从“命名(Nennen)”谈起。“命名”既是赋予某物一个“名称(Name)”,同时本质上又是一种“召唤(Rufen)”:运用“词语”把事物(先前在远处作为“尚不在场者”的“被召唤者”)之“在场”带到“近旁”,使之“现身在场”[③]。因此,“在命名物的词语缺失处”,便没有“物”之“在场”被召唤前来,自然也就“无物存在”。

第二,“命名”同时也是一种“发现”,这对于被命名之物和被用来命名的词语双方而言都是如此。所以,这句话又等于说“唯当表示物的词语已被发现之际,物才是一物。……唯词语才使物获得存在”(Erst wo das Wort gefunden ist für das Ding, ist das Ding ein Ding……Das Wort verschafft dem Ding erst das

①Heidegger, M. *Sein und Zeit.* Tübingen: Max Niemeyer, 1993. S.9.

②Heidegger, M. *Unterwegs zur Sprache.* Stuttgart: Günther Neske, 1997. S.163.

③Heidegger, M. *Unterwegs zur Sprache.* Stuttgart: Günther Neske, 1997. S.21.

Sein)[①]。当一个事物尚未被命名之时，它的“存在”就被“掩蔽”在幽深黑暗的“混沌”之中；唯当它被“命名”，亦即表示它的“词语”被发现之际，“此物”才从与“他物”浑然无别的“混沌”状态中“跃出”作为“此物”而存在。从这个意义上说，的确“唯词语才使物获得存在”，而“词语亦即名称缺失处，便无物存在”[②]。

第三，照此，“任何物的存在都居住于词语之中”。但“词语”与“物”之间的关系并非随意的，“只有在合适的词语说话之处才有物存在”(Sein gibt es nur, wo das geeignete Wort spricht)[③]。什么样的“词语”才是“合适”的“词语”呢？唯有最能生动贴切、惟妙惟肖地体现它所指称的“物”的“存在状态”的“词语”。唯有这样的“词语”，才能使某“物”成为如此这般地存在着的一个“物”，从而把当下的“存在者”确立为如其所是的一个“存在者”并让它如此这般地“存在”起来。严格地说，一个“物(存在者)”，也只有当它取得了独特的、与众不同的“存在”时，才算跃出了混沌而真正地“存在”。唯有“合适”的“词语”方能做到这样，所以“只有在合适的词语说话之处才有存在”，在合适的词语还缺失时，就不可能有物存在。

第四，如果把“Kein ding sei wo das wort gebricht”中的“Sei”不理解为“ist”的虚拟式而理解为命令式，那么，这句诗的含义就是：“词语破碎处，往后就不允许任何物成其为存在着的物(Laß fortan kein Ding als seiendes zu, wo das Wort gebricht)。”[④] 为什么可以做这种理解呢？格奥尔格该句诗的前面还有一句诗，两句连起来是：

> 我于是哀伤地学会了弃绝：
> 词语破碎处，无物存在(sei)。

“弃绝”乃是对旧情状的抛弃和对新境界的期备，一种终结过去面向未来的指令(Geheiss)。虽然这里的“弃绝”后面用的是冒号，但冒号后面的却不是被弃

①Heidegger, M. *Unterwegs zur Sprache*. Stuttgart: Günther Neske, 1997. S.164.

②Heidegger, M. *Unterwegs zur Sprache*. Stuttgart: Günther Neske, 1997. S.164.

③Heidegger, M. *Unterwegs zur Sprache*. Stuttgart: Günther Neske, 1997. S.165.

④Heidegger, M. *Unterwegs zur Sprache*. Stuttgart: Günther Neske, 1997. S.168.

绝的对象,而是弃绝之后必须进入的那个领域,一种进入重新定位的词与物的关系中去的指令:词语破碎处,不允许任何物作为存在者存在。换句话说,必须"弃绝"的是这样一种观念:"当词语缺失之时,某物也存在并且已经存在(……etwas sei auch dann und sei schon, wenn das Wort noch fehle)。"[①]这就是说,"词语"与"物"是共进退、同存亡的,当命名某"物"的"合适""词语"尚还"缺失"或已经"缺失"时,都不允许此"物"作为"存在着的物"而存在。

第五,"允许……存在"就是"让……显现"或"让……在场",因此,这句诗又意味着"唯有词语才让一物作为它所是之物显现出来,并因此让它在场(……daß erst das Wort ein Ding als das Ding, das es ist, erscheinen und also anwesen läßt)"[②]。海德格尔进一步发挥道:"词语借助诗人开口道说,作为这样的一个词语,它持有并保持一物在其存在中(Das Wort sagt sich dem Dichter als das zu, was ein Ding in dessen Sein hält und erhält)。"[③]这就是说,是"词语"让"物"得以如其所是地"显现"和"在场",并因此而被"持有"和"保持",所以诗人用来"道说"的"词语"乃是"存在之渊源(Born des Seins)",诗人的天职就是"对作为存在之渊源的词语的召集"[④]。

第六,由于正是词语把一切物保持并且留存于存在之中,所以,"没有如此这般的词语,物之整体,所谓'世界',便会沉入晦暗之中;'我',那个把他所遇到的奇迹和梦想带到他的疆域边缘、带向名称之源泉的'我',也会沉入一片晦暗之中(Ohne das also verhaltende Wort sinkt das Ganze der Dinge, die《Welt》, ins Dunkel weg, samt dem《Ich》, das, was ihm an Wunder und Traum begegnet, an den Saum seines Landes zur Quelle der Namen trägt)"[⑤]。这段话有两层含义:其一,不仅"物",就是作为"物之整体"的所谓"世界",也是靠"词语"带入"存在的光亮处"的,没有如此这般的"词语","世界"便处于"一片晦暗"的混沌之中;其二,"我"也同样如此:"我"之为"我"、"我"之区别于"他人""他物",靠的是"我"对"世界"的独特"道说",归根结底靠的也是"词语"。而诗人更是如此。没有如此

①Heidegger, M. *Unterwegs zur Sprache.* Stuttgart: Günther Neske, 1997. S.168.

②Heidegger, M. *Unterwegs zur Sprache.* Stuttgart: Günther Neske, 1997. S.168.

③Heidegger, M. *Unterwegs zur Sprache.* Stuttgart: Günther Neske, 1997. SS. 168-169.

④Heidegger, M. *Unterwegs zur Sprache.* Stuttgart: Günther Neske, 1997. S.169.

⑤Heidegger, M. *Unterwegs zur Sprache.* Stuttgart: Günther Neske, 1997. S.177.

这般的“词语”,他就无法“把他所遇到的奇迹和梦想带到他的疆域边缘、带向名称之源泉”,也就无从成其为一个诗人而以诗人的身份“存在”。总之,没有“词语”,“我”也将沉入与“他人”“他物”浑然无别的“一片晦暗”之中。

第七,“词语破碎处无物存在”意味着,是“词语给出存在(Gibt das Wort: Sein)”。这里有一个问题值得注意:与印在词典或书上的印刷符号不同,当“词语”“道说”时,它从根本上已不再是“物”,不再是任何“存在者”;而那个需要由“词语”带来的“物”之“存在”本身,也不是作为系于“词语”这个“物”身上的另一个“物”,我们上哪儿也找不到这个“存在”。这就是说,“词语”“给出”“物”以“存在”,实际上是并非作为“存在者”的“词语”,“给出”了本身并不“存在”的“存在”。在这里,无论是被词语给出的“存在”还是给出存在的“词语”,都没有获得“物本质(Dingwesen)”—“存在(Sein)”。但海德格尔说,它们虽然不“存在(ist)”,却“有(es gibt)”,而且“词语”或许还是“先于一切地是有的东西”。在德语中,“有(es gibt)”的字面义是“它给出(Es gibt)”。于是,“词语”又成了“给出者(Gebende)”,其本质就是“它给出(Es gibt)”①。既然“词语”成了“给出者”,“物”的“存在”便不仅需要而且能够“被给出”了,于是就有了“词语给出存在”这回事。只是在这里,“词语”俨然已成为《创世纪》中那个仅凭语言的“道说”便创造了世界万物及其存在的“上帝”了。

第八,“词语”是通过“道说(Sagen)”来“给出”“物”的“存在”的。在海德格尔看来,“道说”乃是“开辟道路”,而“道路”一词也许也正是表示“语言的源始词语(Vermutlich ist das Wort《Weg》ein Urwort der Sprache)”②。这就是说,“词语”“给出”“物”的“存在”,是通过“开辟道路”的方式来实现的。正是通过“开辟道路”,“道说把‘存在’发放到被照亮的自由之境以及它的可思性的庇护之所中”③。海德格尔甚至说,“一切皆是道路(Alles ist Weg)”④。如果“道说”的确仅仅是提供或者充当一条“让通达的道路(Weg als das Gelangen-lassen)”,那么,我们所谓的“词语给出存在”则必须被理解为:“词语”所“给出”的不是“物”的“存

①Heidegger, M. *Unterwegs zur Sprache.* Stuttgart: Günther Neske, 1997. SS.191-193.

②Heidegger, M. *Unterwegs zur Sprache.* Stuttgart: Günther Neske, 1997. S.198.

③Heidegger, M. *Unterwegs zur Sprache.* Stuttgart: Günther Neske, 1997. S.215.

④Heidegger, M. *Unterwegs zur Sprache.* Stuttgart: Günther Neske, 1997. S.198.

在”本身,而只是通向“物”的“存在”的一条“道路”:我们必须先敲破“词语”坚硬的“物质外壳”,方能理解其中所“道说”的“物”的“存在”。海德格尔非常强调这一点,甚至强调说,“词语的这种崩解乃是返回到思想之道路的真正的步伐”①。在这个意义上讲,说“词语破碎处,无物存在”也就等于说:

词语崩解处,一个‘存在’出现。

(Ein《ist》ergibt sich, wo das Wort zerbricht)②

四、这一命题的诗学意义

归结起来,“词语破碎处无物存在”这一命题所表达的核心思想就是:是“语言”赋予了“存在”,是“语言”给出了“世界”。这一思想不仅是理解《在通向语言的途中》一书中的诗学思想的关键,而且理解它所蕴含的诗学意义,也是理解海德格尔《林中路》《荷尔德林诗的阐释》等其他诗学著作相关问题的基础。限于篇幅,我们只能举一二例证做简单提示。

譬如,在《荷尔德林诗的阐释》一书最重要的文章《荷尔德林与诗的本质》中,作者写道:“唯语言才提供出一种置身于存在者之敞开状态中间的可能性。唯有语言处,才有世界。”③ 这话应当如何理解呢?如前所述,语言的本质在于“道说”,而“道说”就是“让……显现和让……闪亮意义上的显示”;词语通过“命名”把事物“召唤入词语之中”,从而把先前在远处作为“尚不在场者”的“被召唤者”之“在场”带到“近旁”,使之“在召唤中现身在场”。因此,语言,唯有语言才能“提供出一种置身于存在者之敞开状态中间的可能性”。如若没有语言,“世界”和一切“物”就将被“掩蔽”在晦暗的“混沌”之中,而不能取得自己本真本己的独特存在。唯当“世界”和“物”被诗人作家“命名”,亦即“发现”并运用表示它们的“词语”之际,它们才能从与“他物”浑然无别的“混沌”状态中“跃出”作为它们自身而如此这般地“存在”:显现、敞开、闪亮。这也让人想起中国古典诗学的

①Heidegger, M. *Unterwegs zur Sprache.* Stuttgart: Günther Neske, 1997. S.216.

②Heidegger, M. *Unterwegs zur Sprache.* Stuttgart: Günther Neske, 1997. S.216.

③Heidegger, M. *Erläuterungen zu Hölderlins Dichtung.* Frankfurt: Vittorio Klostermann, 1981. SS.37-38.

最后一部杰作——王国维《人间词话》附录中的一段话:"一切境界,无不为诗人设。世无诗人,即无此种境界。"[①]再譬如诗人荷尔德林在《追忆》一诗的结尾处唱道,"诗人创建持存"。的确,诗人的本性就在于"创建持存的东西,从而使之持留和存在"[②]。诗人所为,乃是将使他迷惑的奇迹和令他陶醉的梦想带到语言之源泉旁,并从中汲取最能表现这些"奇迹"和"梦想"的"合适"的"词语",从而使之得以永远闪亮地"持留和存在"。用"词语""给出""(存在者的)存在",这就是诗人的使命和职责。当然,如前所述,"只有在合适的词语说话之处才有存在"。于是,我们又懂得了中国古代诗人为什么要"吟安一个字,捻断数茎须",而福楼拜教授莫泊桑写作时为什么要从选词练字开始了。又譬如,如前所述,"词语给出存在"必须被理解为"词语"所"给出"的不是"物"的"存在"本身,而只是通向"物"的"存在"的一条"道路"而已。这又仿佛让我们听到了中国传统文艺美学中非常熟悉的声音:"得意忘言""不落言筌""不死于句下"等。

原载《求索》2004年第4期,中国人民大学《复印报刊资料·文艺理论》2004年第7期全文转载

①王国维:《人间词话》"附录"(一六),王幼安校订本,人民文学出版社1984年版。

②Heidegger, M. *Unterwegs zur Sprache*. Stuttgart: Günther Neske, 1997. S.171.

《庄子》：海德格尔诗学的一个“秘密来源”

有西方学者研究表明，日本是翻译和研究海德格尔著作最早，也许还是最多的国家。[1]这就是说，海德格尔的思想是首先在东方世界产生共鸣和影响的。这不难理解，海德格尔对“Weg”（道路）和“Sagen”（道说）以及“Nichts”（无）和“Lichtung”（澄明、疏明、敞亮、林中空地）之类概念的偏爱，正是深受东亚哲学尤其是中国道家（Daoist）和佛教禅宗（Zen Buddhist）思想影响的结果。德国海因里希·海勒大学哲学系Reinhard May博士所著《光自东方来：东亚对海

①据一篇研究海德格尔著作在东亚产生影响的历史的专题论文介绍：早在海德格尔成名之前的1924年（海德格尔的成名作《存在与时间》出版于1927年），第一本真正注解海德格尔哲学的著作——日本学者Tanabe Hajime所著的《现象学的一个新动向：海德格尔的生活现象学》就在东京出版了；第一本研究海德格尔的专著——日本哲学家KukiShūzō所著的《海德格尔哲学》1933年在东京出版；此外，日本又开了翻译《存在与时间》（Sein und Zeit）的先河，第一个日译本出版于1939年，比第一个英译本早了23年之久。该文还推测，用日文出版的关于海德格尔的著作的数量很可能超过任何其他语言。请参阅：Parkes，G.“*Translator's Preface*”，in May，R.*Heidegger's Hidden Sources：East Asian Influences on His Work*. tr.by Parkes，G.，New York：Routledge，1996.

德格尔著作的影响》(Exoriente lux:Heideggers Werk unter ostasiatischem Einfluβ, Stuttgart: Steiner Verlag Wiesbaden, 1989)、Günther Neske出版社编辑出版的《回忆海德格尔》(Erinnerung an Martin Heidegger, Pfullingen: Neske, 1977)、Otto Pöggeler所编《海德格尔开辟的新道路》(Neue Wege mit Heidegger, Freiburg und München: Karl Alber, 1992),以及美国夏威夷大学亚洲哲学与比较哲学教授Graham Parkes所编《海德格尔与亚洲思想》(*Heidegger and Asian Thought*, Honolulu: University of Hawaii Press, 1987)等一系列著作,通过深入精密细致的文本分析考证有力地表明,许多西方学者都已经认识到了这样一个事实:东亚哲学尤其是中国道家哲学和佛教禅宗思想构成了海德格尔思想中一个非常重要的"秘密来源"(Hidden Sources)。

事实正是如此。就目前已经掌握的情况来看,海德格尔本人的著作、演讲稿、访谈录、书信、学术传记以及学生和朋友的回忆材料等大量直接证据表明:海德格尔不仅在其思想初步形成的关键时期、学术和人生出现重大挫折的艰难时期以及思想最后的总结深化时期,都与中国道家和禅宗思想有过直接而深入的交流与对话,而且他的哲学思想与中国道家思想,他的诗学思想与《庄子》里的诗学思想都存在着某种程度的事实联系或者学理联系,因而在总体思维模式、基本理论框架、基本概念系统和主要表达方式等方面都呈现出了某些惊人的一致或相通,这种一致或相通甚至让海德格尔本人都曾感到十分吃惊!(后详)

的确,在有重大影响的西方哲学家中,海德格尔是唯一一个与中国的"道"有过直接的真正交流的思想家。不仅如此,海德格尔对中国道家精神和佛教禅宗思想的接受,既不同于莱布尼兹、沃尔夫、歌德等人为了进行"资产阶级思想启蒙"而满怀激情和想象地向他们并不十分了解的中国儒家寻求民主思想资源;也有别于叔本华为了解决他的哲学将人视为意志和欲望的化身所带来的永无止境的"爱与生的苦恼",而将获救的希望简单地寄托到东方佛教的寂静涅槃上的情形。海德格尔对中国道家思想的真正接受和服膺有其深刻的学理原因和隐秘的心理动因:虽然海德格尔随时随地都不乏狂热的追捧者,但真正能够理解他彻底反叛西方形而上学传统(特别是近代主体性哲学)的独特的思想取向的学术知音却并不很多;再加上政治上的"纳粹问题",海德格尔在精神上长期处于孤独寂寞之中。正是这长期的孤独寂寞,促使他把寻求理解和对话的目光投向了已故的邻乡前辈诗哲荷尔德林,投向了2000多年前的早期希腊思想家,也投向了相距数万里、相隔两千多年的中国道家哲学和佛教禅宗思想。[①]质言之,海德格尔对中国道家思想的接受是一种思想上的“结盟”,而不只是为了猎奇出新或者装点门面以显其渊博。正如宋祖良先生所说,海德格尔对中国老庄思想“表现出了西方人少有的真诚学习的态度”[②]。

在各种东方思想中,“道”是海德格尔接触最早、印象最深、谈论最正式的“主导词”(Leitwort)。更重要的,让西方人都感到惊奇的是,海德格尔自己最基本的思想观念和思维方式与中国的道家精神之间仿佛存在着一种天然的相通和“前定的和谐”[③]。事实上,正如海德格尔自己所介绍的那样,萧师毅也是在从他有关赫拉克利特和巴门尼德的讲座中听出了与东方思维的相似之处以后,才答应与其合作翻译《老子》的。换言之,是海德格尔身上既已涌现出来的“道性”吸引和感动了萧师毅。[④]我想,日本人对海德格尔的迅速接受和大肆弘扬,其情形多半也与此大体相似。一切主动的接受都必须以与输出方之间存在“视域融合”为前提,譬如中国对印度佛学的早期接受,很大程度上就得益于有本土的道家思想作为基础。

下面我再从诗学层面上进一步申述。

海德格尔有一个著名论断“思与诗同源”。的确,真正伟大的“诗人”往往都是“思者诗人”——因其具有“思者”的深刻洞察而超越平庸;而真正伟大的“思者”往往又都是“诗人思者”——因其具有“诗人”的敏锐感受而臻于伟大。中外

①我个人认为,如果说对“柏拉图-尼采”形而上学和近代主体性哲学的批判,构成了海德格尔思想的两大反面源泉的话,那么荷尔德林的思者之诗、前苏格拉底时代“思-诗同源”的希腊思想、中国的道家哲学和佛教禅宗思想,再加上系统的理性神学思想,则共同构成了海德格尔思想的四大正面源泉。

②宋祖良:《拯救地球和人类未来——海德格尔的后期思想》,中国社会科学出版社1991版,第272页。

③“前定的和谐”或称“先定的和谐”,原为17—18世纪德国哲学家莱布尼兹原创的概念,用来指称:构成宇宙整体的“单子”间原本是“自我封闭”和“互不相干”的,是上帝的预先安排使它们处在一种和谐的关系之中。莱因哈德·梅通过精密的文本对比考辨表明,海德格尔最基本的思想观念和思维方式与中国的道家精神之间那种天然的相通仿佛就体现了这种“前定的和谐”(这里显然是一种借用)。请参阅:Parkes, G. *"Translator's Preface"*, in May R. *Heidegger's Hidden Sources: East Asian Influences on His Work*. tr.by Parkes, G., New York: Routledge, 1996.

④倪梁康:《会意集》,东方出版社2001年版,第77-78页。

古今文化艺术史上共同存在的这一独特景观,充分证明了这一点。海德格尔和庄子都是典型的"诗人思者"(der Dichter-Philosoph),他们的著作几乎都在某种程度上与广义的"诗学(美学)"有关。

海氏有多部著作可被视为诗学著述,它们至少包括《林中路》《荷尔德林诗的阐释》《出自思的经验》《在通向语言的途中》《尼采》《演讲与论文集》《哲学导论:思与诗》,以及关于荷尔德林"赞美诗"研究的系列演讲与论文集,如《走向荷尔德林——希腊行》《荷尔德林的赞美诗〈日耳曼人〉和〈莱茵河〉》《荷尔德林的赞美诗〈追忆〉》《荷尔德林的赞美诗〈伊斯特河〉》等。海德格尔最有影响的学生伽达默尔就曾经坦率地承认:"海德格尔学说中蕴含的诗意和能量使我经历的所有东西包括早期的经历都变得苍白一片。"[①] 同时他还提请人们特别注意这样一个事实:"海德格尔后面几十年的思想活动在文学艺术界的反响远远大于在大学的影响,这个事实令人深思。"[②] 1957年,海德格尔还被柏林的"美艺术研究院"吸收为正式成员,而且他之所以被吸收竟然是因为大多数审批人都同意格图鲁德·冯·勒·福特的意见:"必须把海德格尔的著作当作'诗'来读。"[③]这又从接受的角度证明了,在海德格尔的著作中的确比较普遍地存在着"诗学"特质或者"诗学"倾向。

但我这里首先想特别提请人们注意的是,海德格尔的"诗学"绝不同于西方传统的作为僵硬的系统知识这样形态的"美学"或者"艺术哲学"。这与海德格尔的运思特点有关:他总是力图将一切思想中现成性的"名词"统统还原成生成性的"动词",将"Sein"统统还原成"Werden"。譬如,海德格尔诗学中的"Denken"便不是名词意义上的"思想",而是动词意义上的"运思";同样,海德格尔也绝少在"Poesie"意义上谈"诗",而是在"Dichten"意义上"让诗道说(作诗)"。更重要的是,海德格尔诗学关注的核心不是"美的形而上学"或"艺术本体论",而是在"美"或"艺术(诗)"中"存在的真理如何发生",它们与"人类的历史性此在"之间是否存在以及存在怎样的"本源性/本质性关联",人类如何通过"美"或"艺

①[德]伽达默尔著、陈春文译:《哲学生涯》,商务印书馆2003年版,第25页。

②[德]伽达默尔著、陈春文译:《哲学生涯》,商务印书馆2003年版,第121页。

③[德]萨弗兰斯基著、靳希平译:《海德格尔传——来自德国的大师》,商务印书馆1999年版,第545页。

术(诗)"来"召唤出语言的本性"从而"重新学会在语言中栖居",以及如何通过"思与诗的对话"来寻找人类"本己本真存在的可能性",等等。这就是说,将"艺术(诗)"的问题还原到存在论的维度来加以思考,使"美"的问题摆脱传统的"真"(认识论)和"善"(伦理学)的观念的纠缠而直接进入到"存在自身",进入到"人的诗意地栖居"或者说"本己本真存在"的可能性的追问,一句话,从"存在问题"出发,是海德格尔诗学最显著的特征。

然而,众所周知,作为系统知识形态的"美学"或者"艺术哲学"才是西方传统诗学的"常态",这就迫使我们不得不思考这样一个问题:构成如此不合"常态"的海德格尔诗学的思想来源是什么呢?它与《庄子》之间是否存在以及存在着怎样的联系呢?

让我们先来看看《庄子》诗学或美学思想的特征。十分有趣的是,虽然海德格尔在一次与日本访客的会谈中强调"美学"源出于欧洲哲学的观念系统,并且警告不要把东亚的艺术和世界经验强行置入"美学"的范畴框架之中[①],然而在一个题为"意象与词语"的演讲中,通过对《庄子·达生》篇"梓庆为鐻"这个故事的分析,海德格尔却试图证明,中国道家所持的那种思维方式正是"美学"的思维方式[②]。而且事实上,在现存通行本《庄子》33篇中,《逍遥游》《齐物论》《人间世》《养生主》《德充符》《大宗师》《应帝王》《胠箧》《天地》《天道》《天运》《秋水》《至乐》《达生》《山木》《知北游》《外物》等诸篇,也的确都可以被解释出许多诗学的或美学的思想内蕴,特别是其中关于"美""真""言""道""艺""技""齐""外""心斋""坐忘""虚静""无待""游"等一系列不同层面的概念和思想,也确实构成了一个具有内在逻辑关联且相对完整的诗学或美学思想体系。

不仅如此,与海德格尔诗学一样,所谓《庄子》"诗学"或"美学"也不涉及"美的形而上学"或"艺术本体论"方面的问题,甚至还没有像儒家那样表达从教化出发为文艺立法而确立的"美学观念"或"文艺主张"。事实上,《庄子》中似乎从来没有从正面回答过"什么是美"或"什么是艺术(诗)"之类的问题。更重要的是,所谓《庄子》"诗学"或"美学"同样来自对人类的日常生命状态的深刻体验与沉思,最后通向的也同样是某种理想中的人生境界(如逍遥无待、自由完满等)。这就是说,无论是海德格尔诗学还是《庄子》诗学思想,都是从关于自然本真的

①Heidegger, M. *Unterwegs zur Sprache*. Stuttgart: Günther Neske, 1997, S.86

②Parkes, G. ed. *Heidegger and Asian Thought*. Honolulu: University of Hawaii Press, 1987, P.55.

此在人生的“存在之思”出发，最后又都通向了“审美超越”之路；更让人感到不可思议的是，从“存在之思”到“审美超越”，又都是通过对“逻辑-工具性语言”的批判和对“诗性表达”的追求来作为桥梁的。

概括地说，在理论框架上，二者都体现为源出于“存在之思”——再经由“道说之言”——最后通向“审美超越”的路向；在总体思维模式上，《庄子》为“周蝶莫辨”与“万物皆出于机，皆入于机”，而海德格尔也体现为“弥合主客体”和“纯境域构成”；在基本思想方法上，《庄子》主张“离物体道”，而海德格尔也倡导“不顾存在者而思存在”；在主要表达方式上，《庄子》大量使用“非-非非式的遮诠法”和“因彼立是，两行以明法”，而海德格尔也经常采取“A即A本身且A非a式的去蔽法”和“A即非A式的对立者相互缘构法”；在基本观念系统上，二者又都推崇所谓“无之为用”和“无用之用”；在总体表达风格上，二者都体现了“诗性”与“思性”两种成分既紧张又亲密地融为一体的“思与诗对话”的风格，等等。以上这一切，都构成了海德格尔诗学和《庄子》诗学思想之间共同的鲜明思想特色，同时又都在明明白白地向世人昭示海德格尔诗学与《庄子》诗学思想之间紧密的“亲缘”关系。

总而言之，海德格尔诗学与《庄子》诗学思想“同源”“同道”“同归”，二者之间呈现出了某些惊人的一致或相似；再加上海德格尔诗学著作中，至少有三处明确引用过《庄子》一书中的思想①，因此我们完全有理由推定：《庄子》诗学思想

①这三处分别是：1930年10月8日，海德格尔在不来梅（Bremen）做了题为“论真理的本质（Vom Wesen der Wahrheit）”的演讲。次日晚，又在朋友克尔勒（Kellner）家里举办了一个讲座。当与人辩论到“人是否能将自己放到别人的立场上去看待问题”时，有些发急的海德格尔居然不太礼貌地当场向主人索取了德文版《庄子》，并翻到《秋水》篇大声读出了庄子与惠施“濠梁观鱼”那一段著名的辩论，让大家顿觉豁然开朗，当下了悟了他所要表达的思想。大概这次家庭学术研讨会给人留下了非常深刻的印象，后来有多个参加者撰文忆及此事（参见 Petzet, *Erinnerung an Martin Heidegger*, Pfullingen: Günther Neske, 1977. S.184; Pöggeler, O.“*West-East Dialogue: Heidegeer and Lao-tzu*”/ Parkes, G.“*Thoughts on the Way: Being and Time visa Lao-Chuang*”, in Parkes, G. ed. *Heidegger and Asian Thought*, Honolulu: University of Hawaii Press, 1987.p.52. / p.105.）；1960年，在发表演说辞《流传的语言和技术的语言》（Überlieferte Sprache und Technische Sprache）中，海德格尔又直接引用了《庄子·逍遥游》末尾那段庄子与惠子关于“无用之树”的著名争论；同年，海德格尔在不来梅所做的题为“意象与词语”的演讲的第三部分，又借用了《庄子·达生》中“梓庆为鐻”的故事来拒绝美学讨论中流行的“质料”与“形式”二元分立的思维模式，强调在技艺高妙的艺术作品中“质料”与“形式”是妙合无垠、浑然一体的。（Parkes, G. ed., *Heidegger and Asian Thought*, Honolulu: University of Hawaii Press, 1987.PP.55-56.）

是海德格尔诗学的一个重要的"秘密来源"。

也许鲜为人知的是,甚至连海德格尔本人都曾惊异于自己的诗学与中国道家思想之间那种为许多外国学者所提及的所谓的"前定的和谐"。据海氏最杰出的弟子伽达默尔回忆,二战期间,海德格尔有一次邀请他去山中"茅庐"[①]做客,并为他朗读了一篇正在写作中的关于尼采哲学美学的论文。读着读着,海德格尔突然中断了,猛拍了一下桌子,把茶杯震得叮当作响,激动而绝望地叫道:"这一切怎么都成了中国味儿的!"大家知道,尼采也是一位伟大的"诗人思者",以尼采思想为研究对象的厚厚两大卷《尼采》是海德格尔的主要诗学著作之一;而海德格尔这里所惊叹的自己在不知不觉中冒出的"中国味儿",正是《庄子》一书中多次说到的当一个人想要表达点儿什么的时候经常会体验到的"语言的困乏"[②]。这是一条非常有价值的材料,它表明海德格尔诗学与庄子诗学思想之间的相契相通到了何等程度!

当然,由于中西文化的异质性,海德格尔与中国道家在思想上也存在着不少差异。譬如海德格尔将"道"理解和阐释为"Weg"(道路),用《庄子·达生》篇"梓庆为鐻"这个原本讲"心斋""坐忘"之类"审美创造心胸"的故事去反对西方诗学、美学中"内容与形式二分"这个源远流长的"观念图式"等,就充满了"海氏特色"和"误读"。此外,庄子与老子一样,在其思想的起点处原本无心于艺术,甚至还从"道本素朴"的原则出发反对艺术[③];而海德格尔则似乎始终是一个极度热情的艺术爱好者和实践者、审美感受力极强的艺术欣赏者和领悟力极高的艺术阐释者(尤其对于伟大诗歌和艺术作品)。这些又是我们在强调海德格尔与东方思想的渊源关系和相近相通时所不能忽视的。

然而,尽管存在文化的异质性带来了某些文化隔膜与误读,毕竟不能抹杀海德格尔思想同中国道家思想之间客观存在着的事实联系和学理联系。而且,

---

①此"茅庐"即海德格尔"黑森林中的托特瑙堡",乃其度假工作室。

②[德]伽达默尔著、陈春文译:《哲学生涯》,商务印书馆2003年版,第206-207页。

③徐复观先生说,与儒家不同,在老庄思想起步的地方根本没有艺术的意欲,更不曾把某种具体艺术作为追求对象。他们甚至还从"道本素朴"的观念出发反对艺术。譬如,《老子·第十二章》说过"五色令人目盲,五音令人耳聋"之类的话;《庄子·在宥》篇也说过"说明邪,是淫于色也;说聪邪,是淫于声也;说仁邪,是乱于德也;说义邪,是悖于理也;说礼邪,是相于技也;说乐邪,是相于淫也;说圣邪,是相于艺也;说知邪,是相于疵也"之类的话。见徐复观:《中国艺术精神》,春风文艺出版社1987版,第43页。

无论是海德格尔诗学与《庄子》诗学思想之间的一致性与相似性，还是各自的独特性与差异性，都使二者的比较研究变得不仅可能而且必要。

原载《西南师范大学学报》(人文社会科学版)2005年第6期

海德格尔诗学与《庄子》诗学思想之可通约性述论

通过清理我们发现，海德格尔诗学与《庄子》诗学思想在对文艺本源的认识、理论路向、思维方法、言说方式等方面都客观存在着某些本质性的相同或相通之处，它们很可能为我们展开“生产性对话”提供一些新鲜的话题，产生有价值的结果。

一、文艺：神圣自然之馈赠

毫无疑问，《庄子》一书的最高范畴是“道”。庄子之“道”的真正核心是“天”或者“自然”。可以说，“天”或“自然”的观念，是贯穿庄子哲学思想“本体论”“宇宙论”“认识论”和“人生论”等各大板块的核心观念。[①]虽然《庄子》一书并未对"道"的具体含义做出明确而统一的界定,但从《齐物论》《知北游》《外物》《达生》《天道》《天运》等篇来看,在这些并不完全一致的界定中有一点却是明显趋同的,那就是强调"道"的"自然无为"义和"不得不然"义。从总体思想倾向上讲,庄子主张"去人就天",坚决反对"以人灭天"。宣讲"天人交相为胜"思想的荀子批评庄子的也正是这一点。[②]在美、艺术及其创造上,庄子强调的是"天地有大美而不言"(所以"观"也成了庄子诗学思想中一个重要范畴)、"朴素而天下莫能与之争美"(所以庄学成就了一种崇尚与"错彩镂金"相反的"清水芙蓉"及"枯荷""残荷"之美的观念)、"德有所长而形有所忘"(肯定所谓"畸形美"),强调的是"观天性""以天合天""不知其所以然而然"。所谓"齐""外""心斋""坐忘"等修炼工夫,实际上也是为了造就赤子般"天真纯洁"的"诗心""文心",以便为"去人就天""以天合天"等创造条件。这便是庄子诗学思想的总纲。正是这种诗学思想的影响,直接促进了中国古代纯粹"自然美"观念的形成,[③]并随之而直接推动了以自然风光为描绘对象的"山水田园诗"和"水墨山水画"[④]的产生;而且据我看来,它还直接催生了讲求"至法无法""自然高妙""宁丑毋媚"以及划分"能""妙""神""逸"品第等文艺审美观念的形成。总而言之,种种迹象表明:在庄子诗学思想中,"天"或者说"自然"是关于文艺本源和文艺本质认识的一个核心范畴,"美"和"艺术"都是"自然天成"的,归根到

①我个人认为,庄子哲学的最高概念是"道",由它演绎出了"无"(本体论)、"气"(宇宙论)、"天"(认识论)、"游"(人生论)等各大板块的最高范畴,而"天"或"自然"观念是其共同核心。其他几方面容易被人理解和赞同,唯有把"天"作为庄子认识论的最高范畴可能会引起一些不解,因为人们已习惯了大谈庄子认识论的"极端怀疑主义"和"极端相对主义"。其实庄子思想的核心内容是"顺天应物""安时处顺"以达"逍遥"之境的人生论,其他板块均统摄于其下。他的"认识论"也是为他的"人生论"服务的。所谓庄子的"怀疑主义"和"相对主义"也是与"逍遥游"(绝对的精神自由)所需的去除"有待"、去除"差异"相关的。因此"天"成了庄子认识论的最高尺度,"照之于天""和之以天倪""休乎天钧"成了它的最高律令。这一切只有一个目的:实现对一切事物的"以道观之",而不要像"坎井之蛙"那样囿于自己的狭隘眼界去看待事物。为此,人首先必须成为"真人",因为"有真人而后有真知"(《大宗师》)。

②荀子《解蔽》篇曾经批评庄子"蔽于天而不知人"(在今通行本《庄子》一书中,"天"字出现高达678次)。

③虽然在《论语》中孔子就说过"智者乐水,仁者乐山""岁寒而知松柏之后凋也"之类的话,但在其强烈的"比德"观念中,自然事物仅仅是道德教化的手段,没有独立的审美价值可言;纯粹的"自然美"的"发现"始于南朝山水画家、画论家宗炳"畅神"说的提出,山水画在这一时代勃兴显然与魏晋玄学分不开。由此可见,是以老庄哲学诗学思想为主要理论资源的魏晋玄学思潮直接促进了独立、纯粹的"自然美"观念的形成。

④徐复观先生曾经指出,中国艺术精神的自觉,主要是表现在绘画与文学两方面。而绘画又是"庄学的'独生子'"。参见徐复观:《中国艺术精神》"自叙",春风文艺出版社1987版,第5页。

底是“自然大化的造物”。

正如“美”在庄子那里指向的是万物“自然天成”“真纯素朴”的“本然存在”一样，“美”在海德格尔那里同样关涉存在者“自行敞开”“自行显现”的“无蔽存在”。他说，“美乃是作为无蔽的真理现身的一种方式”[①]，“万物中真正自行显示者和最能闪现者，就是美”[②]。可见，海德格尔和庄子都强调“存在者的本真存在”即“美”。相应地，对于“美”的创造，海德格尔强调的是“让存在者无所迫促地涌现或升起”，因此更重要的不是“创造”，而是“解蔽”或者说“去蔽”。出现这种相同或相通并非偶然，是他们哲学思想在这一点上深刻接近的必然结果，那就是：与庄子强调“与物为春”“不傲倪于万物”一样，海德格尔也强调“对于物的泰然任之”。对于文艺的本质，根据《艺术作品的本源》里的说法，“艺术就是真理之自行设置入作品”，艺术美不过是存在者“作为它自身所是的存在者而显现出来”，其实质不过是存在者的一种“自行显现”和“自行敞开”；所谓文艺创作，不过是一种引出（Holen），一种汲取（Schöpfen），并非现代主观主义美学所宣称的骄横跋扈的主体的天才活动[③]。“艺术家与作品相比是无足轻重的，为了作品的产生，他就像一条在创作中自我消亡的通道。”[④]在《在通向语言的途中》《荷尔德林诗的阐释》等其他著作中，海德格尔也多次表达过类似的思想。譬如在解说特拉克尔《冬夜》一诗时海德格尔写道：“谁是作者并不重要，任何一首伟大的诗篇都是如此。甚至可以说，一首诗的伟大之处正在于，它能够掩盖诗人这个人和诗人的名字。”[⑤]文艺创作属于广义的“人之说”，因此海德格尔对于“文艺创作”的本质或本源的看法还同他对“人之说”的认识有关。在海德格尔看来，“人之说”以既听取又回答的双重方式“归本于寂静之音”，它首先是对这种“寂静之音”的“回应性倾听”。譬如作诗，“在成为表达意义上的道说之前，在极漫长的时间里，作诗不过是一种倾听”[⑥]。“倾听”什么呢？一是作为“寂静之音”的“语言之说”，二是作为“神圣者”的“自然”。海德格尔在对荷尔德林诗歌《如在节日之时……》的阐释中说：自然“培育”诗人。熟巧和学问只能“提供”某种东西，仅凭

①Heidegger, M. *Holzwege*, Frankfurt: Vittorio klostermann, 1994. S.43.

②Heidegger, M. *Nietzsche* I, Pfullingen: Günther Neske, 1961. SS.95–96.

③Heidegger, M. *Holzwege*, Frankfurt: Vittorio klostermann, 1994. SS.63–64.

④Heidegger, M. *Holzwege*, Frankfurt: Vittorio klostermann, 1994. S.26.

⑤Heidegger, M. *Unterwegs zur Sprache*, Stuttgart: Günther Neske, 1997. S.17.

⑥Heidegger, M. *Unterwegs zur Sprache*, Stuttgart: Günther Neske, 1997. S.70.

它们自身是一无所能的；自然并非现实事物的聚集或其整体，但它却在一切现实事物中“在场”；自然是“在万物中首先现身”的东西，它是“力量源泉本身”；自然之所以强大，是因为它是“圣美”的；自然之所以是“圣美”的，是因为它“无所不在，令人惊叹”，连对立也被它挪置入共属一体的统一体之中；自然寓于自身而存在，它的到来是“无所不在者”之“到场”，因而是“无所不在者”之本质；自然的希腊文写作“φύσις”，本义是“出现”或“涌现”，是“自行开启”，因此，自然是“涌现着向自身的返回”，是“照亮之澄明的出现”，是“光的发源地和场所”，是“万物中当前现身的东西”，它“先行于一切现实事物，先行于一切作用，也先行于诸神”（这让人很自然地联想起老庄思想中的先于天地万物而生的“道”）。荷尔德林称自然为“创造一切而又平整一切者”“神圣者”，海德格尔也说，“神圣者就是自然的本质”，正是无所不在的自然为“天”“地”“诸神”和“能死者”的出现与关联提供了一个“敞开域”；诗人的本质并不在于对神的接受，而在于“被神圣者拥抱”，神圣者赠送词语，并且自身进入这种词语之中，“词语乃是神圣者之已成”①。这一段对“自然”的精辟论述在西方文明文化传统中可谓“空谷足音”，它只可能出于亲自翻译过老子《道德经》、引用过并终身喜欢《庄子》的海德格尔的手笔。②因此，“自然”同样是海德格尔诗学中一个核心范畴，所谓“美”、所谓“文艺”本质上都是“神圣自然的馈赠”。

很显然，在关于文艺的本源和本质的认识上，海德格尔诗学与《庄子》诗学思想之间存在着根本的可通约性。

二、路向：思·语言·诗

就我目前所知，最早使海德格尔思想在美国学界得以传播、逐渐被接纳并进而产生广泛影响的，是一本诗学论文选集——A.H.Harper and Row 编译的

①Heidegger, M. *Erläuterungen zu Hölderlins Dichtung*, Frankfurt: Vittorio Klostermann, 1981. SS. 51-77.

②在1927年出版的《存在与时间》中，海德格尔的思想体系尤其是在他的“世界”概念中还没有“自然”的位置（所谓“森林是林场，山是采石场，河流是水力，风是‘扬帆’之风”）。但从1930年开始引用《庄子》、1946年试图与中国学者合译《道德经》以后，海德格尔的思想有了明显变化：随着他“拯救地球”主题的出现、对现代技术的分析、对艺术在技术时代的拯救作用的论述，“自然”的概念在其思想中越来越重要。关于海德格尔的后期思想的核心问题与基本实质，可参阅宋祖良《拯救地球和人类未来——海德格尔的后期思想》（中国社会科学出版社1993年版）一书中的相关论述。

《诗·语言·思》(*Poetry, Language, Thought*)[①]。这本书部头不大,仅仅收入了寥寥七篇文章,相对于海德格尔丰富复杂的诗学思想整体来说自然是很不全面的,有许多重要的诗学著作没有也不可能涉及。譬如,厚厚两大卷的《尼采》和一系列阐释荷尔德林诗的著述都没有文章入选,更不用说《存在与时间》《形而上学导论》《什么叫思?》《同一与差异》《技术与转向》等与其诗学思想紧密相关的哲学著作了。但该书之所以能够产生广泛的影响并不是偶然的,我们只需要从该书"诗·语言·思"这个书名中就可以清楚地看到:该书的编译者不仅非常准确地把握住了构成海德格尔诗学大厦的三个基本维度,而且也极为准确地道出了海德格尔诗学体系的基本路向:存在之思→道说之言→诗意栖居。海德格尔有重大影响的哲学、诗学研究是从他1927年出版《存在与时间》开始的。众所周知,该书的追问是围绕"此在"的"非本己本真的日常存在状态"和"本己本真的可能性存在状态"的生存论分析与阐释展开的,是从关于具有"世界性"和"时间性"的历史性此在的"存在之思"出发的。大约1930年代中期至1950年代末,海德格尔思想的重心从"生存-存在论"研究转向了"艺术-诗学"研究(他一生的主要诗学著述及讲座几乎全部集中在这一时期[②])。但与柏拉图、亚里士多德直至黑格尔、尼采等人的传统艺术哲学或美学研究不同,海德格尔坚决拒绝艺术形而上学或科学知识形态的美学的道路[③],他的诗学沉思始终不脱离"作为历史性此在"的人的本真生存与存在的问题。通过一系列有关"诗""艺术""诗人何为"

①这种以诗学思想为核心产生影响的情形,直至1980年代末才逐步过渡为以海德格尔对技术的分析对于生态主义、环境保护主义的影响为核心而发挥作用的局面。

②如讲座或演讲:《荷尔德林的赞美诗〈日耳曼人〉和〈莱茵河〉》(1934—1935);《艺术作品的本源》(1935—1936);《荷尔德林与诗的本质》(1936);《尼采:作为艺术的强力意志》(1936—1937);《荷尔德林的赞美诗"如〈在节日之时……〉》(1939);《荷尔德林的赞美诗〈追忆〉》(1941—1942);《荷尔德林的赞美诗〈伊斯特河〉》(1942);《还乡——致亲人》(1943);《哲学导论——思与诗》(1945—1946);《诗人何为?》(1946);《观入在者》(1949);《筑·居·诗》、《……人诗意地栖居……》(1951);《尼采的查拉图斯特拉是谁?》《技术的追问》(1953);《诗与思——关于斯特凡·格奥尔格的〈词语〉一诗》(1958);《荷尔德林的大地和天空》、《现时代的艺术的使命》(1959)等。著作(仅以生前出版的集子为限)及其大致写作时间:《林中路》(1935—1946);《荷尔德林诗的阐释》(1936—1968);《尼采》二卷(1936—1946);《演讲与论文集》(1936—1953);《什么叫思?》(1951—1952);《在通向语言的途中》(1950-1959);《出自思的经验》(1910—1976)等。参见萨弗兰斯基《海德格尔传——来自德国的大师》(商务印书馆1999年版)和孙周兴选编《海德格尔选集》下卷(生活·读书·新知上海三联书店1996年版)两书的"附录"部分。

③Heidegger, M. *Nietzsche* I, Pfullingen: Günther Neske, 1961. SS. 91-109.

“现代技术与人的存在”“艺术(诗)在技术时代的救治功能”“思与诗的对话”等问题的讲座、演讲、著述,海德格尔集中表达了他关于人的“诗意栖居”问题的思考。这一主题显然是《存在与时间》中关于人的可能的“本真存在”主题的自然延续和深化。但如何才能实现从非本真的“日常存在”向可能的本真的“诗意栖居”转变呢?海德格尔的策略是:“走向语言之路”。他认为,要实现人的“诗意栖居”,首先要“重新学会在语言之说中栖居”;而要“学会在语言之说中栖居”,首先又要把“(本真的)语言之本质召唤出来”①,这就是说,首先要“疗救”已经在漫长的形而上学历史和现代技术的独裁的现实中“生病了”的语言、“思”与“诗”已经完全分离的语言。这是因为,语言不仅是“存在之家”,同时也是“最切近于人的本质”并“允诺终有一死的人的本质以居留之所”的东西。②可如何才能把“(本真的)语言之本质召唤出来”、重新实现“思”与“诗”的那种源初统一呢?唯有通过“思与诗的对话”③。正因为如此,大约到了1950年代尤其是末期以后,海德格尔关注的中心便主要转移并集中到了对作为“存在之家”和“纯粹道说”的“语言本质”的思考上。④

以上所述便是海德格尔诗学体系的三个基本板块和基本路向。把握住了这一点,便把握住了海德格尔诗学的总体面貌和发展轨迹。

让人惊异的是,庄子的诗学思想也正是由“诗·语言·思”三个基本维度构成的,并且也体现出了相同的基本路向:本然之思→大道之言→诗化人生。庄子是一个既有着自觉的“终极关怀”,又有着强烈的“现实敏感”的真正的深刻的思想家。他深深地有感于自己所处的世道时局和各种使人远离恬淡素朴人生的思想学说对于人性的腐蚀和异化,他强烈地渴求达于一种自然素朴、逍遥自在的本真的生存状态。他的所谓“反文明”“反文化”倾向(集中体现在《胠箧》《马

①Heidegger, M. *Unterwegs zur Sprache*, Stuttgart: Günther Neske, 1997. S.38.

②Heidegger, M. *Unterwegs zur Sprache*, Stuttgart: Günther Neske, 1997. SS.11–14.

③“思与诗的对话”是海德格尔后期思想的一个重要主题。海氏不仅有许多这方面的理论申述,而且还有大量的实践活动。后者体现为对荷尔德林、里尔克、特拉克尔、格奥尔格等伟大诗人的伟大诗歌坚持不懈的深度阐释。可参阅《在通向语言的途中》《荷尔德林诗的阐释》《出自思的经验》等著作。

④如讲座或演讲:《语言》(1950);《语言的本质》(1957);《向语言之路》(1959);《语言与家乡》(1960)等。著述:《乔治·特拉克尔——对其诗歌的探讨》(1953);《在通向语言的途中》(1959);《语言与家乡》(1960)等。参见萨弗兰斯基《海德格尔传——来自德国的大师》(商务印书馆1999年版)、孙周兴选编《海德格尔选集》下卷(生活·读书·新知上海三联书店1996年版)两书的“附录”部分。

蹄》等篇),也与此紧密相关。与老子哲学思想重在“本体论”“宇宙论”并从中发展出一套非常现实的帝王权谋之术和如何在社会中趋利避害的为人处世之道不同,庄子哲学思想的核心是一套以“逍遥游”为指归的理想人生哲学。他的运思是从关于人的“本然存在”的存在之思开始的。史迁称庄子“剽剥儒墨”,而事实上庄子对于儒墨二家却有褒有贬,甚至如苏东坡《庄子祠堂记》所说的是“阳挤而阴助之”[①],而对于学说主张看上去还颇有几分相似(如都主张“然不然,可不可”)的“辩者之徒”公孙龙却自始至终都毫不客气地加以鄙视和讽刺[②],原因正在于后者将一切心思和工夫都花在了“困百家之知,穷众口之辩”上面,丝毫没有“人生关怀”。这又从反面证明了这一点。庄子诗学思想运思的起点是“生命之大悲恸”“人生之多重负”等,而“体道智慧”正是用来消解人生惨淡、寻求拯救之路的。庄子诗学思想的旨归是“乘道德而浮游”的“逍遥人生”,一种通向自由完满、通向大自在的人生,一种诗化、艺术化的人生。他讲“无用之用”、讲“去知返观”、讲“无”“外”“齐”、讲“心斋”“坐忘”、讲“无何有之乡”,甚至包括讲“以天合天”、讲“德有所长而形有所忘”、讲“技—艺—道”等,都是为其“逍遥人生”服务的,都是其“诗化人生”理论的组成部分。此外,“乘道德而浮游”意味着:通达“逍遥人生”境界的前提和关键是“体道”,而“体道”的前提和关键又在于倾听和应和“大道”。因此,庄子同样是把倾听和应和“大道之言”作为途径的。不仅如此,对“诗性语言”的偏爱、对“逻辑-工具性语言”的批判、对“语言作为‘寂静之音’而说”的强调,也是庄子与海德格尔在语言问题上突出的共同点。对于庄子来说,“天地有大美而不言,四时有明法而不议,万物有成理而不说”“道不可言,言而非也”[③]“可以言论者,物之粗也;可以意致者,物之精也;言之所不能论,意之所不能察致者,不期精粗焉”[④],这就是说,语言是有着“能言”与“不能言”的边界的。尽管如此,但我们却经常不得不面临必须“言不可言”这样的“言说的悖论”。更重要的是,语言对于被言说的存在者来说,既能有所“澄明”,又会有所“遮蔽”。正因为如此,庄子又发明了“寓言”“重言”“卮言”三种基本的“诗意

①[宋]苏轼:《苏轼文集》卷十一,中华书局1986年版。

②整部《庄子》数万言中就没有一个字说过公孙龙的好话!《天下》篇对诸子各家的评点都堪称详尽精到、公允若衡,唯独对公孙龙置词最少且全系贬责。

③[清]郭庆藩:《庄子集释》卷七下,“新编诸子集成”本,中华书局1961年版。

④[清]郭庆藩:《庄子集释》卷六下,“新编诸子集成”本,中华书局1961年版。

的”言说方式①,和“以言去言”“言不言”“非-非非遮诠法”及“两行以明法”等“不落言筌”“不留巴鼻”的语言表述方式(后详)。总之,庄子诗学思想也采用了“诗·语言·思”的基本板块和基本路向。

由此可见,在诗学思想的基本板块和基本路向上,海德格尔与庄子也存在着根本的可通约性。

三、方法:去蔽

读过庄子和海德格尔著作的人也许都会有一种强烈的感觉,二人都太喜欢使用否定副词及其名词形式如“无”“不”“非”或“nicht”“kein”“Nichts”等等。这可以说是他们共同的理论特色的重要体现。单以《庄子》为例。据笔者粗略统计,在郭本三十三篇八万字左右的《庄子》一书中,使用“无”字868次;“不”字1998次;“非”字313次,共计3179次。如果再加上“勿”“莫”等,则数字将会更大。其使用频率之高,由此可见一斑。海德格尔的著作同样如此,“nicht”“kein”“Nichts”等随处可见②,这只需要翻一翻《存在与时间》《形而上学导论》《路标》《存在的历史》等就会感觉到。

何以致此呢?这同他们不愿意人云亦云而总喜欢“别出心裁”紧密相关。

颠覆“常见”、破除“言障”,是海德格尔和庄子的共同“癖好”。与“常见”或

①[清]郭庆藩:《庄子集释》卷九上、卷十下,“新编诸子集成”本,中华书局1961年版。

②尽管德里达在其《立场》一书中仍然将海德格尔哲学称为“在场的形而上学”,但事实上,海德格尔同以往的形而上学家有着明显的区别。兹略举一二端作为提示:其一,虽然“Sein”(存在)仍然是海德格尔思想中一个基本概念,但它不再是任何“Seiende”(存在者)或其整体,甚至与“存在者的存在”之间也有着“存在论区别”(参见 *Unterwegs zur Sprache*, Stuttgart: Günther Neske, 1997. S.110),而且他明确主张哲学应当“不顾存在者而思存在”(参见 *Zur Sache des Denkens*, Tübingen: Max Niemeyer, 1988. S.2);其二,在《形而上学是什么?》的“后记”中,“Sein”不仅被改写成了“Seyn”,而且还被画上了“×”(参见 *Wegmarken*, Frankfurt: Vittorio Klostermann, 1996. S.306);其三,在所谓的“形而上学”中,海德格尔对“无”或“无化”的重视丝毫不逊色于对“是”“有”“存在”的重视:在《形而上学导论》中,开篇第一句话竟然是“究竟为什么在者在而无反倒不在? 这是问题所在”(参见 *Einführung in die Metaphysik*, Tübingen: Max Niemeyer, 1976 S.1);在《存在的历史》中,海德格尔明确表达过“存在即无”“无无化”等命题(参见 *Die Geschichte des Seyns*, Frankfurt: Vittorio Klostermann, 1998. S.168),在《路标》中也多次涉及此类思想;在1941、1942年冬季讲座《哲学导论》中,副标题居然是“思与诗”(参见 *Einleitung in die Philosophiel:Denken und Dichten*, Frankfurt: Vittorio Klostermann, 1990)。

“流俗之见”做斗争、与“语言的遮蔽性”做斗争，是海、庄二哲共同的非常突出的思想特色。因此，“去蔽”是他们运思与表达的主要方法与形式。而对否定副词及其名词形式的特别“青睐”，正是与他们的这一思想特色相一致的。

《天下》篇所称的庄子多“谬悠之说，荒唐之言，无端涯之辞”，正是其颠覆“常见”和破除“言障”的结果。的确，庄子在运思和表达方式上常常采用的“非－非非遮诠法”“两行以明法”，在行文方式上常常使用的“寓言”“重言”“卮言”等“诗意的”言说方式，以及力图最终实现的“言不言”或者说“以言去言”等“无中生有”的意义生成方式，都与“去蔽”（即佛教禅宗所强调的“破”，冯友兰先生所强调的“负”或者“非”）这个根本性的方法论观念分不开。在我看来，所谓“非－非非遮诠法”和“两行以明法”，要旨就一个：消解一切现成的或现成性的意义。近些年来，美国有许多汉学家（如Mark Berkson）把庄子与德里达联系起来，比较二人的“解构主义”[①]。这与早些年中国大陆不少学者把庄子与萨特联系起来，在庄子学说中去寻找“虚无”与“荒诞”等颇为相似。其实，将庄子与萨特、德里达联系起来是有一定学理根据的：他们都是反叛传统、务求创新，坚决与“常见”“流俗之见”做斗争、与“语言的遮蔽性”做斗争的有着独特鲜明的思想个性的思想家，“去蔽”是他们共同的思想方法和言说方式。但在我看来，庄子与萨特、德里达也有一些绝大的不同不容忽视：譬如，萨特的“虚无”与“荒诞”最后通向的是“恶心”“禁闭”和“死无葬身之地”，是人生的冷峻、丑恶与无意义；而庄子最后通向的则是“逍遥游”，是诗化的自由完满的人生。同样，德里达的“解构”最后通向的是对语言表达的彻底的不信任；而在庄子那里，所谓“解构”在于“去蔽”，而“去蔽”的最终目标是抵达不可言说的“大道”。这就是说，“解构”并不是庄子的最终目的，而不过是他意义生成的一种特殊方式（在中国的传统文化中，如果说儒家文化精神的意义生成的基本方式是“依经立义”的话，那么佛教禅宗和道家文化精神注重的则是“以不言言之”）；其目的乃在于使人学会在听话读语时“不死于句下”，学会“在沉默中聆听出本真的意义”。因此，唯有深入研究过老庄并反复强调“语言乃道路”“语言乃通过‘寂静之音’而说”的海德格尔，才可以算得上是真正抓住并领会了庄子“去蔽（解构）”的精神实质之所在！

---

①中国社科院外文所比较文学研究室、西安外国语学院：《诗学新探》（第一辑），百花文艺出版社2004年版，第183－228页。

1928年在给老同学的信中，海德格尔曾说，"也许哲学以最强烈、最持久的方式向人们指出，人总是一个刚开始的新手。哲学探讨最终无非就是意味着当一个刚开始的新手"[①]；在《存在与时间》中，海德格尔又写道："保护此在借以道出自身的那些最基本的词汇的力量，使之免受平庸理解的危害，这归根到底就是哲学的事业。因为平庸理解把这些词汇敉平为不可理解的东西，而这种不可理解的状态又作为伪问题的源泉而发生作用。"[②]这就是说，真正的思想必须永不满足于"常见"或"成见"，一切都必须"从头再来"；真正的思想还必须杜绝"平庸理解的危害"，保护好语言的"源初"的、本真的"道说力量"。这就涉及"去除常(成)见之蔽"和"去除语言之蔽"的问题。与一切满足于"平庸理解"的"常见""成见"或者"褊狭浅陋之见"做斗争，是海德格尔坚守了终生的哲学事业，也是他思想的一贯特色。熟悉海德格尔诗学的人都能明显感觉出，它与自亚里士多德《诗学》以来一直到黑格尔《美学》(甚至包括某种程度的尼采诗学美学)那种逻各斯中心主义的、本质主义的、"科学知识"形态的西方传统诗学及美学之间是有着根本区别的：通过对基本词汇的追根溯源的词源学考察以澄明其"源初意义"，借助所谓"A即A本身且A非a"的"去蔽式表达法"，最终实现对"常见""成见"和"褊狭浅陋之见"的颠覆，是海德格尔诗学思想在表述方面的一贯特色。对此，我们只需认真品味一下《艺术作品的本源》及其"后记""附录"中海德格尔对于"物""器具""艺术作品""真理""艺术""技艺""美"等基本概念和"艺术(诗)与人的历史性此在的本质(源)关联"问题的思考和表达，就能足够充分地体悟到这一点。

由此观之，在诗学思想的思维模式和思想方法方面，海德格尔和庄子同样存在着根本的可通约性。

四、言说：对话·复调·道路

思想诉诸思想，思想促发思想。因此，真正伟大的思想家并不"兜售"现成

---

①[德]萨弗兰斯基著、靳希平译：《海德格尔传——来自德国的大师》，商务印书馆1999年版，第1页。

②Heidegger, M. *Sein und Zeit*, Tübingen: Max Niemeyer, 1993. S.220.

的思想[①],而是提供进一步思想的"种子"或者思想的"图几"[②],以便让能够思想的脑袋真正去展开思想。相应地,在思想表述上,他们决不像全知全能的上帝或者无上神圣的权威那样去"发布"现成的思想(那样往往会因其违背思想的本性而抑制乃至窒息思想),而是只"敞开"一个意义的"构成域":其中既包含着能引发"争执"的"裂隙(der Riß)",又包含着能维持住一个"构成态"的"格式塔"(die Gestalt)。关于这一点,读过《庄子》、读过海德格尔《艺术作品的本源》和《语言》等诗学名篇的人都会留下深刻的记忆。

诚如张祥龙先生所指出的那样,海德格尔在写作和讲学时对思想的表述都自觉地致力于恢复思想的纯正语境和诗意活力,尽量使用"粘言""重言""卮言""寓言"和"触类旁通""回旋互映""喻中设喻"等各种"当场牵引开显"的手法,尽量恢复语言表达纯思想时的"缘构性"和"诗意性",让语言本身说出在一切表象和概念化之先的,又是最不可避免的含义。[③]

这话对于庄子也完全适用。而且大家知道,"重言""卮言""寓言"等原本就是庄子惯用的言说方式。加上"非-非非遮诠法"和"两行以明法"等运思和表述方式的使用,庄子的思想不仅充满了诗性的光辉(庄子也因此被闻一多、钱穆等许多大学者公认为"诗人哲学家"),而且,《庄子》一书自始至终让你感受到的是鲜活灵动的思想,而不是一簇簇僵死干瘪的语言符号。庄子对思想的表达同样充满了"缘构性"和"诗意性"。他之所以能够在哲学上与号称"纯思之至"的老子比肩而并称"老庄",在文学上与文采飞扬的屈原齐名而并称"庄屈",这两点都不可或缺。

如何恢复思想的纯正语境和诗意活力,或者说,恢复语言表达纯思想时的"缘构性"和"诗意性"呢?关键在于使语言的能指与所指之间充满张力和弹性,以便增强其思想表达的开放性和对话性。这也正好是与"去除语言之蔽"的努

①亲聆海德格尔授课三年的熊伟先生介绍,海德格尔授课不是像一个教授那样贩卖哲学知识,而是像一个诗人那样满堂吟咏。在《存在与时间》中译本前言中,熊伟先生写道:"笔者于三十年代初听了他的课,总觉不是灌输知识,而是启人思,而且是诗意地思与诗意地说。"参见《存在与时间》,陈嘉映、王庆节译,生活·读书·新知三联书店1987年版。

②借用张祥龙先生术语。参见张祥龙:《海德格尔思想与中国天道》,生活·读书·新知三联书店1996年版,第89页。

③张祥龙:《海德格尔思想与中国天道》,生活·读书·新知三联书店1996年版,第417页。

力相一致的。“语言”有“工具性语言”，也有“诗性语言”；“语言之说”有“功能性的说”，也有“诗意性的说”。海德格尔显然更偏爱“诗性语言”，因为“诗性语言”之“诗意性的说”更充满了“多义性”“开端性”“开放性”和“澄明性”；而“工具性语言”的“功能性的说”则更多的是一种“单义性”“终结性”“封闭性”和“遮蔽性”的“说”。所谓恢复思想的纯正语境和诗意活力，恢复语言表达纯思想时的“缘构性”和“诗意性”，就是为了增强思想表达的开放性和对话性，从而使思想表达足以引发真正的对话并催生出新的思想。海德格尔名作——《关于人本主义的书信》①的收信人、与海德格尔保持平等对话长达30年的重要对话伙伴、法国亨利四世高等师范学校预备班高级哲学讲师让·波弗勒(Jean Beaufret)，去世前不久曾对托瓦尼茨基说：“海德格尔的问题不过是与他人展开对话的可能性问题。”②

的确，无论是在《庄子》还是海德格尔的诗学著作中，其思想的表达都充满了“多义性”“开端性”“开放性”和“澄明性”，从而为与他人展开“对话”提供了“可能性”。在《庄子》一书中，你随处可以看到多种思想之间的“对话”甚至激烈“交锋”：庄子所代表的以“无待逍遥”为宗旨的道家思想，与孔子为代表的重名教差等讲矢志有为的儒家思想，以墨子、禽滑厘为代表的讲兼爱勤苦、讲一心为公的墨家思想，以惠施、公孙龙为代表的讲离坚白、合同异等名实之辩的名家思想，以彭蒙、田骈、慎到为代表的原始蒙昧主义思想，以列子为代表的贵清虚寂寞的思想，乃至以关尹、老聃为代表的虚静无为、谦柔守下思想等之间，经常展开交流或辩难。虽然《论语》《孟子》《荀子》等书中也有“对话”的形式，甚至有对不同思想的猛烈“辟”“非”，但其中充满了“话语霸权”和“霸权话语”，我们很少在其中看到真正意义上的平等“对话”和“交锋”。这一点，只需要将它们与《庄子》稍加对照就会发觉。在海德格尔的著作中同样充满了对话。而且，如果细究起来，他的“对话”形式还与《庄子》有所不同(另文详述)。

①Heidegger, M. *Wegmarken*, Frankfurt: Vittorio Klostermann, 1967. SS.313-364. 另外，这封长信作于1946年(次年发表)，在信中海德格尔提出了他的许多著名命题如：“语言是存在之家”；“人居住在语言的寓所中，思想者和作诗者乃是这个寓所的看护者”；“语言乃是存在本身的澄明着-遮蔽着的到达”；“人是存在的守护者”等。

②中国社科院外文所比较文学研究室、西安外国语学院：《诗学新探》(第一辑)，百花文艺出版社2004年版，第45-46页。

由于在《庄子》和海德格尔的诗学著作中思想的表达都充满了“开放性”和“对话性”，因此往往都充满了“复调”色彩：随处可以看到多种思想之间的平等“对话”或激烈“交锋”，读者也可以随意加入其中。虽然其中有冲突有交锋，但你看到的是各种思想的“如其所是”的展现，而不是“霸权话语”实施“话语霸权”的“暴行”。这不是偶然的。庄子明确主张“齐”、主张“两行以明”等，因此思想表达上出现“复调”色彩自然不在话下；海德格尔更是强调，“语言是人类此在的最高事件”，因为“我们此在存在的基础就是一种对话”[①]。说的什么意思呢？海德格尔说：“人的存在建基于语言，而语言根本上首先发生在对话中。可是，对话不仅仅是语言实施的一种方式，而是只有作为对话，语言才是本质性的。”[②]质言之，正是“对话及其统一性承荷着我们的此在”[③]。

那么，言说又如何成了“道路”呢？在庄子那里，一方面，他强调“道不可言，言而非也”(《知北游》)；另一方面，庄子也深深地懂得，“知道易，勿言难”(《列御寇》)。所以出路只有一条：“得意忘言”。《外物》篇中有一段大家熟知的经典表述：“筌者，所以在鱼，得鱼而忘筌；蹄者，所以在兔，得兔而忘蹄；言者，所以在意，得意而忘言。”[④] 意思是说，借助“言语”的目的是通达“大道”和“玄理”，但“言语”并非就是“大道”和“玄理”本身；这就好比为了获得“鱼”“兔”就须得忘记而不能黏滞于“筌”“蹄”一样，为了通达“大道”和“玄理”就必须挣脱“言语”的束缚而“忘记言语”。总之，“言”就好比“指月”的“指头”，“通达目的地”的“道路”。中国古代诗学特别强调“勿死于句下”，其理论渊源显然即在庄子这一诗学思想之中。庄子不仅有此理论主张，而且由“三言”“遮诠”“两行”等言说策略支撑起来的充满“谬悠之说，荒唐之言，无端涯之辞”的《庄子》文本本身，就是一个其“言语”只是“道路”、欲“得其意”须“忘其言”的范例，它从不提供和教导现成的“思想”。同样，在《在通向语言的途中》一书里，海德格尔用得很多的一个词也是“Weg(道路)”。譬如在《语言的本质》一文中，他不仅明确宣称，“道路”一词

①Heidegger, M. *Erläuterungen zu Hölderlins Dichtung*, Frankfurt: Vittorio Klostermann, 1981. S.40.

②Heidegger, M. *Erläuterungen zu Hölderlins Dichtung*, Frankfurt: Vittorio Klostermann, 1981. S.38. 另外，海德格尔不用“der Dialoge”而用字面义为“共语”的“das Gespräch”来表示“对话”，大概也带有使言说成为“复调”之意。“ge”在德语中表“聚合为一”的意思。

③Heidegger, M. *Erläuterungen zu Hölderlins Dichtung*, Frankfurt: Vittorio Klostermann, 1981. S.39.

④[清]郭庆藩：《庄子集释》卷十上，“新编诸子集成”本，中华书局1961年版。

是“语言的原始词语”,并且认为老子的“道(Tao)”在“根本上”就意味着“道路(Weg)”,只不过它是“产生一切道路的道路”[①]。在该文的结尾处,海德格尔在解释德国诗人斯特凡·格奥尔格《词语》中的诗句“词语破碎处无物存在”时写道,“词语崩解处,一个‘存在’出现”(这与庄子的“得意忘言”思想和由此开出的中国古代诗学中一贯强调的“不落言筌”“勿死于句下”“破除言障”等是多么地相似!),并且说“词语的这种崩解乃是返回到思之道路的真正步伐”[②]。再譬如,在《出自一次关于语言的对话》一文中,海德格尔反复把“语言”“道说”乃至“思想”同“道路”联系起来,如在评说自己1921年《表达与现象》的讲座时他说,“在其中萌发出踏上一条道路的尝试”[③],“我始终只是追踪一条道路的踪迹”[④];在评说胡塞尔对《存在与时间》的影响时他说,“现象学提供了一条道路的可能性”[⑤];在评说自己的学术道路时他又说,“对语言和存在的沉思老早就决定了我的思想道路”[⑥],“没有这一神学的来源我就决不会踏上思想的道路”[⑦];对于“思想”本身,海德格尔认为,“思想中持存者乃是道路”[⑧],“思想沉湎于一种奇异的道路建设”[⑨];一个真正的“哲学家”,就代表一条“哲学之路”[⑩]。众所周知,在海德格尔的诗学著作中,至少有三本专著和一本小册子以“路”命名。另据奥特·波格勒所编《海德格尔:阐释其著作的诸种视角》中所提供的资讯,海德格尔临终前对自己的《全集》所说的话是:“诸条道路,而非著作(Wege——nicht Werke)[⑪]。”的确,在海德格尔的诗学著作中,你除了能够感受到一种充满“缘构性”和“诗意性”的“原思-原诗”在“张力”与“对话”中不断“开辟”出的“道路”和不断“涌现”出的不同“境界”外,几乎找不到对任何一个诗学概念或问题的唯一的、最后的

①Heidegger, M. *Unterwegs zur Sprache*, Stuttgart: Günther Neske, 1997. S.198.

②Heidegger, M. *Unterwegs zur Sprache*, Stuttgart: Günther Neske, 1997. S.216.

③Heidegger, M. *Unterwegs zur Sprache*, Stuttgart: Günther Neske, 1997. S.91.

④Heidegger, M. *Unterwegs zur Sprache*, Stuttgart: Günther Neske, 1997. S.137.

⑤Heidegger, M. *Unterwegs zur Sprache*, Stuttgart: Günther Neske, 1997. S.92.

⑥Heidegger, M. *Unterwegs zur Sprache*, Stuttgart: Günther Neske, 1997. S.93.

⑦Heidegger, M. *Unterwegs zur Sprache*, Stuttgart: Günther Neske, 1997. S.96.

⑧Heidegger, M. *Unterwegs zur Sprache*, Stuttgart: Günther Neske, 1997. S.99.

⑨Heidegger, M. *Unterwegs zur Sprache*, Stuttgart: Günther Neske, 1997. S.110.

⑩据伽达默尔《哲学生涯》和萨弗兰斯基《海德格尔传——来自德国的大师》记载:1928年,天才的思想家舍勒英年早逝,海德格尔讲课前就此说的一句话是:“一条哲学之路再次沉入黑暗之中。”

⑪Pöggeler, O. Heidegger: *Perspektiven zur Deutung seines Werkes*, Weinheim: Beltz Athenäum, 1999. S.404.

答案。这与海德格尔“终结哲学(形而上学)”而“走向思”的主张和努力是完全吻合的。同海德格尔彼此深爱过、海德格尔多次由衷地承认“没有任何人比她更理解他的思想”的学生兼情人、大哲学家康德的后辈同乡(二战后移居美国)的著名犹太女政治哲学家汉娜·阿伦特,在其未完成的巨著《精神的生命:思维——意识——判断》中得出的结论是:“海德格尔使哲学又重新赢得了思维。”[①]那么,是什么帮助海德格尔恢复了思的活力并使僵死的文化遗产重新开口说话了呢?“一切都是道路(Alles ist Weg)”,海德格尔著作中多次如此写道。

显而易见,在诗学思想的言说方式上,海德格尔与庄子也存在着根本的可通约性。

原载《四川师范大学学报》(社会科学版),2005年第6期

①[德]萨弗兰斯基著、靳希平译:《海德格尔传——来自德国的大师》,商务印书馆1999年版,第569页。

海德格尔诗学与《庄子》诗学思想之差异述略

尽管海德格尔诗学与《庄子》诗学思想存在着许多本质性的相同或相通,但也客观存在着某些程度不同的差异:在思想的起点上,前者"尚诗"而后者"非文";在思想的终点上,前者讲"诗意地栖居"而后者讲"乘道德而浮游";在言与意的关系上,前者强调"道在言中"而后者强调"言由道生";在思想表达方式上,前者最独特诱人的是其思想内部的"亲密争执"而后者则是与多种别家思想的"尖锐论战"等。但这些差异并不足以构成阻碍二者对话的隔障,反倒可能为我们的"生产性对话"提供新鲜的话题,产生有价值的成果。

一、起点:非文与尚诗

海德格尔诗学与《庄子》[①]诗学思想在理论的起点处存在着很大的差别,这就是:"尚诗"与"非文"。

①本文所引《庄子》文字,均用清人郭庆藩《庄子集释》("新编诸子集成"本,中华书局1961年版),不一一注明。

这里的“非文”是指庄子对“文艺”的“非难”或“反对”，进而对整个“文明”或“文化”的“担忧”与“敌视”；这里的“尚诗”首先是指海德格尔对“伟大诗歌”的真心喜爱，其次是指海德格尔对一切“伟大艺术”的真心崇尚。

徐复观先生在《中国艺术精神》一书中说，与儒家强调“兴诗”“立礼”“成乐”不同，崇尚自然的老庄在其思想起步的地方根本就没有艺术的意欲，更不曾把某种具体的艺术作为追求对象，甚至还从“道本素朴”的观念出发非难和反对艺术①。的确，老庄都几乎没有从正面直接肯定过“艺术”，而直接反对“艺术”的言论倒有不少。除老子《道德经》第十二章有“五色令人目盲，五音令人耳聋”外，庄子《胠箧》篇云：“擢乱六律，铄绝竽瑟，塞瞽旷之耳，而天下始人含其聪矣；灭文章，散五采，胶离朱之目，而天下始人含其明矣。”《马蹄》篇亦云：“性情不离，安用礼乐！五色不乱，孰为文采！五声不乱，孰应六律！夫残朴以为器，工匠之罪也；毁道德以为仁义，圣人之过也。”他们为何要非难和反对“艺术”呢？主要是担心“艺术”会使人丧失恬淡素朴之本性。《天地》篇云：“且夫失性有五，一曰五色乱目，使目不明；二曰五声乱耳，使耳不聪；三曰五臭熏鼻，困惾中颡；四曰五味浊口，使口厉爽；五曰趣舍滑心，使性飞扬。此五者，皆生之害也。”在谈到“美”的时候，他们也特别强调“朴素至美”“本然即美”和“美的相对性”。譬如《天道》篇中就讲到了“朴素而天下莫能与之争美”的道理，《刻意》篇中又讲到了本然之美“澹然无极而众美从之”的观念。至于《齐物论》篇中“毛嫱丽姬”使得“鱼见之深入，鸟见之高飞，麋鹿见之决骤”的故事，《天运》篇中“东施效颦”使得“其里之富人见之，坚闭门而不出；贫人见之，挈妻子而去之走”的故事，《山木》篇中“逆旅二妾”居然出现“恶者贵而美者贱”的故事等，显然都是在强调“美的相对性”。《徐无鬼》篇中甚至不无偏激地说：“凡成美，恶器也。”

庄子诗学思想起点处这种对“艺术”和“美”的非难与反对，不仅与注重“文明”“教化”、强调“礼乐修文”的儒家有很大差别，而且与墨子的“非乐”至少在原因上也还有明显不同：墨子对文艺的非难和反对，是从他的“苦行为天下”“过简朴生活”的主张出发的，是他的“生不歌，死无服”或“上功用，大俭约，而僈差等”②的主张的一部分；而庄子则是出于对自由自然的崇尚、对素朴恬淡之性的

①徐复观：《中国艺术精神》，春风文艺出版社1987年版，第43页。

②[清]王先谦：《荀子集解》卷三，“新编诸子集成”本，中华书局1988年版。

持守、对本真生存的向往。出此目的和原因，庄子不仅非难和反对“艺术”与“美”，而且还对整个“文明”“文化”表现出“担忧”与“敌视”。如前引《胠箧》篇“擢乱六律，铄绝竽瑟”一段，其前所接乃是“故绝圣弃知，大盗乃止；擿玉毁珠，小盗不起；焚符破玺，而民朴鄙；掊斗折衡，而民不争；殚残天下之圣法，而民始可与论议”；其后所续亦为“削曾、史之行，钳杨、墨之口，攘弃仁义，而天下之德始玄同矣”。再如《天地》篇，通过叙述“汉阴丈人抱瓮出灌”的故事，借“警惕机心”为由大发了一番“反对机械”等技术文明的议论。

虽然海德格尔一直“把庄子作为借以测度自己的一个重要范型”[①]，但与庄子思想的“起点处”有“非文”倾向不同，海德格尔似乎一直是一个极度热情的艺术（尤其是诗歌）爱好者。他的诗学自始至终是肯定“艺术（诗）”的，并且其诗学思想主要是通过对具体的伟大诗篇、艺术杰作的阐释来展开的。相反，在整部《庄子》三十三篇中，除《达生》《天运》等少数几篇外，很难找到直接涉及具体文艺创作活动或阐释具体文艺作品的篇章。

海德格尔是一位自称被自己的“思之必然性”[②]逼成的热爱诗、阐释诗并且亲自尝试写作出自“天命的馈赠”和“思的经验”的伟大诗篇的“诗人哲学家”或“哲学家诗人”。他对诗歌的热爱，源自他“存在之思是作诗的原始方式……思即原诗；……一切作诗在其根本处都是运思。思的诗性本质保存着存在之真理的运作”[③]，“一切凝神之思就是诗，而一切诗就是思，两者缘于道说而相互归属”[④]，“思与诗……一向以它们自己的方式处于近邻关系中”[⑤]“思与诗对话的目的在于把语言的本质召唤出来，以便终有一死者能重新学会在语言中栖居”[⑥]等

①May, R. *Heidegger's Hidden Sources: East Asian Influences on His Work*, tr. Parkes. G., New York: Routledge, 1996. P.55.

②海德格尔在《荷尔德林诗的阐释》增订版第四版前言中说：“本书的一系列阐释，并不打算成为文学史研究论文和美学论文。它们乃是出自一种思之必然性。”参见 Heidegger, M. *Erläuterungen zu Hölderlins Dichtung*, Frankfurt: Vittorio Klostermann, 1981. S.7.

③Heidegger, M. *Holzwege*, Frankfurt: Vittorio klostermann, 1994. SS.328-329. 另外，凡引该书的中文译文均参考孙周兴译《林中路》，上海译文出版社1997年版，不一一注明。

④Heidegger, M. *Unterwegs zur Sprache*, Stuttgart: Günther Neske, 1997. S.267. 另外，凡引该书的中文译文均参考孙周兴译《在通向语言的途中》，商务印书馆1997年版，不一一注明。

⑤Heidegger, M. *Unterwegs zur Sprache*, Stuttgart: Günther Neske, 1997. S.173.

⑥Heidegger, M. *Unterwegs zur Sprache*, Stuttgart: Günther Neske, 1997. S.38.

思想。由于有这种认识上的自觉,海德格尔不断举办讲座甚至专题研讨课阐释特拉克尔、格奥尔格、荷尔德林等人的诗歌。有些讲座围绕的主题就是一句诗,有时甚至一学期就讲荷尔德林的一首诗,其对诗歌的感受力和阐释力之强由此可见一斑;从《艺术作品的本源》中海德格尔对希腊的神庙建筑、凡·高的绘画作品所作的审美分析来看,海德格尔对许多艺术门类都有着极好的感受力和鉴赏力。再看看海德格尔的主要诗学著作,无论是《林中路》《在通向语言的途中》《尼采》《出自思的经验》,还是《荷尔德林诗的阐释》《荷尔德林的赞美诗〈日耳曼人〉和〈莱茵河〉》《荷尔德林的赞美诗〈如在节日之时……〉》《荷尔德林的赞美诗〈追忆〉》《荷尔德林的赞美诗〈伊斯特河〉》《荷尔德林的大地和天空》《走向荷尔德林——希腊行》等,没有一部不是紧扣文艺作品或文艺创作的。就是在《形而上学导论》《演讲与论文集》[①]《哲学导论——思与诗》[②]这类著作中,海德格尔也论及索福克勒斯、荷尔德林、尼采等,并引用了不少诗篇。始终不脱离具体的艺术创作实践和作品来展开"艺术(诗)之思",是海德格尔诗学不同于西方传统(尤其是近代)诗学形态的一大特点,同时也构成了他与庄子诗学思想的一大差异。

二、终点:乘道德而浮游与诗意地栖居

庄子诗学思想的总旨归是"乘道德而浮游",而海德格尔诗学思想的大宗旨则是"诗意地栖居"。虽然它们都属于"诗化人生"的境界,但"乘道德而浮游"更多地植根于作为"无待逍遥"的"自由",而"诗意地栖居"则更多地植根于作为"无蔽状态"的"真理"。

"乘道德而浮游"这一术语见于《山木》篇。该篇中庄子弟子向他提出了一个十分刁钻的问题:"昨日山中之木,以不材得终其天年;今主人之雁,以不材

①在《演讲与论文集》中,如《尼采的查拉图斯特拉是谁?》《什么叫思?》《人的诗意地栖居》等篇中,便引用并分析了尼采、荷尔德林等诗人的不少作品。具体详情,请分别参见 Heidegger, M. *Vorträge und Aufsätze*, Stuttgart: Günther Neske, 1997. SS.97-122, SS.123-137, SS.181-198.

②在《哲学导论——思与诗》第七节"作为尼采基本情绪的现代人的无家可归"中,也引用了不少诗篇,参见 Heidegger, M. 2. *Einleitung in die Philosophie: Denken und Dichten*, in *Gesamtausgabe* Band 50: II. *Abteilung: Vorlesungen 1919-1944*, Frankfurt: Vittorio Klostermann, 1990. SS.115-124.

死;先生将何处?"庄子先是笑着回答说:"周将处乎材与不材之间"。接着又以他惯用的"非-非非遮诠法"的言说策略[1]进一步申诉道:"材与不材之间,似之而非也,故未免乎累。若夫乘道德而浮游则不然。无誉无訾,一龙一蛇,与时俱化,而无肯专为;一上一下,以和为量。浮游乎万物之祖,物物而不物于物,则胡可得而累邪?"意思是说,只要做到了毁誉不计、应时而化,一切随顺自然而不偏执一端,就能做到"动而皆得其宜"并且"免乎诸累"。

何为"乘道德而浮游"呢?"道"是天地万物的本根和始源,也是人生追求理想境界所应秉持及借助者;所谓"德",即是人心或人生之"得(德)于道"或者"合于道"。"道"以自身为目的,"齑万物而不为义,泽及万世而不为仁"(《大宗师》),因此它不受他律,是绝对自由的;"道"以自身为根据,"自本自根,未有天地,自古以固存",因此它无待外求,是绝对自然的。人得"自然",则事事随顺;人得"自由",则无往而不适。《庄子》诗学思想的核心和总旨归就是让人学会以素朴恬淡、无知无欲的心态去"游于万物之初",让自己的内在心灵通达一种逍遥无待、自在通脱的自由境界。而通达这种境界的关键,按照《逍遥游》的意思,乃在于"各得其性""各足其性"[2]。而庄子笔下的所谓"至人""真人""神人""圣人",实际上就是能够按照事物、人类和自己的本然之性在世界中生存的人。

《大宗师》篇中塑造的众多的"古之真人",就是能"乘道德而浮游"之人。他们所达到、所享有的就是一种作为"无待逍遥"的"自由"境界:他们"不逆寡,不雄成,不谟士""过而弗悔,当而不自得""登高不慄,入水不濡,入火不热";他们"其寝不梦,其觉无忧,其食不甘,其息深深";他们"不知说生,不知恶死;其出不䜣,其入不距;翛然而往,翛然而来而已矣。不忘其所始,不求其所终;受而喜之,忘而复之""其心志,其容寂,其颡頯;凄然似秋,煖然似春,喜怒通四时,与物有宜而莫知其极";他们"状义而不朋,若不足而不承;与乎其觚而不坚也,张乎其虚而不华也;邴邴乎其似喜乎!崔乎其不得已乎!滀乎进我色也,与乎止我德也;厉乎其似世乎!警乎其未可制也;连乎其似好闭也,悗乎忘其言也";他们"安时而处顺,哀乐不能入";他们"芒然彷徨乎尘垢之外,逍遥乎无为之业"。

总而言之,庄子所谓的"乘道德而浮游"更多地侧重于作为"无待逍遥"的

①参见拙文《论海德格尔诗学话语方式与〈庄子〉之关系》,《求索》2005年第9期。

②[清]郭庆藩:《庄子集释》卷一上,"新编诸子集成"本,中华书局1961年版。

“自由”。正因为如此，“无待”和“游”才理所当然地成为了《庄子》“内七篇”中的核心术语和重点阐发的主题，并且在“外篇”“杂篇”中也得到了进一步的延伸与发展。

至于“诗意地栖居”，大约从1930年代中期海德格尔开始抛开亚里士多德、康德、黑格尔等人的哲学而把宣讲荷尔德林等人的诗歌作为“正宗”哲学教程以后，就一直是海德格尔哲学和诗学的中心主题，进而也成了海德格尔诗学思想的大宗旨。

据笔者初步考察，海德格尔直接或间接涉及这一主题的讲座、演讲便有：《荷尔德林的赞美诗〈日耳曼人〉和〈莱茵河〉》(1934—1935)；《艺术作品的本源》(1935—1936)；《荷尔德林与诗的本质》(1936)；《尼采：作为艺术的强力意志》(1936—1937)；《荷尔德林的赞美诗〈如在节日之时〉》(1939)；《荷尔德林的赞美诗〈追忆〉》(1941—1942)；《荷尔德林的赞美诗〈伊斯特河〉》(1942)；《还乡——致亲人》(1943)；《哲学导论——思与诗》(1945—1946)；《诗人何为？》(1946)；《观入在者》(1949)；《筑·居·思》《……人诗意地栖居……》(1951)；《尼采的查拉图斯特拉是谁？》《技术的追问》(1953)；《诗与思——关于斯特凡·格奥尔格的〈词语〉一诗》(1958)；《荷尔德林的大地和天空》《现时代的艺术的使命》(1959)等。直接或间接涉及这一主题的相关著作有：《林中路》(1935—1946)；《荷尔德林诗的阐释》(1936—1968)；《尼采》二卷(1936—1946)；《演讲与论文集》(1936—1953)；《什么叫思？》(1951—1952)；《在通向语言的途中》(1950—1959)；《出自思的经验》(1910—1976)；《路标》(1919—1961)等[①]。就是在《形而上学导论》(1935)、《同一与差异》(1955—1957)、《存在的历史》(1938-40)等比较专门的哲学著作中，也多多少少涉及这一主题。单是这庞大的“阵容”就足以显示其异乎寻常的重要性。

再从影响来看，使海德格尔赢得极大国际声誉的也是他哲学中以“诗意地栖居”为宗旨的“诗性因素”。伽达默尔曾经坦率地承认：“海德格尔学说中蕴含

①萨弗兰斯基《海德格尔传——来自德国的大师》(靳希平译，商务印书馆1999年版)和孙周兴选编《海德格尔选集》(生活·读书·新知上海三联书店1996版)两书的“附录”部分，为我的考察提供了极大的便利，特此致谢和说明。

的诗意和能量使我经历的所有东西包括早期的经历都变得苍白一片。”[①]他还提请人们注意一个事实:“海德格尔后面几十年的思想活动在文学艺术界的反响远远大于在大学的影响。”[②]1957年海德格尔被柏林美艺术研究院吸收为正式成员,原因是大多数审批人都认同,“必须把海德格尔的著作当作‘诗’来读”[③]。而海德格尔引起美国学界的重视,很大程度始于1971年A. H. Harper and Row编选的海德格尔诗学文集《诗·语言·思》(*Poetry*, *Language*, *Thought*)在纽约出版社的出版,尤其是当环境保护主义者在他的著作中发现了“保护地球”“诗意地栖居”等主题之后。2000年,Amsterdam-Atlanta编辑出版的“价值考问图书系列”的第94种、Haim Gordon教授著作的一本研究海德格尔的书,书名就叫“Dwelling Poetically(诗意地栖居)”[④]。

什么是海德格尔所谓的“诗意地栖居”呢?“诗意地栖居”本源于荷尔德林的诗句“充满劳绩,然而人诗意地/栖居在这片大地上”[⑤]。在1936年题为《荷尔德林与诗的本质》的演讲中,这句诗是海德格尔着重阐发的“五个中心句”之一。很显然,“诗意地栖居”这一主题是与海德格尔“此在的本真能在”的主题相联系的。还在1927年出版的《存在与时间》中,他就已经提出了与处于“沉沦”和“被抛”中的“日常此在”相对的“本真能在”的问题,“诗意地栖居”正是这一主题的自然延伸和深化。而“本真能在”作为“此在”存在的一种可能方式,又是与他的“生存论-存在论真理观”相联系的。

海德格尔认为,“真理”本质上并非传统哲学所理解的“知识”同“事实”之间的“符合”,而是一种“无蔽状态”。它根源于“此在”的“解蔽活动”。“解蔽”乃是“此在”“在世界中存在”的一种方式。作为一种“进行解蔽的存在”,“此在”乃是“原本就‘真’的”;而所谓“世内存在者的‘真’”乃是“第二位意义上的”,它不过

---

①[德]伽达默尔著、陈春文译:《哲学生涯》,商务印书馆2003年版,第25页。

②[德]伽达默尔著、陈春文译:《哲学生涯》,商务印书馆2003年版,第121页。

③[德]萨弗兰斯基著、靳希平译:《海德格尔传——来自德国的大师》,商务印书馆1999年版,第545页。

④Haim Gordon, *Dwelling Poetically: Educational Challenges in Heidegger's Thinking on Poetry*, Rodopi B.V., Amsterdam - Atlanta, GA 2000, Printed in the Netherlands.

⑤Heidegger, M. *Erläuterungen zu Hölderlins Dichtung*, Frankfurt: Vittorio Klostermann, 1981. S.3. 另外,凡引该书的中文译文均参考孙周兴译:《荷尔德林诗的阐释》,商务印书馆2000年版,不一一注明。

是“被解蔽的存在者”之“被解蔽状态”①。“通过这种解蔽，一种敞开状态才成其本质”②。所以海德格尔说，“真理，在其最源始的意义上去领会的话，应属于此在的基本建构”；“一切真理本质上都具有一种此在式的存在方式并因此而同此在的存在相关联”③。但另一方面，如果“无蔽状态”作为“此在”的一种“本质的存在方式”而规定着“此在”，那么“此在”本质上又“在真理中”。只要此在作为敞开的此在敞开着、解蔽着，它本质上就是“本真的”，就“在真理中”。但是，“此在的存在建构”本身就包含有“被抛”与“沉沦”，也就是说，“此在”的实际状态中就包含有“锁闭”和“遮蔽”。因此，“此在”本质上又“在非真理中”。就其完整的生存论-存在论意义来说，“此在在真理中”同样源始地意味着“此在在非真理中”。因为有“锁闭”和“遮蔽”在，所以“敞开”和“解蔽”必须在；因为有“非本真”的“日常此在”在，所以“此在”的“本真能在”必须在。从而，作为“此在的敞开状态”的“真理”也必须在，“真理”必须“被设定为前提”。简言之，唯当“此在”在才“有”“真理”在，而唯当“真理”在才“有”“此在”的“本真能在”在④。

综上所述，海德格尔的“诗意地栖居”更多地植根于他作为“无蔽状态”的“生存论-存在论真理观”。明白了这一点，也就不难理解在《存在与时间》《路标》《林中路》等著作中，海德格尔为什么会花那么多篇幅去讨论“真理”和与之紧密相关的“语言”问题了。

三、道路：言由道生与道在言中

作为一种“人之说”，诗学思想必须借助“语言之说”而“说”。虽然海德格尔和庄子都把思想的“言说”仅仅看作是“道路”，但在“道”“言”关系上，两人的看法却有很大的差异：对于海德格尔来说，乃是“道在言中”；而在庄子那里，则显然应该是“言由道生”。

---

①Heidegger, M. *Sein und Zeit,* Tübingen: Max Niemeyer, 1993. S.220. 另外，凡引该书的中文译文均参考陈嘉映、王庆节译：《存在与时间》，生活·读书·新知三联书店1987年版或1999年修订版，不一一注明。

②Heidegger, M. *Wegmarken* , Frankfurt: Vittorio Klostermann, 1996. S.190.

③Heidegger, M. *Sein und Zeit,* Tübingen: Max Niemeyer, 1993. SS.226-227.

④Heidegger, M. *Sein und Zeit,* Tübingen: Max Niemeyer, 1993. SS.221-230.

对于庄子来说,“道”虽非任何一物,但却是宇宙万物之“本根”“本源”和“本体”。《大宗师》篇云:“夫道,……自本自根,未有天地,自古以固存;神鬼神帝,生天生地;在太极之先而不为高,在六极之下而不为深;先天地生而不为久,长于上古而不为老。”在《庄子》一书中,这样的话还有许多。对于庄子来说,乃是“太初有道”,“道生万物”;“道”比“言”远为根本,“言”乃由“道”所生;而且单就对“道”的“道说”来讲,“言”不过是一种不十分中用也不十分可靠的工具,因为“道”从根本上说乃是“不可道”的。

“可道”“不可道”涉及到“言意关系”问题。仅就“道说”层面而言,“言”“道”关系问题隶属于“言意关系”的范畴。在庄子的诗学思想中,“言意关系”是一个十分重要的问题。在他看来,“言”能否“尽意”要看它所言说的对象是什么。《秋水》篇云:“可以言论者,物之粗也;可以意致者,物之精也;言之所不能论,意之所不能察致者,不期精粗焉。”成玄英疏曰:“夫可以言辩论说者,有物之粗法也;可以心意致得者,有物之精细也;而神口所不能言,圣心所不能察者,妙理也。必求之于言意之表,岂期必于精粗之间哉?”这段话无非强调了这么两点:其一,有形之物的粗略大概是可以名言辩说的,其精微处是可以意会而得的,但由于“大道”和“妙理”至深至玄,绝于心色,无论“言”“象”都无法直接通达,所以是“神口所不能言,圣心所不能察者”。其二,对于“大道”和“妙理”的体证,只能通过一番“得意而忘象,得象而忘言”的工夫,方可获致。不仅如此,根据《天道》篇“轮扁斫轮”这一故事的意思来看,在“技·艺·道”三层面中,即便是“技”中的“玄妙”处,也是“不可名言辩说”的。因此,成玄英在讲到这则故事的题旨时说:“欲明至道深玄,不可传说,故寄桓公匠者,略显忘言之教也。”[①]

但在海德格尔那里,“言”与“道”的关系则颇有些不同了。“语言乃存在之家”“词语破碎处无物存在”“唯有语言处,方有世界”,而且“人之存在建基于语言”。所以,对于海德格尔来说,乃是“太初有言”,“道”由“言”生。[②]

在1947年发表的《关于人本主义的书信》一文中,海德格尔率先提出了“语

①[清]郭庆藩:《庄子集释》卷六下,“新编诸子集成”本,中华书局1961年版。

②海德格尔这种“道言观”在西方文明或文化中是有深厚的根基和源远流长的历史积淀的。譬如,《旧约圣经》开篇第一句话就是:“上帝说,‘要有光’。于是就有了光。”而二十世纪西方文化学术中的所谓“语言学转向”,大概也只有在西方传统中才有可能发生。

言是存在之家"这一命题[①]。尽管如他本人所说,这一命题并"没有提供出关于语言本质的观念"[②],但这一提法本身,已清楚地表明了海德格尔对于"存在与语言之关系"这一问题的基本立场,并且逐渐成为了海德格尔哲学、诗学中一个影响深广的重要思想。为什么说"语言是存在之家"呢?在《语言的本质》一文中,海德格尔在解释格奥尔格《词语》一诗的最末一句"词语破碎处无物存在"时写道,"任何存在者的存在都居住于词语之中"[③];在《词语》一文中,海德格尔继续申述道:"唯有词语才赋予在场,亦即存在,在词语中一个物才作为存在者而显现。"[④]在《在通向语言的途中》一文中,海德格尔再次做了解释:"语言乃是在场之庇护,因为在场之显露已然委诸道说之成道着的显示了。语言是存在之家,因为作为道说的语言乃是成道的方式。"[⑤]在《荷尔德林诗的阐释》一书中,海德格尔又明确宣称,"语言并非只是人类所拥有的众多工具中的一种,相反,正是语言才提供出一种可能性,使我们得以置身于存在者之敞开状态之中。唯有语言处,才有世界"[⑥],甚而还说,"人之存在建基于语言"[⑦]。

总之,在《庄子》诗学思想中,"道"居于核心地位,一切都以"道"为旨归,以

①该信公开发表于1947年,但其初稿作于1946年秋,原为海德格尔回复法国巴黎哲学教师让·波弗勒的书信。1946年12月29日(诗人里尔克逝世20周年纪念日),海德格尔在一个很小的圈子里所作的演讲《诗人何为?》中提出了同样的命题。

②Heidegger, M. *Unterwegs zur Sprache*, Stuttgart: Günther Neske, 1997. S.112.

③Heidegger, M. *Unterwegs zur Sprache*, Stuttgart: Günther Neske, 1997. S.166.

④Heidegger, M. *Unterwegs zur Sprache*, Stuttgart: Günther Neske, 1997. S.227.

⑤[德]海德格尔著、孙周兴译:《在通向语言的途中》,商务印书馆1997版,第229页。对于这段话中两次出现的关键词"Ereignis"的译名,目前中国学界尚不统一:常见的有"居有""居有事件""本然""本成""自身的缘构发生"等。孙先生主张译为"大道",相应地,它的动词形式译为"成道"。这虽说属于"意译",但用在《在通向语言的途中》一书中却十分贴切。一是海德格尔将它与老子的"道"、赫拉克利特的"逻各斯"并列;二是它能清楚地表明"语言作为道说乃大道成道的方式""语言乃存在之家"等意思。但译文第二句中的关联词原文为"insofern"(Heidegger, M. *Unterwegs zur Sprache*, Stuttgart: Günther Neske, 1997. S.267),在德语中是"倘若……就……""就……而言"之意,译为"因为"似与原义有一定出入。

⑥Heidegger, M. *Erläuterungen zu Hölderlins Dichtung*, Frankfurt: Vittorio Klostermann, 1981. SS.37-38.

⑦Heidegger, M. *Erläuterungen zu Hölderlins Dichtung*, Frankfurt: Vittorio Klostermann, 1981. S.38. 另外,在《在通向语言的途中》里,海德格尔也明确主张"终有一死者说,因为他们以双重方式——既获取又回答——应和于语言"(Heidegger, M. *Unterwegs zur Sprache*, Stuttgart: Günther Neske, 1997. S.32),"语言比我们更强大并因而也更重要"(S.124.)。理查德·罗蒂在比较海德格尔、福柯和德里达时也指出,尽管这三位哲学家出于不同的动机,但结果都一致认为,"语言是不能归在'人'的概念下的现象"(见罗蒂著、黄勇编译:《后哲学文化》,上海译文出版社1992年版,第135-136页)。

"道"为"尺度",以"道"为"依持";而在海德格尔那里,居于中心地位的则是"言",无论是"存在""世界""此在",还是"思""诗""思与诗的对话",统统建立在语言这一地基上。

四、形式:尖锐论战与亲密争执

"去蔽"是海德格尔与庄子在运思和表达上的一大共同爱好:他们都热衷于同"常见""成见""平庸理解""语言之蔽"做斗争。因此,好"论战"、好"争执"也就成了两人诗学思想表现形式上的一大共同特色。但细究起来,在庄子那里更多体现为多种思想间的"尖锐论战";而在海德格尔那里,更具特色和吸引力的是其思想内部的"亲密争执"。

与孟子一样,庄子好辩乃是由于"不得已"。首先得"剽剥儒墨",这一是因为"儒墨"乃当时之"显学",任何思想学说要脱颖而出都必须同它们"过招",正如十九世纪的西方哲学家必须同黑格尔"过招"一样。二是因为儒者确实太执着于事功而像禄蠹,弄不好还会像孔子那样八方奔走而又处处碰壁、为天下所不容;而墨者则太执着于公益而苦了自己,其"生不歌,死无服""日夜不休"的"苦行僧"主张,太不顾及人们正当的快乐和享受的权利了。总之,儒墨两家导引下的人生都不够潇洒通脱、自由自在。其次还得力辟"辩者之徒"公孙龙,这位仁兄居然把浑身解数都使在了"困百家之知,穷众口之辩"上面,全无"人生关怀"(具见《秋水》《天下》二篇)。此外,与惠子一见面就"抬杠"也纯属不得已,这位偶尔有点小肚鸡肠的老朋友往往只盯住"有用之用"而不明"无用之大用"[①];有时又太过注重"名""实"之辨、太过"较真",对世界人生的观照缺了点诗意与情趣[②]。于是,在《庄子》一书中,你便随处可以看到庄子与各种不同思想之间尖锐的论战与交锋。仅就《天下》篇所及者而言,这些思想至少包括孔子重名教差等讲矢志有为的儒家思想,墨子、禽滑厘讲兼爱勤苦、讲一心为公的墨家思想,

①庄子与惠子的论战差不多都是因此而起。惠子老是从世俗的、"实用"的、"功利"的角度责备庄子思想言论"大而不当""大而无用"等等。尽管如此,这并未妨碍二人成为交往最密切、论战最频繁、庄子记述最多、惠子死后庄子仍"引以为质"的好朋友。

②《秋水》篇中关于"鱼之乐"的著名的"濠梁之辩",便是"审美"与"认知"、"直观"与"推理"、"移情""想象"与"逻辑"之间的差别而引起的。

惠施、公孙龙讲离坚白、讲合同异的名家思想，彭蒙、田骈、慎到的原始蒙昧主义思想，列子贵清虚寂寞的思想、关尹、老聃讲虚静无为、谦柔守下的思想，等等。

当然，海德格尔同样面临着“去蔽”，面临着同“常见”或“成见”做斗争的问题。譬如，他不得不批判西方悠久漫长的柏拉图-尼采的形而上学传统，尤其是笛卡尔以来的近代主体性哲学，批判西方“科学知识”形态的传统美学和诗学等。但与庄子将各种不同思想及其对话交锋平行展开不同，海德格尔往往将要批判的东西置入背景，更多的是直接表达自己崭新的、原创性的思想。此外，庄子虽然也注重去除“语言之蔽”，但他更注重的是去除“常见之蔽”和“成见之蔽”；至于海德格尔，他常常将与“常见”“成见”做斗争同与“平庸理解”“语言之蔽”做斗争合并起来。他考虑得更多的是：如何在表达自己的原创性思想时，保护好语言本真的道说力量，避免被做“平庸理解”的可能，以此来保证自己思想的“非现成识度”和“缘构性”。他经常只提供一些充满内在张力的思想的“图几”，而不发布已经现成的“思想”。因此，他最擅长的是表现思想内部自身的“亲密争执”。譬如，在《存在与时间》中，“本真”与“非本真”之间的“亲密争执”“日常此在”与“本真能在”之间的“亲密争执”贯穿了该书最精彩的全部章节（第25至65节）①；在《在通向语言的途中》里，“物”与“世界”的“亲密的区分”②、语言作为“寂静之音”与“宁静的排钟”③、诗性语言的“多义性”与“严格性”④、“思”与“诗”在“遥遥相隔”的两座山上的“比邻而居”，构成了他的“语言之路”中最迷人的风景⑤；而在《林中路》中，“艺术作品”中“大地”与“世界”、“遮蔽”与“澄明”、“裂隙”与“构形”之间的“亲密争执”，则构成了他“艺术之思”中最深刻、最精微、

①Heidegger, M. *Sein und Zeit*, Tübingen: Max Niemeyer, 1993. SS.114-333.

②Heidegger, M. *Unterwegs zur Sprache*, Stuttgart: Günther Neske, 1997. SS.21-30

③海德格尔在界说他所思的语言时曾用斜体字写过一句话：“Die Sprache spricht als das Geläut der Stille”。这里的关键术语是“das Geläut der Stille”，孙周兴先生取“大音希声”义译为“寂静之音”，理由是语言作为对“世界”和“物”的“区分的召唤”乃是“双重的静默”；彭富春先生在《无之无化》中译为“宁静的排钟”。从构词的角度说：“Geläut”由“läuten（发声）”和“ge（聚集）”两部分构成，彭译虽然过于诗意化而不太像一个“概念”，但颇为传神。而且孙、彭两译名各得海氏精髓之其一，合而观之方得其全。参见：Heidegger, M. *Unterwegs zur Sprache*, Stuttgart: Günther Neske, 1997. SS.28-30.

④Heidegger, M. *Unterwegs zur Sprache*, Stuttgart: Günther Neske, 1997. SS.74-76

⑤海德格尔在《这是什么——哲学？》（*Was ist das—die Philosophie*？ S.94）中说，“思”与“诗”既有着“隐蔽的亲缘关系”，又有着“很深的鸿沟”，在“遥遥相隔”的两座山上“比邻而居”。

最令人耳目一新的部分①;等等。

总而言之,尽管海德格尔和庄子在诗学思想上客观存在着上述这些差异,但这些差异并未构成阻碍二者对话的隔障,反倒可能为我们展开“生产性对话”提供新鲜的话题,催生出有价值的成果。

原载《湘潭大学学报》(哲学社会科学版)2005年第6期

①Heidegger, M. *Holzwege*, Frankfurt: Vittorio klostermann, 1994. SS.35-60.

论海德格尔诗学的话语方式与《庄子》之学理联系

海德格尔与《庄子》之间的事实联系，西方学者们已提供了坚实的证据[①]，在此不再赘述。据我看来，海德格尔诗学之总体思维模式、基本思想方法和主要表达方式等，也可能与《庄子》之间存在着一定的学理联系。限于篇幅，本文只择其"方便者"而言之，权当作为一种举例或提示。

①譬如德国Günther Neske出版社编辑出版的《回忆海德格尔》(*Erinnerung an Martin Heidegger*, Pfullingen: Neske, 1977)、海因里希·海勒大学哲学系艾茵哈特·梅依(Reinhard May)博士所著的《光自东方来：东亚对海德格尔著作的影响》(Exoriente lux: Heideggers Werk unter ostasiatischem Einfluβ, Stuttgart: Steiner Verlag Wiesbaden, 1989/美国夏威夷大学亚洲哲学与比较哲学教授Graham Parkes将其译成了英译本并加上了不短的"译者序"，见 *Heidegger's Hidden Sources: East Asian Influences on His Work*, Routledge, 1996)、Otto Pöggeler所编《海德格尔开辟的新道路》(*Neue Wege mit Heidegger*, Freiburg und München: Karl Alber, 1992)、Graham Parkes所编《海德格尔与亚洲思想》(*Heidegger and Asian Thought*, Honolulu: University of Hawaii Press, 1987)等，这一系列著作中提供了不少精密考证材料。

一、总体思维模式间的学理联系

海德格尔诗学的总体思维模式与《庄子》之间存在着许多相同或相通之处。下面,我只围绕“冥合主客体”和“纯境域构成”两点对此做一简单清理,因为这两点在海德格尔诗学思维中体现得非常突出和充分。

先说“冥合主客体”。海德格尔始终都在批判西方传统形而上学那种主客体二元分离和对立,尤其是发展到近代以后那种先验、主观的“主体主义”的思维模式①。他认为,由于这种思维模式把“世界”也理解为人类的“对象/客体”之一种,而作为反弹,结果作为“主体”的“人类”最终也被理解成了诸多“物体”中的一种,进而从根本上导致了日益严重的“人的异化”的问题。因此,必须把传统形而上学的主体-对象性思维转向存在性思维:一种源于人生原初体验视野的开放性、展示性思维,一种“让……如其所是地显现”而非“褫夺”性的思维。

海德格尔这一思想源自何处呢?显然不大可能源自他倾力一生猛烈批判的西方“柏拉图-尼采”形而上学传统。从他这一思想形成时期所受的关键性影响来看,除了之前来自布伦坦诺-胡塞尔的现象学观念外,极有可能还有两个源头:“前苏格拉底时代”的希腊思想和以老庄为代表的中国道家思想。而在这两个可能的源头中,巴门尼德等人虽然偶尔也讲一讲“思想与存在同一”和“自然/自行涌现”等见解,但仅就主张“冥合主客体”“让……如其所是地显现”这一点来说,他们这方面思想所抵达的深度与广度都远远逊色于中国道家。因为,主张“道法自然”(《老子》章二十五)、“天地与我并生,而万物与我为一”(《庄子·齐物论》)、“周蝶莫辨”(《庄子·齐物论》),主张“以天合天”(《庄子·达生》)、反对“以人灭天”(《庄子·秋水》)等,乃是作为基本立场贯穿于《老子》《庄子》思想的全部和始终的;而在“前苏格拉底时代的希腊哲学”那里的情况不过是:与后世,尤其是近代西方哲学比较起来,主、客体之间的分离和对立不是那么明显和激烈罢了。

---

①对这样一种“主体主义”思维模式的批判,几乎贯穿了海德格尔的全部哲学和诗学著作:除《存在与时间》外,还包括“康德书”、“尼采书”、几本“路”书、几本“思”书、几本“形而上学”书、几本“技术”书和“泰然任之”书等等。虽然在后期著作《尼采》《面向思的事情》中曾对他的前期著作有过自我批评,但这只是他对自己过去的批判工作之不够成功和彻底的不满意,而非对其批判立场的放弃。

再说“纯境域构成”①。其实质是强调存在者本质的“非现成性”“生成性”识度的一种思维方式。海德格尔虽然没有像萨特那样明确提出“存在先于本质”的命题，但却坚定地认为“存在者在其存在中成其本质”，它之“所是(Sein)”取决于它之如何“去是(zu-sein)”，所以存在者的本质不是“现成”的，而是“生成”的；尤其是诸如“人”这类“此在式”的存在者，都是一种“此时此地此情境中如此这般地存在着”的“历史性此在”，它的本质都是“纯境域构成”的、“缘起”的。所以，海德格尔特别强调“Dasein”之“Da”，强调“历史性此在”之“此”本身，因为这里的“Da”或者说“此”就是存在者之本质得以生成的“境域”或者说“缘”。正是这种强调“纯境域构成”的思维方式，不仅使得海德格尔将老庄之“道(Tao)”理解并解释为“不断地为自身和他者开辟道路的‘道路(Weg)’”，而且使得他的诗学著作中根本就找不到传统诗学或美学中那种静态化、现成化和知识形态化了的“范畴定义”，有的只是充满张力和动态生成性的“思想图几”；找不到对任何一个问题的唯一的、终极(结)性的“答案”，有的只是层层逼进而又环环勾连的“追问”，以及伴随着这些追问而不断涌现出的“思想的缘发境域”和新开辟出的一条条“道路”。对于以上所说的这一点，只要多读上几本海德格尔的著述就一定深有体会；同时，中西方不少研究者尤其是海德格尔弟子如阿伦特等人的评析，对此也多有印证。

海德格尔这一识度的思想又来自何处呢？在早期希腊思想中，赫拉克利特等人虽然也有过强调“变化”和“生成”的思想，但随着柏拉图“理念论”为基础的西方形而上学传统——这个传统总是力图将一切“杂多”归约到“纯一”，将所有“动词”转变成“名词”，只关注“概念义”而忽视“运作义”——的确立和雄霸西方两千多年的历史性展开，这种原本就未曾大放光明的思想火星早就在总体上熄灭了，一直到了叔本华、尼采、柏格森那里似乎才又开始有了火星复现的迹象。可惜强大的传统思维惯性和对传统思想做简单反转的处理方式，却又使得他们并未能从根本上跳脱传统形而上学的思维模式。因此，海德格尔这一识度的思想来自西方传统哲学的可能性不会很大。通观世界几大文明、文化圈，如此充

①张祥龙先生《海德格尔与中国天道》一书中的一个概念。基于这一观念，张祥龙先生将海氏的“Dasein”译为“缘在”，将“Ereignis”译为“自身的缘构发生”。虽然不够忠实于原概念的构词法和本义，却颇合其精神实质。

满构成态势的"活的思想"的模式，大概只在印度文化和中国文化中有过较为充分的发展[①]，而从根本上占据了主流地位的则又只有中国文化。讲"生生之谓易"的《易经》不仅被儒、道两家共同奉为经典，《庄子·至乐》篇更是明确宣称："万物皆出于机，皆入于机"。"机"便是"缘"，因此这句话的意思是说，天下万物都是"因缘而起"且"因缘而化"的。

基于上述事实与学理，我有理由推断：海德格尔之所以在各种东方思想中唯独对中国的老庄思想产生了最浓厚的兴趣，恐怕正是因为二者这种总体思维模式间的相同或相通使然。

二、基本思想方法间的学理联系

海德格尔诗学与《庄子》诗学思想在思想方法上的学理联系，与二者对最高本体——存在/道——的追寻这一共同基础有关。具体表现为，前者主张"不顾存在者而思存在"，后者主张"离物体道"。

"Sein ohne das Seiende zu denken（不顾存在者而思存在）"[②]，是海德格尔《面向思的事情》(Zur Sache des Denkens)一书中提出的一个带有总体纲领性的思想方法论主张。很显然，它所表达的是关于非对象性的"纯粹存在"的思想。海德格尔在多部著作中表达过相同或类似的主张，尽管这乍看上去与他重视现象描述的现象学观念之间多少有些张力。

或许有人会说，在海德格尔诗学中并未贯彻这一主张，因为海德格尔的诗学思想几乎都是从对具体的艺术作品的描述和阐释开始的，他从未离开具体的艺术作品去对"艺术"或"诗"做抽象的玄思冥想。这种说法实则基于一种望文生义的"误读"。实际上，"不顾存在者而思存在"的真实含义和内在理据在于：

①印度文化中佛教哲学讲"诸行无常""诸法无我"，讲世间万有皆"缘起性空"。而在中国文化的三大源头中，讲"生生之谓易"的《易经》被儒、道两家共同奉为经典。只不过儒家重点从社会的角度讲"变"和"生成"，譬如讲"汤武革命，顺乎天而应乎人"；道家则从自然和人世两方面讲"变"和"生成"，譬如讲"阴阳""有无""虚实""生死""刚柔""祸福"等之间的相生相克、转化生成。据我看来，庄子之所以强调"齐""外""心斋""坐忘"等修养工夫和"以道观之""照之于天"等识度视野，也是为了打破以"现成性"的眼光看待事物的思维惯性。至于禅宗一脉，原本就是佛教哲学进入中国后吸收儒家思想、道家思想和玄学思想等精神养分而形成的产物。

②Heidegger, M. *Zur Sache des Denkens*, Tübingen: Max Niemeyer, 1988. S.2.

虽说“使存在者之被规定为存在者的是存在”,但“不能用把一个存在者回溯到它之所从出的另一存在者这样的方式来规定存在者之为存在者,仿佛存在具有某种可能的存在者的性质似的。所以,存在作为问之所问要求一种本己的展示方式,这种展示方式有别于对存在者的揭示”[①]。很显然,这一思想方法的真谛并非是要求人们“完全脱离存在者而去对存在作玄思”,也并非是说“不能从存在者开始去思存在”,而是讲“思”不能停留在或拘囿于对“存在者”的把捉,而应“超越存在者”而直达“存在的无蔽/澄明”之境!只有理解了这一点,才能明白为什么海德格尔会在《艺术作品的本源》中说,“艺术作品”存在的真正价值在于它“使存在者进入它的存在的无蔽中”;才能明白为什么海德格尔在界说“艺术”或“艺术作品”时不使用“真”而使用“真理”的概念,因为“真/不真”所关涉的乃是“事物/事实”——一种“存在者”,而“真理”则关涉“存在的无蔽/敞开”状态;也才能明白为什么海德格尔对荷尔德林、特拉克尔、里尔克等人的诗歌的阐释,最终总会通向“神圣”“孤寂”“漂泊”“还乡”“何时才有(本真)存在”“人的诗意栖居”等“存在之思”或“存在之境”。

“不顾存在者而思存在”这一思想方法论来自何处呢?大家知道,“迷失于存在者而遗忘了存在”是海德格尔对西方传统形而上学的总体评判,《存在与时间》前八节、《尼采》上卷第二章最后两节对此有深刻论析[②]。因此,它不大可能来自这一传统本身,而很可能与中国老庄“离物体道”的思想方法有关。

众所周知,《老子》一书,可谓“纯思之至”;老子之“道”,可谓玄妙无比,非“下士”所能知。《庄子》之“道”同样如此。《知北游》篇指出:“道”虽然“无所不在”(甚至可以“在蝼蚁”“在稊稗”“在瓦甓”“在屎溺”),但却“视之而不见,听之而不闻,搏之而不得”(我们甚至还可以戏仿一句:“言之而不中”,因为“道不可言,言而非也”)。此外,“道”还不可“知”(就“道”而言“知,乃不知”)、不可“得而有”(“汝身非汝有也,汝何得有夫道?”)、不可“问”(“道无问,问无应”)、不可“思虑”(“无思无虑始知道”)、不可“处服”(“无处无服始安道”)、不可“从道”(“无从无道始得道”)。但“道”却可以、并且也只能“体”,而且还说“夫体道者,天下之君

①Heidegger, M. *Sein und Zeit*, Tübingen: Max Niemeyer, 1993. S.6.

②Heidegger, M. *Sein und Zeit*, Tübingen: Max Niemeyer, 1993. SS.1-40; *Nietzsche* I, Pfullingen: Günther Neske, 1961. SS.448-472.

子所系焉”①。然而“体道”需要“大知”，一种有关世界终极和人生究竟的“大智慧”；而“离物体道”，便是觉悟和体验“道”的唯一可行的路径。

庄子之所以提出“离物体道”的主张，根本原因在于“物物者非物”。《在宥》篇云，“至人”应该能“明乎物物者之非物”的道理；《知北游》篇亦云：“有‘先天地生’者物邪？物物者非物。物出，不得先物也，犹其有物也，犹其有物也无已。”什么意思呢？这里的“物物者”便是“道”。“道”之所以是“物物者”，乃因为它是“通生万物”亦即“使一切物成其为物”者；作为“使一切物成其为物”者，“道”不能是任何一“物”。因为，如若“道”是一“物”，那么“物出，不得先物也”，它之先必还有一“生它之物”；而此“生它之物”之先必还有一“生此生它之物之物”；以此类推，这就会陷入一种无穷无尽的恶性循环之中。总而言之，说“物物者非物”，乃等于说“道”生万物但“道”自身却非任何一物；而说“物出，不得先物也，犹其有物也，犹其有物也无已”，便等于说用从一“物”回溯到它之所从出的另一“物”这样的方式是追寻不到“道”之为“道”亦即“道”本身的。因此，“体道”必须“离物”，“离物”方能“体道”。这便是“离物体道”的奥义和理据。

让人称奇的是，海德格尔之所以强调“不顾存在者而思存在”，不也正是因为“存在”虽然是“使存在者之被规定为存在者的根据”，但“存在”本身却不是任何一种“存在者”或“存在者的整体”吗？而且，如前所引，海德格尔在《存在与时间》中不也正好讲过：用“把一个存在者回溯到它之所从出的另一个存在者这样的方式”，是追问不到“存在”的吗？

三、主要表达形式间的学理联系

1.“去蔽”：“A即A本身且A非a式的去蔽法”与“非-非非式的遮诠法”

一切真正的思想都必须有所“澄明”。“澄明”即“无蔽”，而“无蔽”基于“去（解）蔽”。从这个意义上说，思想先于自身而是“去（解）蔽”的。“去（解）蔽”包括“去除常见/成见之蔽”和“去除语言之蔽”。因此，颠覆“常见/成见”和破除“言障”，乃是海、庄二哲共同的“癖好”。

①本文所引《庄子》文字，均据清人郭庆藩《庄子集释》（“新编诸子集成”本，中华书局1961年版），不一一注明。

1928年,已经声名鹊起的海德格尔在给中学老同学的信中说:"也许哲学以最强烈、最持久的方式向人们指出,人总是一个刚开始的新手。哲学探讨最终无非就是意味着当一个刚开始的新手。"① 这段看似自谦的话语背后的真实含义是:真正的思想永远不能满足于"常见/成见",一切总是必须"从头再来",从"去蔽"开始。在《存在与时间》中海德格尔又写道:"保护此在借以道出自身的那些最基本的词汇的力量,使之免受平庸理解之危害,这归根到底就是哲学的事业。"② 这段话既涉及"去除常见/成见之蔽",又涉及"去除语言之蔽"。不错,海德格尔的确多次说过"语言是存在之家"③之类的话,也大肆阐发过格奥尔格《词语》一诗中的著名诗句"词语破碎处无物存在"④。因为在他看来,语言具有"让……显现"的"澄明"作用,甚至"唯语言才使存在者作为存在者进入敞开领域之中"⑤。但另一方面,语言同时又是"存在之牢",因为伴随着语言的"澄明"作用的是语言的"遮蔽"后果:语言的本质在于"说",但"说"总是对其"未及说""未说及"或者"说走样"者的"遮蔽"。正因为如此,中国古代诗学特别强调"勿死于句下"。"死于句下"便是对语言的"平庸理解",它只能导致"褊狭浅陋之见"的产生,从而加剧语言的"遮蔽"后果。海德格尔之所以惯常玩弄"文字游戏"来实现"旧词新解",或者干脆"生造词语",目的都在于保护这些基本词汇的"源初的道说力量",使其免受"平庸理解"的危害。与一切满足于"平庸理解"的"常见/成见"或者"褊狭浅陋之见"做斗争,是海德格尔坚守了终生的哲学事业。通过对一些基本词汇的追根溯源的词源学考察以澄明其"源初意义",并借助所谓"A即A本身且A非a"的"去蔽式表达法",最终实现对"常见/成见"和"褊狭浅陋之见"的颠覆,是海德格尔诗学在表述方面的一贯特色。他对"物""器具""艺术作品""真理""艺术"等基本诗学概念的界定,便是明证。

海德格尔这种"A即A本身且A非a"的"去蔽式表达法",实属冯友兰先生在

①[德]萨弗兰斯基著、靳希平译:《海德格尔传——来自德国的大师》,商务印书馆1999年版,第7页。

②Heidegger, M. *Sein und Zeit*, Tübingen: Max Niemeyer, 1993. S.220.

③Heidegger, M. *Wegmarken*, Frankfurt: Vittorio Klosterman, 1996. S.313. 这可能此命题是最早的出处。

④Heidegger, M. *Unterwegs zur Sprache*, Stutgart: Günther Neske, 1997.SS.159-216.

⑤Heidegger, M. *Holzwege*, Frankfurt: Vittorio klostermann, 1994. S.61.

其《中国哲学简史》一书中所说的“负的方法”[①]。这种表达法以及它所反映出来的思维方式,不同于西方传统哲学、诗学中的“演绎法”“归纳法”这些所谓“正的方法”,与康德的“二律背反”、黑格尔的“辩证法”也形同而实异,因此不太可能源出于该传统中固有的东西。而在老庄思想、佛禅哲学中,“去”“破”“非-非非”等所谓“负的方法”则是其表达精妙玄理的基本的和主要的方式,我统称其为“非-非非式的遮诠法”。什么叫“遮诠法”呢?“遮诠”与“表诠”相对,是佛教禅宗的两种基本表达方式之一。唐朝法师宗密《禅源诸诠集都序》卷三(一作卷下之一)云:“遮谓遣其所非,表谓显其所是。”[②]很显然,“遮诠”就是从反面作否定的表述,通过排除对象之所非来显示其所是。隋唐之际的吉藏大师在其《二谛章》中最典型地采用了这种“非-非非式”的表达方式[③]。但这种表达方式在强调“不道之道”的《庄子》中其实早已大量存在,如《逍遥游》篇中对宋荣子、列子的评述和《大宗师》篇里颜回与仲尼的对话中反复出现的“虽(可)……犹……”,以及《山木》篇中的“不材——材与不材之间——材与不材之间,似之而非也——乘道德而浮游”等,采用的都是逐层“渐舍”和“破破”的“非-非非式遮诠法”。

总之,《庄子》中这种“非-非非式的遮诠法”与海德格尔的“A即A本身且A非a的去蔽法”之间有着本质的相同,并且很可能是海德格尔“去蔽法”的隐蔽来源,或者是其多种来源之一。

2.“对立者之相互缘构”:“A即非A”与“因彼立是,两行以明”

海德格尔著作中经常出现一些“佯谬”或“悖论”形式的表达,这就是所谓的“A即非A”的表达方式:譬如《林中路》中有“争执就是争执者相互归属的亲密

---

①诺思罗普认为,中西哲学之区别在于:西方哲学从“假设的概念”出发,中国哲学从“直觉的概念”出发。其结果,冯友兰先生接着说,“正的方法”很自然地在西方哲学中占统治地位,“负的方法”很自然地在中国哲学中占统治地位,道家尤其如此。参见:冯友兰《中国哲学简史》,北京大学出版社1985年版,第387-395页。

②遮、表二法乃唯识宗所创,后为各派通用。“如说盐,云‘不淡’是遮,云‘咸’是表。说水,云‘不干’是遮,云‘湿’是表。”参见:任继愈《宗教词典》,上海辞书出版社1981年版,第1116页。

③吉藏云:“山门相承,兴皇祖述,明三种二谛。第一明说有为世谛,无为真谛。第二明说有说无,二并世谛;说非有,非无,不二,为真谛。……第三节二谛义。此二谛者,有无二,非有无不二;说二说不二为世谛,说非二非不二为真谛。”参见《二谛章》卷上,《大藏经》卷四十五。

性”[①],“澄明唯作为双重的遮蔽才发生出来”和“真理在本质上即是非真理”[②];《在通向语言的途中》里有“语言作为寂静之音而说”[③],等等。这种表达形式绝不同于西方以“正—反—合”公式为特征的“辩证法”,它实际上是一种“让对立者相互缘构”的表达策略。

这种表达方式显然是违背西方哲学或诗学表达传统的,因为这种传统特别强调遵守形式逻辑的“同一律”“矛盾律”等等。然而在东方智慧中,这种“A即非A”的形式却是表达思想的普遍方式:譬如《老子》第四十八章有:“大成若缺……大直若屈,大巧若拙,大辩若讷”;在佛教禅宗的哲学著作如龙树的《中论》、僧肇的《不真空论》《物不迁论》等中亦在在皆是。在《庄子》中,这种表达方式可以概括为“因彼立是,两行以明”法,其实质即《齐物论》中反复申述的“齐”和“照之于天”“莫若以明”,或者在《齐物论》《寓言》两篇中都提到过的“和以天倪”。它要求人们“以道观物”,跳出个人狭隘的视角和视野,站到一个更高的视点看问题,不要偏于一曲之见,而应做到“允执其中”。如《齐物论》篇云:“物无非彼,物无非是。……彼出于是,是亦因彼。……方生方死,方死方生;方可方不可,方不可方可;因是因非,因非因是。是以圣人不由,而照之于天,亦因是也。是亦彼也,彼亦是也。彼亦一是非,此亦一是非。……是亦一无穷,非亦一无穷也。故曰莫若以明。……可乎可,不可乎不可。……无物不然,无物不可。……其分也,成也;其成也,毁也。凡物无成与毁,复通为一。”又说:“何谓和之以天倪?曰:是不是,然不然。……故寓诸无竟。”此外,《知北游》篇还有“知者不言,言者不知”“无为而无不为”“不知,深矣;知之,浅矣;弗知内矣,知之外矣”。又说,“弗知,乃知乎?知,乃不知乎?”《徐无鬼》篇还有“凡成美,恶器也”,俯拾即是,不一一赘述。

既然海德格尔“A即非A”这种“对立者相互缘构”的表达方式与西方哲学诗学传统完全背道而驰,而他本人对《老子》《庄子》又非常熟悉和喜爱,那么它便很可能源于《庄子》中“因彼立是,两行以明”的表达策略。

原载《求索》2005年第9期

---

①Heidegger, M. *Holzwege*, Frankfurt: Vittorio klostermann, 1994. S.51.

②Heidegger, M. *Holzwege*, Frankfurt: Vittorio klostermann, 1994. S.41.

③Heidegger, M. *Unterwegs zur Sprache*, Stutgart: Günther Neske, 1997.S.30.

对“在-世界-中-存在”本身之“畏”

——蒙克《惊呼》主题的“生存论-存在论”解释

一

2012年5月2日晚，纽约苏富比艺术品拍卖市场上有一幅开拍前并不怎么被看好的画作竟然拍出了1.199亿美元的天价。这幅作品的名字叫《惊呼》①，开拍前起价8000万曾被认为估价过高。

《惊呼》是挪威画家爱德华·蒙克（Edvard Munch，1863—1944）三十岁出头那些年创作的一幅名作。这幅画共有四个版本，其中三个版本均被博物馆收藏；这次拍出的是作于1895年的第三个版本，并非其中的精品，而是四个版本中唯一的私人收藏版。收藏者是挪威商人彼得·奥尔森，他的父亲托马斯·奥尔森是蒙克的朋友、邻居及艺术赞助人。

①中国学界对这幅作品Skrik（挪威语）/ The Scream（英语）的译名有多个，最为常见的是《惊呼》《呼号》《尖叫》或《呐喊》，这里取第一个译名。

二

我第一次见到《惊呼》这幅画，是二十世纪八十年代初在西南师大读本科时一次美术系老师所做的讲座上。那是一个重庆的夏天的夜晚，一个能空纳一百多人的阶梯教室里挤了黑压压的两三百人，一边欣赏着《米洛斯的维纳斯》《大卫》《蒙娜丽莎》一边擦着汗。当黑板旁边的白色墙壁上突然打出《惊呼》这幅作品的幻灯片的时候，教室里有几个地方同时响起了不小的尖叫声，甚至有女生当场吓得哭了要往外冲，被同学拽住后教室里响起了一阵哄笑声。

每次面对《惊呼》，我都会感受到一种撼人心魄的力量。撇开其与传统美术中美的形象迥然不同的人、物造型这一点不说，这幅作品最令我感到惊异的地方在于，与其主题意蕴的深邃形成强烈反差的表现形式的粗简：版画勾勒式的粗犷笔触，块面分割式的粗犷布色，简约到极致的意象构成：顶部波浪式平铺开来的无边的血色晚霞；中部反C形蜿蜒而去的一条灰蓝色河流，和自左上方往右下角倾斜而来的一座无始无终的赭、绿色混合相间的公路桥，连接着与其同色调的无边大地；底部桥面上一个不辨性别年龄身份、双手捧头、面孔扭曲、张嘴惊呼仿佛突然感到了无限的莫名恐惧的骷髅幽灵般的人物和远处两个同样不辨性别年龄身份、已经弃之而去的模糊人物。

意蕴深邃而表现形式粗简，或许正是因为这一点，这幅杰作遭到了世界上不少美术史家的忽略。随便举几个例子：由法、德、波兰和葡萄牙四国四位教授共同编撰的《西方艺术史》（雅克·德比奇等著、徐庆平译，海南出版社2002年版）、日本相良德二等人编撰的《西洋绘画史话》（彭正清译，人民美术出版社1981年版），以及中国学者鲍诗度的专著《西方现代派美术》（中国青年出版社1993年版）等，都不仅对《惊呼》只字不提，甚至完全忽略了蒙克的存在！

当然话得说回来，遭遇冷落、误解或者建立在肤浅见解基础上的“热捧”，这或许就是大多数艺术杰作共同的宿命！

三

对于这幅作品所表现的主题，目前较为流行的阐释大体可以分为两类：一类是“精神分析学式”的或者说“艺术家传记批评模式”的解释，它主要着重于对画家蒙克个人生活经历和精神疾病方面的挖掘，特别是其童年及少年时期母亲和姐姐的分别病死、成年后父亲和弟弟的相继去世，以及蒙克本人1908年的发疯，等等；另一类是“社会历史批评模式”的解释，主要着重于对十九世纪末社会状况和时代精神风貌尤其是所谓“世纪末情绪”方面的揭示。譬如朱伯雄先生在其按美术史体例编著的皇皇巨著《世界美术名作鉴赏辞典》中，就是从上述两方面来解读包括这幅作品在内的蒙克的所有作品的[①]，虽然这部以通俗名称面世的巨著具有相当高的学术价值。还有研究者甚至笃定，画面中的红色背景源自1883年印尼的喀拉喀托火山大爆发，喷出的岩浆和火山灰把天空染成了血红色。但我想，即便蒙克这幅作品中对天空色彩处理的灵感真的来源于此，我们也不能忘了这是一幅表现主义而非现实主义画作，上述解释牵强且无多大意义。

以上这两类解释，或许都具有一定的理论和现实依据。但我个人认为，它们都尚未触及到这幅作品所表达的主题的深层内涵——这幅杰作的哲理意蕴。为此，我试着为它提出一种“生存论-存在论”解释，以就教于方家。

我个人认为，假如套用海德格尔在其《存在与时间》和《艺术作品的本源》（后者收入论文集《林中路》）里的相关表述来说，这幅作品的伟大之处乃在于：它以极其简约的造型语汇，令人震撼地显现了“‘此在’对‘在-世界-中-存在’本身之‘畏’”这一普遍而深刻的主题，从而让“‘此在’‘畏’着而‘在-世界-中-存在’”这一关于“此在存在”的“生存论-存在论真理”得以在其中完成了“自行发生”和“自行开显”。

四

那么，什么是“畏”呢？海德格尔在其《存在与时间》第六章中指出，“畏”(die Angst)乃是“此在”“在-世界-中-存在”的“一种基本现身情态[②]”(eine

①朱伯雄编著：《世界美术名作鉴赏辞典》，浙江文艺出版社1991年版，第811—813页。

②“现身情态”(Befindlichkeit)是海德格尔“基础存在论”（关于“此在/人的存在”的存在论）中的一个基本概念。从“存在”的角度看，它是存在显现自身或者说存在向人的意识“现象出来”的途径或方式；而从“此在”的角度看，它是人对自身存在及存在本身的体验和领会。后文谈及的“怕”和“畏”，都属于“此在/人”“在-世界-中-存在”的“基本现身情态方式”。

Grundbefindlichkeit)，或者说是“此在”对自身“在-世界-中-存在”之“存在领会”中的一种“源初现象”(das ursprünglichen Phänomen)[①]。

更重要的是，海德格尔特别指出，“畏”(die Angst)与“怕”(die Furcht)尽管在现象上大多交织并存，并因此而常常被相互错认或被混为一谈，但实际上二者却有着本质区别，其中最核心的区别是：“怕之所怕者(das Wovor der Furcht)总是一个世内的、来自一定场所的、在近处逼近的、有害的存在者，它可能并不出现。”[②]据此理解，“怕”之“所怕者”总是某些个明确的、具体的、我们对其所处位置及危害或威胁清楚明白的、在近处向我们逼近的、来自我们的现实生活世界内的存在者，但正因为如此，“怕”之“所怕者”便是我们可以避开、解除、战胜甚至原本压根儿就不会出现或降临的东西。所以，作为“此在”“在-世界-中-存在”的一种基本的人生经历和生命体验，“怕”是完全可以通过避开、解除或战胜“所怕者”从而在根本上彻底消除的，甚至“怕”本身原本就纯属“自己吓自己”的庸人自扰之举——因为“所怕者”很可能压根儿就不会出现或降临！

而“畏之所畏者(das Wovor der Angst)”则不同。海德格尔说，“畏之所畏者不是任何世内存在者”，因此“在本质上也不能有任何因缘”，从而“在世内被揭示的上手或在手之物的因缘整体性也无关紧要”；其中的“威胁也没有确定的有害之事的性质”，甚至这种威胁的来源所自也没有一个确切的位置。“畏之所畏者的特征”在于：“威胁者遍寻不着(nirgends)”“畏‘不知’所畏者是什么”——威胁者仿佛所在皆是却又不知其为何物，仿佛近在咫尺却又遍寻不着。一句话，“它是‘无(Nichts)’且‘遍寻不着’”。这便是在“畏之所畏”中公开出来的现象。这一现象意味着什么呢？海德格尔用斜体字强调指出：这等于说“畏之所畏者就是那如此这般的世界”！由于“从存在论上看，‘世界’在本质上属于‘在-世界-中’，一如它属于此在之存在”，因此更确切地讲，这又等于说“畏之所畏者就是那如此这般的在-世界-中-存在(Das Wovor der Angst ist In-der-Weit-sein-als solches)”，或者说“畏所畏着者就是那在-世界-中-存在本身(Das Wovor die Angst sich ängstet, ist das In-der-Weit-sein-selbst)”！[③] 据此理解，“畏之所畏

①Heidegger, M. *Sein und Zeit*, Tübingen: Max Niemeyer, 1993, SS.184-185.

②Heidegger, M. *Sein und Zeit*, Tübingen: Max Niemeyer, 1993, S.185.

③Heidegger, M. *Sein und Zeit*, Tübingen: Max Niemeyer, 1993, SS.186-187.

者"不是任何具体的、确定的、到我们的现实生活世界中来与我们打照面的"世内存在者",或者"一切现成在手之物的总和",而是那"如此这般的世界"本身;更准确地说,"畏之所畏者"和"畏之所为畏者"(即"畏对之生畏者")就是"那如此这般的在-世界-中-存在",亦即那"在-世界-中-存在"本身。正因为如此,作为"此在""在-世界-中-存在"的一种基本的"存在领会"、一种基本的人生经历和生命体验,"畏"是莫名其妙、不可捉摸、不可理喻的,它无时无处不在却又遍寻不着,它来势汹汹(来时能深深攫住人的心灵根底,吓得人灵魂出窍)却又去无影踪(当其平息后,似乎什么也没有发生——仿佛"本来就没什么");并且,由于"畏"源自那如此这般的"世界"和"在-世界-中-存在"本身,而"在-世界-中-存在"恰好正是"此在"无论如何逃脱不掉也改变不了的"存在的基本方式"——"此在"存在的源初现象和基本方式就是"在-世界-中-存在",因此,只要"此在"存在,"畏"就是无法从根本上彻底消除的。所以海德格尔说,"有所畏乃是(此在/人)在-世界-中-存在的基本方式的现身情态(Das Sichängsten ist Befindlichkeit eine Grundart des In-der-Weit-seins)"①

接着,海德格尔进一步补充道:作为"此在"在其中"感到莫名恐惧而茫然无归(unheimlich)"这样一种现身情态,"畏使此在个别化为最本己的②在-世界-中-存在(Die Angst vereinzelt das Dasein auf sein eigenstes In-der-Welt-sein)",它突出地昭示出了"此在"作为"个别的、单一的、被抛③的能在④",以及"此在"之

①Heidegger, M. *Sein und Zeit*, Tübingen: Max Niemeyer, 1993, S.188.

②"本己的"(eigen)是海德格尔哲学中一个基本概念,意思是"属于(每个人)自己的"、"(别人)无法替代的"、"必须自己亲自承担起来的"等等。

③"被抛"(geworfen)是海德格尔"基础存在论"中的一个重要概念,意思与"自由自觉的选择"相反,"被迫使""被放送""被卷入""被裹挟"等均属于此列。

④"能在"(Seinkönnen)是海德格尔界说"此在"的本质特性及特征时用的一个概念,它主要包括两方面含义:第一,与"非此在式"存在者具有既定本质并因此而是一种"既定性/现成性"存在者,其"存在"过程不过是其既定本质的一种自然展开不同,"此在"是没有既定本质并因此而是一种"可能性/生成性"的存在者,其"本质"是在其"存在"过程中"生成"的(一个人会成为什么样的人,是需要他/她用一生去回答的问题);第二,唯有"此在"才"有能力"将自己的"存在"承担起来并因此而"能存在/有能力存在",从这个意义上说,其他存在者只是"有"而不"存在",因为它们不"能""存在"。但也正因为如此,"此在"总是在"面向(充满未知性和不确定性的)未来筹划自身的存在",其存在受到"死亡"的总体规定(人的存在是"向死/终结存在"),并可能陷入"沉沦""被抛"等"非本己本真存在状态"之中,且因此而产生"烦/操心""畏"等"存在领会"。

“不在家(das Un-zuhause)[①]”的“存在论‘样式’”[②]。这就是说,一方面,正是“畏”这样一种“生存-存在领会”才使“在-世界-中-存在”这个原本属于一切“此在”的普遍空泛的存在论样式“个别/具体化”为每一个“此在”自身“最本己的”具有鲜活独特内涵的存在;但另一方面,“畏”也昭示出,每一个“此在”不仅必须亲自去承担起属于他/她自己的那个特殊的个别的“在-世界-中-存在”,而且每到其中的紧要关头,他/她就会并且总是会发现自己是孤独无援的(“个别-单一的”)、身不由己的(“被抛的”)、浑噩庸碌的(“沉沦的”)、时刻需要面对未知和不确定的未来,以及极度确知又极度不确知的死亡的(总在“烦/操心”和“畏”着的),总感觉自己是“失去了精神家园”的“异乡客”和“无家可归”的“漂泊者”(处于“不在家”的“存在论‘样式’”)。

顺便说一句,关于西方人自近代以来普遍强烈感受到莫名恐惧的“茫然无归(Unheimlichkeit)”这一问题,海德格尔后来在1946年写作的《关于人本主义的书信》(收入论文集《路标》)中还有进一步讨论。

五

有了前面的理论准备之后,我们便可以试着从“生存论-存在论”的角度来解释《惊呼》一画的主题内蕴了。

让我们再来看看这幅作品的意象构成以及各个意象的基本意蕴:满天波浪似的无限弥漫的血红色晚霞、反C字形蜿蜒而去的灰蓝色河流(这两者在造型上都很像蠕动的蛇虫)、无始无终的赭色和绿色混合相间的公路桥(这当是“此在与他人共在”之“场所”的象征)及其所连接的无边的大地,以上四个意象均为“此在”生存-存在所“依寓”的“世内存在者”及“周围世界”的象征;而那两个面貌模糊、不辨性别年龄身份的人物,当是“与‘此在’‘共同存在于此’”的“他人”(die Anderen/the Others)的象征。以上全部(五个)意象,共同构成了画作中的主

①“不在家(das Un-zuhause)”与“茫然无归(Unheimlichkeit)”意思相近,也是海德格尔“生存论-存在论”哲学中的一个基本概念,指的是现代人普遍具有的感觉自己“失去了精神家园”,感到自己是“大地上的异乡客/漂泊者/无家可归者”的一种人生体验或“存在领会”。

②Heidegger, M. *Sein und Zeit*, Tübingen: Max Niemeyer, 1993, SS.187-189.

角“在……之中-存在”的那个“世界(die Welt)”的隐喻。

在此顺便补充一下,在海德格尔《存在与时间》一书所建立的“基础存在论”中,“此在”之“在-世界-中-存在”又呈现为两个最基本的源初现象:一是“‘此在’依寓于‘世内诸存在者’而存在”。上文中“(血色晚霞所昭示出的)天空”“大地”“河流”和“公路桥”,就是这样的“世内存在者”。它们是到此画中的主角儿的“生活世界中/内”来与其“打照面”的“诸存在者”,共同构成了此画的主角儿存在于其中的“周围世界”(Umwelt);二是“‘此在’与‘他人’‘共同存在’和‘自己存在’”。“他人”是“此在”“在-世界-中-存在”无论如何不可能彻底躲开的“与‘此在’‘共同存在于此’”的“共同此在”(Mitdasein),只要“此在”“在-世界-中-存在”,便一定是“与‘他人’‘共同存在’”[①]。这里的“他人”可能是特定的某个人、某些人,也可能是作为流俗见解、通常规则等以观念形态存在的“平均状态的人”,海德格尔称之为“常人”(das Man)——一个“此在在共处中总是听任其摆布”的“无此人”(das Niemand,后详)。而上文中提及的那两个面貌模糊、不辨性别年龄身份的人物形象,便是与此画中的主角儿“共同存在于此”的任何一个/一切“他人”的象征。

那么,“与‘他人’‘共同存在’”又意味着什么呢?首先意味着“此在之存在”中原本就包含“为他人之故而‘存在’”[②];其次意味着“此在作为日常共处的存在,就始终处于他人可以号令的范围之内。不是他自己存在;他人从它身上把存在拿去了”[③];最后意味着“此在首先和通常不是它自己”[④],“此在首先是而且通常一直是常人”[⑤],“这个‘常人’就是‘日常此在是谁?’这一问题的答案”。最后这个“意味着”是何意?其原由何在呢?海德格尔解释说,“这个常人却是个‘无此人’,而一切此在在共处中又总是已经听任这个‘无此人’摆布了”[⑥]。正是因为“此在”总是听任这个作为“无此人”的“常人”摆布,所以最终“日常此在”自己也变成了一个所有个性内容都被敉平了的“常人”。海德格尔正好也论述过,

①以上两方面是海德格尔《存在与时间》第二至四章建构“此在”“在-世界-中-存在”的基本框架。

②Heidegger, M. *Sein und Zeit*, Tübingen: Max Niemeyer, 1993, S.123.

③Heidegger, M. *Sein und Zeit*, Tübingen: Max Niemeyer, 1993, S.126.

④Heidegger, M. *Sein und Zeit*, Tübingen: Max Niemeyer, 1993, S.116.

⑤Heidegger, M. *Sein und Zeit*, Tübingen: Max Niemeyer, 1993, S.129.

⑥Heidegger, M. *Sein und Zeit*, Tübingen: Max Niemeyer, 1993, SS.127-128.

“从生存论上说，共同存在本身就带有庸庸碌碌的性质”①，“沉沦”和“被抛”乃是“日常此在”基本的存在方式②，最终结果便是，“畏”成了“在生存论-存在论上意味深长的此在之基本现身情态”③。

这幅画的主角儿是一个与那两个“他人”一样面貌模糊不清、不辨性别年龄身份的骷髅幽灵般的人物。毫无疑问，他们都是海德格尔在其《存在与时间》中着力进行过生动描述的每一个/一切“以敉平（抽空一切个性内容——笔者注）的方式存在”的“日常此在（das alltägliche Dasein）”或者说“常人”（das Man）的象征。正因为一切个性内容都已经被敉平了，所以画中的三个模糊不清的人物形象，无论其中的哪一个“他/她”都是“你”，是“我”，是“他/她”，是我们任何人或者一切人的代表；而其中主角儿那副双手捧头、面孔扭曲、张嘴惊呼仿佛吓得早已灵魂出窍了的夸张造型，显然已经远远超出了前面所述的一般的“怕”的范畴！毫无疑问，“他/她”所表现出的正是突然“感到了无限的莫名恐惧而茫然无归”，“他/她”的“畏”之“所畏者/所畏着者/所对之生畏者”正是“‘无’且‘遍寻不着’”，质言之，正是“那如此这般的世界”和“那如此这般的在-世界-中-存在”本身！所以，在我看来，《惊呼》这幅画乃是对海德格尔《存在与时间》中所说的“此在”对“如此这般的世界”和“如此这般的在-世界-中-存在”本身之“畏”的一种生动显现！

总而言之，《惊呼》这幅作品具有极为深刻的哲理意蕴，但假如不从“此在的生存论-存在论”视角进行阐释则很难触及。它的伟大之处乃在于：它以极其简约的造型语汇，令人震撼地显现了“‘此在’对‘在-世界-中-存在’本身之‘畏’”这一普遍而深刻的主题，从而让“‘此在’‘畏’着而‘在-世界-中-存在’”这样一个关于“此在”的“生存论-存在论的真理”得以在其中完成了“自行发生”和“自行开显”。这幅作品撼人心魄的全部艺术力量和审美价值，均源于此！

---

①Heidegger, M. *Sein und Zeit*, Tübingen: Max Niemeyer, 1993, S.126.

②对此，海德格尔在《存在与时间》一书中有非常精彩的“现象学描述”，参见：Heidegger, M. *Sein und Zeit*, Tübingen: Max Niemeyer, 1993, SS.166-180.

③Heidegger, M. *Sein und Zeit*, Tübingen: Max Niemeyer, 1993, S.140.

六

当我如此这般地对《惊呼》做如此鲜明、浓重的"海德格尔式"的阐释时，我不得不正视对此种解释之合法性的这样一种质疑：蒙克与海德格尔出生在两个相距遥远的不同国度，二人的生活经历也全无交集；更重要的是，蒙克这幅画的第一个版本创作于1893年，那时的海德格尔还只是一个4岁大的孩子——这一年比海氏首次出版《存在与时间》(Sein und Zeit)的1927年足足早了34年！

不过，这种质疑看上去理直气壮，实则经不起推敲。它顶多可以表明，蒙克创作这幅画时没有受到海德格尔《存在与时间》中所表述的相关哲学思想的任何影响，但这丝毫不能动摇对蒙克这幅画的主题做上述解释的合法性基础——道理很简单，两个生活在不同时代、不同国度的"哲学家诗人"(譬如这里的蒙克)与"诗人哲学家"(譬如这里的海德格尔)，完全有可能面对大体相同或相似的生存-存在境遇，从而完全可能产生大体相同或相似的生命体验和存在领悟！在回应上述质疑这一点上，我甚至都不需要搬出伽达默尔"哲学阐释学"(《真理与方法》)中提出的所谓"创造性误读"或"效果的历史"这类理论来为自己以上解释的合法性进行辩护。

七

最后，我想引用蒙克本人谈及《惊呼》一画的创作动机时所说的一段话来为本文作结，他说："一天傍晚，我和两个朋友一起散步。太阳下山了，突然间，天空变得血一样的红。在灰蓝色的峡湾和城市上空，我看到了血红的火光。我的朋友走过去了，只剩下我一个人。我在恐怖中战栗起来，我似乎感到自然中的一声巨大的震天的呼号。我于是画了这幅画，并把云彩画得血一样红。这血红的色彩就是呼号。"①

①朱伯雄编著：《世界美术名作鉴赏辞典》，浙江文艺出版社1991年版，第812页。

西绪福斯推石与吴刚伐桂

一

中西方文化的大规模碰撞与交流，是近一两个世纪才发生的。在此前漫长的历史进程中，双方似乎生活在两个截然不同、完全隔膜的世界里。因此，彼此产生文化差异、各自持有文化己见等，都是十分自然的。譬如，很长一段时间里，在西方人看来，中国画简直不值一提，因为它们的作者连最起码的透视原理都一窍不通。深谙艺术和艺术史的大美学家黑格尔，也把东方艺术放到艺术发展史上的最低阶段去论述①；而在中国人眼里，西洋画尽管色彩斑斓，却只知一味照搬原物，更是连绘画的门儿都没摸着。又譬如医学，最开初的时候，中国人对丝毫不懂精气血阴阳五行、动不动就要换人零件儿的西医大表怀疑；而时至今日，还有不少西方人压根儿就不相信野草树皮加昆虫的中药竟能治病。甚至连语言本身，也成为阻隔在中西方人心中一堵坚硬的篱墙：有西

①众所周知，黑格尔《美学》将东方艺术作为“象征型艺术”去论述。

方大哲学家曾嘲笑中国人说话像刚下完蛋的母鸡；而中国也有人回敬说，西洋人讲话简直是“鸟兽异类，语不可晓”[①]。不仅如此，这种有趣的偏见甚至在同一文化圈中也照样存在。譬如，16世纪法国动物学家吉尔(Pierre Gilles)干脆宣布，英国人讲话简直就形同鹅叫。没想到对一衣带水的近邻竟也刻薄如此，须知，鹅，可是西方臭名昭著的“呆鸟”[②]。

但同样有趣的是，中西方文化中有时却又表现出某些惊人的相似与一致。譬如，中西方文化都曾一致地把人类的始祖同“蛇”联系在一起：在希伯来人的《圣经》里，“亚当”和“夏娃”之所以被逐出“伊甸园”，就因为他们经不住“蛇”的诱惑而偷食“禁果”，犯下了“原罪”；在中国人的创世神话中，“伏羲”和“女娲”甚至干脆被想象成了两条正在交尾的“人首巨蛇”[③]。再譬如，东西方许多民族中都曾有人类遭受天神降下的“种族灭绝之灾”的神话传说：希腊有“丢卡利翁(Deucalion)和皮拉(Pyrrha)的小船”[④]；希伯来有著名的“挪亚方舟(Ark of Noah)”[⑤]；中国有“伏羲和女娲的大葫芦”[⑥]。三者甚至在许多细节方面都存在着惊人的一致：遭灾的原因都是人类“作恶”；天神降灾的方式都是“水”；获救的都是一男一女；获救原因都是“行善”；获救工具都是“船”(“葫芦”与“船”相比似乎略为简陋了些，但其功能毫不逊色)；获救者又都成了后世人类的始祖，等等。

如果说，上述例子，要么神秘的“道德教谕”意味太浓——“蛇”显然是人类感性欲念的神秘象征，而人类之所以从天国的纯洁子民堕落为尘世的凡夫俗子，无疑与之紧密相关；要么“历史遗迹”色彩太重——世界许多民族都有洪水神话的事实表明，“上古时代某个时期由于自然界的大变动，确曾有过一次几乎遍及于全世界的大洪水”[⑦]，所以思辨色彩不够浓、思想深度不够深的话，那么，

①钱锺书：《七缀集》，上海古籍出版社1994年第二版，第142页。

②钱锺书：《七缀集》，上海古籍出版社1994年第二版，第143-144页。

③他们的这个造型在汉代画像石中较常见，甚至有西方学者也以此作为探讨古代中国人两性生活的材料，譬如荷兰汉学家高佩罗《中国古代房内考》(李零等译，上海人民出版社1990年版)图版I即此造型。

④[德]斯威布著、楚图南译：《希腊的神话和传说》，人民文学出版社1959年版，第23-26页。

⑤《圣经·创世纪》第6—9章中叙述了“义人”挪亚的一家如何在神的启示下打造“方舟”获救的故事。亦可参阅张久宣编：《圣经故事》，中国社会科学出版社1991年增订版，第17-22页。

⑥袁珂：《中国神话通论》，巴蜀书社1993年版，第84-85页。

⑦袁珂：《中国神话通论》，巴蜀书社1993年版，第250页。

在希腊的“西绪福斯推石”和中国的“吴刚伐桂”两则有关人类现实生存境遇和生存意义的体悟的神话传说里，“神(Gods)”对“人(Man)”的惩罚方式中所体现出的“黑色智慧”的相似，以及这种“黑色智慧”所达到的高度，都令人惊诧不已！

二

关于“西绪福斯(Sisyphus)”，《荷马史诗》中有多处描写。在荷马(Homer)笔下，他阴险狡诈、恶劣贪财而又胆大妄为，死后在地狱受到了严酷惩罚：被迫把一块巨石推上山，刚到山顶，巨石就坠下去，坠而复推、推而复坠，永无止息。

德国学者斯威布(Gustav Schwab)编著的《希腊的神话和传说》中也曾三次提到西绪福斯。第一次是作者的概述，说他“乃是所有人类中最奸猾的人”，“由于他的许多欺诈行为，他被罚在地狱里用手脚将一块巨大的岩石从平地滚到山顶上去。每当他想着已经到达山顶，突然岩石又滑落下来。所以这为恶的人永远来回滚转沉重的岩石上山，直到他苦恼地弓着身子，全身汗滴如雨”①。第二次是当希腊英雄狄俄墨得斯(Diomedes)在厮杀的战场上问及对手——吕喀亚英雄格劳科斯(Glaucus)的家世时，格提到了自己的祖先“足智多谋的西绪福斯”②。第三次是希腊英雄俄底修斯(Odysseus)在海上漂泊了近10年之后，得女巫喀耳刻(Circe)指点到地府去向预言家忒瑞西阿斯(Tiresias)的阴魂询问归途时，在那里见到了永无止境地推石上山的西绪福斯，“他全身用力，手足并用，刚要转到山顶，巨石又从山头滚下，于是他只得重新开始工作。他遍体流汗，头上尘土飞扬如同云雾一样”③。

以上是西方关于“西绪福斯推石”的主要神话故事和传说。

在中国，“吴刚伐桂”的故事至迟到唐代已广为流传。段成式《酉阳杂俎·天咫》篇中说：“旧言月中有桂，有蟾蜍。故异书言月桂高五百丈，下有一人常斫之，树创随合。人姓吴名刚，西河人，学仙有过，谪令伐树”④；1921年版《中国人

---

①[德]斯威布著、楚图南译：《希腊的神话和传说》，人民文学出版社1959年版，第196页。

②[德]斯威布著、楚图南译：《希腊的神话和传说》，人民文学出版社1959年版，第390页。

③[德]斯威布著、楚图南译：《希腊的神话和传说》，人民文学出版社1959年版，第735页。

④[唐]段成式：《酉阳杂俎》卷一《天咫》，中华书局1981年版。

名大辞典·吴刚》条言:“吴刚,汉西河人。学仙有过,谪伐月中桂。桂高五百丈,斫之,斧伐随合。”[①]今人所编神话故事和传说著作中也大多收有此事,且基本沿袭段说。如袁珂先生《中国神话传说词典·月桂》条道:“月桂之说,自汉晋以来,即已有之。至唐人小说,又有吴刚伐桂之说。”[②] 杨克兴、王兴义《中国神话故事·月桂子》篇道:“月亮里有一棵高大的桂树,树下有个玉兔在捣药。这美丽的传说早在汉魏时就有了。后来到了唐代,又增加了吴刚伐桂的神话。唐人笔记小说中说,月中有桂树,高五百丈,下面常有一个人用斧头砍它,可是斧头刚抬起来,桂树的伤口又合上了,所以不停地砍,却永远也砍不断。这砍树的人,就叫吴刚,河西人,学仙时犯了过错,就罚他到月宫砍树。”[③]

显然,这两则神话故事有着许多惊人的相似。首先,故事的主人公都是“人”。吴刚是个修行的普通道士,自不必说;西绪福斯虽然敢于与神较量并多次占便宜,但终究未能脱尽凡俗之胎,充其量被目为“所有人类中最奸猾的人”。其次,他们都受到了“神的严酷惩罚”。细分起来,这其中又有许多惊人的相似之处。第一,他们都被罚到了远离人世的地方接受苦役。一个到了“广寒宫”,一个下了地狱。第二,他们受罚的原因,都是自己行为上的“过错”。吴刚是因为“学仙有过”。至于究竟是种什么“过”,文献中似无详细说明。后世民间传说中有的说是“与嫦娥偷情”[④],有的说是“贪财不义”等,说法不一,“有过”则无疑。西绪福斯受罚也是因为生前犯下了“累累劣迹”。至于究竟是什么“劣迹”,荷马也未做明确解释。后世作家也有不同说法:有的说他“泄漏了众神的计划”,有的说他“劫掠了旅行者”,也有的说他“把宙斯(Zeus)暗藏拐来的埃癸娜(Aegina)的地点透露给了埃癸娜的父亲阿索波斯(Asopus)”,等等。此外,流传最广、大概也最为严重的是他的“诡计多端”:有一次竟然用计铐住了死神塔那托斯(Thanatus),使其无法正常办公,致使世间好几年无一人死去。即使后来被捉到了地狱,他仍然玩弄诡计使众神上当放他逃回了人间——他在世时不许妻子在他死后举行葬礼和祭奠,一到地府便请求众神准许他回到人间去惩罚他那“败

①臧励和等编:《中国人名大辞典》,商务印书馆1921年版,第318页。

②袁珂:《中国神话传说词典》,上海辞书出版社1985年版,第87页。

③杨克兴、王兴义编:《中国神话故事》,北方妇女儿童出版社1992年版,第99页。

④陶阳、钟秀编:《中国神话》,上海文艺出版社1990年版,第368页。

坏神圣风俗"的妻子。可他一逃回人间便不知去向，害得众神不得不派赫耳墨斯(Hermes)再次把他捉去[①]。最后，他们受罚的方式，都是被迫服一场异常繁重、单调重复、徒劳无功而又永无止境的苦役。吴刚被迫去砍一棵永远也砍不断的大树；西绪福斯被迫去推一块永远也推不到山顶的巨石。不仅如此，吴刚所伐之"桂"与西绪福斯所推之"石"也颇为相似：前者"随创随合"，所以不停地砍，却永远也砍不断；后者"坠而复推，推而复坠"，所以不停地推，却永远也推不到顶。

三

用这样一种苦役来惩罚别人，大概要算人类所能想象得出的最残酷的惩戒方式了。正因为如此，"西绪福斯式的劳役(a Sisyphean toi"在西方早已成为广为流传的经典成语。

任何一种文化中都必然会包含这样两部分内容：奖励(Rewards)与惩戒(Punishments)。正是在这奖励与惩戒中，体现了该种文化的价值观念和价值取向。奖励与惩戒，是文化对其所化者施加影响的两条杠杆。因此，不用说后世成熟的哲学、宗教、伦理、艺术等，就是在文化尚处于萌芽状态的神话传说中，也有许多这方面的内容。

无论中国还是希腊的神话传说中，都有不少惩戒故事。

在中国，最著名的便有"刑天争神被断首"[②]"嫦娥窃药化蟾蜍"[③]"鲧窃息壤遭诛杀"[④]，等等。

在希腊，这类惩戒故事也很多。普罗米修斯(Prometheus)因替人类盗火，被

①[苏联]M.H.鲍特文尼克等编、黄鸿森等译：《神话辞典》，商务印书馆1985年版，第308-309页。

②《山海经》卷七《海外西经》，《四部丛刊》初编缩印明成化本。

③西汉时，《淮南子》卷六《览冥训》中有"羿请不死之药于西王母，姮娥窃以奔月"的故事，卷七《精神训》中有"月中有蟾蜍"的说法；东汉时，张衡《灵宪》篇("严辑全文"有收录)中有"姮娥遂托身于月，是为蟾蜍"的描述，"嫦娥奔月"神话的"惩戒"意味开始凸显。之后，唐人徐坚《初学记》卷一称古本《淮南子》即有姮娥"托身于月，是为蟾蜍"的说法，而李商隐为代表的诗人写"月"的诗也都突出"嫦娥"的"悔恨""孤独""寂寞"等，亦含"惩戒"意味，后世文人对此多有沿袭。直至现代，还有神话学家明确将其视为因背叛丈夫而受罚的道德惩戒神话(袁珂《中国神话通论》，巴蜀书社1993年版，第232-236)。

④《山海经》卷十八《海内经》，《四部丛刊》初编缩印明成化本。

宙斯锁在高加索山的悬崖绝壁上，一只巨大的鹫鹰每天来啄食其肝脏，他所眷顾的造物——人类也受到了Pandora's box（潘多拉匣子）的报复[①]；坦塔罗斯（Tantalus）因为嘲笑和愚弄神祇，被罚在地狱遭受焦渴、饥饿、毁灭的恐惧三种苦刑[②]；尼俄柏（Niobe）因为傲慢和侮蔑神灵，顷刻间便丧失了所有14个子女，最后自己还变成了一块站立在悬崖上终日以泪洗面的顽石[③]；拉伊俄斯（Laius）因为以怨报德，被罚承担其子俄狄浦斯（Oedipus）“杀父娶母”的悲惨命运[④]；阿伽门农（Agamemnon）因一时得意，自吹射箭比狩猎女神还准，后来不得不将自己心爱的女儿伊菲革涅亚（Iphigenia）献祭给阿耳忒弥斯（Artemis）以平息其愤怒，并为他最后死于妻子与奸夫之手埋下了祸根[⑤]。

上述惩戒方式，不能说不是惨烈的。但相比之下，都远远不及西绪福斯和吴刚所受的惩罚残酷。

它们要么只触及皮肉，要么只危及性命，要么只是生理上的折磨，要么只殃及子孙，等等。而“西绪福斯推石”与“吴刚伐桂”则残酷多了。

首先，它是对人身体的一种残酷折磨。

正如希腊神话中多次描绘的那样，面对那块“沉重的岩石”，倒霉的西绪福斯必须“苦恼地弓着身子”“全身用力，手足并用”方能勉强推动，累得他“遍体流汗”“汗滴如雨”“头上尘土飞扬如同云雾一样”，其模样可谓狼狈之至！至于吴刚的窘态，中国神话中虽无直接刻画，但面对的是一棵“高五百丈”“即创即合”的大树，其情形大概也好不到哪里去。

其次，它更是对人精神的一种残酷熬煎。这种残酷性至少表现在以下几个层次上。

第一，单调重复的繁重劳动本已使人苦不堪言，而这种劳动被注定了的“徒劳无功（work to no avail）”，更是对他全部本质力量和一切努力的彻底否定。我们不妨做这样的假设：如果西绪福斯不是被迫去推一块永远不可能在山顶立住的“岩石”，而是被迫把无数块能够在山顶立住的哪怕同样沉重的“岩石”推上山

①［德］斯威布著、楚图南译：《希腊的神话和传说》，人民文学出版社1959年版，第1–12页。

②［德］斯威布著、楚图南译：《希腊的神话和传说》，人民文学出版社1959年版，第137–138页。

③［德］斯威布著、楚图南译：《希腊的神话和传说》，人民文学出版社1959年版，第142–146页。

④［德］斯威布著、楚图南译：《希腊的神话和传说》，人民文学出版社1959年版，第222–224页。

⑤［德］斯威布著、楚图南译：《希腊的神话和传说》，人民文学出版社1959年版，第311–322页。

顶;同样,吴刚也不是被迫去砍一棵永远不可能砍断的"桂树",而是被迫把无数棵可以砍断的哪怕同样高大的"桂树"砍倒,他们精神上所受到的熬煎也无疑会减轻许多。因为,即使是这样,他们的本质力量和艰苦努力也还能获得一次次的肯定与确证,并从中得到一定程度的精神慰藉。可他们遇到的偏偏是那样一块石头和那样一棵树!

第二,问题还远不是如此简单。如果西绪福斯面对的是一块沉重得他根本就无法推动的"岩石",吴刚要砍的也是一棵坚硬得他根本就无法砍伤的"桂树",那么,他们就只会受到一种痛苦的熬煎:绝望(despair)。可偏偏这块石头推得动而这棵树也砍得伤,这就会使他们无端生出另一种折磨人的东西:希望(hope)。而这块石头之必然要滚回山脚和这棵树之必然要随创随合,又命定了这种"希望"只能是一种注定会"绝望"的"希望"。就这样,倒霉的西绪福斯和可怜的吴刚注定了要受到"希望"和"绝望"两条神鞭来回交替的作践[顺便说一句,在希腊神话中,"达那伊德斯姊妹(Danaides)"因新婚之夜各自杀夫而受到了"永无止境地往无底桶里灌水"的惩罚[①]。这看上去与"西绪福斯推石"和"吴刚伐桂"差不多,实际上却有很大的不同:"无底桶(sieve of the Danaides)"根本就无法盛水,这反倒少了"希望"破灭的折磨]!这种"希望"与"绝望"的交替作践,在现代西方荒诞派戏剧《等待戈多》中,再一次落到了流浪汉"弗拉季米尔"和"爱斯特拉岗"两人的头上。

第三,这种痛苦的熬煎周而复始、永无止境。在上述其他惩戒方式中,一次性地报应在子孙后代上的不用说了,刑天被砍头、鲧被诛杀、嫦娥变了癞蛤蟆、尼俄柏变了大理石,惨烈是够惨烈的,但一下便死了或没了意识,倒也来得痛快。西绪福斯和吴刚可就倒霉多了,他们不但能深深体验到自己所受的痛苦熬煎,而且还被剥夺了死亡——中止,亦即拒绝熬煎——的权利。正是在这里,他们被套上了永恒的"时间的枷锁(the chackles of time)",被推上了永不停息的"伊克西翁的火轮(the firing wheal of Ixion)"。

事实上,当"西绪福斯"伸出双臂和"吴刚"抡起板斧的时候,他们就命定了必然要陷入神意安排的刻毒的"二律背反"之中。一方面,西绪福斯必须把岩石

①[苏联]M.H.鲍特文尼克等编著、黄鸿森、温乃铮译:《神话辞典》,商务印书馆1985年版,第70-71页。

推上山顶;另一方面,岩石到了山顶就必然会滚回山脚。这就是说,推上山顶必须要以滚回山脚——对推上顶的彻底否定——作为前提。同样,吴刚在把那棵高大的桂树砍开一个口子之后必须把斧头举起来,否则无法砍下一斧,而举起斧头又必须要以树创的弥合——对前一斧头砍开的口子的彻底否定——作为前提。

这是一种多么严酷的永恒的"二律背反"!如果我们把这种惩戒方式中所体现出的带有"黑色幽默(black humour)"性质的坑人智慧称为一种"黑色智慧(black wisdom)"的话,那么,让我们惊诧不已的是,尚处于童年时期的人类何以能够产生如此高超、如此富于思辨深度的"黑色智慧"!

四

迄今为止,没有任何证据表明"吴刚伐桂"和"西绪福斯推石"存在渊源关系,这就是说,它们是从中西方两个完全独立的文化世界中独立生长出来的两个完全独立的神话故事。使我们感到困惑和有趣的是,两个截然不同、完全隔膜的文化世界中,何以生长出了两个如此相似的神话故事,这种相似又意味着什么?

我们认为一种比较可靠的解释也许是:这两个神话故事是中西方人对人类普遍必然面临的某个与人的生存紧密相关的根本问题的神秘象征性表述。只有面对这种人类普遍必然面临的与人的生存紧密相关的根本问题,不同文化世界里的人才可能必然地共同去思索并产生如此相似的体悟和道说。

也许有人会问:尚处于童年时期的人类能够向自己提出这样的根本问题并试图去解答它吗?德国著名存在主义哲学家卡尔·雅斯贝尔斯(Karl Jaspers)曾指出:人类历史大约在公元前八世纪至公元二世纪之间形成了一个"轴心时代(Axial Age)",世界几大文化差不多同时进入了一个高峰期,"人类精神的基础同时独立地奠定于中国、印度、波斯、巴勒斯坦和希腊。今天,人类仍然依托于这些基础"。"这个时代产生了我们至今仍在其中思想的基本范畴,创造了人们至今仍赖以生活的世界宗教。"①中国的孔子、老子等诸子百家,印度的优婆沙德

①[德]雅斯贝尔斯著、柯锦华、范进译:《智慧之路》,中国国际广播出版社1988年版,第69-70页。

(Upanishad)和佛陀(Buddha),伊朗的左罗阿斯脱(Zarathustra),巴勒斯坦的以利亚(Elijah)、以赛亚(Isaiah)、耶利米(Jeremiah)等先知,希腊的荷马(Homer)、巴门尼德(Parmenides)、赫拉克利特(Herakleitus)、柏拉图(Plato)等诗人、哲学家,"都提出了人类面临的根本问题,而且从各自的文化进行了价值判断和选择。他们提出的问题成为人类迄今为止所有宗教、哲学和艺术的核心主题;他们的价值判断和选择,也一直影响着后人的研究。只要我们尊重事实,我们就不能宣称我们超越了他们的问题和他们的判断与选择"[①]。"文化轴心时代"比希腊神话产生的时代虽然稍稍晚一些,但雅斯贝尔斯的这一思想对于我们理解我们所要探讨的问题无疑是大有帮助的。更何况,从神位的设置、众神的谱系,到每一位神祇的造型、所司职能等的安排,希腊神话所体现的高妙的智慧之光,处处令我们大为惊讶和叹为观止!

因此,我们有理由认为,"吴刚伐桂"和"西绪福斯推石"是中西方对人类普遍必然面临的根本问题——人的现实生存境遇和生存意义——的体悟的神秘象征性表述。我们至少可以从以下两方面来理解这个问题。

第一,事实上,西绪福斯和吴刚所命定了必然要陷入的"二律背反"境地,不也正好是现实生活中每个人都可能面临的荒诞的生存困境的一种绝妙的象征吗?不知为什么,人类被赋予了许多连他们自己也弄不明白的互相矛盾的禀性,正是这些互相矛盾的禀性经常把人类置入一种进退维谷的尴尬境地之中:我们的脚明明被紧紧束缚在了大地之上,可我们的心却偏偏向往着天空;我们明明是一种感性生物,却偏偏具有强大的理性精神;我们明明不是上帝,却偏偏要企盼作世界万物的主宰;我们明明是一种有限存在,却偏偏要追求永恒无限;我们明明生活在现实世界,却偏偏要追求自由理想;我们明明眷恋着生,有时却偏偏不得不以死去抗争……好一套荒诞的"第二十二条军规"[②]!

第二,从根本上说,我们的出生并非我们自觉选择的结果,我们是被偶然性"抛进"这个世界中来的;同样,我们的死亡也并非我们自由选择的结果,我们是被必然性"赶出"这个世界的。这两方面都告诉我们一个铁的事实:这个世界原本与我们毫不相干。所以萨特(Sartre)说:"我们存在着,但是,我们找不出我们

---

①叶朗主编:《现代美学体系》,北京大学出版社1988年版,第22页。

②[美]约瑟夫·赫勒著、南文、赵守垠、王德明译:《第二十二条军规》,上海译文出版社1981年版。

所以存在的任何理由。"贯穿出生与死亡的过程,就是所谓"我们的人生"。人具有主观能动性,却又永远无法消除客观受动性。人的客观受动性贯穿我们的一生。这就是说,所谓"我们的人生"其实并非真正是完全属于"我们的",相反,其中很大部分完全外在于我们,是作为一种无法摆脱的生存重负强加给我们的。因此,作为一种生存体验,现实人生有时简直无异于一场无边的苦难——"存在就是受难",萨特也曾这样告诉我们。在这种体验中,"人生只是个走影,可怜的演员在台上摇摆了、暴跳了一阵子以后,就没有下落了。这是篇荒唐的故事,是白痴讲的,充满了喧嚣的狂乱,没有一点儿意义"[①]。在这种体验中,所谓"生存意义"就是一座卡夫卡笔下那永远可望而不可即的神秘的"城堡"[②]。对"生存意义"的追求,就是一场对贝克特笔下那谁也不曾见过也从未露过面的"戈多"的难以割舍却又注定毫无结果的苦苦"等待"!在这种体验中,人生就像是在服一场异常繁重、单调重复、永无止境却又徒劳无功的"西绪福斯推石"与"吴刚伐桂"似的苦役!

五

当然,作为中西方两个完全独立的文化世界中独立生长出来的两个完全独立的神话故事,"吴刚伐桂"和"西绪福斯推石"也不可能不带上各自民族文化的特色,并体现出彼此的文化差异来。

从最表层的意义上看,"西绪福斯推石"是一个讲人神故事的典型的神话传说;而"吴刚伐桂",严格说来则是一个学仙失败的仙话故事。但我们这里要着重探讨的并非这种表层上的特色和差异,而是更深层次的东西。

从更深层的意义上讲,"吴刚伐桂"只是一个含有道德教谕意味的惩戒故事;而"西绪福斯推石"则是一出人渴求超越——与神平等并与神争斗——所招致的生存悲剧。正是在这里,这两个在许多方面都极为相似的神话故事,充分体现出了它们各自的民族文化特色和彼此之间的文化差异。

我们说"吴刚伐桂"只是一个含有道德教谕意味的惩戒故事,而"西绪福斯

---

①[英]莎士比亚著、卞之琳译:《莎士比亚悲剧四种》,人民文学出版社1988年版,第615页。

②[奥]弗朗茨·卡夫卡著、汤永宽译:《城堡》,上海译文出版社1980年版。

推石”则是一出人渴求超越并反抗神意所遭到的生存悲剧，这主要是因为如下两个方面的原因：

第一，从两个神话故事主人公的形象塑造上看，虽然同为受罚者，“吴刚”就只是一个因过受刑的普通受罚者，在他身上，我们既看不出对超越的追求，也看不出对神的反抗。作为一个“道教中人”，他纯粹是一个借以向信徒们昭示道教清规神圣不可侵犯，违者必究、惩戒必严的抽象的符号化的人物；而“西绪福斯”形象不但有血有肉、生动丰满，并且在他身上有着极强的超越渴求和反叛精神，他虽然最终失败了并为此付出了沉重代价，但始终是个不屈不挠的英雄，“一位与普罗米修斯近似的战士神似的人物”①。即使是面对神意安排的刻毒命运，他也始终以一种沉静顽强的态度泰然处之，并以自己对自己永恒苦难命运的勇敢承担来体现对神明的蔑视。正因为如此，加缪(Albert Camus)在他著名的哲学随笔《西西弗的神话》中称赞道：“他超出了他自己的命运，他比他搬动的巨石还要坚硬。”②

第二，我们说“吴刚伐桂”只是一个含有道德教谕意义的惩戒故事，原因还在于它对吴刚受罚缘由的漠视。几乎所有收录这则神话故事的文献典籍对此都草草一笔带过，曰：“学仙有过。”至于究竟是什么“过”，则只字不提。我们曾抱着极大的热情试图弄清这一点，结果一无所获。不过大家知道，道教历来以清规戒律繁多而著称。翻开卷贴浩繁的《道藏》典籍，无非都是分属“三洞四辅十二类”的内容。“十二类”中第六类名曰“戒律类”，专讲道教的各种戒令科律，少则数戒，多则千余戒。最著名的就有“老君五戒”“初真十戒”“元始天尊二十七戒”等。有名曰“三品戒”者，先将修道之人分为上、中、下三品，谓：“下品之中复有二品：上品者身欲奉戒，或受一百九十九戒，或受观身三百大戒，或受千二百威仪之戒以自防保，令无越逸。”③在如此繁多的清规戒律中，吴刚究竟犯了哪些条，囿于我们目前的学识，尚无从考定。而几乎所有的文献典籍，似乎对此也不甚在意。这也难怪，作为一个惩戒故事，“吴刚伐桂”只需将犹犯清规的“吴刚”所受到的严酷惩罚告诉大家，让信徒们明白道教戒律神圣不可侵犯，它的目

①[苏联]M. H.鲍特文尼克等编著、黄鸿森等译：《神话辞典》，商务印书馆1985年版，第308页。
②[法]加缪著、杜小真译：《西西弗的神话》，生活·读书·新知三联书店1987年版，第157-158页。
③可参见任继愈先生主编的《宗教词典》(上海辞书出版社1981年版)中的相关词条。

的也就达到了，至于定罪依据和量刑是否恰当并不重要。而民间传说中所谓“偷情”“贪财”之说，似系后人为了讲述的生动有趣而附会上去的方便之辞，而道教戒律中也确有“勿贪淫好色”“勿妄取人财”等清规。即是如此，其道德教谕意味更是昭彰。而“西绪福斯推石”则不同了。西绪福斯之所以受到神祇最残酷的惩罚，其根本原因却在于他蔑视神明，仇恨死亡，对生活充满了激情与眷恋。他渴求超越，渴望与神平等，并一度战胜过死神(Death)。他还处处与神争斗、与神为敌，处处以“人(Man)”的身份向“神(Gods)”开战：泄漏众神计划、揭露神主劣迹、扼住死神咽喉、用计逃出地狱等。事实上，他的所谓“奸猾”“狡诈”等，都是人类与神抗争、自我保护的生存智慧；他的超越追求和对神的反叛，都是代表的人类正义！他之所以受罚，其根本原因仅仅在于他老是代表人类反叛神的旨意。所以，西绪福斯虽然最终失败了，但他始终是个不屈不挠的英雄；他的失败，既是他个人的不幸，更是人类普遍面临的深刻的生存悲剧！

六

这两个神话为什么会产生如许差异呢？看来答案应该到它们各自赖以生长的文化土壤中去寻找。

中国文化在发端时并不缺少超越追求，也不缺少反叛精神。就中国神话而言，“精卫填海”[①]“夸父追日”[②]等明显体现着“以有限抗争无限”的超越渴求；“刑天断首舞干戚”[③]“共工怒触不周山”[④]等，则显然充满了“金刚怒目”式的反叛精神。但随着历史的推移，这两种东西却逐渐被削弱了。中国文化常被描绘为儒、佛、道相争相合、共同铸造的结果。但我们必须强调的是，此三者并非独自或平行发挥作用的。自从汉武帝“罢黜百家、独尊儒术”，把孔孟学说定为官方意识形态后，儒家思想便一直是中国漫长的封建社会中至高无上的正统思想。就对中国文化的影响而言，儒家居首，佛家次之，道家最末。而佛教作为一种外

---

①《山海经》卷三《北山经》，《四部丛刊》初编缩印明成化本。

②《山海经》卷八《海外北经》，《四部丛刊》初编缩印明成化本。

③《山海经》卷七《海外西经》，《四部丛刊》初编缩印明成化本。

④《淮南子》卷三《天文训》，《四部丛刊》初编缩印影钞北宋本；刘文典：《淮南鸿烈集解》卷三《天文训》，中华书局1989年版，第80页。

来文化，之所以能在中国站稳脚跟并取得较大地盘，其根本原因也在于它总能不失时机地调整自己，以适应儒家正统思想的需要。道教虽然生长于本土，并差不多与佛教同时（东汉）登上历史舞台，但其发展始终远远落后于佛教。即使在沾皇亲国戚的光（唐天子自称李耳后裔）而发展至极盛的唐代，其信徒和道观数量也仅为佛教的1/20[①]。而道教在典籍整理、编排乃至命名等方面，更是跟在佛教后面亦步亦趋[②]。因此，铸造中国文化的名为“三教”，构成主干的却始终是儒家思想。由于儒家思想的社会根基是血缘宗法，理论基础是“仁”“礼”“教化”，所以，中国文化逐渐成为了一种典型的伦理型文化。这种文化强调“天人合一”，强调实用理性，即所谓“不知生，焉知死”，“六合之外，存而不论”，把眼光紧紧盯在现实社会，因而对所谓“超越”之事无甚兴趣；它也讲“敬天”，但又通过“君乃天之子”等理论巧妙地把它转换成为对神圣权威、礼法秩序的崇敬，因而视“反叛”为大逆不道。“吴刚伐桂”的神话正是在这种大的文化背景中生长起来的，而且定型于儒家文化理想带来了最为灿烂辉煌的社会现实、统治者的恩宠又使道教徒感恩不尽的唐代，加上道教本身就以清规戒律繁多著称，所以，它成为一个带有浓厚道德教谕意味的惩戒故事，不是非常自然的吗？

希腊文化则不同了。它是一种典型的认知型文化，崇尚理性、崇尚自由。反映到政治上，它崇尚民主与法制，强调公正与平等，反对任何绝对权威；反映到哲学上，它强调“天人相分”，强调人的主体精神，提倡大胆怀疑，不断否定；反映到宗教上，它体现为泛神论和多神教，既无“原罪”观念，亦无“禁欲”要求；反映到神话上，它体现为“神人同形同性”，唯一的差别仅仅是人有死而神永生。因此，从根本上说，这种文化并不像中国文化那样拒斥“超越”追求和“反叛”精神。当然，由于它一开始就强调“天人相分”，就具有认识自然、征服自然、控制自然的强烈欲求，所以，在人类的本质力量尚难以与强大的自然力相抗衡时，就会对人类与“诸神”（各种自然力的象征）之间的对立冲突产生强烈而深刻的体验，并把人类在这种对立冲突中的注定要失败归结为诸如“命运”“必然”“定数”等连主神宙斯也不得不服从的冥冥力量的存在。这也正是为什么“悲剧”（tragedy）而且首先是“命运悲剧”的观念最早在希腊产生的深刻原因。也正因为如

①任继愈主编：《道藏提要·序》，中国社会科学出版社1991年版，第3页。

②任继愈主编：《道藏提要·序》，中国社会科学出版社1991年版，第4页。

此，与中国文化中作为绝对的道德规范和惩戒力量的象征的“诸神”相反，希腊诸神往往自私、贪婪、虚伪、妒忌，烧杀抢掠、作恶多端，在道德上实在没什么值得称道的地方，也看不出他们能够激起人们多大的敬畏[①]。也正因为如此，西绪福斯的追求和反叛都是正当的、代表人类正义的。他的失败，实为人类普遍面临的深刻的生存悲剧！而“西绪福斯推石”之所以被作为一个惩戒故事保留下来，无非是要告诉我们这样一个人类自身永远无法最后超越的事实：

人，终究不能完全等同于神！

原载《四川师范大学学报》（社会科学版）1997年第2期

①［英］罗素著、何兆武等译：《西方哲学史》（上卷），商务印书馆1988年版，第33页。

“人生的艺术化”:理解朱光潜早期文艺美学思想的枢机

一、“人生的艺术化”:朱先生早期文艺美学思想的总指归

什么是“人生的艺术化”呢？朱先生的阐述主要有如下几点:它是一种人生态度,要求把整个人生当作一件“完美的”“有机的”“艺术作品”,与“实际人生”辟开一段“距离”,以一种“审美的”而不是“实用的”态度对待人生;它是一种人生理想,要求从一切“现实的”“小我的”“俗气的”“利害”关系中“超脱”出来,面对人生世相的变幻沉浮“无动于衷”“清虚无为”“独享静观”;它是一种人格追求,要求人们做到“逍遥无待”“恬淡自守”和“清高超拔”;它是一种美学观念,认为艺术的功用仅在“怡情悦性”,其使命乃在以其“超社会、超政治、超道德”的“纯粹形式”帮助人们“摆脱实在界的缰锁,跳出到可能的世界去避风息凉”。

将“人生的艺术化”视为朱先生早期文艺美学思

想的总指归，我至少有以下几方面根据：

第一，它是朱先生1920年代开始美学研究一直到1950年代“美学大批判”之前反复阐述的重要思想，是朱先生这一时期所有文艺美学之“言”背后一以贯之的“道”。

朱先生1924年发表的《无言之美》篇幅不长，地位却不可小觑。文中指出，“美术的使命”就在于“帮助我们超脱现实而求安慰于理想境界”，这也是衡量文艺作品价值高低的唯一可靠的标准[①]。该文既是朱先生谈美的“开山之作”，又标示出了朱先生早期文艺美学思想的基本走向。

1932年出版的《谈美》[②]一书集中体现了朱先生“人生的艺术化”思想。《开场话》开宗明义：写这本书“只有一个很单纯的目的，就是研究如何‘免俗’”。由于“现世只是一个密密无缝的利害网”，所以“无论是讲学问或是做事业的人都要抱有一副‘无所为而为’的精神，把自己所做的学问事业当作一件艺术品看待，只求满足理想和情趣，不斤斤于利害得失，才可以有一番真正的成就”。要实现这一点，除了艺术和审美别无他途，因为唯有“艺术的活动是‘无所为而为’的”，唯有“美感的世界纯粹是意象世界，超乎利害关系而独立”[③]。

该书第一章《我们对于一棵古松的三种态度》首先区别了人对待物的三种态度：“实用的”“科学的”和“美感的”，进而指出“美是事物的最有价值的一面，美感的经验是人生中最有价值的一面”。“只有艺术作品真正是不朽的”，其余一切都是过眼烟云，了无意义[④]。第二章《“当局者迷，旁观者清”》探讨“艺术和实际人生的距离”。指出，“美产生于距离”，因此人们必须与实际人生拉开一定“距离”方能成为“人生的艺术家”，欣赏到“美的”“艺术化的人生”。但一般人却“都把利害认得太真，不能站在适当的距离之外去看人生世相”，完全沦为了“占有欲的奴隶”。而艺术之功即在于“使人从实际生活牵绊中解放出来”，以便能“欣赏”世界人生[⑤]。第九章《“大人者不失其赤子之心”》认为，艺术与游戏都旨

①该文1924年7月发表于《民铎》杂志第5卷第5期。后收入《朱光潜美学文集》第二卷，上海文艺出版社1982年版；《朱光潜全集》第一卷，安徽教育出版社1987年8月出版。

②《谈美》一书1932年11月由开明书店出版，列入“开明青年丛书”，以后多年间几乎年年重印。

③朱光潜：《谈美·谈文学》，人民文学出版社1988年版，第12-13页。

④朱光潜：《谈美·谈文学》，人民文学出版社1988年版，第14-20页。

⑤朱光潜：《谈美·谈文学》，人民文学出版社1988年版，第21-28页。

在“在现实世界之外另造一个理想世界来安慰情感”,借以“摆脱实在界的缰锁,跳出到可能的世界中去避风息凉”①。

该书最末也最长的一章《“慢慢走,欣赏啊!”》,其副标题就是“人生的艺术化”。它指出,实际人生只是整个人生的“一片段”,说艺术与实际人生有“距离”,并不等于说艺术与整个人生有“隔阂”,恰恰相反,“离开人生便无所谓艺术”,正如“离开艺术便无所谓人生”。“人生本来就是一种较广义的艺术”,“每个人的生命史就是他自己的作品”。它可以是“艺术的”,也可以“不是艺术的”,关键全在这个人的“性分与修养”。“知道生活的人就是艺术家,他的生活就是艺术作品”。所谓“艺术的”人生就是“本色的”人生。世上有两种人的人生最不艺术:一是“俗人”,二是“伪君子”。前者迷于名利,与世沉浮,“根本就缺乏本色”;后者一言一行都显出虚伪,“竭力遮盖本色”。他们“都缺乏艺术家在创造时所应有的良心”,都是生活的“苟且者”。艺术化的人生态度是取舍自如又恰到好处,“不但能认真,而且能摆脱。在认真时见出他的严肃,在摆脱时见出他的豁达”。“伟大的人生和伟大的艺术都要同时并有严肃与豁达之胜。”艺术是情趣的表现,“人生的艺术化就是人生的情趣化”,艺术的人生就是“无所为而为的玩索”的、情趣丰富的人生②。朱先生以此篇结束全书,可见其分量之重。

朱先生1946年面世的《谈文学》③一书首篇即《文学与人生》,认为“文学是一种与人生最密切相关的艺术”,“要完全实现人生,离开文艺决不成”。那些对文艺不感兴趣的人都“干枯浊俗,生趣索然”,都是“精神方面的残废人”。因为文艺“一方面是现实人生的返照,一方面也是现实人生的超脱”,使人“霎时间脱去尘劳,得到精神的解放”。人生的最高境界就是把整个世界人生“看”成他的“诗”“图画”和“戏剧”,质言之,就是人生的艺术化或艺术化的人生④。

集中体现朱先生这一思想的还有1947年发表的《看戏与演戏——两种人生理想》⑤一文。文中说,世界就是一个戏台,人生就是一部戏剧,“看戏”与“演

---

①朱光潜:《谈美·谈文学》,人民文学出版社1988年版,第72–73页。

②朱光潜:《谈美·谈文学》,人民文学出版社1988年版,第109–117页。

③《谈文学》一书1946年5月由开明书店出版,列入“开明青年丛书”,以后多年间几乎年年重印。

④朱光潜:《谈美·谈文学》,人民文学出版社1988年版,第122–129页。

⑤该文1947年7月发表于《文学杂志》第2卷第2期。后收入《朱光潜美学文集》第二卷,上海文艺出版社1982年版;《朱光潜全集》第九卷,安徽教育出版社1987年8月出版。

戏”就是两种基本的人生理想。从哲学上说，看戏是“知”，演戏是“行”。从中国哲学看，后者是“修身齐家治国平天下”，是“儒”；前者是“心齐(斋)”“抱朴守一”“哀乐无动于衷”，是“道”。从西方哲学看，古希腊罗马及中世纪的哲学家大多认为人生的最高目的在于“观照”，即以“看戏”的态度去体验世界万物的真相与真理。柏拉图、亚里士多德都是著例。近代德国唯心派哲学认为宇宙万物都是人的知识创造，“这无异于说，世间一切演出的戏都是在看戏人的一看之中成就的”。叔本华、尼采都在这一“看”中悟出了悲剧人生得以解脱的大道。宗教本重修行，理应将人生宗旨摆在“演”而不是“看”，但世界几大宗教没有不把静思内省作为修行的不二法门的。佛教讲“禅定”“止观”“涅槃”；基督教创始人本就是久经静坐默想而后证道的，并且宣称“天国就在你自己心里”。三世纪基督教神学与希腊哲学合流，内省静思更成了修行要诀；道教、伊斯兰教也莫不如此。而文艺原本就是人生世相的返照，离开观照就失去了生存的根基，再丰富深刻的人生经历与情感体验都必须经过“阿波罗光辉的照耀”方能步入艺术的殿堂。观照是文艺的灵魂，诗人艺术家也往往视之为人生之归宿[①]。

1947年以后，朱先生把主要精力放到了译介西方美学名著上。1952年接触马克思主义后美学观念开始了某些转变，但直到1956年在特殊背景下写出那篇《我的文艺思想的反动性》之后，这一转变才最后完成。“人生的艺术化”思想也从此束之高阁。毫无疑问，朱先生这一转变有自觉的一面，正如他接受马克思主义有自觉的成分一样。为此，朱先生读了大量的马克思主义原著，甚至还在年近花甲时学通了俄语。他的研究远比某些自称马克思主义者的人更认真、更扎实。但同样不容否认的是，他的这一转变在某种程度上也是特殊情势使然。否则，他在美学历程接近终点时出版的《谈美书简》一书对其早期美学思想的回归就找不到令人信服的解释。须知，无论就深度还是分量而言，这部书都带有“最后总结”的性质，标识着朱先生美学思想的最终取向与归宿，而且是朱先生于思想上获得了“第二次解放”，可以畅所欲言的时候“实在忍不下去”才谈出来的肺腑之言。更重要的是，按他自己的说法，他是准备作为一个马克思主义者带着这部书“去见马克思”而不是康德或尼采的[②]。

①朱光潜：《朱光潜美学文集》第二卷，上海文艺出版社1982年版，第550-564页。

②朱光潜：《谈美书简·代前言：怎样学美学？》，上海文艺出版社1980年版。

第二，“人生的艺术化”思想不但长期为朱先生所倡导，而且其内部有着严密的理论系统。下面我对此做一简单的概括性说明[①]：

在朱先生看来，“人生艺术化”的宗旨在于使人享有一种别样的、高尚的生活，其关键在于使人“免俗”。而“免俗”的唯一途径又在“美感的培养”，即通过审美教育培养人们一种审美的人生态度、人生理想和人格追求，使艺术成为人们现实人生的绝对律令与标准，使生活也具有“上品文章所应有的美点”。

在朱先生看来，“人生的艺术化”是完全必需的，这从艺术和人生两方面来说都是如此。一方面，艺术是人生的返照，艺术离不开人生。否则，它就既失去了生存的根基，又无法完成崇高的使命。这是因为，“艺术是情趣的表现，而情趣的根源就在人生”；并且，艺术如果不通过改造人心来改造人生，它就是“最无用”的。另一方面，人生也必须艺术化。在朱先生看来，现实人生是“有限的”，它必然给人带来无穷无尽的“苦闷”与“厌倦”，必须借助艺术方能得到解脱，所以，“离开艺术也便无所谓人生”，即便有，顶多也只能算“俗气”的人生。如果不与现实人生辟开一段“距离”以一种“审美的”态度去对待人生，就会成为现世这张“密密无缝的利害之网”中一只无头苍蝇，就会彻底沦为“占有欲的奴隶”，生命就会“干枯”，生活就会“乏味”。

在朱先生看来，“人生的艺术化”不但必需，而且完全可能。现实人生的一切罪孽和苦难都“种根于利害两个大字”，而艺术世界“纯粹是意象世界，超乎利害关系而独立”，创造或欣赏艺术都可以帮助人“从有利害关系的实用世界搬家到绝无利害关系的理想世界里去”。这就是说，艺术的“怡养”可以帮助人们成就一种“无所为而为”的审美的人生态度，一种“清虚无为”“独享静观”的审美的人生理想，一种“潇洒超拔”“恬淡自守”的审美的人格追求。合而言之，成就一种“艺术化的人生观”。“艺术化的人生观”一旦生成，“人生的艺术化”便大功告成了。

第三，从旁证材料看，多次为朱先生著作写序的朱自清先生在《谈美·序》中也指出，“‘人生的艺术化’……是孟实先生自己最重要的理论”，并花了全序约三分之一的篇幅加以介绍，且夸赞这一理论引领读者“由艺术走入人生，又将人

---

①下面的概括所依据的材料基本出自前面已引的《谈美·谈文学》中的相关篇目，不再一一注明出处。

生纳入艺术之中”,体现了“宏远的眼界和豁达的胸襟,值得学者深思”。对照《谈美》,朱自清先生的话可谓一语中的。

总之,“人生的艺术化”是贯穿朱先生早期文艺美学思想的总旨归,是朱先生早期文艺美学之“言”背后一以贯之的“道”。

二、“人生的艺术化”:思想根源何处寻

朱先生“人生的艺术化”思想的形成主要有以下三方面根源:

第一,西方近现代哲学、美学和文艺思潮的催化。

朱先生这一思想主要成熟于20年代末30年代初的留欧期间,其间,朱先生直接系统地研究了西方近现代哲学、美学思想。1932年成稿的《文艺心理学》一书是其集中体现。他最初感兴趣的是克罗齐的“直觉主义”和康德的“形式主义”哲学、美学思想,并在布洛的“心理距离说”、立普斯等人的“移情说”、谷鲁斯的“内摹仿说”中找到了心理学依据。1933年在法国出版的博士论文《悲剧心理学》一书即可为证。此外,席勒的“游戏说”、黑格尔“审美具有令人解放的性质”的论断也对他产生过重大影响。最后,他发现康德、克罗齐等人的理论都可包容在叔本华、尼采“从观照中超越现实”的思想中。据称,他“演戏”“看戏”两种人生理想的想法就直接来源于尼采“日神”“酒神”两种精神的划分。这些理论使朱先生慢慢坚信,现世只是一张“密密无缝的利害之网”,无异于人生的“缰锁”,唯有艺术才是求得“超脱”的不二法门①。

此外,朱先生在香港大学专修英国语言文学和八年留欧期间,正是欧洲感伤主义文艺思潮盛行的时候。这也滋长了他遗世独立、恬淡自守的人生态度和促成了他“人生艺术化”理论的形成。

第二,中国传统文化尤其是老庄佛禅与士大夫人格的植根。

朱先生虽然学贯中西且主要致力于西学,但他自幼受过长期、系统而严格的中国传统文化教育,思想的根基还是在中学。意大利汉学家沙巴提尼认为朱

①朱光潜《我的文艺思想的反动性》(原载《文艺报》1956年第十二号),参见《中国当代美学论文选》第一集(1953—1957),重庆出版社1988年版,第148-174页。

先生的思想“本于道家”[①],这是很有眼光的。朱先生本人也指出,他后来之所以钟爱西方近现代唯心派哲学和形式派美学,是因为自己“从前所悬”的“魏晋人”理想从中“找到法门了”[②]。

从时间上看更具说服力,朱先生“人生的艺术化”思想早在他1924年发表美学处女作《无言之美》时就已萌芽,那时朱先生尚未系统地接受西学知识。

朱先生出身于“桐城派”发祥地,父亲是位颇具国学修养的私塾先生。从六岁起,他接受了近十年严格系统的传统文化教育;升入中学后仍然只热衷“线装书”。也许是性格气质所定,他一直偏爱《老子》《庄子》《陶渊明诗集》《世说新语》等著作,思想上渐渐形成了“超然物表”“逍遥无待”“清虚无为”“恬淡自守”、独享静观与玄想乐趣的“魏晋人”的人格理想和人生态度[③]。老子“抱朴守一”“法自然”“尚无为”,持“清虚寂寞”以观“众妙之门”、玩“无物之象”;庄子“心斋”“坐忘”“齐物”,至“无待”以“逍遥于万物之表”;佛教“人生是苦”“法性本空”,去“贪、嗔、痴”以达“澄明”之境等,与朱先生“人生的艺术化”思想之间的理论渊源,自然是不言而喻的。

此外,“魏晋人”为典范的传统士大夫人格对朱先生这一思想的形成乃至现实生活也产生了深刻影响。这集中体现为朱先生的“超然党争”。19世纪20年代里,朱先生既听李大钊、恽代英等共产党领袖讲演且与左派人士郑振铎、杨贤江等有联系,又与中国青年党头目陈启天、李璜等人交往密切;1934年开始与胡适等“京派”文人交往,1937年始主编《文学杂志》与“海派”文学相抗衡,次年4月却又鼓动学生掀起反对国民党干预校务的“易长风潮”,并致信周扬表示愿意接受去延安参观的邀请;1942年以后的几年中,朱先生曾因受了蒙蔽和裹挟,身不由己地做过一些违心的事,但1948年10月却甘冒危险与郑华炽等十七名教授联名上书蒋介石为民请命;1949年,当蒋介石派专机接他一同逃往台湾时,朱先

①[意]马里奥·沙巴提尼《朱光潜〈文艺心理学〉中的“克罗齐主义”》,原载意大利《东方与西方》杂志1970年第20卷第1、2期合刊;赖辉亮中译本参见《中国青年社会科学》,1989年第6期。

②朱光潜《我的文艺思想的反动性》(原载《文艺报》1956年第十二号),参见《中国当代美学论文选》第一集(1953—1957),重庆出版社1988年版,第153页。

③朱光潜《我的文艺思想的反动性》(原载《文艺报》1956年第十二号),参见《中国当代美学论文选》第一集(1953—1957),重庆出版社1988年版,第149-150页。

生也断然拒绝了[①]。总之,从1920年代初到1940年代末这段时期里,面对走马灯一样变幻莫测的时局,朱先生总是力图保持一种卓然独立、超然党争的态度,并始终坚信自己是"超越政治"的。

第三,中国近现代黑暗残酷的社会现实的浇灌。

自鸦片战争以后,中国大地上便是危机四伏,灾难连连。"中国向何处去?""如何拯救这场空前的民族大劫?"20世纪初,这些问题依然巨蟒似的缠绕着每一个知识分子的心。一些人积极寻求和宣传新思想的理论,针砭时弊,唤醒民心,为革命事业奔走呼号,甚至毅然走出书斋与中外反动派展开面对面的斗争。他们终于成了勇敢的"革命斗士",李大钊、闻一多、鲁迅先生等正是如此。相反,也有一些人却与反动派同流合污、为虎作伥。他们最终沦为了民族历史的"千古罪人",汪精卫、周作人、胡兰成等正是这样。此外,还有一些人既对现实不满又感无力回天,既不愿与反动派为伍又不愿投身前途渺茫的革命洪流。他们或寄情山水,或怡养学艺。他们终于成了超然静观的"清高者",朱先生即为一例。在当时的朱先生看来,社会上存在三种人:"俗人""伪君子"和"清高者"。前二者都"迷于名利,与世沉浮","俗不可耐"。唯有后者才潇洒脱俗,且"别有较高尚较纯洁的企求":他们追求人生的"本色化""情趣化",质言之,追求"人生的艺术化"。

就中国传统学人而言,对社会现实的不满和绝望往往会使他们把解脱的目光投向美和艺术,从孔子"兴于诗,立于礼,成于乐"开始便是如此。单就近现代文艺美学思潮而言,提出与朱先生类似理论的也大有人在。此前,梁启超提出过"'美'是人类生活一要素,或者还是各种要素中之最要者"[②],并从人的"审美本能"出发倡导一种"趣味主义人生观"[③];王国维也认为,"使吾人超出乎利害之范围外,而惝恍于缥缈宁静之域"[④],"描写人生之苦痛与其解脱之道,而使吾侪冯生之徒,于此桎梏之世界中,离此生活之欲之争斗,而得其暂时之平和,此一

①阎国忠:《朱光潜美学思想研究》"附录一:朱光潜小传""附录二:朱光潜年谱简编",辽宁人民出版社1987年版,第282-307页。

②梁启超:《美术与生活》,《饮冰室合集》文集之三十九,中华书局1989年影印版。

③梁启超:《趣味教育与教育趣味》,《饮冰室合集》文集之三十八,中华书局1989年影印版。

④王国维:《古雅之在美学上之位置》,《王国维遗书》第五册之"静安文集"卷,商务印书馆1940年版。

切美术之目的也"[①];1917年,蔡元培还提出了著名的"以美育代宗教说"[②]。与朱先生同时的周作人力倡在日常琐事中寻找"生活之趣味";林语堂强调幽默、豁达、洒脱等"人生之智慧";梁实秋力求"雅致淡泊之人生";冯友兰将人对宇宙人生的觉解分为自然、功利、道德、天地四层境界[③]。显然,其中最高的"天地境界"实为一种审美的人生境界。

由此可见,提倡"人生的艺术化"并非朱光潜先生一人突发奇想,而是中国近现代社会现实历史促成的一种时代思潮。

三、"人生的艺术化":公正评价朱先生早期文艺美学思想的枢机

如若"'人生的艺术化'是朱先生早期文艺美学思想的总旨归"这一基本判断不谬,那么,公正评价朱先生"人生的艺术化"思想乃是公正评价朱先生早期文艺美学思想的枢机这一看法便是其逻辑的必然结论。

至少从主观动机上说,朱先生这一理论的提出是善良、美好的,因为朱先生是抱着改变当时中国黑暗残酷的社会现实、救治当时中国人(尤其是青年)内在心灵的理想推出他的"清凉散"[④],并怀着"拯救人类"的心情而孜孜不倦地加以宣传的[⑤]。在当时的朱先生看来,当时的中国乃至世界之所以灾难连连腐败不堪,就是因为热衷于功名利禄、"缺乏美感修养""把利害二字认得太真"的"俗人"和"伪君子"太多了。而要改变这种现状,唯有多培养能与实际生活"辟开一段距离",以一种"美感的"态度"静观"生活的"清高者"。该理论正是在此愿望驱使下提出的。

朱先生提出这一理论也是十分严肃、真诚的。朱先生是严肃的,并非如某

①王国维:《红楼梦评论》,《王国维遗书》第五册之"静安文集"卷,商务印书馆1940年版。

②蔡元培《以美育代宗教说》,本为1917年蔡先生在北京"神州学会"上做的一次著名讲演,后收入《蔡元培美学文选》,北京大学出版社1983年版,第68-73页。

③冯友兰先生《新原人》一书第三至七章均论"人生的四种境界"。该书作于1942年,分别由商务印书馆、开明书店出版,后收入《三松堂全集》第四卷,河南人民出版社1986年版。参见冯友兰:《贞元六书》下册,华东师范大学出版社1996年版,第552-649页。

④朱光潜:《谈美·谈文学》,人民文学出版社1988年版,第11-13页。

⑤朱光潜《我的文艺思想的反动性》(原载《文艺报》1956年第十二号),参见《中国当代美学论文选》第一集(1953—1957),重庆出版社1988年版,第153页。

些批评者在特定环境下所指斥的那样是在宣扬一种"游手好闲""玩世不恭"的人生态度①。他指出,"艺术家是最严肃不过的。……主张人生的艺术化,就是主张对于人生的严肃主义②。它要求人们抛开一切虚伪和庸俗的东西,抛开眼前过眼烟云般的功名利禄,严肃地思考人生真正永恒的价值之所在③,尽管其具体所指是否准确或许可以商榷。朱先生也是真诚的。由于思想认识的局限,长期远居海外或埋头书斋,加上时局本身的复杂(许多人都在叫"我不知道风是在哪一个方向吹"④),朱先生没有也不可能认识到当时中国苦难现实的真正症结之所在。当时他认定并且坚信"中国社会闹得如此之糟,不完全是制度的问题,是大半由于人心太坏",而人心太坏的根源就在于功利心太重。于是,要救治这一切就只有从"怡情养性"做起,"净化"人心,"美化"人生,培养人们一种"艺术化的人生观"⑤。诚然,这个"药方"是不切实际的,但当时的朱先生(包括盛赞这一理论的朱自清先生等相当多的知识分子)对其效验却是坚信不疑的。更何况,连鲁迅先生那样深刻冷峻的思想家也有过"美术安国"的梦想⑥。

当然,朱先生这一理论在当时特定历史背景下的确也产生过一定的消极影响。从这一理论出发,朱先生还对"革命文学"的所谓"低级趣味"有过过火的批评,有时还对革命人民的革命斗争与"借党忙官"的野心家、投机分子的卑劣行径之间的界线不够清楚⑦。

回避或夸大这些事实都毫无意义。关键在于,坚执于这些事实表面而不做

①黄药眠《论食利者的美学——朱光潜美学思想批判》(原载《文艺报》1956年第十四、十五号),参见《中国当代美学论文选》第一集(1953—1957),重庆出版社1984年版,第73、96页。

②朱光潜:《谈美·谈文学》,人民文学出版社1988年版,第112-113页。

③这一思想的表达在朱先生早期著作中随处可见,特别集中地体现在《谈美》一书的首篇文章《我们对于一棵古松的三种态度——实用的,科学的,美感的》的最后一大段话。朱光潜:《谈美·谈文学》,人民文学出版社1988年版,第19-20页。

④徐志摩1928年3月10日曾在《新月》创刊号上发表了一首传诵一时的长诗,题目即"我不知道风是在哪一个方向吹"。作为该诗主旋律,这句话在诗中反复出现。徐志摩逝世后,胡适在《追悼志摩》一文中开篇即引了这句诗,可见其影响之深广。它生动而真实地体现了当时知识分子普遍的困惑与迷惘。

⑤朱光潜:《谈美·谈文学》,人民文学出版社1988年版,第12-13页。

⑥鲁迅先生《儗播布美术意见书》,刊于1913年2月《教育部编纂处月刊》第一卷第一册,署名原为"周树人";收入《集外集拾遗补编》,参见《鲁迅全集》第八卷,人民文学出版社1981年版,第45-49页。

⑦这在朱先生《给青年的十二封信》《谈美》《谈文学》《我与文学及其他》等书中都有不同程度的流露,而朱先生的检讨文章《我的文艺思想的反动性》也承认了这一点。

具体分析的简单的政治评判必然有违公允。无论如何,我们不能忽视一个基本事实:朱先生只是个致力于学问和教学的学者,而非汲汲于政治并精于此道的政客。我们必须对涉及政治的"文人"做出具体的分辨:一是区分"偶涉政治"的"文人"与"借文忙官"的"政客",章士钊等人恐怕就只能算后者;二是在"偶涉政治"的"文人"中又要区分自觉为统治者服务的"御用文人"与因学术理念或别的东西的裹挟而不自觉地为统治者服过务的"迂究文人",在这个意义上,梁实秋、徐志摩等人与陈西滢、周作人等也应有所分别;至于朱光潜、沈从文、萧乾等与梁实秋、徐志摩等人之间,当然还应做出区分。总之,都不能以简单的"政治"定性一概而论。因此,坚执于个别事实表面而把朱先生早期的一切学术活动都视为自觉为其"食利者"阶级服务的"反动"行为(虽然朱先生本人在特殊环境下也被迫承认过这一点)[①],则是简单粗暴的。事实上,朱先生的一切理论主张,都只代表他一定时期的学术理念和学术观点。如朱先生对"革命文学"的批评,除认识上存在某些界线不清外,更多的则是从统属于"人生的艺术化"这一根本理念的"唯美主义"艺术观出发对"以文学为宣传的工具"的"标语""口号"式"文学"[②]的批评。这里面牵涉许多复杂的学术问题,加之当时的"革命文艺"在处理艺术的教育与审美二功能的关系问题上也并不是无可挑剔的。

近百年来学术思想发展史的无数经验教训告诫我们,严格谨慎地对"学术"与"政治"加以划界是非常重要和必要的,评判学术思想和学术著作只能以学术标准去衡量。梁启超、王国维、熊十力、冯友兰、陈寅恪、陈独秀等一大批学术大师都曾为"学术独立"大声疾呼[③];陈寅恪先生还以他对"独立之精神,自由之思

①譬如黄药眠《论食利者的美学—朱光潜美学思想批判》,原载《文艺报》1956年第十四、十五号;王子野《战斗的艺术——对朱光潜的艺术"非实用论"的初步批判》,分别参见《中国当代美学论文选》第一集(1953—1957),重庆出版社1984年版,第52-100页、第222-237页。

②朱光潜:《谈美·谈文学》,人民文学出版社1988年版,第26、146-163页。

③参见陈独秀《学术独立》,原载《新青年》1918年第五卷第一号,收入《陈独秀著作选》第一卷,上海人民出版社1984年版;梁启超《论学术之势力左右世界》《新史学》,《饮冰室合集》文集之六、之九,中华书局1989年影印版;王国维《论近年之学术界》《论哲学家与美术家之天职》,《王国维遗书》第五册"静安文集"卷,商务印书馆1940版;蔡仁厚《熊十力先生学行年表》第121页,台北明文书局1987年版;冯友兰《南渡集》下编《大学与学术独立》,《三松堂全集》第五卷,河南人民出版社1986年版;陈寅恪《清华大学王观堂先生纪念碑铭》《吾国学术之现状及清华之职责》,《金明馆丛稿二编》第218、219页,上海古籍出版社1980年版。

想"[①]的弘扬和身体力行，为后世学人在无论多么艰难困苦的环境中也要坚守自己的"学术人格"树立了一座丰碑；而郭沫若、冯友兰、贺麟和朱先生本人在自觉或被动接受"政治改造"后在学术上付出的代价，则有力地警示学界——必须尊重学人独立自由的"学术个性"！

再回到对朱先生"人生的艺术化"理论的评价。在我们今天看来，这一理论本身无可厚非。不仅如此，在物欲不断膨胀而精神家园却日益荒芜的当下，它还将日益显露出它深远的现实意义。它在当时特定背景下产生的客观效果的消极，更多的在于它在当时的脱离实际与不合时宜——在需要勇敢战斗、流血牺牲的特殊岁月里却宣扬恬淡自守、超脱静观；在需要"呐喊"和"匕首""投枪"的非常时代里却宣扬"为艺术而艺术"。在这个意义上，60年前鲁迅先生对朱先生早期著作中"静穆"美学观的批评不无道理。它的脱离实际，使它注定了只能是不满现实的"清高者"聊以自慰的"精神乌托邦"；它的不合时宜，又使它注定了极易被人误解为"麻痹精神斗志"的工具。不单朱光潜，沈从文、萧乾、梁实秋、徐志摩等一大批现代学者文人都面临过这样的生存与文化困境。在这个意义上，朱先生的这一思想在当时被注定了的惨淡的结局，与其说是朱先生个人的不幸，不如说是特定时代背景下整个中国现代知识分子及其文化的深刻悲剧！

原载《天府新论》1998年第6期，发表时采用笔名"爱箫"

①陈寅恪：《清华大学王观堂先生纪念碑铭》，《金明馆丛稿二编》，上海古籍出版社1980年版，第218页。

“言道的悖论”及其超越

——《庄子》话语策略新探

在中外文化史上,《庄子》地位之崇高、魅力之巨大、影响之深广,可以说是罕见其匹。这首先应当归功于它那深刻独到的思想和瑰丽浓烈的诗情,但同样不可忽视的是它那奇妙的文辞、独特的话语方式。关于《庄子》的话语方式,前人的讨论已有不少,可是从“言道的悖论”及其超越的角度进行系统分析的还不多见。笔者不揣浅陋,对此做一简单的清理论说,以就教于方家。

一、言道的悖论

理解《庄子》话语方式的关键和入口,是抓住“言道的悖论”这一千古哲学难题。这一难题既考验过老、庄本人及后世道家的智慧,也曾长期困扰过佛家、玄学家和禅宗思想家们的心智。在我看来,《庄子》一书的动人魅力和过人之处,很大程度上恰恰来源于其话语方式对这一悖论的成功超越。

什么是“言道的悖论”呢？简单地讲就是：“说不可说。”当我们试图去言说像“道”这样的超越者的时候便会发现，自己已经自觉不自觉地陷入了一个奇怪的“悖论”之中：一方面，正如《老子》开篇告诫过我们的那样，“道可道，非常道”；《庄子·知北游》等篇也明示，“道不可言，言而非也”[①]。这就是说，真正的“道”是不可言说的，任何对“道”的具体言说都只会使“道”受到“亏损”或者“遮蔽”。但另一方面，如果我们便因此而不去言说“道”的话，那“道”又将如何得以显现，我们又将如何去交流彼此对“道”的领悟和体证（包括像“道不可言说”这样的经验）呢？因此，为了使“道”成其为“道”和彼此交流对“道”的体证的缘故，我们又不得不去说“道”。

“言道的悖论”源于“不得不说”与“不可说”之间的矛盾，“不可说”源于“说”与“被说者”之间的矛盾。“说”与“被说者”之间的矛盾在于：除了“沉默地说”之外，“说”都必须借助于“语言”作为中介。所以，“言道的悖论”归根结底来源于“大道”与“语言”之间的矛盾。“大道”与“语言”之间的矛盾，归根结底在于“大道”对“语言”的“逻辑根性”和“工具本性”以及由此而产生的“有限性”的拒斥。作为人类表达和交流的工具，语言必须具备“逻辑根性”和“工具本性”；语言的“逻辑根性”和“工具本性”根植于人类的工具理性和交往理性。我们必须借助语言来说话，所以语言的“逻辑根性”和“工具本性”最终也成了“说”的“逻辑根性”和“工具本性”；语言的“有限性”最终也成了“说”的“有限性”；语言的“边界”最终也成了“说”的“边界”。语言只能说它能说的东西。这就是说，唯有那些能够无条件地服从其“逻辑根性”和“工具本性”的“暴力统治”的“被说者”，才有可能成为“可说者”；否则，就只能被语言拒之门外而成为“不可说者”。而像“道”这样的超越一切限定也拒绝被视为器物的终极存在者，便注定了只能成为“不可说者”。换个角度说，具有“逻辑根性”和“工具本性”的“语言”，无力承担言说“大道”的责任。当因为某种缘故不得不对“不可说”的“大道”进行“言说”的时候，“言道的悖论”便产生了。

首先遭遇“言道的悖论”的是庄子及其后学。老子虽然已看到了“道不可言”这一面，但避而不谈“不得不言道”的尴尬，因而并未构成真正的“悖论”。可

①［清］郭庆藩：《庄子集释》卷七下，“新编诸子集成”本，中华书局1961年版。

是庄子及其后学则不同了,一方面他们清楚地懂得道是不可言说的(这样的言论在《庄子》一书中比比皆是);然而另一方面,面对那样险恶纷扰的世道人心,对宇宙生命又有着那样深切透辟的体悟,以及不说便无以显“道”和平息“小言”“俗言”的聒噪,所有这一切都使得他们不得不硬着头皮甘冒“巧历不得”的危险去“说”那“不可说”之“道”。

然而一个公认的事实却是:他们不仅“说”了那“不可说”之“道”,而且“说”了洋洋洒洒、漂漂亮亮十余万言,倾倒了古今中外无数热爱智慧和诗意的人们,而且并没有因此而落入“人而不天”的窠臼;他们触摸了语言言说的极地边界,将那天空中最美丽的云彩和霞光织入了自己的锦绣文章,但并没有因此而将自己置入自相矛盾的尴尬境地。那么,他们是如何超越“言道的悖论”的呢?

二、对言道的悖论的超越

关于《庄子》对“言道悖论”的超越,清人王夫之的解释是:“终日言而未尝言”,或者说“言亦不之于人”[①]。这话虽然切中肯綮,但过于笼统。我个人认为,《庄子》的这一超越是通过一系列策略完成的:一是揭示语言的工具性本质;二是彰显语言功能的边界;三是深刻批判“逻辑-工具性语言”的有限性;四是“三言”笔法的“诗意言说”;五是运用不断“建构-解构”的表达策略;六是采取“言无言”的话语方式。前三点是“去蔽”,是扫清路障;后三者是“澄明”,是奋力前行。

(一)揭示语言的工具性本质

《外物》篇云:“荃者,所以在鱼,得鱼而忘荃;蹄者,所以在兔,得兔而忘蹄;言者,所以在意,得意而忘言。”[②]这段论说明白宣示:“言”不过是“道”借以现身的一种方式而已。一切“言道”之“言”都不过是些“方便之辞”,终究不过是一种工具、一种手段,而且是在获取“道”之“真谛”时必须“忘”掉从而挣脱其束缚的工具和手段。而且这里的“忘”绝非仅仅是被动的“遗忘”,更重要的是主动地、彻底地“破除”语言及其言说的“蔽障”。只有这样,才不至于“死于句下”,“买椟

①[清]王夫之:《庄子解》卷三十二,“新编诸子集成”本,中华书局1964年版。

②[清]郭庆藩:《庄子集释》卷十上,“新编诸子集成”本,中华书局1961年版。

还珠”似的丢掉了“言”所传之“道”。值得一提的是，深受《庄子》影响的德国著名哲学家海德格尔一方面囿于西方文化传统大讲“语言是存在之家”和“词语破碎处无物存在”；另一方面，《庄子》的启示又使得他在《语言的本质》一文的结尾处总结道：“词语崩解处，一个‘存在’出现。”① 这话可以算是深得“庄门秘诀”的见道真言。

通过揭示语言的工具性本质，庄子学派为超越“言道的悖论”寻找到了突破口：与中国儒家大多较为迷信圣人之语的态度截然不同，他们首先打破了对语言本体的“痴迷”，清除了“言道”路上的“蔽障”，从而为最终实现对“言道悖论”的超越迈出了第一步。

（二）彰显语言功能的边界

据《庄子》文本看，庄子学派似乎早就领教过“言说的痛苦”，并有很好的描述和分析。“言说的痛苦”的产生是必然的，它根源于“言（说）”与“意（被说者）”之间的不对应，也即所谓“言意之辩”的问题。“言意之辩”至迟可以追溯到《周易·系辞上》中“言不尽意”② 的命题。但在庄子学派看来，言能否尽意取决于它所言说的对象即“被说者”是什么，而可能的“被说者”可以被分成三种：“可以言论者”“可以意致者”“不可言论也不可意致者”，它们清楚地标明了语言言说功能的“边界”。

《庄子·秋水》篇有云：“夫精粗者，期于有形者也；……可以言论者，物之粗也；可以意致者，物之精也；言之所不能论、意之所不能察致者，不期精粗焉。”③ 意思是说，那无形无象、不分精粗、至深至玄的“道”本身，乃是“神口所不能言，圣心所不能察者”。此外，《庄子·天道》篇还通过“轮扁”与“桓公”之间一则颇具戏剧性的对话，提出了一个非常令人震撼的命题：“圣人之书，乃古人之糟魄而已。”其原因是“书不过语，语有贵也。语之所贵者意也，意有所随。意之所随者，不可以言传也。”④

上述论说明确地告诫我们：“道”原本就在语言能够言说的“边界”之外，它

①Heidegger, M. *Unterwegs zur Sprache*, Stuttgart: Günther Neske, 1997. S.216.

②［唐］孔颖达：《周易正义》卷七，中华书局影印《十三经注疏》本，1980年版。

③［清］郭庆藩：《庄子集释》卷六下，“新编诸子集成”本，中华书局1961年版。

④［清］郭庆藩：《庄子集释》卷五中，“新编诸子集成”本，中华书局1961年版。

原本就“不可言说”。因此，一切所谓对“道”的“言说”，实质上都不过是对一种原本“不可言说者”的“勉强之说”，不过是一些“糟粕”，千万不能“贵非其贵”①。有西方思想家指出，语言是人类“理性崇拜”最初和最后的堡垒。所以，包括维特根斯坦、海德格尔在内的一大批西方有识之士都曾大声疾呼，要拯救“工具理性”和“技术思维”到处肆虐所造成的危机，首先应当拯救那因为不堪重负而“生病了的语言”。这又从反面证明了《庄子》彰显语言言说功能的“边界”这一智慧的重要意义和前瞻性。

明确彰显语言功能的“边界”，明确将“道”作为“不可言说者”置于语言言说功能的“边界”之外，进一步打破了对语言言说功能的“痴迷”，也进一步清除了“言道”路上的“蔽障”，这就从另一个方面为庄子学派最终超越“言道的悖论”准备了前提和基础。

（三）深刻批判“逻辑-工具性语言”的有限性

《庄子》一书中对语言的有限性的批判极为深刻，归纳起来主要包括以下四个方面：

第一，名无固宜。所有命名都不是必然的，名与实之间也不是一一对应和固定不变的关系，它们充满了偶然性、区域性和变异性。《庄子·知北游》说：“周、偏、咸三者，异名同实，其指一也。”②《庄子·应帝王》也说：“泰氏，其卧徐徐，其觉于于；一以己为马，一以己为牛。”③“周”“偏”“咸”三名共一实，“泰氏”或“牛”或“马”随人称呼，都说明了这一点。

第二，言无定意。由于名无固宜，名实不一，因此话虽然说了，含义却毫不确定。说了等于没说，与小鸟的鸣叫没有什么分别。《庄子·齐物论》说：“言者有言，其所言者特未定也。果有言邪？其未尝有言邪？其以为异于鷇音，亦有辩乎，其无辩乎？”④

第三，言说有显有隐。语言在对被言说的事物有所“澄明”的同时又有所“遮蔽”，尤其当说话的人有所偏私的时候更是如此。《庄子·齐物论》篇说：“道隐

①［清］郭庆藩：《庄子集释》卷五中，“新编诸子集成”本，中华书局1961年版。
②［清］郭庆藩：《庄子集释》卷七下，“新编诸子集成”本，中华书局1961年版。
③［清］郭庆藩：《庄子集释》卷三下，“新编诸子集成”本，中华书局1961年版。
④［清］郭庆藩：《庄子集释》卷一下，“新编诸子集成”本，中华书局1961年版。

于小成，言隐于荣华。故有儒墨之是非，以是其所非而非其所是。”① 所有对“道”的言说都囿于一己之偏，充其量只能算是“小成”，实质都是对“道”本身的一种“遮蔽”；语言中那些浮华虚饰之辞对于语言本身已经是一种“遮蔽”了，而所谓“是”“非”争辩，也不过是说话者站在自己的立场上言“是”言“非”，同样是对“道”本身的一种“遮蔽”。

第四，争辩不足以明是非。按庄子的看法，一切都是相对而言的，所以即便争辩有了“胜”“负”，也不足以辨明“是”“非”；更何况也找不到一个公正的裁判官能够对此做出完全客观公允的裁决（《庄子·齐物论》对此有过精彩论述）。事实上，争辩的“胜”“负”只是“善辩”与“不善辩”对决的结果，未必是“是”与“非”较量的胜败，更未必是“是”一定战胜“非”。相反，往往倒是“高言不止于众人之心，至言不出，俗言胜也”②。所以，《庄子·天下》指出，善辩者（如公孙龙等人）往往“能胜人之口，不能服人之心”③。

总之，在庄子学派看来，语言可以表达事物，但又不能表达绝对事物；语言有其意义，但又没有绝对意义；言说能够有所澄明，但又难免有所遮蔽；争辩或许能决“胜”“负”，但不足以辨明“是”“非”。总而言之，一切言说都是相对的，都有其有限性，因而都不足以担当言说“大道”的使命。

需要说明的是，庄子及其后学所批判的语言的有限性，实为普通语言的有限性。我们日常所运用的普通语言既受制于自身内在的逻辑结构而具有“逻辑根性”，又受制于外在的人为使用而具有“工具本性”。因此，实际上都应该叫作“逻辑-工具性语言”。事实上，普通语言的有限性，归根结底也正是由语言的“逻辑根性”或者“工具本性”所带来的。《庄子·知北游》说，“无思无虑始知道”；又说，“物物者非物”④。既然如此，超越一切限定性也拒绝被视为器物的“大道”又怎么能被普通语言所言说呢？庄子学派对语言有限性的深刻批判进一步让我们看清了一个事实：企图借助普通的“逻辑-工具性语言”去言说“大道”是根本不可能的。

①［清］郭庆藩：《庄子集释》卷一下，“新编诸子集成”本，中华书局1961年版。
②［清］郭庆藩：《庄子集释》卷五上，“新编诸子集成”本，中华书局1961年版。
③［清］郭庆藩：《庄子集释》卷十下，“新编诸子集成”本，中华书局1961年版。
④［清］郭庆藩：《庄子集释》卷七下，“新编诸子集成”本，中华书局1961年版。

作为“去蔽”和扫清“路障”的准备，以上三方面工作为庄子学派最终实现对“言道悖论”的超越提供了必要的前提和基础。它们有力地表明，要在言说“大道”的问题上跳出“言道的悖论”困境，必须寻找另外的语言及话语方式。

（四）“三言”笔法的“诗意言说”

“三言”笔法贯穿《庄子》全书，可以说是庄子学派在“言道”话语策略方面一大突出的“独门绝技”和“看家本领”。对其界说，具见于《庄子·天下》《庄子·寓言》两篇。两篇虽均列于“杂篇”，却都是公认的进入《庄子》思想堂奥的“法门秘径”。

《庄子·天下》篇云：“……庄周闻其风而悦之，以谬悠之说，荒唐之言，无端涯之辞，时恣纵而不傥，不以觭见之也。以天下为沉浊，不可与庄语，以卮言为曼衍，以重言为真，以寓言为广。独与天地精神往来而不敖倪于万物，不谴是非，以与世俗处。”[①]《庄子·寓言》篇说：“寓言十九，重言十七，卮言日出，和以天倪。寓言十九，藉外论之。亲父不为其子媒。亲父誉之，不若非其父者也；非吾罪也，人之罪也。与己同则应，不与己同则反；同于己为是之，异于己为非之。重言十七，所以已言也，是为耆艾。年先矣，而无经纬本末以期年耆者，是非先也。人而无以先人，无人道也；人而无人道，是之谓陈人。卮言日出，和以天倪，因以曼衍，所以穷年。”[②]

什么是“三言”笔法呢？具体地讲，所谓“寓言”就是寄意言外而不直白明说的话语方式，它可以使言说更具说服力而易于被人接受和推广；所谓“重言”就是正反两面都说或展示某种佯谬悖反的话语方式，它可以使言说全面反映天下万物的存在真相；所谓“卮言”就是随缘婉转、自由无著的话语方式，它可以使言说顺应天下万物复杂多样、变幻无穷的存在情态并合乎天钧（倪）中道。

那么，“三言”笔法为何能够超越，以及它们是如何超越“言道的悖论”的呢？

第一，前面我们已经说过，“言道的悖论”是由“逻辑-工具性语言”的话语方式所导致的，准确地说是由这种语言的“逻辑根性”和“工具本性”所造成的结果。既然如此，“解铃还须系铃人”，要超越“言道的悖论”，唯有采用超越“逻辑

①［清］郭庆藩：《庄子集释》卷十下，“新编诸子集成”本，中华书局1961年版。

②［清］郭庆藩：《庄子集释》卷九下，“新编诸子集成”本，中华书局1961年版。

根性”和“工具本性”的另一种语言的话语方式才能奏效,这另一种话语方式便是“诗性语言”的“诗意言说”。

第二,“三言”笔法恰好全都是“诗性语言”的“诗意言说”方式。说“寓言”和“卮言”属于“诗性语言”范畴,大概不会引起人们的歧议,比较难办的是历来被注释家们解成“为人所重之言”的“重言”的属性问题。表面上看,《庄子》一书的确引用过不少“先人之言”,但谁都知道那些“先人”几乎都是传说、虚拟或假托之人,理当归于“寓言”范畴;而《庄子·寓言》篇“寓言十九,重言十七,卮言日出,和以天倪”的说法(许多学者都认为“重言十七”乃“重言十一”之误),分明是将“寓言”“重言”统统归在了“卮言”之中,正如曾被闻一多先生称引的近人胡远濬所说:“庄子自别其言有寓重卮三者,其实重言皆卮言也,亦即寓言也。”[①] 崔宜明也认为,“‘重言’就是展示语言自身的某种悖反性的言说方式”,旨在“以同时承认肯定与否定相对待的两个命题之办法,来破除对待,指向超越一切对待之上的不可说的‘中道’”[②]。总之,所谓“重言”与“寓言”“卮言”一样也属于“诗性语言”范畴,“三言”笔法全都是“诗性语言”的“诗意言说”的话语方式。

第三,“诗性语言”的“诗意言说”何以能够超越“逻辑-工具性语言”所导致的“言道的悖论”呢?首先,“诗性语言”独有的多义而又严格、完成却才开端、自足而又开放、显豁而又朦胧等特性,正好是对“逻辑-工具性语言”干瘪僵死的话语方式的超越;其次,正如海德格尔所说,“诗性语言”才是最能体现语言的“道说(Sagen)”本性的“本真的语言”,而“逻辑-工具性语言”由于“技术理性”的“强置(Gestell)”与“敉平”本性的污染和滥用,早已失去了本真的“道说”力量。“逻辑-工具性语言”是作为人的一种表达工具使用的,它所代表的是一种“人之说”的样式;而“诗性语言”则代表一种真正的“语言之说”[③]。与受制于自身的逻辑根性和人的工具理性、识见、偏私等有限性的“人之说”比较起来,“三言”笔法作为一种“诗性语言”的“诗意言说”话语方式,作为一种更具本真的“道说”力量的“语言之说”,自然也就更能切近“大道”本身了。

总之,所谓寓、重、卮“三言”均属诗性语言,作为一种“诗意言说”的话语方

①闻一多:《古典新义》,《闻一多全集》第二卷,生活·读书·新知三联书店1982年版,第290页。

②崔宜明:《生存与智慧——庄子哲学的现代阐释》,上海人民出版社1996年版,第27-30页。

③Heidegger, M. *Unterwegs zur Sprache*, Stuttgart: Günther Neske, 1997.SS.11-33; SS.157-216.

式,它们超越了普通语言的"逻辑根性"和"工具本性",成为了庄子学派最终得以跳出"逻辑-工具性语言"必然陷入的"言道的悖论"的第一大重要的话语策略。

(五)不断"建构–解构"的表达策略

如何做到言而又不落言筌,避免出现"道隐于小成"的情形呢?庄子及其后学采用了不断"建构–解构"的话语表达策略。这一表达策略集中体现于《庄子》"内篇"之中,"外篇""杂篇"里也多有使用,可见也是庄子学派的一大"独门绝技"和"看家本领"。兹略举数例如下:

《庄子·逍遥游》开篇便按"鲲鹏"—"斥鴳"—"宋荣子"—"列子"—"圣人"—"神人"的顺序,描写了一连串的"物—人—神",而且中间还有意连续采用了"虽……犹……"的句式[①],构成了一种逐层超越的序列;《庄子·人间世》篇孔子答颜渊问"何为心斋"时所说的"若一志,无听之以耳而听之以心,无听之以心而听之以气"一段[②],构成了"耳—心—气"的逐层超越的序列;《庄子·山木》篇庄子回应弟子刁难时所说的"不材—材与不材之间—材与不材之间,似之而非也—乘道德而浮游"一段[③],同样构成了一种逐层超越的序列。最妙的是《庄子·大宗师》篇颜回悟"坐忘"一段,构成了一个更加有趣的逐层超越序列:"回忘仁义—回忘礼乐—回坐忘—仲尼蹴然曰,'何谓坐忘?'—而果其贤乎!丘也请从而后也。"[④] 在这段文字中,弟子颜渊不断精进长益,师父孔子不断用"可矣,犹未也"激将,直至最后师父甘拜下风反过来请教,方才结束。

这种不断"建构—解构"的表达策略,我曾称之为"非—非非遮诠法"[⑤]。它与黑格尔那看上去颇为相似的"正—反—合"辩证法公式却很不相同:它并不停留于对"正题"的一次性否定即"A→-A→A∩-A";倒与佛禅中的逐层"渐舍"和不断"破破"的方法本质相通,要求一直掘进到所谓"非A非-A,∪非非A非非-

①[清]郭庆藩:《庄子集释》卷一上,"新编诸子集成"本,中华书局1961年版。

②[清]郭庆藩:《庄子集释》卷二中,"新编诸子集成"本,中华书局1961年版。

③[清]郭庆藩:《庄子集释》卷七上,"新编诸子集成"本,中华书局1961年版。

④[清]郭庆藩:《庄子集释》卷三上,"新编诸子集成"本,中华书局1961年版。

⑤参见拙著《从逍遥游到林中路——海德格尔与庄子诗学思想比较》,中国社会科学出版社、华龄出版社2004年版,第292页。

A”的境界。冯友兰先生认为形上学方法有“正”“负”两种，庄子哲学用的乃是“负的方法”[①]，这一看法大概就与庄子这种不断“建构-解构”的话语策略有关。有学者还把它称为“‘无中生有’的意义建构方式”[②]。

这一表达策略有何妙用呢？冯友兰先生说过：“一个完整的形上学系统，应当始于正的方法，而终于负的方法。如果它不终于负的方法，它就不能达到哲学的最后顶点。”[③] 这话正好可以帮助我们解答这一问题：求“道”乃是一个不断超越的过程，而不断“建构-解构”直至“无中生有”，正是一种通过不断超越逐步切近“道”的方式；同时它又能轻而易举地消除言障，真正做到“不落言筌”。正因为如此，它自然便成为了庄子学派最终得以跳出“言道悖论”的第二大重要话语策略。

（六）“言无言”的话语方式

为解决“言道的悖论”，庄子学派还有一个更妙的本领：“言无言”。这一话语策略的提出见于《庄子·寓言》篇：“不言则齐，齐与言不齐，言与齐不齐也，故曰无言。”《庄子·则阳》篇结尾处有段话恰好可与之呼应和补充，曰：“道，物之极，言、默不足以载。”这两段话交代了提出这一策略的原因。既然这“道”乃“言、默不足以载”，那就只剩下“言无言”一途了！“言无言”，《庄子·齐物论》称它为“不言之辩”“不道之道”；《庄子·徐无鬼》称它为“不言之言”。无论称它为什么，它都是用来切近那“不可言说”之“道”的一种话语方式，质言之，“言无言”应当是真正的“言道之言”。

在庄子及其后学那里，“言无言”包括一整套具体操作方式，它们全都归本于两大基本观念：一是“道不可言”。“道不可言”，因此言“道”必须采取与言“物”完全不同的话语方式，这就是我后面所谓“空语妄言”的方式。二是“以道泛观”，或者说“照之于天”。“以道泛观”或者“照之于天”，旨在要求从“道”或者“天”的视角和高度看待一切事物，从而摆脱以己观物时因为“偏”“执”而难免带有的褊狭性及因此而引发的争辩。基本的观念包括“休乎天钧”“为是不用而寓

①冯友兰：《贞元六书·新知言》（下），华东师范大学出版社1996年版，第869页。

②曹顺庆：《中外比较文论史》（上古时期），山东教育出版社1998年版，第668-702页。

③冯友兰：《贞元六书·新知言》（下），华东师范大学出版社1996年版，第859-965页。

诸庸”“和以天倪”等。“休乎天钧”要在“和之以是非”，其话语方式体现为庄子所谓的“两行”；“为是不用而寓诸庸”，要在去“是”执，其话语方式体现为庄子所谓“以明”。“和以天倪”要义有两个：一是“是不是，然不然”，表现为我后面所谓“佯谬悖反”方式；二是“因之以曼衍，所以穷年也”，也就是一种随缘婉转、自由无著的“卮言曼衍”方式。试分而述之：

1.“空语妄言”

既然“道不可言”，那么从根本上说，一切所谓“言道之言”都只不过是“空语妄言”。司马迁说，《庄子》中的“畏累虚、亢桑子之属，皆空语无事实”[①]。这话不假，但略显拘谨。就以《庄子》中的人物为例，“藐姑射之山神人”“北海若”“河伯”等神话寓言人物自不必说，像“知”“无为谓”“无有”“无穷”“无始”“离朱”“吃诟”“象罔”“倏”“忽”“浑沌”等哲学概念式人物也不用讲，黄帝之师“老龙吉”、同学“妸荷甘”你信吗？能未卜先知的神巫季咸，道德高尚的超级残废“支离疏”、奇丑无比却人见人爱的哀骀它，一连串“子”字打头的“大宗师”，各行各业的能工巧匠如大马之捶钩者、庖丁、轮扁、工倕、梓庆等，有几人不是虚拟？就是历史上真实存在过的人物及相关“事迹”如禹、汤、文王、老聃、颜渊，“商大宰荡问仁于庄子”“闉跂支离无脤说卫灵公”“门无鬼与赤张满稽观于武王之师”等，有几件事可以坐实？一部《庄子》，的确如《庄子·天下》所总结的那样，全系“谬悠之说，荒唐之言，无端涯之辞”！

然而，需要注意的是，庄子学派的“空语”绝非空洞无所指的废话，而是不可当真、不可直取、意在言外的隐喻或假托之言，属于“寓言”笔法的性质；他们的“妄言”也并非无知乱说的虚妄不实之语，而是基于对“道”的深刻觉解而姑且地、勉强地采用的“方便之辞”。正如《庄子·齐物论》所说，“予尝为女妄言之，女以妄听之”。之所以采用这样一种言说方式，恰恰是为了面对“道”不可说而又不得不说这个事实本身。言“道”与言“物”不同，言“物”追求言必有征，名必有实；可是用这样的言说方式和规则根本就不能言“道”。不仅不能，反而是对“道”的一种“亏损”、一种“遮蔽”、一种“阻塞”。而庄子及其后学采用这种“空语妄言”的言说方式和话语策略，正是基于对“道”的虔敬的“倾听”和主动的“应和”；唯其如此，它才成为了一种切近于“道”的“言道之言”。

①[汉]司马迁：《史记》卷六十三，中华书局1959年版。

2.“两行”“以明”

庄子说，“是以圣人和之以是非，而休乎天钧，是之谓两行”；“为是不用而寓诸庸，此之谓以明”。意思是说，冥和“是”“非”分别而止于“天钧中道”，这就叫“两行”，它把互为对待的双方同时并列出来相互对照，以显出天下万物如其所是的存在真相；看清“彼”“此（是）”总是相对而言，而且分别都可以是无穷无尽的（“是”“非”同样如此），从而放弃对它们的“是”执而“知通为一”，这就叫“以明”。在他看来，所谓“是非”“彼此”的分别，从根本上说都因人心私有的鄙陋成见和偏执一端所致，归根结底是人为的、相对的和变化不定的。“两行”“以明”的话语方式正可以破解这个纽结。在《庄子》书中这两种方式往往并用，很难截然分开。如《庄子·齐物论》说，“言者有言，其所言者特未定也。果有言邪？其未尝有言邪？其以为异于鷇音，亦有辩乎，其无辩乎？……彼出于是，是亦因彼”，“彼亦一是非，此亦一是非。……是亦一无穷，非亦一无穷也”，“可乎可，不可乎不可。……恶乎然？然于然。恶乎不然？不然于不然。物固有所然，物固有所可。无物不然，无物不可”。比较而言，这大概可以算做“两行”的例子。万物都是相对的、变化的，总可以用它的对立面的存在来否定对它的“是”执。《庄子·齐物论》说：“梦饮酒者，旦而哭泣；梦哭泣者，旦而田猎。方其梦也，不知其梦。梦之中又占其梦焉，觉而后知其梦也。且有大觉而后知此其大梦也。……丘也与女皆梦也；予谓女梦，亦梦也。”《庄子·秋水》说：“因其所大而大之，则万物莫不大；因其所小而小之，则万物莫不小……因其所有而有之，则万物莫不有；因其所无而无之，则万物莫不无……因其所然而然之，则万物莫不然；因其所非而非之，则万物莫不非。”正因为万物都是相对的，无“是”亦无“非”的，与其像儒、墨两家那样各“是其所非而非其所是，则莫若以明”[①]。

通过“两行”“以明”方式，庄子学派使人们懂得，必须从“天”或“道”的视角和高度去观照一切事物及其分别，懂得一切有关“有无”“生死”“彼此”“是非”“善恶”“美丑”“然不然”“可不可”等的分别，都是人为的、相对的、变化不定的，由此而引发的论争也是毫无意义的，必须懂得“休乎天钧”“为是不用而寓诸庸”。通过这些申说，庄子学派力图消除人们在观念方面的褊狭和语言纠缠上

①［清］郭庆藩：《庄子集释》卷一下，“新编诸子集成”本，中华书局1961年版。

的蔽障,超越一般"人之说"不可避免地带有的有限性,从而避免产生"道隐于小成,言隐于荣华"的情形,尽可能无限切近"大道"而成为真正的"言道之言"。

3."佯谬悖反"

对于什么是"和以天倪",庄子的回答是:"是不是,然不然。"[①]这便有了所谓"佯谬悖反"的话语方式,也就是故意说一些违背逻辑、违反常识、不合常规思维方式的话的言说方式。它大多体现为一种"悖论"形式。庄子及其后学之所以选择这样一种话语方式,其原因是不难理解的:超越"言道的悖论"的最直接最有力的方式,自然就是"悖论式地言道"。

这种方式与前面的"两行""以明"看上去很相似,实则有区别:"两行""以明"主要用于"相互对待"的事物,旨在彰显世界万物的相对性;"佯谬悖反"则往往用于同一事物,意在突出事物自身内在的悖谬性。如《庄子·齐物论》说,"方生方死,方死方生;方可方不可,方不可方可","其分也,成也;其成也,毁也","无谓有谓,有谓无谓","夫大道不称,大辩不言,大仁不仁,大廉不嗛,大勇不忮","天下莫大于秋毫之末,而大山为小;莫寿于殇子,而彭祖为夭";《庄子·胠箧》说,"擢乱六律,铄绝竽瑟,塞师旷之耳,而天下始人含其聪矣;灭文章,散五采,胶离朱之目,而天下始人含其明矣。毁绝钩绳,而弃规矩,攦工倕之指,而天下始人有其巧矣","圣人生而大盗起";《庄子·天道》说,"朴素而天下莫能与之争美";《庄子·秋水》说,"知天地之为稊米也,知毫末之为丘山也";《庄子·知北游》说,"知者不言,言者不知","无为而无不为","不知,深矣;知之,浅矣;弗知内矣,知之外矣","弗知,乃知乎?知,乃不知乎?";《庄子·徐无鬼》说,"凡成美,恶器也"。

"佯谬悖反"的话语方式贯穿《庄子》全书,它通过彰显事物自身的悖反性来让人们警觉自己往往忽略甚至从未注意过的方面或性质,以此来颠覆、解构人们褊狭的固有成见、流俗之见以及僵化了的常规思维方式,进一步看清"是"执、"我"执的不可取,从而逐步切近"天钧中道",把捉天下万物既矛盾对立又和谐统一且不断变化的存在真相。毋庸讳言,"佯谬悖反"的话语方式天生具有"片面的深刻性"和"深刻的片面性"。前者使得它表达的思想新颖独特而又发人深

①[清]郭庆藩:《庄子集释》卷一下,"新编诸子集成"本,中华书局1961年版。

省，是“去蔽”的绝佳方式；而它的“深刻的片面性”所具有的自我解构的力量，又使得它的读者不至于“死于句下”并自然趋向“天钧中道”，两方面的质素都使得它易于成为一种真正的“言道之言”。

4.“卮言曼衍”

关于“卮言”方式，不少人解释为“矛盾之言”。回到《庄子》的文本本身看，这一理解是有偏差的。《庄子·天下》说，“以天下为沉浊，不可与庄语，以卮言为曼衍，以重言为真，以寓言为广”；《庄子·寓言》讲，“寓言十九，重言十七，卮言日出，和以天倪”；《庄子·齐物论》云，“和以天倪，因之以曼衍，所以穷年也。忘年忘义，振于无竟，故寓诸无竟”。从这三段文字中我们可以得出这么几点结论：第一，庄子采用“卮言”方式的背景和原因在于：天下太沉浊纷乱，不值得采用庄重严肃的话语方式与之对话；第二，“卮言”方式是在“寓言”“重言”的基础上形成的一种语言风格和话语方式；第三，“卮言”方式的本质规定性是“和以天倪”，基本特征是“曼衍”，目的是“所以穷年”“寓诸无竟”。综合起来可以得出结论，所谓“卮言”方式乃是一种随缘婉转、自由无著的话语方式。

明确了这一点，我们也就明确了“卮言曼衍”的实际内涵：代表“寓言”笔法的“空语妄言”话语方式，代表“重言”笔法的冥和“是非”“彼此”的“两行”“以明”话语方式，与“和以天倪”的“佯谬悖反”话语方式，共同构成了这“卮言曼衍”的话语方式。它显得是那样地漫不经心、无拘无束、不粘不滞、言无的当，然而却又无一不指向那本不可说而又不得不说的“大道”本身；“大道”是超越一切限定性和藩篱的，因此，正是这随缘婉转、自由无著的“卮言曼衍”，才是真正切近“大道”本性的话语方式。

总结“言无言”的话语方式我们可以看到，它一方面造就了一个自由、无限、开放的话语意蕴空间，正如《庄子·齐物论》所说的，它“注焉而不满，酌焉而不竭”；另一方面又真正做到了“言”而又“不落言筌”，正如《庄子·寓言》所说，“言无言，终身言，未尝言；终身不言，未尝不言”[①]，也就是《庄子·则阳》结尾处所要求的“言而足”。而“言而足，则终日言而尽道”。就这样，“言无言”的话语方式成了真正名副其实的“言道之言”。

---

①郭庆藩本“未尝”下有“不”字，本文依马叙伦、王叔岷之说删。

综上所述，庄子及其后学通过一系列话语策略和话语方式，“言”而又“之于天”，“言”而又“不落言筌”，成功地化解了“逻辑-工具性语言”必然招致的“言道的悖论”，既言说了“大道”又避免了“人之说”的褊狭与言障，从而成为真正的名副其实的“体道真言”。

原载《学术月刊》2006年第10期，中国人民大学《复印报刊资料·中国古代、近代文学研究》2007年第3期全文转载

传统文化的特殊性对中国古代文艺理论的影响

一、农耕文化类型对中国古代文艺理论的影响

尽管“地理环境决定论”①有着这样那样的不足，但至少在阐释一种文化原初形态的成因方面还是比较有效的。中国除东面临海外，其余三面都被高山、森林、草原、大漠环绕，中间是大片适宜耕种的土地，再加两条大河自西向东横贯全境，并且沿途都有发

①代表人物为法国启蒙思想家孟德斯鸠，认为地理环境尤其气候条件对人类的身心特征、民族特性、政治制度、宗教信仰等都具有决定性作用。其实，这种文化分析模式发展源远流长。古希腊医学家希波克拉底指出人类特性的形成与气候条件紧密相关，哲学家柏拉图认为希腊人的精神生活与其所处的海洋环境关系甚大，亚里士多德也认为地理位置、气候、土质等环境条件很大程度上决定着其民族特性和社会性质；文艺复兴时期法国历史学家、社会学家让·博丹认为是自然条件造成了民族差异和不同性质样态的政治文化；19世纪英国历史学家巴克尔认为个人及民族特性服从自然法则；20世纪德国地理学家拉策尔则将这一分析模式运用到了对英国、美国等地文化的个案研究之中。

达的支流水系，这样的自然地理环境条件决定了中国传统文化必然成为一种典型的大陆农耕文化（大陆文明、黄色文明），也决定了中国人的生产生活必然体现为马克思所说的典型的“亚细亚”生产生活方式。

那么，这样的文化类型及生产生活方式对中国古代文艺理论有何影响呢？

1. 土地、河流、阳光、雨露、四季变迁等等这些自然因素，都必然成为中国人的生存所依、生命之根，并与中国人的生产生活状况息息相关。这就从根本上决定了中国人视自然为母体，追求人与自然之间的和谐，形成“天人合一”观念；而对自然的崇尚与亲近、对自然万象及其变迁的敏感、对人与自然间和谐关系的体验等，很容易在文艺发生学方面形成“言志”说①、“缘情”说②、“物感”说③、

①“言志”说的源头可以追溯到《尚书·尧典》“诗言志”的说法（班固《汉书·艺文志》征引了此说法），《毛诗序》中对其有了具体解说：“诗者，志之所之也，在心为志，发言为诗”（萧统《文选序》征引了此解说），孔颖达《诗大序正义》中在此基础上又有进一步的阐释和发挥。“言志”说对后世影响深远，朱自清先生在其《〈诗言志辨〉序》中称之为中国历代诗论的“开山的纲领”。其影响并不限于诗论（譬如荀子《乐论》中说“君子以钟鼓道志”，已将其扩展到了音乐领域），而是遍及各门文艺理论。

②“缘情”说得名于陆机《文赋》“诗缘情而绮靡”的论断（见《四部丛刊》影宋本六臣注《文选》卷十七），但其思想渊源早已有之，其直接的近源可以追溯至司马迁《史记·太史公自序》和《报任安书》中两见的“发愤著书”说，其间接的远源可追溯至孔子“诗可以兴”“诗可以怨”学说，以及荀子《乐论》中“乐者，圣人之所乐也，而可以善民心，其感人深，其移风易俗（易）”的论断。“缘情”说对后世影响也极为深远。譬如刘勰《文心雕龙·神思》篇“登山则情满于山，观海则意溢于海”，韩愈《送孟东野序》“不平则鸣”（《昌黎先生集》卷十九），白居易《与元九书》中“感人心者，莫先乎情，……诗者：根情，苗言，华声，实义”（《白香山集》卷二十八）等论断，以及李贽《焚书》中提倡抒写“童心”、汤显祖《〈牡丹亭记〉题词》中提倡抒写“深情”、公安三袁提倡抒写“性灵”等，均可视为其承继与发挥。其影响也不限于诗论（譬如汤显祖已将其扩展到戏曲），同样遍及各门文艺理论。

③“物感”说成型于《礼记·乐记》“凡音之起，由人心生也。人心之动，物使之然也。感于物而动，故形于声；……谓之乐。乐者，音之所由生也，其本在人心之感于物也”。“物感”说对后世影响深远，且不限于乐论。譬如，陆机《文赋》开篇“伫中区以玄览，颐情志于典坟”两句，指出了作文之由不外二途：感于物（观察大千世界），本于学（阅读先贤典籍）；紧接着还分别做了形象的描述，对前者的描述是：“遵四时以叹逝，瞻万物而思纷；悲落叶于劲秋，喜柔条于芳春。”钟嵘《诗品序》开篇也讲：“气之动物，物之感人，故摇荡性情，形诸舞咏。”唐代孙过庭《书谱》中提出书法要“同自然之妙有”，张璪提出绘画应“外师造化，中得心源”（张彦远《历代名画记》卷十）等，其影响也早已遍及各门文艺理论。

“观物取象”说[①]以及“外师造化，中得心源”说[②]等；也很容易在文艺类型学方面形成以“抒情性”文艺创作为主的格局，从而在文艺理论类型方面催生大量关于“诗”“词”“曲”“小品文”“写意画”等这些抒情性文艺样式的相关理论（与之相反，必须时常在浩瀚、凶险而又神秘莫测的大海中求生存而孕育出的海洋文明、蓝色文明，则易催生强调“人的主体性”和“征服自然”的观念，容易催生“叙事性”文艺创作及其相关理论）。

2.随大陆农耕文化类型或者说“亚细亚”生产生活方式而来，必然形成中国人重视“血缘宗法”“敬老尊上”等“崇尚礼义”和追求“情理平衡”等观念（相反，海洋文明、蓝色文明则易催生强调个体的“独立”“平等”“尚力”“尚勇”，以及要么“作为胜利者灿烂辉煌地生”，要么“作为失败者悲壮惨烈地死”等观念），进而在文艺创作原则和文艺批评标准方面要求“思无邪”（《论语·为政》）、“乐而不淫，哀而不伤”“尽善尽美”（《论语·八佾》）、“文质彬彬”（《论语·雍也》）、“放郑声”（《论语·卫灵公》）[③]，要求“主文而谲谏”“发乎情，止乎礼义”（《毛诗序》）[④]、“温柔敦厚”（《礼记》）[⑤]等，追求一种“中和之美”[⑥]；在文艺的社会功能方面要求诗“可以兴，可以观，可以群，可以怨。迩之事父，远之事君，多识于鸟兽草木之

①“观物取象”说源自《周易·系辞传》中的两段话：“古者包牺氏之王天下也，仰则观象于天，俯则观法于地，观鸟兽之文，与地之宜，近取诸身，远取诸物，于是始作八卦，以通神明之德，以类万物之情”（《周易正义》卷八）；“圣人有以见天下之赜，而拟诸其形容，象其物宜，是故谓之象”（同前书，卷七）。王羲之《兰亭集序》亦云：“仰观宇宙之大，俯察品类之盛”（《晋书·王羲之传》，中华书局1975年版）。有学者将其概括为“观物取象”学说（叶朗：《中国美学史大纲》，上海人民出版社1985年版，第73-74页）。

②唐人张璪的“外师造化，中得心源”，加上晋人陆机的“颐情志于典坟”，正好构成了中国古代文艺理论中总结出的文艺创作的三大基本源泉。

③《论语》诸篇依次参见［魏］何宴、［宋］邢昺：《论语注疏》卷二、卷三、卷六、卷十五，《十三经注疏》下册，中华书局影印本，1980年版。

④［唐］孔颖达：《毛诗正义》卷一，《十三经注疏》上册，中华书局影印本，1980年版。

⑤［汉］郑玄、［唐］孔颖达：《礼记正义》卷五十，《十三经注疏》上册，中华书局影印本，1980年版。

⑥追求“中和之美”是中国传统文艺理论的一贯主张，这方面的思想资源非常丰富。譬如《尚书·尧典》云：“直而温，宽而栗，刚而无虐，简而无傲”；《左传·襄公二十九年》云：“勤而不怨”“忧而不困”“思而不惧”“乐而不淫”“大而婉，险而易行”“思而不贰，怨而不言”“直而不倨，曲而不屈，迩而不偪，远而不攜，迁而不淫，复而不厌，哀而不愁，乐而不荒……”；《礼记·中庸》云：“喜怒哀乐之未发，谓之中；发而皆中节，谓之和。中也者，天下之大本也；和也者，天下之达道也”，等等（本条所涉文献，均据阮元校刻：《十三经注疏》上册，中华书局影印本，1980年版）。

名”(《论语·阳货》)[①],要求诗能够“风天下而正夫妇”,能够“正(世政之)得失”,能够“经夫妇,成孝敬,厚人伦,美教化,移风俗”,能够“上以风化下,下以风刺上”(《毛诗序》)[②];要求乐“足以感动人之善心”“可以善民心”“移风俗”(《荀子·乐论》)[③],能够“通神明,立人伦,正情性,节万事”(《汉书·礼乐志》)[④],等等。

3. 随农耕文化类型或者说“亚细亚”生产生活方式而来的“敬老尊上”“崇尚礼义”等观念,一方面有利于形成稳定、悠久的中国文化传统,另一方面也很容易滋生出一种因循守旧、封闭保守的文化心态(相反,海洋文明、蓝色文明则易催生勇于冒险、敢于创新的精神,从而形成一种“弑父”式的文化发展模式。亚里士多德所谓“吾爱吾师,吾更爱真理”即其典型写照)。前者有利于中国古代文艺理论形成一套结构稳定、历史悠久的话语体系和研究范式,而后者又很容易在文艺发展论上形成一种“文艺退化史观”和不断反复出现的“复古主义文艺思潮”(如唐代韩愈、柳宗元倡导的“古文运动”,宋代严羽主张的“以汉魏晋盛唐为师,不作开元天宝以下人物”,明代前后七子的“文必秦汉,诗必盛唐”之类)[⑤];在文艺创作论上强调师法古人、“守家法”[如宋代“江西诗派”的“宗杜”,元代方回的“一祖(杜甫)三宗(黄庭坚、陈师道、陈与义)”,清末“宋诗派”的“宗黄”,明中叶兴起的“唐宋派”古文的“宗唐宋八大家”,清中叶兴起的“桐城派”古文对“义法”“雅洁”和“神、理、气、味”的讲究等],强调“依经立义”(后世历代儒家的诗论、文论、乐论等都强调要以原始儒家的“四书”“五经”等经典以及汉儒、程、朱等人的经典阐释为旨归和准绳),进而将文艺理论研究变成了一种陈陈相因的“注经式学问”(这一点还与中国哲学对“道”的看法有关,后详)。

如果说天赐的自然地理环境条件只是从物质生产、生活方面间接地造就了中国文化的特殊性,那么,中国人特殊的思维方式、哲学观念和语言文字则从精神生产、生活方面更加直接地造就了中国文化的特殊性。相应地,它们也都从根本上更加直接地塑造了中国古代文艺理论的独特形态。下面试依序分而述之。

---

①[魏]何宴、[宋]邢昺:《论语注疏》卷十七,《十三经注疏》下册,中华书局影印本,1980年版。

②[唐]孔颖达:《毛诗正义》卷一,《十三经注疏》上册,中华书局影印本,1980年版。

③[清]王先谦:《荀子集解》卷十四,“新编诸子集成”本,中华书局1988年版。

④[汉]班固:《汉书》卷二十二,“二十四史”本,中华书局1975年版。

⑤关于这个问题的详细梳理,可参见刘绍瑾:《中国复古诗学文学退化史观的美学审视》,《文学评论》2005年第5期。

二、整体直觉感悟的思维方式对中国古代文艺理论的影响

中国文化的特质特征与其偏重整体直觉感悟的思维方式一体两面，二者互为因果，相互生成。就现存材料看，早在中国文化的萌芽时期，中国人就不仅强调包括人在内的宇宙万物始终处在生生不息的生命过程之中，而且特别强调生命的有机整体性、不可分解理析性，因而在思维方式上向来重视整体直觉感悟超过逻辑分析[在先秦诸子百家中，除名家学派、《墨经》（下）的作者、与惠施斗嘴时的庄子等比较重视逻辑分析和推理外，大都更重整体直觉感悟思维。这一点与西方尤其是希腊文化精神很早就注重明晰的概念定义和命题、注重严密的逻辑分析和推理的思维方式有着显著的区别]。

那么，这样一种思维方式对中国古代文艺理论又有何影响呢？

1. 无论在文艺创作还是在文艺欣赏方面，都非常强调文艺作品的有机整体性（不可分解理析的生命特征）。在文艺创作上，在内容摄取和表现形式的筹划中特别重视保存描述或吟咏对象的鲜活的生命特征，传达真切的人生经验和体悟，并形成了悠久深远的“比、兴”传统；在文艺欣赏上，特别重视直接面对作品去深入体验、徜徉涵泳，而在表达审美经验和批评作品时，绝少采用西方那种先为概念（范畴）下定义然后再借助分析推理形成判断命题的形式，而宁愿倚重一些模糊多义、玄虚难致的概念和非逻辑分析的类似性感受的现象描述方式。陆机《文赋》、刘勰《文心雕龙》、严羽《沧浪诗话》、王夫之《古诗评选》、叶燮《原诗》、王国维《人间词话》等，莫不如此；特别是司空图《二十四诗品》和姚鼐《复鲁絜非书》，最为典型。就概念而言，一个“风骨”“神韵”之类的概念的翻译和把握就会难坏许多西方人，因为经过长期“逻各斯”浸染的西方文化中压根儿就不会产生这样的概念；以言述方式而言，中国古代文艺理论惯常采用两种方式：一是从类似性感受的角度进行诗意的现象描述[①]，二是大量采取连用同类的众多意象来

①譬如唐人司空图《二十四诗品》中对“雄浑”的描述是，“具备万物，横绝太空。荒荒油云，寥寥长风”；对“纤秾”的描述是，“采采流水，蓬蓬远春。窈窕深谷，时见美人。碧桃满树，风日水滨。柳阴路曲，流莺比邻”；对“典雅”的描述是，“玉壶买春，赏雨茆屋。坐中佳士，左右修竹。白云初晴，幽鸟相逐。眠琴绿阴，上有飞瀑。落花无言，人淡如菊”；对“劲健”的描述是，“行神如空，行气如虹。巫峡千寻，走云连风”；对“绮丽”的描述是，“雾余水畔，红杏在林。月明华屋，画桥碧阴。金樽酒满，伴客弹琴”。品品如此，不胜枚举（参见郭绍虞：《诗品集解》，人民文学出版社1963年版）。

作比的博喻方式进行描述①。

2.不仅将“气”视为文艺的生命之所在，认为文艺创作和文艺欣赏都离不开“气”，而且还形成了一大套以“气”为核心词素的概念和命题体系，并发展出了源远流长的“养气”说。这方面的例子不胜枚举。概念如：“精气”“灵气”“神气”“元气”“自然之气”②(此五者多用于表达万物本体)“清气”“浊气”“齐气”“逸气”③(此四者多用于表达为文风格)“气韵”④(原本着眼于绘画法则)等。命题如：“冲气以为和”(《老子》第四十二章)；“若一志，无听之以耳而听之以心，无听之以心而听之以气”(《庄子·人间世》)⑤；“抟气如神”(《管子·内业》)⑥；“文以气

①譬如清人姚鼐《复鲁絜非书》中云：“其得于阳与刚之美者，则其文如霆，如电，如长风之出谷，如崇山峻崖，如决大川，如奔骐骥；其光也，如杲日，如火，如金镠铁；其于人也，如凭高视远，如君而朝万众，如鼓万勇士而战之。其得于阴与柔之美者，则其文如升初日，如清风，如云，如霞，如烟，如幽林曲涧，如沦，如漾，如珠玉之辉，如鸿鹄之鸣而入于寥廓；其于人也，漻乎其如叹，邈乎其如有思，暖乎其如喜，愀然其如悲”(参见嘉庆原刊本《惜抱轩文集》卷六)。

②中国思想史中的“气”概念始自老子。《道德经》第四十二章云“万物负阴而抱阳，冲气以为和”(王弼：《老子道德经注》下，“诸子集成”本，中华书局1953年版)。在老子那里，“气”与“道”相随，是成就万物生命及本根的一个本体论概念。《管子》突出“精气”“灵气”概念。《内业》篇云“精也者，气之精者也”；“凡物之精，此则为生，下生五谷，上为列星。流于天地之间，谓之鬼神；藏于胸中，谓之圣人”；“灵气在心，一来一逝，……所以失之，以躁为害。心能执静，道将自定”(黎翔凤：《管子校注》卷十六，中华书局2004年版)；《心术》下云“气者，身之充也”，“充不美，则心不得”(同前书，卷十三)。《庄子》又提出了“神气”概念。《天地》篇云“汝方将忘汝神气，堕汝形骸，而庶几乎！”(郭庆藩：《庄子集释》卷五上，“新编诸子集成”本，中华书局1961年版)；《田子方》篇云“夫至人者，上窥青天，下潜黄泉，挥斥八极，神气不变”(同前书，卷七下)。王充突出“自然之气”及“元气”概念。譬如《论衡》之《谈天》篇云“天地，含气之自然也”(黄晖：《论衡校释》卷十一，“新编诸子集成”本，中华书局1990年版)；《自然》篇云“天地合气，万物自生”；“夫天覆于上，地偃于下，下气烝上，上气降下，万物自生其中间矣”(同前书，卷十八)；《辨祟》篇云“人，物也，万物之中有智慧者也。其受命于天，禀气于元，与物无异”(同前书，卷二十四)；《率性》篇云“禀气有厚泊，故性有善恶也。……人之善恶，共一元气”(同前书，卷二)。而刘熙载又明确提出了“文要与元气相合”“文得元气便厚”等命题(徐中玉、肖华荣校点本：《刘熙载论艺六种》第41页、第6页，巴蜀书社1990年版)。

③此四概念均出自曹丕，并已将“气”这一哲学概念转化成为文艺理论和文艺批评概念。《典论·论文》云，“文以气为主，气之清浊有体，不可力强而致”；“徐幹时有齐气”(见《四部丛刊》影宋本六臣注《文选》卷五十二)。《与吴质书》云：“公幹有逸气，但未遒耳”(同前书，卷四十二)。

④“气韵”这一概念最早见于南朝画家、画论家谢赫《古画品录》一书，并且是作为绘画“六法”之首来谈的：“六法者何？一，气韵生动是也；二，骨法用笔是也；……”(参见严可均辑：《全上古三代秦汉三国六朝文·全齐文》卷二十五，中华书局1958年影印本)。

⑤[清]郭庆藩：《庄子集释》卷二中，“新编诸子集成”本，中华书局1961年版。

⑥[清]黎翔凤：《管子校注》卷十六，“新编诸子集成”本，中华书局2004年版。

为主”（曹丕《典论·论文》）[①]；“气韵生动”（谢赫《古画品录·六法》）；“情之含风，犹形之包气”“意气骏爽，则文风清焉”“缀虑裁篇，务盈守气”（刘勰《文心雕龙·风骨》）[②]；“气即风骨之本”（黄叔琳《文心雕龙·风骨》言气一段批语）及“气即风骨，更无本末”（纪昀反驳黄氏语）[③]，等。“养气”说最迟始自《孟子·公孙丑》（上）[④]和《庄子·达生》篇[⑤]，王充自述曾著《养性》之书十六篇“以养气自守”（《论衡·自纪》）[⑥]；刘勰《文心雕龙》亦特著《养气》篇，认为“率志委和，则理融而情畅；钻砺过分，则神疲而气衰。……是故吐纳文艺，务在节宣，清和其心，调畅其气，烦而即舍，勿使壅滞”，并称其为“卫气之方”，主张“玄神宜宝，素气资养”，等[⑦]。

3.强调“有”与“无”、“实”与“虚”、“阴”与“阳”、“物”与“我”、“情”与“景”、“质”与“文”、“形”与“神”、“巧”与“拙”等，名相克而实相生，名相分而实相合，把它们分开来说不过是一种权宜之计、方便之辞。相关的言述在中国古代文艺理论中可谓俯拾即是。譬如关于“有”“无”“虚”“实”，司空图《二十四诗品·含蓄》云“不著一字，尽得风流”[⑧]，笪重光《画筌》云“实景清而空景现……虚实相生，无画处皆成妙境”[⑨]；关于“物”“我”，刘勰《文心雕龙·神思》云“思理为妙，神与物游”[⑩]，司空图《与王驾评诗书》云“思与境偕”[⑪]，苏轼《书晁补之所藏与可画竹三首》之一云“身与竹化”[⑫]；关于“情”“景”，范晞文《对床夜语》云“景无情不发，情无景不生”[⑬]，王夫之《古诗评选》评谢灵运《登上戍鼓山诗》云“情不虚情，情皆可

---

①[梁]萧统：《文选》卷五十二，《四部丛刊》影宋版六臣注本，上海书店1985年版。

②范文澜：《文心雕龙注》，人民文学出版社1985年版，第513页。

③詹锳：《文心雕龙义证》，上海古籍出版社1988年版，第1046页。

④据该篇载，公孙丑曾问孟子“恶乎长？”孟子回答说：“我知言，我善养吾浩然之气”（参见[清]焦循：《孟子正义》卷六，“新编诸子集成”本，中华书局1987年版）。

⑤该篇中，子列子问关尹：“至人潜行不窒，蹈火不热，行乎万物之上而不慄。请问何以至于此？”关尹回答说：“……壹其性，养其气，合其德，以通乎物之所造”（参见郭庆藩：《庄子集释》卷七上，“新编诸子集成”本，中华书局1961年版）。

⑥黄晖：《论衡校释》卷三十，“新编诸子集成”本，中华书局1990年版。

⑦范文澜：《文心雕龙注》，人民文学出版社1985年版，第646-648页。

⑧郭绍虞：《诗品集解》，人民文学出版社1963年版，第21页。

⑨[清]笪重光：《画筌》，卢辅圣主编《中国书画全书》第八册，上海书画出版社1994年版，第694页。

⑩范文澜：《文心雕龙注》，人民文学出版社1985年版，第493页。

⑪郭绍虞：《诗品集解》，人民文学出版社1963年版，第50页。

⑫[宋]苏轼：《苏轼诗集》卷二十九，王文诰集注本，中华书局1982年版。

⑬[宋]范晞文：《对床夜语》卷二，参见：丁福保编《历代诗话续编》上，中华书局1986年版。

景;景非虚景,景总含情"[①],《薑斋诗话》内编一六亦云"夫景以情合,情以景生,初不相离"[②];关于"文""质",《论语·雍也》云:"质胜文则野,文胜质则史"[③],刘勰《文心雕龙·情采》云:"文附质也……质待文也"[④],胡应麟《诗薮·内编》云:"质中有文,文中有质"[⑤],刘熙载《艺概》亦云:"孤质非文,浮艳亦非文也""质文不可偏胜"[⑥];关于"形""神",司马迁《史记·太史公自序》引司马谈《论六家要旨》云:"形神离则死"[⑦];关于"巧""拙",《老子》第四十五章云:"大巧若拙"[⑧],刘熙载《艺概》云:"古朴而近华,古拙而近巧。"[⑨]以上可统称为"文艺辩证法"。

三、以道为根本的哲学观念对中国古代文艺理论的影响

"道"是中国传统哲学的最高范畴(西方与之对应的则是"逻各斯"或"存在")。在中国传统哲学观念中,"道"是世界万物的本根、本原和最高实体(本体),也是人的一切创造活动必须遵循的根本规律。"道"的根本特性是超验性、自由性(超规定性);"道"的根本特征是只可体证、不可言说[(超逻辑性)。而西方的"逻各斯"本身即有"话语""道说"和"逻辑地表述"之义]。"道"的这些本性和特征从根本上造就了整个中国文化的特殊性,当然也从根本上影响了整个中国古代文艺理论的形成和发展的特殊形态。

那么,这种以"道"为根本的哲学观念对中国古代文艺理论又有何影响呢?

1."道生万物"而"道"本身却非任何一物,"道无所不在"却"视之而不见,听之而不闻,搏之而不得"[⑩]。这就是说,"道"作为世界万物的"本根"和"本原",它

①[清]王夫之:《古诗评选》卷五,《船山全书》,岳麓书社1996年版。

②[清]王夫之:《薑斋诗话》卷二,舒芜校点本,人民文学出版社1961年版。

③[魏]何宴、[宋]邢昺:《论语注疏》卷六,《十三经注疏》下册,中华书局影印本,1980年版。

④范文澜:《文心雕龙注》"附录",人民文学出版社1985年版,第537页。

⑤[明]胡应麟:《诗薮》卷二,上海古籍出版社1979年版。

⑥依次参见[清]刘熙载:《艺概》卷一、卷二,《刘熙载论艺六种》,巴蜀书社1990年版。

⑦[汉]司马迁:《史记》卷一百三十,"二十四史"本,中华书局1959年版。

⑧[魏]王弼:《老子道德经注》卷下,"诸子集成"本,中华书局1953年版。

⑨[清]刘熙载:《艺概》卷一,《刘熙载论艺六种》,巴蜀书社1990年版。

⑩[清]郭庆藩:《庄子集释》卷七下,"新编诸子集成"本,中华书局1961年版。另外,《庄子·知北游》篇云"物物者非物","物物者"即"道"。其实,强调"道"的"超验性"的文字在《老子》《庄子》二书中可谓俯拾即是。

是一种“超验”的最高实体(本体)。《易·系辞上》云:“形而上者谓之道,形而下者谓之器”[1],并随之形成了重“道”轻“器”的传统。这一点深深地影响了中国古代文艺理论。譬如,它认为各种文艺类型都有自己的“道”:文有“文道”,诗有“诗道”,画有“画道”,书有“书道”,等;且探寻其“道”是首要的、根本的,其他都是细枝末节。所以,《文心雕龙》开篇即是《原道第一》。加之有重“道”轻“器”传统,所以中国文艺理论中还将文艺创作及其作品所取得的成就,由低到高排出了“技——→艺——→道”三个不同层次的境界[2],并且主张以“道”为本,以“技”为末[3][相反,西方文艺理论则一直十分重视各种文艺创作和欣赏的技法、技巧、规律的探寻,并形成了突出的“知识化、科学化倾向”。如亚里士多德《诗学》中对“悲剧”“喜剧”创作技法、技巧的探讨,贺拉斯《诗艺》中对作诗技法、技巧的探讨,布瓦洛《诗的艺术》对戏剧创作中“三一律”法则的强调,俄国形式主义文论对“陌生化”“延宕”等技法的探讨,布莱希特表演体系对“间离效果”的强调,解释学和接受美学学派对“解释学的循环”,英美新批评对“close reading(细读)”等方法、技巧的探讨等,均其著例]。中国虽然也有过“四声”“八病”之说,“诗式”“诗格”之论等,但从总体上看不占主流地位。

2. 中国儒、道、释三家都非常强调“中道”[即所谓“允执其中”或“执两用中”。以儒家为例,《中庸》云:“中也者,天下之大本也”;二程云:“中者,天下之正道”。(西方则更重视“片面的深刻”和“深刻的片面”)]。道理很简单:由于“道”是“阴”与“阳”、“有”与“无”等一切矛盾因素的统一体,因此“依道而行”就必须“允执其中”,必须做到“不偏不倚、无过不及”[4]。对“中道”的强调,有着深刻、久远的思想史渊源。譬如《老子》第四十二章云,“万物负阴而抱阳,冲气以为和”;《易·系词上》云,“一阴一阳之谓道”[5];《老子》第二章云,“有无相生”;《庄

---

①[魏]王弼、[唐]孔颖达:《周易正义》卷七,《十三经注疏》上册,中华书局影印本,1980年版。

②[清]郭庆藩:《庄子集释》卷二上,“新编诸子集成”本,中华书局1961年版。

③原出《庄子·养生主》(参见郭庆藩:《庄子集释》卷二上,“新编诸子集成”本,中华书局1961年版)。根据该篇寓意:庖丁之所以能将解牛这项“技术”活儿变成一种“艺术”表演(“合于桑林之舞,乃中经首之会”),其原因乃在于他对“道”的爱好和追求超过了简单的对“技”的满足(即所谓“臣之所好者道也,进乎技矣”)。

④[宋]朱熹:《四书章句集注·中庸章句》题解,“新编诸子集成”本,中华书局1983年版。

⑤[魏]王弼、[唐]孔颖达:《周易正义》卷七,《十三经注疏》上册,中华书局影印本,1980年版。

子·齐物论》云,“厉与西施,……道通为一”[①]等。这一方面催生了中国古代文艺创作理论中十分丰富的“文艺辩证法”思想,另一方面也促成了中国古代文艺鉴赏理论中追求“中和之美”的审美观念和审美标准(关于这两点前文已有详论,不再赘言)。

3.强调“道法自然”反对“以人灭天”,是道家人生实践论的总纲。《老子》第二十五章云,“人法地,地法天,天法道,道法自然”[②];《庄子·达生》篇也强调“以天合天”[③]。在这种哲学观念强大而深刻的影响下,很容易在文艺创作和批评标准方面形成崇尚“自然天成”(即李白所谓“清水出芙蓉,天然去雕饰”;元好问所谓“一语天然万古新,繁华落尽见真淳”),强调“以天合天”(即庄子《达生》篇中所谓“斋以静心”、但“观天性”),强调“得之无意”,反对“苦思力索”(即胡应麟《诗薮·内编》中所谓“备出天造”“动触天真”[④]),反对过分雕琢(譬如纪昀《瀛奎律髓刊误》中就特别推崇“神来之候”“自然流出,兴象天然”[⑤],《阅微草堂笔记》中要求“不著力”[⑥],王国维《人间词话》中要求“不隔”“无矫揉装束之态”[⑦])等观念。

4.“道”的根本特性之一是自由性(超规定性),因而其根本特征之一是只可体证、不可言说(超逻辑性)。《老子》第一章云,“道可道,非常道”;《庄子·知北游》云,“道不可言,言而非也”[⑧](《天地》篇“象罔得珠”、《应帝王》篇“浑沌之死”俱为其寓言);佛家也强调“第一义不可说”[⑨]和“言语道断”(故而有主张“不立文字,以心传心”的禅宗)。既然“道不可道(说)”,那么言说“道”便是在“说不可说”,而对“道”的一切言说从根本上便都只是一种“勉强之说”“方便之辞”。为

①[清]郭庆藩:《庄子集释》卷一下,“新编诸子集成”本,中华书局1961年版。

②[魏]王弼:《老子道德经注》上篇,“诸子集成”本,中华书局1953年版。

③[清]郭庆藩:《庄子集释》卷七上,“新编诸子集成”本,中华书局1961年版。

④[明]胡应麟:《诗薮》卷二,上海古籍出版社1979年版。

⑤[清]纪昀:《瀛奎律髓刊误》卷二十三、四十七,李庆甲《瀛奎律髓汇评》,上海古籍出版社1986年版。

⑥[清]纪昀:《阅微草堂笔记》卷十七,上海古籍出版社1980年版。

⑦王国维:《人间词话》,唐圭璋《词话丛编》第五册,中华书局1986年版,第4248、4252页。

⑧[清]郭庆藩:《庄子集释》卷七下,“新编诸子集成”本,中华书局1961年版。

⑨因此,当弟子问及“何为西来意”之类的问题时,师父要么会答以“汝一口饮尽长江水,方与汝道”之类,要么就是一阵“棒”“喝”。这方面的案例很多,可参阅[宋]普济《五灯会元》(中华书局1984年版)、[梁]释慧皎《高僧传》(中华书局1992年版)、[宋]释赞宁《宋高僧传》(中华书局1987年版)等。

了使自己的言说“不落言筌”,同时也使别人不至于“死于句下”,如何才能实现呢? 那就只好“诗意地言说”。为此,《庄子》中发明了“重言”“寓言”“卮言”三种话语方式。在我看来,这“三言笔法”均是“诗意言说方式”(其详细论证请参见拙文《“言道的悖论”及其超越——〈庄子〉话语策略新探》,见《学术月刊》2006年第10期)。在这种哲学观念影响下,中国古代文艺理论认为,文艺之道(最精微、玄妙之处)严格来讲也是不可说的,至少不能通过逻辑言述的方式言说。于是,在中国古代文艺理论的言说方式上,重视用诗性话语做类似性感受的现象描述胜过概念定义和逻辑分析、推理,除《文赋》《文心雕龙》《原诗》等少数文本外,更多选择紧扣文艺创作和文艺欣赏的“话”“品”“批”“评”“点”等样式。其次,既然“道”只可体证、不可言说,影响所及,中国古代文艺理论中的“遗去机巧,意冥玄化”说(符载《观张员外画松石序》)[①]、“妙悟”说、“以禅喻诗”说(严羽《沧浪诗话·诗辨》)[②]等便应运而生。最后,“体道”需要一种特殊的心境或心态:老子讲“涤除玄鉴”,庄子讲“齐”“外”“心斋”“坐忘”。影响所及,中国古代文艺创作心理学和文艺鉴赏心理学中便有了“虚一而静”说(《管子·心术》上、下)[③]、“澄怀味象”说和“畅神”说(宗炳《画山水序》)[④]、“文心”说[⑤](刘勰《文心雕龙》之《原道》《神思》《序志》诸篇)、“林泉之心”说[⑥](郭熙《林泉高致》)、“涵泳”说(朱熹

①[唐]符载《观张员外画松石序》,参见俞剑华:《中国画论类编》上卷,人民美术出版社1986年版,第20–21页。

②郭绍虞:《沧浪诗话校释》,人民文学出版社1961年版,第11–12页。

③“虚一而静”说出自《管子》卷十三。其《心术》上篇通篇讲“心”之“虚静”“无欲”“无为”之理,下篇则强调人当“专于意,一于心”,做“执一之君子”,因为“执一而不失,能君万物,日月之与同光,天地之与同理”(参见黎翔凤:《管子校注》,中华书局2004年版,第758–787页)。

④[南朝]宗炳:《画山水序》,俞剑华《中国画论类编》上卷,人民美术出版社1986年版,第583–584页。

⑤“文心”说出自《文心雕龙》。其《序志》篇开篇即云,“夫文心者,言为文之用心也”(范文澜:《文心雕龙注》,人民文学出版社1958年版,第725页)。《原道》篇云,“惟人参之,小生灵所钟,是谓三才;为五行之秀,实天地之心。心生而言立,言立而文明,自然之道也”;“人文之元,肇自太极,……言之文也,天地之心哉!”(同前书,第1–2页)。《神思》篇云,“是以陶钧文思,贵在虚静,疏瀹五脏,澡雪精神”(同前书,第493页)。

⑥“林泉之心”说源自宋代著名画家、画论家郭熙的《林泉高致》。其《山水训》云,“……然则林泉之志,烟霞之侣,梦寐在焉,耳目断绝,今得妙手郁然出之……此岂不快人意,实获我心哉!”“看山水亦有体,以林泉之心临之则价高,以骄侈之目临之则价低”。分别见[宋]郭熙:《林泉高致》,周远斌点校本,山东画报出版社2010年版,第9、14页。

《答何叔京》[①])、"胸次玲珑活络"说(罗大经《鹤林玉露》乙编《春风花草》条)[②]、"童心"说(李贽《焚书》)[③]和"性灵"说("公安三袁"的共同主张,具见袁宏道《叙小修诗》)[④],等等。

5.在中国传统哲学观念中,作为世界万物的本根、本原和最高实体(本体),"道"乃是永恒存在、周而复始、亘古不变的,正所谓"天不变,道亦不变"(《董仲舒传》)[⑤]。受此哲学观念影响,一是在中国古代文艺创作理论中形成了"文以载道""文以鸣道""文以明道"等"传道"观念和"征圣""宗经"传统(儒家文艺理论尤为突出);二是将文艺理论研究变成了一种陈陈相因的"注经式学问"(关于这两点前文已有所涉及,在此不再赘言)。

四、方块字这种文化传承工具对中国古代文艺理论的影响

最后再简单谈谈汉字对中国文化特殊性的塑造及其对中国古代文艺理论的影响。文字是文化的传承工具,是文化得以存在和流传的重要载体。汉字被誉为"中国人的第五大发明",这不是偶然的。与西方靠字母组合而成的拼音文字("音本体"文字)不同,汉字是一种"形本体"的文字(从"造字六法"来看,除个别外来音译词外,象形、形声、会意、指事、转注和假借,大多都以"形"为基础或根本),其字形本身就具有丰富的文化意义。汉字是形、音、义的结合体,与之相应地,它兼有"绘画美""音乐美"和"建筑美"。这种兼有上述三美的"形本体"的文字本身就具有很强的具象特征;加之中国语法中名词没有性别定冠词,词形没有时态、数和位格变化,一个词的词性丰富多样且经常活用,组合规则和句式变化灵活等,这又使得汉字具有了很强的模糊多义性特征,从而很自然地强化了中国文化的诗性特征。影响所及,第一,它大大有助于中国成为一个"诗歌大国"(这里的"诗歌"是广义的,包含其演化形式——"词""曲"和"中国式戏剧"),而且因其一字一音节,从而使其具有了许多拼音文字不可能具备或不可

①[宋]朱熹:《晦庵先生朱文公文集》卷四十,"《四部丛刊》初编"本,上海书店1989年版。

②[宋]罗大经:《鹤林玉露》,中华书局1983年版。

③[明]李贽:《焚书》卷三,中华书局1975年版。

④钱伯城:《袁宏道集笺校》,上海古籍出版社1981年版,第187-188页。

⑤[汉]班固:《汉书》卷五十六,"二十四史"本,中华书局1975年版。

能完全具备的审美特征，如中国近体诗那种规则的“格律之美”：句子均齐、平仄对仗、双声叠韵等，这就造就了中国古代文论中广义的诗歌理论和韵文理论的辉煌；第二，它也促成了中国文艺创作中多种文艺形态的结合，如中国绘画（尤其是文人画）中诗、书、画完美融合，从而有助于中国古代文艺理论（包括鉴赏批评理论）对各种文艺形态之关联的独特理解（如中国古人强调“诗是有声画，画是无声诗”；而莱辛的《拉奥孔》则强调“诗与画的区别”）等。

总而言之，大陆农耕文化的类型、整体直觉感悟的思维方式、以道为根本的哲学观念、方块字这一文化传承工具，都使得中国文化体现出了鲜明的特殊性，进而从根本上造就了中国古代文艺理论独具特色的基本形态。

2010年10月收入韩国大邱大学、东亚人文学会第11届国际学术大会《“东亚文化的普遍性与特殊性”论文集》，正式发表于《四川师范大学学报》（社会科学版）2011年第5期

交往时代的文学的基本特征及其可能存在的问题

——以近年来受到热烈追捧的网络小说作品为中心

观察和界定当今中国社会的时代特质，可以有许多不同的视角。我个人认为，“交往时代”是众多有效视角中较为贴切和全面的一个。因此，从“交往时代”这一角度分析研究时下中国文学创作的基本特征，以及可能出现或者已经存在的某些问题，就可能是一个既具有一定理论价值，又具有一定现实意义的重要课题。

下面，我想就这个问题发表一些个人见解，以就教于方家。

一、交往时代及交往时代的文学

刘勰在《文心雕龙》中写道：“时运交移，质文代变。”[①] 王国维先生也曾指出:“一代有一代之文学。”[②] 因此,要研究当今时代所产生的文学现象、文学创作的基本特点和可能存在的某些问题,进而找到解决这些问题的方法和途径,最好是从分析当今社会的时代特质这一基础环节入手。

那么,当今社会进入了一个什么样的时代,这个时代具有怎样的特质呢?与以往特征相对比较单一和明显的时代不同,当今社会进入了一个多元化的时代,已经很难从一种质素去揭示或界定它。在我看来,“自由贸易经济时代”“全球化时代”“消费主义时代”“读图时代”“信息-传媒时代”,以及许多带着“后”字前缀的“后……主义时代”等,都可以成为观察它的有效视角。

但比较而言我更愿意选择“交往时代”这一视角和界定,其原因有三:第一,人是社会关系的总和,也是社会最基本和首要的元素。比较起来,“交往时代”这一视角和界定更注重当今社会人际关系的特点和与别的时代比较所发生的深刻变化;第二,仔细审视一下前面提到的那些视角和界定就会发现,“交往时代”这一视角和界定能够较好地吸收并且在不同程度上涵盖其他视角和界定的合理因素;第三,最重要的是,“文学是人学”,所以在讨论与文学相关的问题时,注重社会人际关系及其变化的视角和界定往往比其他视角和界定更直接,也更容易贴近文学的实际。因此,下面我单从“交往时代”这一视角对当下的文学创作及其审美现象进行一些反思、分析和说明。

众所周知,把握“交往时代”的特质及其与其他时代的区别,最直接有效的是胡塞尔率先提出的“交互主体性”观念和哈贝马斯提出的“社会交往理论”。

当然,在胡塞尔的现象学中,“Intersubjektivität(交互主体性)”还是一个比较狭义的专门的哲学概念。正如倪梁康先生所说,它“被用来标识多个先验自我或多个世间自我之间所具有的所有交互形式”。它的提出,主要是为了解决“意识主体的多数性”与“向纯粹意识还原”何以可能之间所存在的矛盾:譬如“本己意识”与“陌生意识”或者说“本己地被意识到的世界”与“陌生地被意识到的世界”之间的区分与沟通何以可能的问题;“自我”对“陌生身体”的经验、对

①[南朝]刘勰:《文心雕龙·时序篇》,范文澜《文心雕龙注》下,人民文学出版社1958年版,第671页。

②王国维:《〈宋元戏曲考〉序》,东方出版社1996年版。虽然王国维先生后面的举证主要是从艺术形式的角度着眼的,但这一论断显然具有更普遍的意义。

"陌生心理体验"的经验和交流何以可能的问题;"自我"对包括"本己的身体性""本己的人格"在内的各种不同"对象"的"构造"何以可能的问题;多个不同"自我"之间的"共同感知""体验传诉"和"相互理解"何以可能的问题等。[①]如今,经过胡氏的后学或研究者们的阐发和赋予新的内涵,这一概念已成为从哲学观念上解决近代"主体性哲学"的痼疾的一个重要路向。据我个人的理解,"交互主体性"概念向社会理论延伸的主要功绩,是从哲学观念上为解决个体人格的定位问题以及"自我"与同样具有其"自我"的"他人"之间的关系问题扫清了障碍。当然,最终走到这一步也还是经过了某些曲折,譬如海德格尔在《存在与时间》和萨特在《禁闭》等作品中,虽然都将这一关系提到了前所未有的重要高度,但他们对"他人"与"自我"之间的关系的理解和描述,显然还是具有片面性的(特别是萨特的"他人,就是地狱!"之类的惊世骇俗之语),其中所包含的现实批判的意味在某种程度上损害了他们的"现象学"原则,尽管他们(特别是海德格尔)公开否认这一点。

而哈贝马斯提出的"社会交往理论",则是论述"交往时代"特质的更直接、更具体、更有效的社会理论。哈氏的"社会交往理论"博大精深,系统严密。根据我的理解,其基本思路是希望通过主体间独立、自由、平等、双向的"交往行为"在"生活世界"中建构起一种"交往理性",以此来解决"文化现代性"所面临的困境。在哲学上,它主张以"主体间"生成性的"交往理性"来摒弃传统"意识哲学"中"先验主体"和"先验理性"的设定,并以此来消解现成性的"主、客体二元对立"思维方式和"主体中心主义"观念的独裁,以及狭隘的"工具理性"观念的肆虐给"文化现代性"所带来的困境;在社会理论上,它反对国家通过对"大众传媒"的垄断和操控来主宰人们的"意识形态"及公私生活,主张以具有"主体间性"的"交往理性"来建构"公共活动领域",以"交往行为"来建构人们的"生活世界",思考"人的解放"和"人的未来"[②]。

就我个人的理解,"交往时代"最重要的基本特质和与其他时代的主要区别

①倪梁康:《胡塞尔现象学概念通释》,生活·读书·新知三联书店1999年版,第255-257页。

②关于"社会交往理论"的详细内容,可参阅[德]尤尔根·哈贝马斯著、曹卫东译:《交往行为理论》,上海人民出版社2004年版;对其理论的研究,近些年来以曹卫东先生为主要代表的大陆学者,已经取得了相当丰硕的成果。

在于：它比以往任何一个时代都更加注重以“交往理性”来思考、建构、评价和规范人与人之间的关系；而“交往理性”最注重的有两点：一是个体人格及思想的独立与自由，二是在此基础上广泛开展人与人共同参与、平等对话和双向互动的交往行为。需要说明的是，虽然人类的“交往行为”自古有之，但在存在社会等级和等级观念壁垒森严的时代里，由于“交往理性”尚未形成，所以没有也不可能产生真正意义上的“交往行为”。譬如，单就西方社会而言，在“宗教改革”和“启蒙运动”以前，根本就不可能有人格的独立、自由、平等可言，自然也就不会有真正意义上的“交往行为”；在此之后直到胡塞尔的“交互主体性”概念和哈贝马斯的“社会交往理论”提出之前的三四百年里，由于占统治地位的笛卡尔开创的“近代主体性哲学”先验地假定“自我”是“主体”，“自我”之外的一切都是“自我”的“客体”，于是“自我”与同样有着其“自我”的“他人”之间的关系就变成了“主体”与“客体”之间的关系，而不是作为具有独立、自由、平等人格的“人”与“人”之间的关系。所以，在这样的时代里，也不可能产生真正意义上的“交往行为”；甚至还可以说，在一个存在种族歧视、性别歧视乃至年龄歧视(譬如“白人中心主义”“男性中心主义”“中青年中心主义”)的时代里，也不可能产生真正的和完全意义上的“交往行为”。

总而言之，唯有消灭了社会等级和等级观念，消灭了种族歧视、性别歧视乃至年龄歧视，“交往理性”业已形成，并已成为思考、建构、评价和规范人与人之间的关系的准则的时代，才能称为名副其实的“交往时代”。

在“交往理性”的作用下，身处“交往时代”的人们对于文学的审美本质、审美功用、审美需要、审美趣味和审美标准等方面的认识和要求都发生了某些深刻的变化，并随之而衍生出了对于文学创作的作者身份、表现内容、立场视角、话语方式等一系列认识和要求上的深刻变化。于是，便形成了独具“交往时代”特色的“交往时代的文学”。

所谓“交往时代的文学”，简单地说，就是从根本上受到交往理性的制约和调节而生成的文学。它最根本和最突出的基本特征，就是要求以交往理性来对待和处理文学活动中所涉及的人与人之间的关系，尤其是文学活动中所隐含的作者与读者之间的关系。

这是因为：说到底，文学创作及审美最终关涉到的还是人与人之间的关系，尤其是作者与读者之间的关系。“交往时代的文学”中所潜含着的人与人之间的关系，尤其是作者与读者之间的关系，不过是“交往时代”社会中人与人之间的关系在文学领域里的审美显现和自然延伸。需要补充说明的是，这里之所以将作者与读者之间的关系定位在突出重要的地位，乃是因为作家创作作品，最终是要让人阅读的。不仅文学创作的目的能否很好地达到、功用能否很好地实现与读者的阅读兴趣如何大有关系，而且作者写什么（题材、主题）、怎么写（创作立场和视角、艺术形式和表现手法、语言特色、审美趣味）、写得怎样（艺术成就）、由谁来写（作者身份）等，也都与读者的阅读兴趣如何大有关系。与过去“作者中心论”失诸“作者-宰制”、“读者中心论”偏重“读者-反应”、“作品中心论”悬搁“作者”与“读者”的关系不同，“交往时代的文学”在理论上和实践中比以往任何时代都更强调要以“交往理性”来对待和处理文学活动中人与人之间的相互关系，尤其是其中所隐含的“作者”与“读者”之间的关系。因此，交往时代的文学的核心准则，就是强调彼此尊重人格的独立、自由，并在此基础上共同参与、双向互动、平等对话的主体间性原则。

在我个人看来，中国社会目前大体具有或基本符合“交往时代”的特质和特征[①]。相应地，中国当下的文学正处于“交往时代的文学”的草创时期，它已在一定程度上体现出了“交往时代的文学”的某些特点。当然，它也在一定程度上暴露了在其草创期可能出现或者已经存在的某些问题。因此，如果我们从“交往理性”的角度来审视、反思和探讨与中国当今“交往时代的文学”相关的一系列问题，应当会获得某些有益的启示。

二、交往时代的文学的基本特征及其草创期可能存在的问题

首先需要说明的是：鉴于“互联网”在“交往时代”中扮演着越来越重要的角色，“网络文学”在当今整个文学的创作与阅读、传播和影响等方面逐渐占据了

①所谓“大体具有”和“基本符合”是指刚刚开始步入而尚未获得健全发展，这样说的理由不言而喻。事实上，可以说目前世界上没有任何一个国家真正进入了完全意义上的名副其实的“交往时代”；或许，完全意义上的真正的“交往时代”永远只能是人类无限接近而不可能完全实现的一个理想目标，一个“美丽的乌托邦”。

主导地位，加之“网络小说”的作者群和读者群也最为集中，所以本文下面的论说主要以近年来受到热烈追捧的“网络小说”作品为基本根据。

接下来，我主要围绕“写什么”（题材、主题）、“写得怎样”（艺术水准）、“由谁来写”（作者身份）、“怎么写”（创作基调、创作立场和视角、艺术形式和表现手法、语言特色、审美趣味）、“发表时机”等几个方面，立足于当今中国文学创作的现状和特点，推测一下“交往时代的文学”的基本特征；然后再以“交往理性”为视角和尺度进行审视，看看其对当下和未来文学发展可能发挥的积极作用，同时也谈谈其草创期可能出现或业已存在的某些问题。

第一，根据我的观察，当今中国文学创作体现出的一个显著的基本特征就是：在“写什么”这方面设置的“禁区”越来越少，在题材和主题的选择上观念越来越开放，选择越来越自由，空间越来越广阔。

凡留心过“新浪网·读书频道”“天涯小说网”“凯迪论坛·原创频道”等网络板块的朋友们大概早已发觉，上面收录的文学作品所涉及的题材和主题，真可谓是方方面面，应有尽有；甚至可以说是百无禁忌，无奇不有——譬如，竟然出现了专门的“同性恋”题材、“网络游戏” 题材、“盗墓”题材等。拿“同性恋”题材小说来说，与以往偶尔附带涉及这一题材的作品不同的是，它们不仅以其为基本题材，而且描写不再羞羞答答、遮遮掩掩，而是大胆而率真、细腻而露骨！再譬如专门的“网络游戏小说”，专门以某些个网络游戏作为题材，设置人物形象，安排故事情节，将文学创作与网络游戏巧妙地结合在一起（这似乎可以为席勒-斯宾塞“艺术起源于游戏”的学说找到一种“另类”的解释和证据）。并且，某些作品还真的写得令人兴味盎然。

由此可见，强调平等地看待各种题材和主题，乃“交往时代的文学”的第一个基本特征。这也难怪，“交往”需要坦诚，需要无拘无束、无话不谈，所以话题“猎奇”一点，“八卦”一点，“琐屑”一点，也没什么了不起的。

这一点对文学创作可能发挥的积极作用是，有利于对于个人内心世界、人性内涵和社会生活的深度与广度上的不断开掘。譬如“同性恋”题材小说的出现，对于读者更多地了解自己以往十分陌生甚至一无所知的“另一类”人群的真实的生存状态，“别一种”真实的人性内涵，从而增进与他（她）们彼此间的了解、理解和相互尊重，化解社会的某些偏见，避免对之做出简单粗暴的道德评判等，在一定程度上是有所帮助的。

但草创期这种题材上的“百无禁忌”，在极大地满足了读者们的“猎奇心理”乃至“窥阴癖”的同时也可能带来一些问题：某些思想内容不太合乎既定社会规范和历史文化传统、对人性建构和社会发展可能产生某些消极影响的作品，会大量增加。以“天涯网”曾在首页推荐的《老婆爱上我》为例。有男人“自恋情结”倾向的作者竟一口气为其男主人公设置了7个年龄、性格、成长环境、人生经历各不相同的美丽情人，外加若干仰慕、觊觎其男性魅力的女人。于是，男主人公每天生活的主旋律就是周旋于妻子和若干情人之间，享尽艳福！这种现象生活中不能说没有，可问题在于，作者总是在不惜余力地为其找借口、做解释，明显流露出“有能力的男人可以坦然享受事实上的‘一夫多妻’权利”的思想观念，这对目前已十分流行的某些社会沉沦现象显然无异于火上浇油！遗憾的是，甚至像《贴身经理人》这类总的思想倾向还比较符合主流价值观的作品，也不同程度地染上了这种时弊。至于某些借着暴露社会阴暗面旗号而大肆描写黄赌毒黑、社会潜规则的作品，像《欲氓》《流氓业务员》等专门的“二奶小说”“按摩女小说”“黑社会小说”“政坛黑幕小说”，很可能成为“教父秘籍”！

第二，根据我的观察，当今中国文学创作体现出的另一个显著的基本特征是：对作品的艺术成就和艺术水准的关注已大大降低，写得“有趣”，写得“俏皮”，写得“热闹”和“火爆”似乎比什么都重要；一部作品究竟是经典还是垃圾，将会不朽还是速朽，全都让读者和时间去自然选择和淘汰。

以近年来成了人们新宠的“网络游戏小说”为例。一款单机版游戏《英雄无敌》深得玩家青睐，据此进行“文学创作”的写手也蜂拥而至：仅“玄幻小说网”收录，迄今即已逾50部！它们有的着重于游戏攻略和战法，如《网游之混迹在美女工作室》；有的以游戏本身为依托展开想象和演绎，如《网游英雄无敌之国战》；有的结合网上游戏与网下生活来探讨人性和人生，虚拟世界与现实世界交融贯通，如《网游之死亡阴影》。真可谓是“八仙过海，各显神通”！但从艺术水准来看，其中真正高质量的好作品却凤毛麟角，少之又少。

由此可见，“交往时代的文学”的第二个显著的基本特征就是，对文学创作的敬畏态度、对经典作品的崇拜观念和对艺术精品的追求意识已逐渐让位于自由平等的交流需要和交往意识，力求营造一种“包容共生”的文学生态。

这一点对文学创作可能产生的积极作用是，有利于激发更多人的创作热情，鼓励更多人参与文学创作活动。关于这一点，只要瞅一眼现在书店里、地摊上、网络中那令人头晕目眩的作品就可以明白。

但草创期这种忽视艺术水准、“捡到篮里就是菜”的策略，在让更多的人“圆了一回作家梦”的同时也可能带来一些不利影响：大量次品和赝品会不断产生，从而引起创作质量的整体下滑。道理很简单，目前对作品问世在艺术水准方面几乎没有任何设限，作者们在“写得怎样”这个问题上的压力越来越小。事实上，如今的文学创作更多地成为一种个人的、即兴的、无拘无束的自我表达方式，读者喜欢就看，不看拉倒。结果，文坛的总面貌就应了陶渊明的一句诗：“草盛豆苗稀”！譬如《英雄无敌》虽衍生出了50多部“网游小说”，但除上面提到的三部较为出色外，其余大多乏善可陈，甚至不忍卒读。尤其像《流氓业务员》这样的作品，从思想境界到写作功底都十分糟糕，但却因其迎合了普通人对权力、财富和女人的渴望，竟然受到了许多读者的追捧！这些都是不容忽视的问题。

第三，根据我的观察，当今中国文学创作体现出的另一个显著的基本特征是：这是一个名副其实的“文艺大民主”的时代，一个“全民皆文”的时代。从专业作家、大学教授到政府官员、公司白领，再到小学没毕业的“打工仔”，无论你是谁，从事什么营生，文学素养如何，只要你愿意，都可以尽情地玩儿一把“文学创作”。

由此可见，“交往时代的文学”的第三个显著的基本特征就是，它比以往任何时代都更加强调“作者身份”之间的平等，谁都拥有写作和发表的自由与权利（而出版物的增加、互联网和手机的普及，也为此提供了保障和便利）。不仅如此，甚至还出现了一股蔑视乃至敌视“正统权威”、崇尚“草根英雄”的倾向。不少“知名作家”频频挨骂，韩寒、郭敬明等“天才少年”迅速蹿红，诸多居于城市生活边缘地带的“另类作家”和以“80后”“90后”为主体的“校园作家”不断产生，便是明证。

这一点对文学创作可能发挥的积极作用是，有利于破除对所谓“知名作家”的盲目崇拜，打破作协、文联等体制内“专业作家”对文学创作的垄断地位并对其形成竞争压力。实际上，与专业作家相比，个别网络写手的实力确实一点不输。譬如几年前发表的《秋风十二夜》，从结构到语言都颇有王小波“时代三部曲”（主要是《青铜时代》）的特色，其结构之新颖、语言之细腻让人印象深刻；而“当年明月”的《明朝那些事儿》之“历史重构”，让人醒悟到冷冰冰的历史原来竟然如此地充满热度和活力，“铁血理性”只能解释那些坚硬的历史外壳；“少妇六六”的《王贵与安娜》《双面胶》和《蜗居》之“现实叙事”，更让人感到了一种喘不过气来的真实！即便是某些存在明显缺陷的作品，如《天才太美丽》，在结构上亦有可取之处；《欲氓》在挖掘人性方面不时有闪光之点；《我是女博我嫁谁》，则彰显了当今中国一个特殊知识群体的人生困惑：当一个女人的灵魂变得日益深厚和沉重之后，还有谁能接受她的肉身？

但草创期这种盲目推崇“草根”而敌视“正统”的做法，也很可能造成作者队伍的鱼龙混杂，从而导致作者整体素质的下降。譬如，不少网络写手只会玩弄华丽词句，作品内容空洞芜杂，甚至纯属无病呻吟。更糟糕的是，诸如“郭抄抄”“姚抄抄”之类会层出不穷。加之文艺批评界往往因为“清高”而对这类现象不置一词，结果成了听之任之；更有甚者，居然罔顾文德和良知对其胡乱吹捧、蓄意热炒，反而使之浪得虚名，并成为一些人（尤其是同龄人）竞相崇拜和效仿的“标榜”！譬如“赔钱不道歉”的“郭抄抄”，便是其中一个典型的恶例！

第四，根据我的观察，当今中国文学创作体现出的另一个显著的基本特征是：特别热衷书写所谓“俗人俗事俗感情”，反对书写那些“站着说话不嫌腰疼”的“豪情壮志”，尤其反感作者在作品中高高在上、盛气凌人地教训别人。其中最具有正反两方面典型意义的例证，便是王兆山《词二首》的挨骂和“无名氏”《孩子，快抓紧妈妈的手》（以下简称《孩子》）的走红。

由此可见，“交往时代的文学”第四个明显的基本特征就是，它比以往任何时代都更强调作品要以个体的、平常的、真实而自然的基本人性为基础，在创作基调的把握上追求“平易自然”；在创作立场和视角的选择上倾向于所谓“大众立场”和“民间视角”。换句话说，那种把文学创作作为“官方”引导“民间”、“政府”规训“大众”的宣传工具和教化工具，作家也心安理得地以“人类灵魂的工程师”和“大众的启蒙者与拯救者”自居并居高临下地教训读者的历史，已逐渐退场。此外，在艺术形式、表现手法、语言特色、审美趣味等方面，“通俗”也成了不二法门。这也难怪，因为交往的基础乃在于平等与真诚，唯其如此，方能保证吸引更多读者共同参与、平等对话和双向互动的“交往行为”的实现。

这一点对文学创作可能发挥的积极作用至少有二:一是有利于增强文学作品真实、自然的艺术感染力和对读者的亲和力;二是有利于文学传达来自民间的声音,及代表审美正义,担负社会良知拷问和对社会现实进行文化-审美批判功能的实现。可以说,近些年比较受欢迎的作品大都有此特点,譬如《天使不在线》对网络生活、《双面胶》对婚姻生活、《粉红四年》对大学女生的寝室生活、《欲氓》对当今社会的人情世态和《蜗居》对城市平民的住房问题的描写,都显得十分平实和自然。同时,在揭露和鞭挞人性的弱点以及目前尚存在的某些不合理的社会现象等方面,亦不无可取之处。

但草创期这种一味反感和拒斥表达"伟大""崇高"思想内涵和风格的心态与做法,却可能会在一定程度上导致或助长一味迎合大众审美需要和审美趣味的"媚俗"倾向,可能会在一定程度上导致作品社会价值意义的降低和文艺超越性品格的弱化乃至完全缺失,甚至还可能出现严肃、高雅的作品无人问津,而某些低级、庸俗的"作品"在短期内反倒大受欢迎的奇怪现象。譬如前面提及的四部还算不错的作品中,《欲氓》过于沉溺于身体狂欢,始终游走在色情的边缘;《粉红四年》只见女生间的嫉妒与攻击,不见同学间的友情和温暖;《双面胶》以极端的婆媳矛盾为故事发展动力,结局异常惨烈,但读者读后的最深印象便是:"千万别嫁东北男人!"最主要的,这些作品大多显得过分"婆婆妈妈"、零零碎碎。在其中,《天使不在线》算是尺度把握得比较好的一部,但其中对网络色情、人的阴暗心理的大量描写,对于一部分缺乏足够分辨力的读者来说,仍然无异于是"讽一而劝百"的诱惑与挑唆。

第五,根据我的观察,当今中国文学创作体现出的另一个显著的基本特征是:作品日益"快餐"化,发表时机对于其能否走红,关系越来越大。古人写成作品后往往藏诸名山,以待后世,根本不用担心是否会"过时";当今的文学创作则不然,发表时机得当就会一夜间名满天下,一旦错过时机成了明日黄花便会无人问津。《词二首》的挨骂和《孩子,快抓紧妈妈的手》的走红,不能说与其发表时机的得当与否没有关系。

由此可见,"交往时代的文学"的第五个显著的基本特征就是,作品的时效性比以往任何时代都显得更为重要;相应地,一个作品问世的时机是否恰当,对于它的成功与失败(至少在短期内)也比以往任何时代都显得更为关键。在一定程度上,出现这种现象是合理的、可以理解的。前面我们已经谈及,“交往理性”注重的是共同参与、平等对话和双向互动。既如此,最容易实现的交流和交往便是双方之间存在共同参与的话题和相互对话的空间,而最容易符合这一要求、最容易激发双方兴趣的,便是当下大家共同关心的现实问题。因此,话题的时效性就显得非常重要和关键。

这一点对文学创作可能发挥的积极作用是,迫使作者们更加关注社会现实,作品更加贴紧当下的现实人生,不能再独自钻进“象牙塔”去闭门造车。

但草创期这种“逮住了时机就会一夜暴富”甚至“写得好”不如“发得巧”的现象,显然会在某种程度上助长创作界业已存在的急功近利倾向和投机取巧作风。同时,受此风气晕染,文学批评也很可能在一种程度上失去应有的客观、公正,让一些善于投机取巧的“快刀手”暴得虚名,却不利于需要长时间细细打磨的文学“精品”的产生。

综上所述,“交往时代的文学”的草创期既是一个“文学大繁荣”的时期,但同时也是一个很不利于产生伟大作家和伟大的文学作品的时期。这将是今后相当长一段时期内我们必须面对和解决的主要问题。

三、对交往时代的文学中几个较深层次问题的初步思考

毫无疑问,交往时代的文学给我们的文学理论提出了一些较深层次的问题:

第一,关于文学的本质。

王国维先生“一代有一代之文学”这一历史经验总结告诉我们,根本不存在一种超越时空的永恒不变的“文学本质”。文学的本质是随着时代的发展变化在不断“建构—解构—再建构”的过程中发展变化着的。但这话还有另外一层含义,那就是:一代人有一代人对文学本质的理解。因此,身处“交往时代”的人们,对于“文学本质”一定会有体现“交往时代”特色的认识和界定。

如前所述,根据我个人目前的看法,所谓“交往时代的文学”乃是从根本上受到交往时代的“交往理性”制约和调节而生成的文学;它最根本和最突出的特征就是要求以“交往理性”来对待和处理文学活动中所涉及的人与人之间的关

系，尤其是作者与读者之间的关系。从本质上说，交往时代的文学已经成为交往时代的人们以一种诗性话语方式进行自我表达并以此独立、自由、平等地参与社会交往活动的一种生存方式。

假如我的观察和理解大体不谬，那就可以来审视一下我们现在十分流行的"文学本质"观。新时期以来，我国文学理论界最流行的对"文学本质"的基本界定是"审美意识形态"。毫无疑问，这一界定在特定时期内是符合时代要求的，也是在当时被给定的条件下所可能具有的最现实、也最好的选择；并且对于冲破"文艺为政治服务"的工具论文学观和"文学是社会生活的反映"的认识论文学观的束缚立下过汗马功劳：它毕竟在被给定的范围内尽可能地突出、强调了文学作为一种艺术形式的审美特质和特征。正因为如此，它广为流行并影响深远。然而另一方面，这一界定还是存留了某些带有明显时代印迹的地方，其中最突出的就是它所借用的"意识形态"概念。与阿尔都塞、伊格尔顿等西方马克思主义理论家所做的泛化解释不同，在中国的文化语境中，"意识形态"终究是一个具有浓郁的政治色彩的术语。在现实语境已经变化了的新的时代里，一些新的问题摆在了我们面前，需要我们严肃对待、认真思考和妥善处理：譬如，我们应当如何回应交往时代的交往理性对文学的新的时代要求？我们的文论应当在文学本质观上做出怎样的调整来适应这一要求？具体点说，譬如，我们应当如何在"政治正确"与"人性为本"、"政府立场"与"大众立场"、"官方话语"与"民间话语"等之间寻求到某种平衡？

第二，关于文学的功用、作者与读者的关系。

之所以将这两方面的问题放到一起来谈，是因为对文学功用的认定背后直接关涉到作者与读者之间的关系。

在很长的历史阶段里，中外文学史上都曾经普遍存在过这样一种现象：那些被统治阶级豢养、奴化了的御用文人总是自觉地把文学创作作为"官方"引导"民间"、"政府"规训"大众"的一种宣传工具和教化手段；同时，也有许多胸怀邦国天下、心系黎民百姓的作家站在民间与大众的立场和视角，把文学创作作为规劝和讽谏当政者、批评不合理的社会制度和社会现象的手段或武器。但无论就作为统治阶级的当政者、御用文人，还是就具有社会良知和责任感的作家来说，有一点却是共同的：在他们看来，文学的功用乃在于"引导"和"规训"。即便是那些纵情于自然风光的“隐逸派”作家和他们的“山水”“咏物”类诗文作品，同样被赋予了陶冶性情、改良世道人心的功用。相应地，作家们也心安理得地以“人类灵魂的工程师”“大众的启蒙者和拯救者”自居，居高临下地训导自己的读者。作家扮演的是高于、优越于读者的“先知”“向导”“教师”乃至“牧师”的角色。很显然，这种“文学功用观”背靠的乃是一种“主-客体”思维方式和一种“主体中心主义”观念。

可是在“交往时代”里，用来思考、建构、评价和规范人际关系的是“交往理性”，而“交往理性”强调的是一种“主体间性”的思维方式，注重的是个人人格及思想的独立与自由，以及在此基础上展开共同参与、平等对话和双向互动的交往行为。因此，“交往时代”的文学的功用更多地在于实现个人独立、自由的自我表达并以此平等地参与社会交流和交往。相应地，作者与读者的关系应当是相互尊重的平等的关系，一种“朋友”“知交”和“谈伴”式的关系①。

时下的畅销书作家或网络小说作家一般都建有自己的“书友群”“读者QQ群”（某些热门小说还不止建一个），读者随时可以提出自己的意见和建议，作者也会主动询问读者的反应，虚心接受和采纳读者的意见或建议。台湾作家罗森写作《风姿物语》就是这样的典型例子。而《词二首》之所以挨骂，就是因为作者反其道而行之，采用了一种居高临下，不顾当事人和读者感受的话语方式。相反，采用一种向读者呈现而非宣示、倾诉而非号令，带着读者一同去经历、一同去体验的话语方式，却正是《孩子》一诗大受欢迎的重要原因。不过我想，这里也有一个问题可以进一步思考：既然“亦师亦友”也是一种独立自由、平等和谐、双向互动的社会交流与交往关系，而且是一种比一般朋友或谈伴更高、更有益的关系，那么，交往时代的文学为什么不可以考虑在作者与读者之间建构一种“亦师亦友”的关系，既避免居高临下地“教训”，也避免仰人鼻息地“媚俗”，从而让文学发挥更多、更好的功用呢？

第三，关于文学的超越。

强调“文艺的超越性品格”，原本是自“文化轴心时代”以来中外文艺理论中一直具有的一个优良传统。由于具有超越性的审美对象与它的审美主体之间

①刘小枫：《沉重的肉身——现代性伦理的叙事纬语》，上海人民出版社1999年版。该书虽然是一本研究现代性伦理叙事的专著，但对于研究文学叙事亦颇有启发意义。

是一种对立冲突而非平等和谐的关系,因而往往会让它的审美主体产生某种程度的压抑感、痛感而不是快感;而且如果处理不当,譬如超越缺乏坚实的人性基础或者并非水到渠成,就会显得虚假、僵硬,这样的"超越"就会变成一种"强攫",让人敬而远之甚至望而生厌,缺乏艺术感染力。

近些年来,随着解构"英雄"、鄙弃"崇高"的后现代思潮的影响,以及"消费主义""享乐主义"等社会-文化思潮的盛行,现时代文艺的"超越性品格"日益式微。那么,"交往时代"的文学是否不再需要或者不再可能具有"超越性品格"呢?我想,你只要看看举世震惊的汶川大地震发生后"猪坚强"和"猪刚强"受到热捧的程度,以及它们是在怎样一种背景下受到热捧的就知道,没有哪一个时代比现时代人的精神状态更需要具有"超越性品格"的文艺作品的浸染!而且,《孩子》一诗中同样有"小爱"向"大爱"的超越和升华,而它大受欢迎这一事实表明,"交往时代的文学"也是可以表达超越性内容的。

那么,又该如何处理好交往时代的文学中对超越性内容的表达这一问题呢?我的初步考虑是,关键在于明确这样一个问题:作为一种艺术,文学中的超越应当是一种审美的超越。审美超越不同于宗教超越或哲学超越。哲学超越和宗教超越,都是建立在此岸世界与彼岸世界的截然划分这一基本假定基础之上的,而且它们的实现都是以否弃此岸世界为代价才得以完成向彼岸世界的飞跃的;只不过前者依靠的是思辨的跨越,后者依靠的是神力的强攫。而审美超越则要求,通往彼岸世界的道路和桥梁就在此岸世界之中。因此,审美超越是一种不脱离此岸世界,并且就通过此岸世界而实现的超越。用徐复观先生的话来说,审美超越是一种"即自的超越"①。将审美超越把握成一种"即自的超越",是古今中外许多经典作品获得成功的宝贵经验。其中《红楼梦》最为典型。从最高的哲理意蕴层来看,《红楼梦》所表达的主题就是俞平伯先生所说的"色空"观念。但曹雪芹让"贾宝玉"最后"悟空证道"的方式既非哲理说教,也非宗教强攫,而是让他"到温柔富贵乡里去走一遭",降生到一个可以满足封建时代男人的所有尘世欲望和幸福的富贵大家庭,去经历、去体验"荣、宁二府"体面光鲜下面的丑陋卑污,温情脉脉下面的凶残冷酷;去经历、去体验一个个如花般美丽的

①徐复观:《中国艺术精神》"第二章",春风文艺出版社1987年版。该章中曾称"艺术的超越"乃是一种"即自的超越"。

生命或灵魂无可奈何的枯萎或沉沦，一段段如梦般美好的感情或理想无法抗拒的幻灭或消失；最后自然而然地看破红尘，遁入空门。总而言之，作为一种审美超越，文学中的超越应当具有坚实的人性基础，应当是一种真实而自然的、水到渠成的超越。《词二首》之所以让人难以接受，原因就在于它迈过悲情抒豪情，违背了人类对于巨大灾难的基本的正常的情感反应；而《孩子》一诗则刚好相反，它是通过在地震引发的巨大悲情中体现母子真挚深厚的爱，然后又在这种爱无法继续的情况下再把母亲对自己孩子的“小爱”自然转移并升华为对所有活着的孩子的“大爱”。由于它具有坚实的人性基础，所以显得特别真实、自然，既表达了超越性内容，又富于艺术感染力！

原载《当代文坛》2010年第4期，《中国社会科学文摘》2010年第11期详摘

AI技术高度发达的时代里诗人何为?

“……在贫困时代里诗人何为?”大约两百年前,德国诗人荷尔德林曾经在其哀歌《面包与葡萄酒》中满怀忧思地如此问道。这个问题,后来引发了海德格尔极为深刻的杰出思考[①]。如今,当微软“小冰”不仅出版了诗集《阳光失了玻璃窗》,还在与一众诗人同台现场作诗的多轮比赛中不落下风且每轮都让观众难以分辨究竟哪一首出自其“手笔”时,还有当虚拟歌手“洛天依”不仅能歌善舞“圈粉”无数而且在现场向京剧老生名角儿王珮瑜学唱《空城计》选段也显得有板有眼、字正腔圆甚至还能准确摹仿难度

①1946年,海德格尔为纪念奥地利诗人里尔克逝世20周年做了著名演讲《诗人何为?》。原文见:Heidegger, M. *Holzwege*, Frankfurt: Vittorio Klostermann, 1994, SS.269-320;中译本见:海德格尔著、孙周兴译:《林中路》,上海译文出版社2004年版,第281-336页。

很大的“小擞”[①]时,以及当机器人“Teo”的钢琴演奏让“钢琴王子”郎朗也由衷叹服其“速度超越人类,节奏也很精准”而且目前会弹奏的不同大师的经典曲目已经达到人类永远无法企及的800余首还“从不出错”时[②],我们不得不思考这样一个问题:在正在到来的AI技术高度发达的时代里诗人何为?

一、AI技术向文艺领域扩张:人类文艺史上空前的严峻挑战

假如我们不愿做遇见危险便将头埋进沙里的鸵鸟,那就不得不承认一个客观事实:日益发达的AI(即人工智能,artificial intelligence的缩写)技术向文艺领域的不断扩张,正在构成对人类文艺生产和文艺消费方式的严峻挑战。如何恰如其分地评估和应对这一挑战,正在成为当今文艺从业者和研究者无法回避的一个紧要的问题。

说得更具体和直白些,这个问题即是:等到本已“坐拥”并随时可以“秒获”及更新海量“知识”与“才艺”的人工智能同时具备了“全界创作及表演”[③]“立时高真摹仿”尤其“自主深度学习”等能力之后,当历来被视为人类“禁脔”的文艺创作和表演的天地里到处涌动着人工智能的“身影”之时,我们人类在文艺创作和文艺表演方面有何不可替代的存在价值和空间?我们人类的文艺从业者还有何可为与当为?

下面,让我们先来审视和分析一下这次挑战。

毋庸赘言,人工智能是现代高科技的产物,来自人工智能的挑战即是来自

①所谓“擞”是包括京剧在内的中国戏曲演唱中一种重要的发声技艺,即根据旋律和表达的需要,有意识地通过声带的颤抖来使声腔更加圆润悦耳、情感表达更加饱满充分(类似于西洋声乐中的“grace-note”,即装饰音、颤音)。欧阳中石、欧阳启名在《京剧艺术漫谭》里将其称为中国戏曲艺术的“灵魂”。还有研究者将“擞”分为“硬擞”、“软擞”和“水擞”等不同类型。

②人类钢琴家的手虽堪称“上帝的杰作”,但终究只有10根手指,其灵活度、能精准演奏的曲目数等也终究会受到现实条件的诸多限制;人工智能“钢琴家”则不同,其手指的数量、灵活度等完全可以根据所需要的理想尺度进行设计(譬如“Teo”目前就有53根手指且非常灵巧并将越来越灵巧),至于其能精准演奏的曲目数,从理论上讲当是无限多的。

③现实中虽不乏多才多艺、可做“跨界”文艺创作和表演的“天才”,但一个人的文艺才情和精力终究是有限的,不太可能对“全界”(所有门类)的文艺创作或表演都做到精通。但对于日益发达的AI技术而言,要做到这一点却易如反掌,并且能够转瞬即成。

现代高科技的挑战。那么问题来了:人类不是早已经多次遭遇过科技发展对文艺的威胁与挑战了吗,又何必大惊小怪[①]呢?

诚然,技术对人类文艺的威胁与挑战并非始自今日,亦非突然降临。譬如,在1930年代出版的《摄影小史》和《机械复制时代的艺术作品》中,德国20世纪英年早逝的天才思想家瓦尔特·本雅明已经明确触及到了技术对艺术的挑战问题,尽管他本人对此在总体上抱持一种乐观主义态度。他指出,其一,1826年照相摄影技术的发明,直接后果就是对画家尤其是小肖像画家的冲击,许多人失业改行;其二,比雕像、建筑等实际原作还更清晰的照片的出现,足以引起"艺术感的失落""时代同人的沉沦";其三,机械复制技术的产生使得人们"有关伟大作品的观念也发生了变化",因为它使得对艺术杰作的无限复制变得轻而易举,艺术作品从此丧失了传统艺术作品原本具有的"即时即地的独一无二性"(原作的唯一性和原真性)、"永久性"(原作恒长的历史传统及权威性)、"膜拜价值"(源自对艺术杰作的一种近乎宗教崇拜的虔敬心理)和"审美上的距离感"(正是这种心理距离成就了艺术作品的美),基于上述因素而来的传统艺术作品原本具有的"Aura(光韵)"也消失殆尽[②]。其实,更为严重的还在于:它不仅使得再现世界人生从此变得异常轻松、快速而且高度精细与逼真,从而使得人类对于图像的享受由于过分容易获得而变得漫不经心,或者在观赏它们时由于过分专注于图像本身而忽视了对其更为重要的内在意蕴(意味)的理解——艺术审美日益走向肤浅化。这些都给传统艺术的存在带来了严峻而深刻的挑战与危机。

此后,电影、电视分别于1888年、1924年相继问世。于是,又一场新技术发展给人类文艺带来的威胁和挑战再次降临,而法兰克福学派的思想家阿多诺、马尔库塞等对此进行了深刻揭示和批判。他们的揭示和批判主要集中在两个方面:一是它们沦为了资产阶级对大众意识形态的建构进行操控、从而瓦解工人阶级革命意愿和斗志的工具;二是它们对于艺术的冲击。这种冲击又包括两个层面:一是使得过去作为人类借以实现自由体验和体验自由之媒介物的"自

①这要放在围棋大战无人能敌的AlphaGo Zero和演奏钢琴可嘲笑人类的"Teo"出现之前,我也会认为这是"大惊小怪"!

②[德]瓦尔特·本雅明著、王才勇译:《摄影小史+机械复制时代的艺术作品》,江苏人民出版社2006年版,第1-68页。

律”的艺术从此走上了商业化道路,逐渐沦为了资本主义社会中与资本合谋的“文化工业”的一个组成部分;二是造成了流行的低俗的大众艺术审美趣味的泛滥,从而对纯正高雅的艺术造成了根本性威胁。大家知道,正是为了解决以上问题,他们建立了系统深刻的社会文化-审美批判理论[①]。

海德格尔1930—1950年代对现代技术所做的哲学批判中也涉及了现代技术及技术思维对艺术的威胁与挑战问题。他指出,古代技术在本质上是一种“把……带出”或“让……显露”意义上的“解蔽方式”,而现代技术在本质上则是一种“促逼”的“解蔽方式”、一种“促逼”的“订造方式”和“普遍强制性摆置”。作为一种“促逼”的“解蔽方式”,现代技术使得原本鲜活多彩的世界变成了抽象、冰凉的“图像化世界”,许多神秘的“美妙之物”“神圣之物”消失不见了,艺术从根本上失去了原本富有诗意和魅力的表现对象;作为一种“促逼”的“订造方式”和“普遍强制性摆置”,现代技术不仅使得艺术“创造”沦为了一种机械的“制造”,而且导致了模式化、批量化的生产,从而使艺术创造及其作品失去了鲜明独特的个性与“独一性”[②]。

然而,上述多多少少还保留了些传统色彩的现代技术对于人类文艺的威胁和挑战,仍然还无法与当今日益发达的人工智能技术对于人类文艺所造成的威胁和挑战相提并论。

甚至可以说,直到2016年[③],在人工智能技术前60年的发展历程中,如数码图像技术的产生、3D动漫技术的发明、多媒体-超级文本技术的崛起以及它们在艺术领域里的运用等,尽管也对传统文艺的生产方式和消费方式产生了不小冲击,但其影响终究还是有限的、双面的:一是因为这些新技术在文艺领域里的运用都只占据次要地位,始终没有改变其作为辅助工具的性质;二是因为它们对人类文艺而言更多的还是一种有益的补充和完善,甚至作为新的独立的艺术样式(譬如摄影)充实和丰富了我们的艺术大家族的存在。

---

①相关内容可参阅阿多诺的《启蒙辩证法》《多棱镜:文化批判与社会》《否定的辩证法》《美学理论》和马尔库塞的《单向度的人》《审美之维》《反革命与造反》等著作。

②相关内容可参阅海德格尔《演讲与论文集》全书(尤其是《对技术的追问》)和《林中路》中《诗人何为?》《世界图像的时代》两篇。

③将时间定在此年未必符合从计算机专业出发的“专业看法”,但AlphaGo及其升级版AlphaGo Zero在与人类的围棋大战中确立了绝对优势地位,绝对是一个标志性事件。

当下正在发生的AI技术向文艺创作和表演领域的扩张，则与以往任何时候新技术向文艺领域的延伸都有所不同。它对人类文艺的威胁，绝不仅仅是像数理逻辑计算思维的宰制使得我们的世界变得日益干瘪、无趣那样影响只是外部的，也绝不仅仅是像摄影技术的发明曾经威胁到了部分小肖像画家的生计那样影响只是小范围的，甚至也绝不仅仅是像机械复制技术的出现在某种程度上削弱了我们对于艺术杰作的敬畏之心、降低了我们的审美品位那样影响终究是间接而缓慢的。这一次高度发达的AI技术向文艺创作及表演领域所做的全面的深度扩张，本质上乃是由“工具主体化”所带来的全局性、取代性并因此而是根本性的挑战。对此，我试做简单分析论述如下：

首先，无论是微软诗人“小冰”、虚拟歌手“洛天依”，还是机器人钢琴家“Teo”等，它们都不过是计算机软件工程师设计出来的某套电脑程序，在传统视野中它们本质上都不过是某种“人造的工具”。而现在呢，至少从实际结果上看，它们的的确确成为了能够“创作诗歌”的“诗人”、能够“演唱歌曲”的“歌手”、能够“表演戏曲”的“演员”、能够“表演舞蹈”的“舞者”和能够“弹奏钢琴”的“钢琴演奏家”……很显然，这是典型的“工具主体化”现象。而它导致的直接后果便是：以前只可能作为人类独享之禁脔、因此无需“物主”限定而不言自明的“文艺”，现在不得不加上“人类”二字做限定，并且不得不面对“AI文艺”与“人类文艺”的区分与对峙。

其次，客观而论，上述AI程序设计所体现出来的文艺创作及表演“水平”已经不低。这还仅仅是在刚刚起步的尝试阶段。我们可以合理推测，随着这方面研究的不断深入和经验的不断积累，未来AI技术向文艺创作及表演领域的扩张极有可能是全门类和全方位的，其“水平”也必然会与日俱升。因此，有理由担忧：在不久的将来，AlphaGo Zero在围棋大战中“无人能敌”的局面是否会在文艺创作及表演领域中重演？从目前“Teo”的表现看，这至少会部分成为现实。也就是说，AI技术不仅存在“工具主体化”的问题，而且将来还有可能成为与人类的文艺从业者展开全面竞争，甚至取而代之的可怕的强劲“对手”！若果如此，这对人类文艺的存在当然会是一个全局性和根本性的严峻挑战。

此外，AI技术不仅会从实践上对几乎所有文艺门类既有的生产及消费方式产生冲击与挑战，而且还会从理论上使我们以往所有建立在“文艺是人类特有的自由自觉的精神创造现象”这一“自明前提”基础上的文学理论、艺术理论和美学理论产生根本性动摇。

总而言之,随着AI技术高度发达时代的到来,人类文艺即将面临一场历史上前所未有的空前严峻的危机与挑战。

二、面对高度发达的AI技术在文艺领域里的挑战,诗人何为?

无论你愿意不愿意,高度发达的AI技术向文艺创作及表演领域的扩张已经开始,而且势必给人类文艺从业者带来日益严峻的挑战。对此,简单回避或者粗暴抗拒都是不明智、也不现实的。那么,面对如此时代难题,诗人何为——我们作为人类的文艺从业者应当做些什么呢?

我认为主要应当做好以下几点:首先,泰然处之,正视并客观评估这场挑战;其次,切实认清并努力发挥我们作为人类的文艺从业者相对于人工智能的文艺软件程序设计的“比较优势”,在与之竞争的过程中彰显出我们人类文艺的独特魅力和不可替代的价值,从而巩固我们人类文艺独立的存在空间;再次,自觉领受并切实担负起我们人类文艺从业者义不容辞的天职与天命,努力彰显出我们人类文艺长于敞现的思想深度和人文理想之光,守护好我们人类的精神家园;最后,在文艺从业者与AI文艺开发者的相互学习和团结合作过程中自然而然地实现人文艺术与现代科技的协同创造、相得益彰,同时完成人文精神、人类文艺对于AI文艺软件程序设计的引领与规训。下面,试分而论之:

(一)泰然处之:正视并客观评估这场挑战

关于应当如何正视和客观评估这场挑战,上文已对这场挑战产生的由来、实质、特点以及严峻程度做了简要的分析和论证,在此不再重复。我只强调一点:这场挑战的的确确是人类文艺史上从未遭遇过的挑战,对于它的特殊性和严峻程度,我们应当要有清楚的认识和足够的重视;但另一方面又无需夸大事实,弄得似乎人类文艺的末日即将来临。

也许会如海德格尔所说的那样,当作为“促逼”的“解蔽”“订造”和“普遍强制性摆置”的现代技术与艺术产生了尖锐矛盾,并且“疯狂地到处确立自身”的现代技术还将美的艺术连同一切诗意的、真实的、纯洁的东西都拖拽到了“极端的危险”之中时，或许“艺术已经被允诺了其本质的一种最高可能性”①。再者，从艺术发展史的角度看，新技术的产生先给传统艺术带来威胁，后来却发生了戏剧性反转的情况也不乏其例，摄影就是其中的典型(后详)。更何况，目前AI技术对于人类文艺的威胁程度还是因门类及体式等而异的(后详)。

总之一句话：对于这场挑战，无论采取浅薄的乐观主义还是矫情的悲观主义，均不可取。

(二)发挥比较优势：彰显人类文艺不可替代的存在价值

我们作为人类的诗人、作家和艺术家相对于AI文艺软件程序设计，具备许多绝对的“比较优势”。正是这些“比较优势”造就了我们人类文艺的独特魅力和不可替代的价值，并因此而享有独立的存在空间。在我看来，它们至少包括以下几个方面：

第一，作为“此在”生存-存在于世的人类在与世界万事万物相遇之际“缘构发生”②的各种各样的、源初的、鲜活而精微的生命体验与生活经验，以及这些体验或经验的积累与变易等，都是人类独有且富有而人工智能恰恰缺乏的——譬如“黑色的太阳”“裹尸布一般的天空”之类就是机器始终无法“真切感受”的；归根结底，机器终究无法拥有自己独立的原生性的鲜活的生命体验或经验。而众所周知，它们恰恰正是人类文艺创作动机产生的重要原因、文艺作品表现的重要内容和其动人魅力的重要来源。

第二，人工智能还缺乏人类在生命生活中同样是“缘构发生”的各种各样的、源初的、鲜活而精微的、复杂多变的情感和情绪，因为能够被计算机编程的情感或情绪一定是经过数理逻辑“过滤”了的抽象化、模型化、数据化了的“情感”和“情绪”。模拟人类情感情绪是计算机科学界提出极晚、进展极慢的一块，

---

①Heidegger, M. *Vorträge und Aufsätze*, Stuttgart: Günther Neske, 1997, S.39.

②此处借用张祥龙先生对海德格尔后期常用哲学概念“das Ereignis”的汉译。海德格尔还经常将其做动词用，这里也取其动词用法。

而这一切又都源于它极难[①]。再者,机器终究无法拥有自己独立的原生性的鲜活的生命情感或情绪。而古人云,"感人心者莫先乎情","诗者:根情,苗言,华声,实义"[②]。可以说,真挚、深厚而浓烈的如上所述的情感情绪,既是古今中外一切文艺作品着力表现的核心内容,也是它们产生动人魅力的主要根源。

第三,人工智能无法产生真正的"预感""直觉"和"灵感"等,在它"身上"也不太可能出现那种"灵光乍现、豁然开朗的瞬间"——那是中国人的"上苍"或西方人的"缪斯姐妹"与"阿波罗"对人类的诗人、作家和艺术家"踏破铁鞋""上穷碧落下黄泉"以及"衣带渐宽终不悔"的馈赠与奖赏。而众所周知,良好的"预感"、敏锐的"直觉"和有如神助的"灵感"的瞬间爆发等,正是文艺创作之原创性尤其是成就艺术杰作的关键性因素[③]。"预感"的缺乏使得人工智能不可能产生敏锐超前的伟大思想(其实它根本就不能思想,后详);而"直觉"和"灵感"的缺乏则使得它不可能产生新颖独特的发现与创造。

以上三点主要从表现内容方面表明:AI文艺软件程序设计不可能产生杰出的文艺作品。

第四,人工智能没有能力自觉"违反规则"进行创作,"小冰"写诗、"洛天依"唱歌和"Teo"弹奏钢琴都表明了这一点。而真正杰出的文艺作品往往是天才独特个性的彰显,常常需要摆脱僵死规则的支配而做出的新的创造。伽达默尔指出:"天才本身创造模式和给予规则,他创造新的语言使用方式和新的文学创作

①1997年,麻省理工学院Rosalind W. Picard教授率先提出了"情感计算"的设想,旨在"让计算机更懂人"。这是计算机模拟情感的研究的开始,但显然更多停留在"感应情感"阶段。至今20年多过去了,虽然取得了一些进展,但显然离全面模拟人类情感情绪的目标还任重而道远。在人类的心理因素中,大概意志(欲望)和情感情绪的结构是最复杂、因而也最难于计算化模拟的。但反过来想,这对于人类而言绝对是件好事。当某一天计算机能够全面模拟人类情感情绪和意志(欲望)的时候,恐怕"人工智能"除了没有生命之外就真的成了本质上与人类毫无二致的"人"了;而当它们真的拥有"原生性"情感情绪和"自主性"意志(欲望)的时候,人类世界的末日大概也就到了。

②[唐]白居易:《与元九书》,《白香山集》卷二十八,文学古籍刊行社1954年版。

③除了敏锐的感知力、丰富的想象力、充沛的动情力和深刻的思考领悟力等之外,伟大的诗人、作家和艺术家往往还是伟大的"预言家",他们都有良好的"预感"能力(譬如荷尔德林至少提前半个世纪就预感到了"贫困时代"的来临);敏锐的"直觉"能力对于文艺创作的重要性更是不言而喻的,克罗齐美学中甚至将其视为艺术的唯一本质要素;至于中外文艺理论家、美学家(譬如声名赫赫的柏拉图等人)对"灵感"现象的重视,那更是所有谈文谈艺者津津乐道的。

形式,等等。”[①] 真正的文艺创作不能成为规则的奴隶,而必需随物婉转、应机而化[②],为此在必要时甚至要不惜打破某些既定规则。但这却是人工智能无论如何做不到的,因为根本无法将其中对规则的“破”与“守”的奇妙分寸和时机程序化![③] 正如一味只知循规蹈矩的诗人、作家和艺术家创造不出天才的作品一样,“无力违规”“从不出错”的AI文艺软件程序设计也只能刻板地制造平庸的作品。

这一点从表达方式及技法方面表明:AI文艺软件程序设计不可能产生杰出的文艺作品。

第五,至少从目前现状看,对于人工智能来说似乎“写诗”最容易(尤其短小的抒情诗或图像描绘诗,“小冰”的诗多属此类),“写小说”和“写剧本”则难多了(目前尚未见到)。其中原由不难理解:无论是就思想内容、体裁样式还是就表现技巧和语言表达方式来说,诗歌都是最容易做单纯“形式上的摹仿”、摹仿最容易达到单纯“形式上的相似”(哪怕是对最难摹仿的风格的摹仿[④])的体裁而我

---

①[德]伽达默尔著、洪汉鼎译:《真理与方法》,上海译文出版社1999年版,第245页。

②无需讳言,AlphaGo Zero在围棋比赛中战胜人类的例子表明,人工智能已经拥有了超强的“应机而化”的能力,有时甚至超过人类。但人类的“应机而化”与之存在两点本质性区别:一是人类的“应机而化”除了有被动性的一面,更多是主动性的;而再发达的人工智能的“应机而化”都不过是“回应”式的、全然被动的。二是人类的“应机而化”除了会受到理性因素的支配外,还有可能受到“即时即地”的情感情绪乃至意志欲望等非理性因素的影响;而人工智能的“应机而化”则完全是数理逻辑的、技术理性的反应。

③有才华的文艺家在创作过程中常常会因表达的需要而适时和适度地打破某些既定规则,并在对规则的“破”与“守”的尺度拿捏上以及何时该“破”、何时该“守”的时机把握上做到恰到好处、游刃有余,从而完成令人称奇的“天才的创造”(由于他们每次遇到的这种情况都总是一个个具体的个案,因而是能够相机妥善处理并达到前述效果的);而作为一种数理逻辑运算的程序设置,人工智能在任何情况下都不可能放弃既定规则,否则就会导致整个程序系统的崩溃。此其一。其二,就文艺软件程序的设计而言,设计者能否谙熟文艺创作规则并在此基础上能够对规则的“破”与“守”的分寸拿捏和时机掌握做到恰到好处、游刃有余,这本身已经大成问题;而要将那只是也只可能是针对一次次、一个个具体的个案才有效的“即时即地性的解决方案”总结提升为一套可以广泛使用并且适合做计算机编程的“普遍规则”,则是完全不可能的。这就从根本上决定了人工智能的文艺软件程序设计不可能进行“违反规则”的“创作”。

④据徐怀谦《周汝昌:诗成掩卷去　脂斋余香沉》(《人民日报》2012年6月1日第14版)载,已故北京大学教授、著名红学大师周汝昌先生1970年曾经根据曹雪芹为他的好友敦诚题写的《琵琶行传奇》末尾二句续补了三首诗,没想到后来其中一首流传了出去,竟成功“骗”过了另一位红学大家吴世昌先生的“法眼”,认定其为曹雪芹原作,最后酿成了轰动一时的“周汝昌伪造曹雪芹佚诗案”。

们读者也最容易“比作者理解他自己更好地理解作者”[①]——读者很容易被诗歌的形式迷惑而做拔高性的“过度解释”;而小说和剧本则需要塑造个性鲜明的人物形象、构思生动曲折的故事情节、传达深刻精微的思想感情等,自然无法做单纯“形式上的摹仿”,也难于达到“形式上的相似”了!

这一点表明:AI技术对我们文艺创作及表演的威胁程度是因门类及体式等等而异的,并非没有绝对的短板或弱项。

第六,人工智能的文艺“创作”或“表演”都是“立时”“即兴”完成的,因而缺少“过程性”(至少没有经历从产生创作动机、积累素材、进行艺术构思再到艺术传达,或者从产生表演动机、理解表演文本、进行表演设计再到完成表演呈现的完整过程)[②]。然而对于大多数作为人类的文艺从业者来说,文艺创作或表演的过程本身就是他们一种独特的生命体验和人生享受(哪怕其中充满了艰辛、焦虑和痛苦),是他们生命历程中意义最为充盈的瞬间[③]。也正因为如此,文艺创作及表演才成为他们一种具有特殊意义的生存方式,以致甘愿为之忍受磨难甚至不惜付出生命的代价(卡夫卡去世前夕所写的那篇小说[④],就借用了这样一个故事来敞现了一个关于人类存在及其意义的真理[⑤]),而这也正是人类文艺之所以长期存在、并将永远存在的根本原因。

这一点表明:我们人类文艺创作或表演的“过程性”及其所具备的丰富的特殊意义,是AI文艺软件程序设计所永远无法取代的。

以上诸点都是我们人类的文艺从业者相对于AI文艺软件程序设计所具备

①此处系借用伽达默尔的话,但用于此处含有揶揄意味。原文及相关论述参见:[德]伽达默尔著、洪汉鼎译:《真理与方法》,上海译文出版社1999年版,第248-249页。

②譬如“小冰”写诗,只需向它上传一张照片、简单设置要求,诗瞬间就“写”出来了。

③也就是美国人本主义心理学家马斯洛所谓的人生中的“高峰体验”时刻。

④指短篇小说《饥饿艺术家》。该小说完成于1923年(卡夫卡于次年6月去世),是他本人为同名小说集付印而完成的最后一篇小说,也是他本人最满意的一篇小说。它叙述了一个将自己用笼子关起来公开表演忍受饥饿的能力,并以此为志业直至死去的艺术家的荒诞而悲怆的故事。

⑤海德格尔早期弟子比梅尔认为,《饥饿艺术家》主要揭示的是“意义向荒谬的倒转”。更具体地说就是,“就‘自由’紧紧地归属于人类存在而言,那就是对人类存在的颠倒”。理由是:在小说的前半部分中,这位艺术家迫于压力不能任意地把饥饿表演进行下去明明是一种失败,但观众们却对此报以肯定和赞赏;在后半部分中,艺术家获得了成功,得以任意地把饥饿表演进行下去,换来的却是观众的彻底蔑视、厌恶乃至完全遗忘。参见瓦尔特·比梅尔著、孙周兴、李媛等译:《当代艺术的哲学分析》,商务印书馆1999年版,第65-83页。

的绝对的“比较优势”，它们理应成为我们人类的文艺从业者与后者竞争过程中重点着力之处。只要我们充分发挥好这些“比较优势”，就能很好地彰显出我们人类文艺的独特魅力和不可替代的价值，从而有力地巩固我们人类文艺独立的存在空间。

（三）自觉担负起诗人之天职：弘扬人文精神和守护精神家园

接下来让我们讨论在AI文艺兴起的时代里诗人（全体文艺从业者）应当担负起怎样的“天职”[①]的问题。很显然，这个问题的产生和答案与AI技术自身的欠缺有关；聚焦到本文所讨论的具体问题而言，它显然与AI文艺软件程序设计的“短板”有关。

那么，AI文艺软件程序设计容易出现的最大“短板”何在？欠缺人文关怀。这并非偶然。造成这种局面有两方面原因：一是“专业修养”。自18世纪学科分科以来，学科越分越精细。随之而来，不同学科从业人员间的隔膜也不同程度地普遍存在：长于人文学科的人往往科技知识薄弱，而长于自然科技的人往往人文修养不足。可目前在AI文艺软件程序设计方面唱主角的多半为理工科出身故而人文修养普遍不足的计算机专业人士。二是“知识形态”。知识常被大体分为两类，即“陈述性知识”与“规范性知识”。前者重点关注“客观事实”，突出“是”与“不是”；后者重点关注“价值判断”，突出“应当”与“不应当”[②]。一般来说，后者因为注重价值关切故而较有人文关怀，前者由于几乎不涉价值判断故而人文关怀较为欠缺。可是，在这两种形态的知识中恰恰是“陈述性知识”比较容易进行计算机处理。

其实，上述两方面原因是有内在关联的，那就是：自然理工科知识多为“陈述性知识”，而人文学科知识多为“规范性知识”。总之结果是，AI文艺软件程序设计容易出现欠缺人文关怀。

AI技术自身及AI文艺软件程序设计欠缺人文关怀不是偶然的，其根本原

①“天职”是海德格尔使用的一个概念，此处借用它突出两方面的意涵：其一，上天赋予的、逃脱不掉的、必须且理应承担起来的职责与使命；其二，最高、最重要的职责与使命。

②关于这两种知识形态的划分，较早可以追溯到休谟《人性论》中“是”与“应该”的区别，中经康德批判哲学中“纯粹理性”与“实践理性”的划分和马克斯·韦伯《社会科学方法论》中“经验科学”与“社会科学”的划分，近至哈贝马斯《在事实与规范之间》中关于“事实”与“规范”的区分。

因在于它“不思想”(其实是“不能思想”)。道理很简单:人工智能是一种现代技术,而一切技术的根基都在科学。至于科学,就正如海德格尔在《什么叫思?》(收入《演讲与论文集》)中早就正确而深刻地指出的那样:“Die Wissenschaft denkt nicht”(科学不思想),“从其行为方式和辅助工具来看,科学从来就不能思想——不能以思想者的方式去思想”[①]。正因为“科学不思想”也“不能思想”,所以科学以及建基于其上的技术就必然疏于和拙于“人文关怀”(科技从业者一般也是如此),因而难于担负起为人类建构“理想的精神家园”和通过建构一套“理想的价值观念体系”来影响人们的“价值取向”从而使人性不断走向自由完满和使社会不断走向文明进步的重大使命。

于是,承担上述使命的职责天然地落到了人文学科肩上。其中哲学、宗教和文艺,又因它们自身的学科质性和长处而成为承担上述使命的主干力量。就这样,我们的文艺被赋予了特殊的天职与天命。它主要包括两方面:一是敞现关于人类生存-存在及其意义的真理;二是为人类建构并守护“理想的意义世界”(精神家园)[②]。正因为如此,海德格尔不仅认为真正的艺术在我们的历史性此在中必须是一个“先在的本源”,而且他终生只关注伟大的诗歌和伟大的艺术[③]。

那么,在AI文艺兴起的时候我们的文艺从业者又应当如何担负起自己的天职呢?我认为大体需要做好以下两方面的工作:

首先,在思想上自觉地领受并力争出色地担负起自己作为一个文艺从业者义不容辞的天职。无论你是一位传统意义上的文艺从业者,还是一个新锐的AI文艺开发者,都应当对文艺工作本身充满一种职业敬畏感。正如海德格尔在《荷尔德林与诗的本质》中首先重点阐发的荷氏的一句诗所说的那样:“作诗是最清白无邪的事业。”[④]文艺创作和表演不是人类的一种无关紧要的随意行为,

①Heidegger, M. *Vorträge und Aufsätze*, Stuttgart: Günther Neske, 1997, S.127.

②关于这两个问题,海德格尔在他的《林中路》《路标》《荷尔德林诗的阐释》《在通向语言的途中》《尼采》《演讲与论文集》等书中提供了大量相关的思想资源。

③对海德格尔相关思想资源的全面清理和系统阐发,可参阅拙著《文艺的超越性品格之思——海德格尔诗学新探》,人民出版社2011年版。

④ Heidegger, M. *Erläuterungen zu Hölderlins Dichtung*, Frankfurt: Vittorio Klostermann, 1996, SS.34-35.

也不只是一种伴生的流行的文化现象,更不是一种玩玩而已的游戏,而是事关我们的历史性此在和存在历史的一个“必须先在”的“本源”。因此,它才被赋予了一种神圣意义的“天职”。作为一个文艺从业者,我们必须而且理应自觉地领受并力争出色地担负起这一义不容辞的职责与使命。

其次,在实践中始终充满人文关怀,努力彰显我们人类文艺理应敞现的思想深度和人文理想之光。正如上文所说,文艺工作是一项崇高的事业,它担负着一种神圣的职责与使命。因此,我们的文艺创作及表演不能成为个人情感意绪随心所欲的宣泄,也不能成为迎合大众或者取悦自我庸俗趣味的玩物,更不能沦为权力和金钱的奴隶,而应把“为天地立心,为生民立命,为往圣继绝学,为万世开太平”[①]作为理念旨归。为此,无论是传统的文艺从业者还是新锐的AI文艺开发者(尤其后者),都应努力加强自身的人文修养,力求让自己的文艺创作及表演充满人文关怀,在其中努力彰显我们人类文艺长于敞现的思想深度和人文理想之光,积极宣导纯正良善的世界观、人生观和价值观。

唯其如此,我们的文艺创作及表演才能切实弘扬起人文精神、守护好我们人类的精神家园,真正做到“为我们对历史性此在的伟大的自我沉思服务”[②],并对我们的现实人生和未来发展有所作为。

(四)合作创造:实现人文精神对AI文艺的引领与规训

面对AI技术向文艺领域的扩张及其带来的威胁与挑战,与其像只鸵鸟那样简单回避或像头发怒的公牛那样粗暴抗拒,不如像一位智慧的宽厚长者对待一个冒失闯入的莽撞少年那样先张开双臂接纳他,然后再教导和归化他。因此,我们不妨先承认AI文艺存在的合法性并让它与传统文艺展开竞争,让二者砥砺前行以促进文艺的整体发展;在此基础上再倡导和促成传统的文艺从业者与AI文艺开发者相互学习、团结合作,并在此过程中自然而然地实现有着悠久历史积淀和深切价值关怀的人文艺术与先进的现代科技的协同创造、相得益彰,同时在潜移默化中完成人文精神、人类文艺对AI文艺的引领与规训。限于篇幅,下面我着重谈谈后面两个问题。

①此系借用北宋理学家张载《张子语录》中的话。

②Heidegger, M. *Nietzsche* I, Pfullingen: Günther Neske, 1961, S.107.

先谈传统的文艺从业者与AI文艺开发者展开合作创造的问题。

由于专业之间的差异,他们各有所长也各有所短。因此,倡导他们打破学科壁垒,改变过去“老死不相往来”的局面,在相互学习、团结合作中实现悠久深厚的人文艺术与先进的现代科技的有机结合,实现二者的优势互补、相得益彰,其必要性和重要性不言而喻。至于他们之间团结合作的可能性,则建基于技术与艺术间根本的亲密关系,这至少表现在以下四个方面:

第一,技术与艺术“系出同源”,天生具有本质性的“亲缘关系”。海德格尔曾在《艺术作品的本源》一文中指出,对艺术有着极好领悟并且曾经创造过后世难以企及的美的艺术的古希腊人曾用同一个词τέχνη兼指“艺术”和“技术”;也曾用同一个词τεχνιτης兼指“艺术家”和“工匠”[①]。可见,二者曾经“同源一体”。而在《对技术的追问》一文中,他又在比较了古代技术与现代技术之不同的基础上指出:“从前,τέχνη也指那种把真理带入闪现者之光辉中而产生出来的解蔽。从前,τέχνη也指那种把真带入美之中的产出。τέχνη也指美的艺术的产出。”可见,二者天生就具有一种本质性的“亲缘关系”[②]。

第二,技术与艺术曾经“相互成就”,共同造就过艺术的辉煌。众所周知,古希腊时代“技艺一体”,造就了历史上美到了极致的艺术;文艺复兴时期不仅产生了像达·芬奇那样集伟大艺术家与伟大科技家于一身的“巨人”,而且科技与艺术的结合开出了美丽动人的花朵。世所公认,正是当时人体解剖学、光学、色彩学、透视学等科技知识突飞猛进的发展与传统绘画知识技能的积累,共同造就了绘画艺术的顶峰[③]。到了十九世纪,据本雅明研究,“1843年,备受推崇的英国肖像画家D. O. 希尔依据大量人像摄影制成了他那幅有关苏格兰教会首届全体代表大会的湿壁画”;在评论摄影家道滕代的照片《诗人之父》时他又写道:“长时间地凝视这幅相片就会发现,对立的东西在此是如何彼此互动的,最精密的技术能够赋予它所再现的东西一种神秘的功能,在我们看来,这种功能是一

①Heidegger, M. *Holzwege*, Frankfurt: Vittorio Klostermann, 1994, S.46.

②Heidegger, M. *Vorträge und Aufsätze*, Stuttgart: Günther Neske, 1997, SS.9-40.

③即使只是粗通绘画艺术的人,只要将这一时期的绘画与此前的古希腊瓶画、古罗马壁画和中世纪的宗教题材画或世俗风情画一比照,对此就会一目了然。亦可参阅[比]帕特里克·德·莱克著、丁宁译:《解码西方名画》,生活·读书·新知三联书店2011年版;朱伯雄编著:《世界美术名作鉴赏辞典》,浙江文艺出版社1991年版。

幅画成的图像永远无法具有的。……通过摄影人们才了解了这种日常视觉无法看到的东西，就像通过心理分析人们才了解了无意识本能一样。”① 由此可见，技术的进步有可能成为艺术发展和完善的强劲助力。

第三，新技术的出现先给既有艺术带来了威胁，后来却发生了戏剧性反转的情况也不乏其例。譬如摄影技术发明之初，因其在再现现实世界时拥有人类绘画无法匹敌的精确细腻、轻松快捷、可批量无限复制等优点，曾经给绘画艺术尤其是写实构型类绘画艺术造成过严重挑战和危机——许多画家因此失业被迫改行。但它最终不仅没有使传统绘画艺术消失，它所引发的人类视觉生活和感知世界的方式上的革命性变化反而推动了绘画艺术由再现向表现、由具象向抽象、由描绘现实世界到创造虚拟空间的发展，并且还催生了电影和电视这两门以它为基础的新型艺术样式，最后一起作为独立的艺术样式而成为艺术大家庭中的新成员，从而充实、丰富和拓展了传统艺术的存在。

第四，AI技术的发展还可能为我们人类的文艺创作和欣赏创造非常便利的条件，开辟许多崭新的途径。以学作中国传统诗歌为例：以前单是搜寻古诗格律音韵及创作技法知识、古诗典范作品、相关文史资料等，就相当费时费力；而有了AI技术之后，这一切“知识”和“技能”的获得都可以在瞬间轻易完成，并且随时可以“秒取”征用，还能做到准确无误！同样，学习声乐、戏曲表演、器乐演奏等，情形也是如此。至少，AI技术可以为我们的文艺创作和欣赏提供更多的选择和便利。

再说用人文精神、人类文艺对AI文艺进行引领和规训的问题。

首先，至少从现状看，从事AI文艺开发者大多出身理工科尤其计算机专业，一般相对比较缺乏深厚的文化历史知识、艺术美学素养以及人文理想和价值关怀。因此，告诫他们自觉加强这方面的学习、提高这方面的修养、增强这方面的意识（其实大科学家爱因斯坦、诺贝尔、罗斯、霍夫曼等人早已做出了表率），从而有效地对AI文艺做这方面的引领和规训是完全必要的。在《对技术的追问》一文中海德格尔指出，尽管现代技术与艺术之间出现了根本不同和尖

①[德]瓦尔特·本雅明著、王才勇译：《摄影小史＋机械复制时代的艺术作品》，江苏人民出版社2006年版，第7-12页。

锐矛盾,甚至还将艺术拖拽到了“极端的危险”之中,但对技术的根本性沉思和决定性解析却必须在艺术领域里进行。同时,现代技术的救渡力量,除了来自人对无蔽状态的守护,并且与之相随地向来首先是对这片大地上的万物的遮蔽状态的守护外,也来自充满了诗意的、真实的、纯洁的和美的东西的艺术①。换句话说,要从根本上沉思和解析技术的本质并救渡现代技术脱离困境,还得依靠艺术的力量。这对于现代技术的盲目崇拜者无异于是“当头棒喝”!

其次,对AI文艺的引领和规训还必须采取适当的策略。第一,国家层面的法治治理、文艺理论工作者的文艺批评、传统的文艺从业者的文艺创作三管齐下,各司其职,同舟共济。第二,传统的文艺从业者也应当主动学习包括AI技术、AI文艺软件程序设计在内的现代高科技知识。在这一点上,19世纪法国画家达盖尔的经历颇具启发意义:摄影技术发明之初,作为肖像画家的他黯然失业;但他从此刻苦钻研摄影技术,5年后便发明了以他的名字命名的“银版摄影术”,再后来又发明了世界上第一台可携式木箱照相机②。这说明,传统的文艺从业者完全没必要将AI文艺视为洪水猛兽,相反,深入学习和研究它,或许会有意想不到的创获。第三,在传统的文艺从业者与AI文艺开发者的相互学习、团结合作中,前者应当自觉地担负起主导作用。第四,这种引领和规训应当是在传统的文艺从业者与AI文艺开发者惺惺相惜、共享合作成功的喜悦、愉快的相互欣赏、心心相印的潜移默化中自然而然地实现的。

结语:化危机为转机和生机

日益发达的AI技术向文艺创作和文艺消费领域的扩张,正在成为当前人类文艺发展需要面对的巨大挑战。与以往新技术发展带给人类文艺的挑战不同,这场挑战可能是全局性、取代性乃至根本性的。对它加以简单回避或粗暴拒斥都是不明智,也是不现实的。同时,这场挑战尽管严峻,但只要我们能够泰然处之、合理应对,并在此基础上顺势而为,努力发挥好我们人类文艺的比较优

①Heidegger, M. *Vorträge und Aufsätze*, Stuttgart: Günther Neske, 1997, SS.9-40.

②在瓦尔特·本雅明所著的《摄影小史》一书中多处提到达盖尔,可参阅。

势，让全体文艺从业者都能自觉担负起自己的天职，大力弘扬人文精神，切实守护精神家园，在传统的文艺从业者与AI文艺开发者的相互学习和团结合作中实现人文艺术与现代科技的协同创造，在心心相印的潜移默化中完成人文精神、人类文艺对于AI文艺的引领与规训，就能成功地化现实的危机为发展的转机和契机，使我们的文艺更加充满生机与活力，迎来更加广阔美好的前景。

原载《福建论坛》2018年第11期

后　记

说实话，之前真没想过在这个年纪就出论文选集。总觉得那应该是退休后甚或是留给孩子和学生们的事。感谢四川师范大学有关领导（这里我不便于写出他的名字）给予我的鼓励和支持，让我现在动念做这件事。

出版论文选集就得确定主题与范围，还得起个适当又“抢眼”的名字。这让愚钝的我犯了难。感谢四川师大文学院副院长、博士生导师、机智善谋的谭光辉教授慷慨出招，替我拟定了“存在诗学”这个名目。

自从1990年在《文艺评论》上连载处女作《源于“人生悖论情结”的艺术》以来，整整30年过去了。由于天资不敏、懒于动笔且又好为长文，我迄今正式发表的论文只有寥寥60余篇。令我感到非常欣慰的是，幸得有“存在诗学”这个显得比较大的“框”，居然可以凑足22篇，并能大致涵盖我这30年各个阶段发表的主要文字。

这次所收的22篇文章中，《传统文化的特殊性对中国古代文艺理论的影响》一文不在“存在诗学”范围，好在仍属“文艺理论”探索，加之自己平素较少发表该领域的论文，这次借机收入；其余21篇中，唯《对“在-世界-中-存在”本身之“畏”》这篇艺术短评是未在刊物上正式发表过的文字。凡正式发表过的论文基本按照原貌收录，但做了如下修订：一是对个别文章的局部做了少量修改或补充，尤其注意更正了原来正文和注释中偶尔出现的错误；二是为个别文章增添了少量注释，以便在学术规范方面做得更加严谨和严格；三是遵照出版社的要求对所有选文的注释体例做了统一的技术处理，具体地说，就是将“学报体”与“社科院体”、“中图法”与“传统法”、“尾注”与“脚下注”统一改成了“当页脚下注"加"传统法"的注释体例;四是对海德格尔的个别概念做了改译。譬如后期海德格尔很喜欢使用的一个基本概念"Das Ereignis",倪梁康先生译为"本成",张祥龙先生译为"(自身的)缘构发生",孙周兴先生译为"大道"或"事件"等,这次收录时一般改译为"己成";与之相应地,将海德格尔的"Das Ereignis ereignet"改译为"己成成己";五是删去了所有论文的中英文摘要。

本论文集出版在即,此刻我的心中充满了浓浓的感恩:感恩家人们的理解与支持,感恩师友们的培养与鼓励,感恩学界前辈们的奠基与启迪。此外,我还想对下面这些人士表达我特别的感谢:

感谢我的大学同学、著名现当代文学及美学学者、中国文学与基督教文化之关系及当代文学制度研究专家、西南大学文学院院长、博士生导师王本朝教授,热情为本论文集联系出版社并慷慨赐序。

感谢四川师范大学中华传统文化学院、文学院为本论文集的出版慷慨提供了全额资助,对领导们的关照和支持我将永远铭记在心!

感谢我的研究生王旭、靳虹、谢亚三位同学,是她们在工作和学习之余帮我从"知网"上下载并初步校订了其中的大部分文章,替我分担了诸多烦劳。

二〇二一年春节于成都